우리말꽃

# 우리말 꽃

말글마음을 돌보며
온누리를 품다

최종규 지음

갓긴

벼리

**여는꽃** 마음, 말, 꽃         9

1. 생각꽃         **생각씨앗을 틔워 삶을 가꾸다**

나란꽃 함꽃 여러꽃         15
억지로 '만들' 수 없는 말         20
엄마쉼 아빠쉼         26
순순순순         31
순이돌이         37
막말잔치         43
가을에 기쁘게 짓는 말         49

2. 마음꽃         **우리가 부르는 이름이 우리 마음**

수수밥         57
길벗         63
꽃바르다         69
햇사랑         75
집옷밥 밥옷집 옷밥집         80
책숲마실         85
봄내음 피어나는 말         91

3. 살림꽃         **살리며 살아가는 살림누리**

집         99
작은이로서 나사랑         106
손수 짓는 살림을 잃으면         111

다람쥐를 다람쥐라 못하다      117

'가정주부'가 아닙니다      123

달콤멋으로 '한말날'을      129

실컷      135

## 4. 노래꽃      숲에서 어깨동무하며 부르는 노래

도꼬마리와 '이름없는 풀꽃'      143

모두      148

봄샘      154

낱말책      160

도무지      166

고운말 미운말      171

한모금 부딪히는 말      177

## 5. 푸른꽃      쉬운 말이 사랑, 작은 말이 살림

키      185

마      191

묻다      197

참      203

꿍꿍쟁이      208

구체적      214

자유      220

## 6. 말글꽃      새넋으로 스스로 피어나는 꽃

파랗다 푸르다      229

'쉬운 말'이 있을까      235

우리말을 어떻게 배울까      241

나의 내 내자 247

'호스피스'와 '플리마켓' 253

작은소리 259

한글·훈민정음·우리말 264


7.  지음꽃        **우리말을 우리글로 담은 하루, 사투리**

다른 다양성 273

전쟁용어 씨앗 279

탈가부장 285

밥꽃에 잘 먹이는 291

이해, 발달장애, 부모, 폭력 296

이루는 보람 302

첫밭 첫꽃 첫씨 첫발 309


8.  덧꽃        **풀꽃나무를 토닥이며 들숲바다를 품으며**

못 알아듣겠소만 317

말은 마음을 가꾸고 323

쉬운 말로 푸르게 329

지지배배 한글날 보금숲 334

'문해력'이 뭐예요? 339


**닫는꽃** '-의' 안 쓰려 애쓰다 보면 344

**군꽃** 350

**낱말꽃** 361

# 마음, 말, 꽃
- 마음에 말을 담아 꽃, 말에 마음을 담아 꽃

인천에서 나고자라면서 바닷말을 익히 듣고 품었습니다. '밀물썰물·미세기'뿐 아니라 '이물·고물'이나 '키' 같은 낱말을 입에 달고 놀았습니다. '찬무대·더운무대' 같은 낱말도 마을에서 듣고 받아들였습니다.

스무 살에 이르며 서울로 삶터를 옮기니, 인천에서는 보도 듣도 못 한 숱한 말로 어지러웠습니다만, 참 재미나구나 싶었습니다. 이윽고 강원도 양구 멧골짝에서 싸울아비로 스물여섯 달을 보내는 동안, 나라 곳곳에서 이 싸움터까지 끌려온 사람들 사투리가 뒤섞였어요. "우리나라가 작은 듯하지만 무척 넓다"고 느꼈어요.

스물여섯 살부터 서른세 살 즈음까지 연변말을 곁에서 들었습니다. 북녘사람한테서 북녘말을 듣지는 못 했어도 연변말을 귀담아들으면서 우리가 앞으로 새롭게 갈무리할 말길을 짚어 보았어요. 이러면서 온나라 책집으로 책마실을 다니려고 이 고장 저 고을 그 마을로 다리품을 팔고 두바퀴로 슬슬 달리면서 "다 다르게 숲을 품고서 살아가는 다 다른 이웃사람이 주고받는 다 다른 고을말·고장말·마을말"을 천천히 맞아들입니다.

서른네 살에 큰아이를 맞이하고서 전남 고흥으로 보금자리를 옮겨서 내도록 살아가는 동안에는, 전라말 가운데 가장 귀퉁이라 여길 기스락 말씨를 날마다 듣습니다. 그리고 아이하고 나눌 말씨를 처음부터 다시 생각하고, 아이랑 살림을 짓는 하루를 누리면서 별님과 풀님과 꽃님과 나무님과 벌레님과 새님과 비님과 바람님과 흙님과 돌님과 나비님과 바람님한테서 마음으로 이야기를 듣고 배웁니다.

두멧시골에서는 큰고장이나 서울과 달리 미리내를 밤빛으로 마주합니다. 낮에는 해가 환하고 밤에는 별이 밝아요. 별빛으로도 책을 읽을 수 있구나 하고 깨달아요. 모든 별자리를 맨눈으로 또렷하게 보노라니, 예부터 사람들이 별을 읽고 이은 이야기가 오늘날 말마디마다 고스란히 있구나 싶더군요.

마당에서 자라는 후박나무가 지붕을 가뿐히 넘고, 뒤꼍에서 자라는 감나무도 키가 껑충 자라고, 옆에서 자라는 모과나무도 무럭무럭 크는 동안, 우리 보금자리로 날마다 찾아드는 새가 수두룩합니다. 꿩뿐 아니라 매도 쉬었다 가고, 동박새도 할미새도 까막까치도 제비도 검은등지빠귀도 물까치도 딱따구리도 반가이 만나는 이웃입니다. 숱한 새가 다 다르게 들려주는 노래에 날갯짓을 지켜보면서, 예부터 사람들이 새한테 붙인 이름을 새롭게 돌아봐요.

곰곰이 보면 '새'는 '사이'를 줄인 낱말이고, '틈'하고 비슷하지만 다른 낱말입니다. '틈·트다'는 '싹트다' 같은 자리에서 쓰는 '틔우다'하고 맞물릴 뿐 아니라, '새롭다'를 이루는 밑동입니다. 사람이란, 새를 숲과 집 사이에 이웃으로 두면서 함께 살림을 짓기에 사랑을 배우고 펴는 숨결이로구나 하고 느끼는 하루입니다.

오늘날은 시골에서 사는 사람은 매우 적고, 전남 고흥은 곧 사라질 고을로 일찌감치 손꼽힙니다. 이제 "마당 있고, 마당에서 나무가 자라고, 마당나무에 멧새가 내려앉아 노래하는 나날"을 언제나 누리는 이웃은 그야말로 드문드문 있습니다. 그런데 있지요, 우리가 쓰는 모든 말은 처음에 사투리였어요. 한글도 훈민정음도 없던 먼먼 옛날에 온나라 골골샅샅 수수한 사람들은 사랑으로 보금자리를 일구고 아이를 낳으면서 모든 낱말을 스스로 지어서 물려주고 이야기를 남겼습니다.

우리는 '바다·바람'이나 '별·빛·꽃' 같은 낱말을 누가 언제 지었는지 모릅니다. 글로 남지도 않습니다. '즈믄(1000)' 해나 '골(10000)' 해나 '잘(100000000)' 해를 훌쩍 넘을 오랜 낱말은 그저 입에서 입으로 이었고, 삶에서 삶으로 흘렀으며, 사랑에서 사랑으로 넘어오는 씨앗이라고 여길 만합니다.

숲에서 숲사랑으로 숲살림을 짓던 아스라이 먼 옛날부터 살아온 숲사람이 오늘 우리한테 물려주고 이어준 우리말 이야기를 처음부터 새롭게 돌아보자는 뜻으로 《우리말꽃》을 여미었습니다. 이 꾸러미에 담는 줄거리는 크게 두 갈래입니다. 하나는, "마음에 말을 담아 꽃"입니다. 둘은, "말에 마음을 담아 꽃"입니다. 말씨 하나를 놓는 자리가 살짝 다르면서 뜻도 살포시 다릅니다.

말도 씨·씨앗입니다. 말씨예요. 마음도 씨·씨앗입니다. 마음씨이지요. 우리는 서로 아끼거나 헤아리면서 "아무개 씨"라고 부릅니다. "숲노래 씨"처럼 부르는 말씨는 낮춤도 높임도 아닌, 함께 살림짓는 사랑을 나누며 이웃으로 삼는 어깨동무를 하려는 마음을 나타내는 말빛이라고 할 만합니다. "숲노래 님"처럼 부르는 말씨는, 스스로 사랑이 샘솟는 기쁨을 얹어서 들려주는 말꽃이라고 할 만합니다.

높임말이란, 남을 높이는 말이기 앞서, 내가 나를 참답게 사랑할 적에 샘솟는 말입니다. 그래서 저는 모든 어린이 곁에서 스스럼없이 높임말을 쓰고 '어린씨·어린님'이나 '푸른씨·푸른님'으로 불러요. 저부터 스스로 '어른씨·어른님'다운 삶을 짓고 살림을 펴며 사랑을 나누고 싶습니다.

우리말이 꽃으로 피어나는 길을 같이 걸어요. 사뿐사뿐 느긋이 걸어요. 우리말에 깃든 꽃씨를 온누리에 차곡차곡 심는 하루를 함께 가꿔요. 새록새록 넉넉히 일궈요. 고맙습니다. 모두 사랑입니다.

'말꽃 짓는 책숲'에서
2024년 첫달에

# 1.
# 생각꽃

마음을 말에 담고, 말을 글에 새로 담는 길을 짚는다.
생각을 마음에 말로 심으면서 삶이 태어나기에,
어떤 말을 어떤 씨앗으로 삼느냐에 따라 삶이 다르다.
말 한 마디로 한 걸음씩 내딛는 길을 살펴본다.

나란꽃 함꽃 여러꽃

억지로 '만들' 수 없는 말

엄마쉼 아빠쉼

순순순순

순이돌이

막말잔치

가을에 기쁘게 짓는 말

# 나란꽃 함꽃 여러꽃

우리는 다 다른 꽃입니다

---

모든 말을 새로 짓기는 어렵지 않습니다. 말짓기가 어려울 수 없습니다. 다 다른 삶을 다 다른 말에 담을 뿐입니다. 말짓기는 안 어려운데, 나라라든지 배움터라든지 말글지기는 아무나 함부로 새말을 엮거나 지으면 안 된다는 듯 밝히거나 따지거나 얽어매거나 짓누르곤 합니다.

새말짓기란, '새마음으로 가는 길'입니다. 새말엮기란, '새넋으로 스스로 피어나는 꽃'입니다. 새말 한 마디를 지을 적에는, 낡거나 늙은 마음을 내려놓고서 반짝반짝 새롭게 빛나는 마음으로 나아갑니다. 새말 한 자락을 엮을 적에는, 고리타분하거나 갑갑하거나 추레하거나 허름한 모든 허물을 내려놓고서 스스로 싱그러이 피어나는 꽃다운 넋으로 거듭납니다.

나라에서는 사람들이 깨어나지 않기를 바라요. 사람들이 깨어나면 사람들은 나라에서 시키는 대로 안 하거든요. 사람들이 스스로 삶을 가꾸고 살림을 짓고 사랑을 나눌 적에는, 온누리 어디에서나 총칼(전쟁무기)이 사라지고 어깨동무를 널리 펼 뿐 아니라, 아이어른이 사랑으로 보금자리를 짓고, 순이돌이(남녀)가 더는 서로를 괴롭히거나 다투는 짓을 안 할 뿐 아니라, 위아래를 모두 허물어 아름터로 달라져요.

아름터·사랑터·노래터·꽃터로 나아가는 첫걸음은 바로

'새말짓기·새말엮기'입니다. 말 한 마디를 새로 짓는 일이 왜 새나라 첫걸음일까요? 아주 자그마한 말 한 마디부터 우리가 스스로 생각해서 바꾸어 낼 줄 알 적에 모든 삶·살림·사랑을 스스로 짓는 길을 바로 우리 스스로 깨닫거든요. 이와 달리, 우리가 배움터를 오래오래 다니거나 책만 오래오래 읽거나 새뜸(신문·방송)에 오래오래 기댈 적에는 '나라에서 내려보내는 부스러기(지식·정보)만 받아들여서 외우게 마련'입니다. 이때에는 우리 스스로 생각하는 기운이 사그라들어요. 삶길을 이루는 말을 나라에서 내려보내는 대로 받아들여서 외울 적에는 얼핏 '성가시거나 귀찮거나 번거로운 일이 없어 보이'지만, 속으로 보면 '스스로 삶을 짓는 마음이 모두 가로막히거나 사그라드는 끔찍한 수렁에 갇히는 모습'입니다.

[국립국어원 낱말책]
혼혈(混血) : 1. 서로 인종이 다른 혈통이 섞임. 또는 그 혈통 ≒
잡혈 2. 혈통이 다른 종족 사이에서 태어난 사람 = 혼혈인

국립국어원 낱말책은 '혼혈'이라는 낱말을 두 가지로 풀이합니다. 둘레에서 이 한자말을 널리 씁니다. 우리말로 '섞다·섞이다'를 쓰면 마치 따돌림(차별)이라도 되는 듯 여깁니다. '튀기' 같은 우리말은 아예 깎음말로 여기지요.

그러면 생각해 볼 노릇입니다. 한자말 '혼혈 = 혼 + 혈 = 섞음 + 피'예요. 나라에서는 이 한자말을 써야 '차별이 아님'으로 여기지만, 가만히 보면 '혼혈 = 섞음 = 튀기'인 얼개입니다. 그러니까 이 나라는 '어느 말을 쓰면 따돌림이다' 하고 못을 박는 시늉을 하지만, 정작 '우리말을 쓰면 따돌림이다' 하고 뜬금없는 굴레를 씌우는 모습입니다.

16

[숲노래 낱말책]
함둥이 (함께 + 둥이) : 씨줄·핏줄·집안·갈래·씨가름이 다른
사이에서 태어난 숨결. 씨줄·핏줄·집안·갈래·씨가름을 여럿 받아서
태어난 숨결. 여러 씨줄·핏줄·집안·갈래·씨가름이 나란히 있거나
어우러지거나 섞인 몸으로 태어난 숨결. (= 함피·함꽃·여러피·여
러꽃·나란둥이·나란피·나란꽃·섞다·어우러지다 ← 혼혈, 혼혈인,
혼혈아, 다인종多人種)


　한자말이기 때문에 '혼혈'이란 낱말을 안 써야 하지 않습
니다. 나라가 시키는 대로 쓸 적에는 이래저래 모두 따돌림일
뿐 아니라, 참살림하고 동떨어지게 마련이라, 새말을 짓고 뜻
풀이를 새로 붙일 노릇입니다. 그래서 '함둥이·함께둥이' 같
은 낱말을 새롭게 지어 봅니다.
　'함둥이 = 함(함께) + 둥이'입니다. '둥이'는 어떤 결을 품
은 사람을 가리킬 적에 붙이는 말끝입니다. '함둥이 = (무엇
이) 함께 있는 둥이'란 얼개예요. 따로 '함피'처럼 새말을 지
어도 됩니다. 때로는 '함피'를 쓸 만합니다. 여느 자리나 때라
면 '함둥이'라는 새말로 "여러 씨줄이나 핏줄이나 갈래가 함
께 있는 숨결"이라는 뜻을 나타낼 만합니다. '섞이다'는 나쁜
낱말이 아닙니다. 수수하게 쓸 적에는 '섞이다'를 쓰면 되고,
밑뜻을 새롭게 살리려는 마음을 얹어 '어울리다·어우러지다'
라는 낱말을 뜻풀이에 보탤 만합니다.


**함꽃 함풀**
**나란꽃 나란풀**
**여러꽃 여러풀**

사람을 가리키든 사람 아닌 숨결을 가리키든 꼭 '-사람'이나 '-이'나 '-둥이'를 붙여야 하지 않습니다. 사람을 가리킬 적에도 '-꽃'이나 '-풀'을 붙일 만합니다. 수수한 사람들을 '들꽃·들풀' 처럼 가리킬 만해요. 구태여 '민중·민초·시민·인민·국민·백성·백인' 같은 한자말을 써야 하지 않습니다. 단출히 '꽃·풀'이라는 낱말로 '민중·민초·시민·인민·국민·백성·백인' 같은 사람들을 나타내어도 어울립니다. 이리하여 '함둥이 = 함꽃·함풀'이라 여길 만합니다. '나란꽃·나란풀'이나 '여러꽃·여러풀'처럼 새말을 더 여미어도 어울려요.

새롭게 가리키는 이름을 꼭 하나만 지어야 하지 않습니다. 여러 가지를 헤아려 여러 낱말을 지을 만합니다. 그때그때 새롭게 여러 낱말을 섞어서 쓸 만합니다. 꽃 한 송이를 가리키는 사투리가 여럿이듯, 어떠한 결이나 모습을 나타내는 낱말을 여러 가지로 두면, 우리 스스로 생각을 한껏 북돋우며 넓히고 지필 만하지요.


## 나란둥이

"피가 섞였다"라는 말씨는 안 나쁩니다. 다만 이 나라(사회·정부)가 이런 말씨를 자꾸 나쁘게 여기거나 낮게 바라볼 뿐입니다. 그래서 이런 굴레를 조금 더 헤아리면서 '함둥이'나 '나란둥이' 같은 새말을 짓습니다. "여러 피가 함께 있다"라는 뜻을 수수하면서 쉽게 드러냅니다. "여러 피가 나란히 있다"는 마음을 부드러우면서 상냥하게 나타냅니다.

말짓기는 매우 쉽습니다. 어린이도 어른도 즐겁게 쓸 수 있는 결을 살펴서 지으면 더없이 쉽습니다. 꾸며내려면 어려울 테지만, 살려내려면 수월하면서 즐거워요. 억지로 짜내려면 까다롭거나 힘들 테지만, 사랑하려는 마음을 담을 적에는 가뿐하면서 새삼스럽고 기쁩니다.

이웃을 사랑으로 바라보려 하면 새말은 누구나 새록새록 짓습니다. 스스로 속빛을 사랑으로 가꾸려 하면 새말은 언제 어디에서나 문득 꽃송이처럼 피어납니다. 마음을 가꾸면서 보금자리를 일구는 첫걸음으로 말 한 마디를 지어 보기를 바랍니다. 생각을 빛내면서 아이어른이 한동아리로 보금자리를 돌보는 숨빛으로 말 한 마디를 마음에 고이 심어 보기를 바라요.

쉬운 말이 사랑입니다. 작은 말이 살립니다. 쉬운 말로 사랑을 나눕니다. 작은 말로 온누리에 꿈씨앗을 심습니다. 우리 손으로 하루를 가꾸고, 우리 눈으로 하루를 바라봅니다. 우리 손길로 말글을 가다듬고, 우리 숨결로 이야기꽃을 두루두루 퍼뜨립니다. 아침을 열면서 햇빛을 담은 말빛을 틔우고, 저녁을 여미면서 별빛을 실은 말결을 토닥입니다.

# 억지로 '만들' 수 없는 말

어른이란? 만들기와 짓기란?

---

오늘날에 이르러 '어른'이라는 낱말이 제자리를 잃습니다. 어쩌면 '어른'이라는 낱말을 제대로 쓸 줄 아는 '어른다운 어른'은 없다고까지 할 만합니다. '어른'이란 누구인가를 생각하는 사람이 아주 많이 줄었고, 아이들한테 '어른 구실'을 가르치려는 어버이가 자꾸 줄어듭니다. 어른 자리에 서야 할 분들 스스로 '어른다이 살기'하고 멀어지는구나 싶기도 합니다.

'어른'이라는 낱말을 놓고 '얼운·얼우다'라는 옛말을 살펴서 말하기도 합니다. "혼인한 사람"이 어른이라고 여기기도 합니다. 이러한 말밑풀이는 틀리지는 않습니다. 다만, 더 헤아릴 대목이 있습니다. 우리가 예부터 어떤 사람을 놓고 '어른'이라고 할 적에는 짝맺은(혼인한) 사람만 두고 가리키지 않습니다. 나이만 많이 든 사람이라고 해서 어른이라고 하지 않아요. 임금 자리에 선대서 어른이 되지 않습니다. 할아버지 할머니 나이쯤 되기에 어른이라 하지 않습니다. 그리고 혼인을 안 했대서 어른이 아니라고도 하지 않아요.


## 어른답다 철없다

어떤 사람이 어른일까요? 바로 '어른다운 사람'일 때에 어른입니다. '답다'라는 말이 붙는 사람으로 살자면, '어른 구실'을 해야 하고, 이 '어른 구실'이라고 한다면, 너그럽고 슬기롭고 따스하고 깊고 손수 살림을 짓는 사랑으로 살아가는 몸짓이나 모습입니다. 아무나 어른이라고 하지 않아요.

예부터 어른 자리에 서려면 "철이 들어야" 한다고 했어요. 옛말을 놓고 따진다면 '얼찬이'가 어른이지요. '철모르쇠(철모름쟁이·철부지)'는 어른이 아닙니다. 스무 살이나 서른 살 나이여도 손수 밥을 지어서 먹지 못한다면, 마흔 살이나 쉰 살 나이라도 손수 집을 짓거나 옷을 지을 줄 모른다면, 예부터 이런 사람은 어른이 아니라고 했어요.

밥과 옷과 집이라고 하는 살림살이를 스스로 짓기에 어른이라 했습니다. 철을 알기에 어른이라 했지요. 씨앗을 심고 가꾸고 돌보고 거두고 갈무리하는 철을 알기에 어른이라 해요. 그러면 아이는 누구일까요? 아직 철이 들지 못하기에 아이예요. 나이는 많아도 철이 들지 못하면 그냥 '아이'라고 해요.


## 말을 물려주는 사람

어른이 하는 몫은 무엇보다도 아이한테 삶을 물려주는 일입니다. 밥과 옷과 집이라고 하는 살림살이를 정갈하고 즐거우면서 아름답게 짓도록 가르치는 몫이 바로 어른이 할 일이에요. 이러면서 어른이 하는 일이 더 있어요. 바로 '아이한테 말다운 말을 물려주고 가르치는 몫'이지요.

오늘날 숱한 '나이 많이 든 사람' 가운데 아이한테 말다운 말을 물려주거나 가르치는 분은 얼마나 될까요? 아무 말이나 그냥 쓰지는 않는가요? 어설픈 옮김 말씨나 바깥 말씨를 버 젓이 쓰지는 않는가요? 우리말을 새롭게 가꾸거나 짓거나 보 살피는 숨결을 아이한테 물려주는 '어른다운 어른'은 얼마나 있을까요?

이제 간추려 보자면, '어른'은 철이 제대로 든 사람을 가 리킵니다. '철'이 제대로 든 사람은 '얼'이 곧게 서거나 든든히 들어선 사람입니다. "얼이 있는 사람"이 바로 '어른'이에요. 철이나 얼이 없으면 '철모르쇠'이거나 '얼간이(얼 빠진 이)'입 니다. '얼찬이'가 되어야 비로소 '어른'입니다.

첫날 : 1. 어떤 일이 처음으로 시작되는 날 2. 시집가거나 장가드는 날
시작(始作) : 어떤 일이나 행동의 처음 단계를 이루거나 그렇게
하게 함


우리말꽃을 살펴봅니다. '첫날'을 "처음으로 시작되는 날"로 풀이합니다. 한자말 '시작'은 "처음을 이루는" 모습을 가리킨다고 합니다. '첫날' 말풀이는 돌림풀이입니다. 일본을 거쳐서 들어와 널리 퍼진 한자말 가운데 '시작'이 있는데, "준 비 시작"이라든지 "시작해 봐"처럼 흔히 써요. "준비 시작" 은 "요이 땅"이라는 일본말이 꼴만 바꾼 얼거리예요. 이런 말 씨는 아직 우리말이 아닙니다. "자, 달려"나 "자, 가자"나 "하 나, 둘, 셋"처럼 한겨레 살림새를 살피면서 새롭게 써야 비로 소 우리말이에요. "시작해 봐"는 "이제 해봐"나 "이제 하자" 나 "자, 해봐"로 새롭게 고쳐쓸 수 있어요.

제과(製菓) : 과자나 빵 따위를 만듦
제빵(製-) : 빵을 만듦

제작(製作) : 재료를 가지고 기능과 내용을 가진 새로운 물건이나
예술 작품을 만듦

한겨레는 아득히 먼 옛날부터 밥을 지어서 먹습니다. 한
겨레 밥살림은 "밥을 지어서 먹기", 곧 '밥짓기'입니다. 그런
데 이 수수하고 흔한 '밥짓기'나 '밥짓다'는 우리말꽃에 안 실
립니다. '밥하다'라는 낱말은 겨우 실려요.

왜 우리말꽃에는 '밥짓기·밥짓다'가 안 실릴까요? 이 나
라 먹물붙이가 여느 살림살이를 도무지 모르기 때문이요, 제
대로 안 살피기 때문이지 싶습니다. 날마다 밥을 먹지만 정
작 밥이란 무엇인가를 생각하지 않으니 아주 쉽고 수수한 낱
말을 우리말꽃에서 빠뜨리고 말아요. '옷짓기·집짓기'도 우리
말꽃에 없어요. 이제 사람들은 스스로 옷이나 집을 짓지 않기
때문입니다. 다만 '집짓기'는 우리말꽃에 실리기는 하지만,
아이들이 장난감 놀이를 하는 이름으로만 실려요.

밥을 먹는 한겨레 삶에 군것(과자)하고 빵이 들어온 지 얼
추 백 해쯤 됩니다. 군것하고 빵은 아주 빠르게 퍼져서 누구
나 손쉽게 사거나 집에서 구워서 먹어요. 그러나 이런 살림이
예부터 없었기에 이를 가리키는 우리말이 딱히 없었지요. 우
리말을 새로 지어야 할 텐데, 이 나라에서는 '제과·제빵' 같은
낱말을 일본을 거쳐서 받아들입니다. 말풀이를 "과자 만들
기"나 "빵 만들기"로 달고요.

## 무엇을 만들까

'만들다'하고 '짓다'는 다릅니다. 밥은 '만든다'고 하지 않습니

다. 밥은 '짓는다'고 하지요. 옷도 집도 '만들'지 않아요. 옷도 집도 '지을' 뿐입니다. 글을 쓰는 일도 '글짓기'나 '시짓기'나 '소설짓기'라고 했지, '글 만들기'나 '시 만들기'나 '소설 만들기'라 하지 않아요.

왜 '짓다'라는 낱말을 쓸까요? '지음(짓다)'은 우리 삶을 이루는 바탕이 되도록 새롭게 일으키는 몸짓이나 모습이기 때문입니다. 그러면 '만들다'라는 낱말은 언제 쓸까요? 뚝딱터(공장)에서 내놓을 적에 '만들다'라 합니다. 뚝딱뚝딱 이것저것 맞추어서 '만든다'고 해요.

요새는 "친구를 만든다"나 "영화를 만든다"나 "책을 만든다"나 "시간 좀 만들어 봐"나 "좋은 분위기를 만들자"나 "괜한 일을 만드네"나 "쉴 시간을 만들자"처럼 쓰기도 합니다. 이렇게 쓰려면 쓸 수도 있습니다만, 그리 올바르지 않아요. 왜냐하면, "동무를 사귄다", "빛그림을 찍다", "책을 내다·책을 엮다·책을 짓다", "틈 좀 내 봐", "좋은 흐름으로 바꾸자", "덧없는 일을 하네·쓸데없이 일을 키우네", "쉴 짬을 내자"처럼 쓰던 말이요, 이러한 말씨가 알맞지요.

우리말꽃에 나오기에 그대로 써야 하지 않아요. 옳지 않은 낱말이나 말씨조차 우리말꽃에 실릴 수 있기도 해요. 아직 우리나라가 우리말을 낱말책이라는 그릇에 담는 손길이나 솜씨가 매우 모자라요. 앞으로 우리나라는 우리말을 새롭게 고치고 손질하고 가다듬고 갈고닦아야지 싶어요. 그나저나 '제과·제빵'은 어떻게 옮겨야 알맞거나 올바를까 하고 생각해 봅니다.

과자를 굽다·과자를 짓다
빵을 굽다·빵을 짓다

과자나 빵을 놓고는 '짓다'라는 낱말을 잘 안 쓰지만 '밥짓기'처럼 '과자짓기·빵짓기'로 써야 올발라요. 다만, 이 말마디는 그리 익숙하지 않으니 '과자굽기·빵굽기'로 쓸 만합니다. 과자나 빵은 으레 '굽'거든요. "빵 굽는 마을"이나 "빵굽터" 같은 빵집 이름을 쓰는 결을 살펴봐요. 이런 이름을 살피면 빵을 굽는 사람을 '빵굽이'로 나타내 볼 만해요. 또는 '빵굽지기'나 '빵굽님'이라 해볼 만합니다요. 생각을 활짝 펴며 새로운 말을 즐거이 짓습니다.

## 엄마쉼 아빠쉼

찬찬히 보는 우리말씨

어른이 어른한테 쓰는 말이 있고, 어른이 아이한테 쓰는 말이 있습니다. 두 말은 다릅니다. 어른 사이에서 흐르는 말을 아이한테 섣불리 쓰지 않아요. 거꾸로 아이가 아이한테 쓰는 말은 어떤가요? 아이가 아이한테 쓰는 말은 어른한테 써도 될까요, 안 될까요?

어린이하고 어른이 함께 알아듣는 말이 있고, 어른만 알아듣는 말이 있어요. 그러면 어린이만 알아듣는 말이 있을까요? 아마 어린이만 알아듣는 말도 있을 테지만, 어린이가 알아듣는 말이라면 어른도 가만히 생각을 기울일 적에 '아하, 그렇구나' 하고 이내 알아차리곤 합니다.

이와 달리 어른끼리 알아듣는 말이라면, 어른들이 아무리 쉽게 풀이하거나 밝힌다 하더라도 어린이가 좀처럼 못 알아차리곤 해요. 이를테면 '출산휴가' 같은 말을 생각해 봐요. 어른이 일하는 자리에서는 으레 쓰는 말이지만 어린이한테는 도무지 와닿지 않습니다. 어린이한테 '출산'이나 '휴가'란 말을 써도 좋을까요?

## 엄마쉼 아빠쉼

동생을 낳는 어머니나 아버지라면 언니나 누나나 오빠가 될 아이한테 "네 동생을 낳으려고 어머니가 일터를 쉰단다."라든지 "엄마가 너희 동생을 낳거든. 그래서 아빠가 일을 쉬는 틈을 얻었어."처럼 말하겠지요.

이 대목에서 뭔가 반짝하고 머리를 스쳐 지나간다면, 어린이부터 어른 누구나 새롭게 쓸 낱말을 얻을 만해요. 먼저 '엄마쉼'하고 '아빠쉼'입니다.

1990년대까지 택시에서는 '空車'라는 한자를 적어 알림판으로 세우고 다녔습니다. 저도 떠오르는데요, 어머니한테 여쭈었지요. "어머니, 저 택시에 뭐라고 적혔어요?" "저거? '공차'라고 하는데." "공차? 공차가 뭐예요? 공을 차라는 말이에요?" "아니. 호호. 손님이 없는 차라는 뜻이야." 지난날 서처럼 물어본 어린이가 많지 않았을까요? 이제 택시는 '쉬는차'라는 알림판을 씁니다.

## 쉼터 쉴짬

자동차가 빨리 달리는 길에서 쓰는 말도 '휴게소' 못지않게 '쉼터'를 널리 써요. 그렇다면 일터나 학교에서 쉬는 짧은 틈을 '쉬는틈·쉴틈'이나 '쉬는때·쉬는짬'이나 '쉴때·쉴짬'처럼 새말을 쓸 만합니다.

생각을 기울이면 얼마든지 어느 자리에서나 한결 쉽게 가다듬을 만해요. 갓 초등학교에 들어가는 일고여덟 살 어린이한테 어떤 말을 들려주면서, 어린이가 생각을 어떻게 살찌우도록 이끌면 좋을까를 헤아리면 좋겠습니다.

이리하여 '엄마쉼·아빠쉼'이나 '엄마말미·아빠말미'라든지 '아기쉼·아기말미' 같은 말도 생각할 수 있습니다.

얼마 앞서 이웃님이 저한테 글손질을 여쭈었습니다. 나라 밖 그림책을 한글로 옮기는 분인데, 누리글월을 띄워서 옮김말을 어린이 입말에 맞게 손질해 주기를 바라시더군요. 기꺼이 손질해서 알려주었습니다.

> 나의 친구 알록달록 빛깨비예요 → 동무인 알록달록 빛깨비예요
> 그건 가지가지 느낌이 휘휘 뒤섞였기 → 아마 가지가지 느낌이
> 휘휘 뒤섞였기
> 그리 변했지 → 그리 됐지

"나의 친구"는 옮김말씨입니다. 우리말씨는 "우리 동무"처럼 '우리'를 넣어요. 또는 '우리'조차 안 쓰지요. '동무' 한 마디만 쓰면 됩니다.

'그건(그것은)'을 앞머리에 넣어도 옮김말씨입니다. 앞자락하고 잇는 말씨로 '아마'나 '그리고'를 쓰면 돼요.

'변하다' 같은 외마디 한자말은 '바뀌다·달라지다'로 손보면 되는데, 이 흐름에서는 '되다'로 손보아도 어울립니다.

> 찬찬히 살필 수 있어 → 찬찬히 볼 수 있어
> 이건, 행복이야 → 자, 기쁨이야
> 해님처럼 노랑 빛을 퐁퐁 → 해님처럼 노랑을 퐁퐁

"찬찬히 살피다"는 겹말입니다. '찬찬히'나 '살피다'는 '잘' 보려고 하는 몸짓을 나타내요. "찬찬히 볼"이나 "잘 볼"

이나 "살펴볼·살필"로 가다듬습니다.

앞머리에 '이건(이것은)'을 섣불리 넣을 적에도 '그건(그것은)'하고 똑같이 옮김말씨예요. 이 자리는 '자'를 넣으면 어울려요. 또는 '여기'를 넣을 수 있습니다.

'행복' 같은 한자말은 널리 쓴다지만, 어린이부터 읽는 그림책이라면 '기쁨'이란 낱말이 어울립니다. "노랑 빛"은 '노랑'이나 '노란빛'으로 다듬습니다.

누군가와 몽땅 나누고 싶어져 → 누구하고 몽땅 나누고 싶어
슬퍼지면 눈물이 → 슬프면 눈물이
손을 꼭 잡아 줄 거야 → 손을 꼭 잡아 줄게

'누·누구'라는 낱말에 자꾸 군말을 붙여서 쓰는 버릇이 퍼졌습니다. '누군가가'처럼 쓰는 분이 꽤 보이는데 겹말입니다. '누군가와'는 틀린 말씨까지는 아니지만 군살을 덜고 '누구하고'나 '누구랑'처럼 손질하면 입으로 말하기에 부드러워요.

'-지다'를 자꾸 넣어도 옮김말씨예요. '슬퍼지면'보다는 '슬프면'이라 하면 되어요.

"잡아 줄 거야"처럼 '것'을 자꾸 넣는 버릇도 군더더기이면서 일본말씨예요. "잡아 줄게"나 "잡을게"처럼 짧게 끊습니다.

한밤중처럼 캄캄하고 → 한밤처럼 캄캄하고
겁쟁이 고양이처럼 숨어 있지 → 두렴쟁이 고양이처럼 숨지
달랑 혼자인 기분이라고 느껴 → 달랑 하나라고 느껴 / 혼자라고 느껴
지금 네 기분은 어떠니 → 오늘 네 마음은 어떠니

'한밤'이라 할 노릇입니다. '한밤중'은 겹말입니다.

'겁쟁이'라면 '두렴쟁이'로 손볼 만하고, "-고 있다" 같은 옮김말씨·일본말씨는 '있다'를 덜어서 "숨어 있지"는 "숨지"로 다듬습니다.

'기분'이란 한자말은 '느끼다'를 나타내기에 "기분이라고 느껴"는 겹말이에요. 한자말 '기분'은 자리를 살펴 '느낌'이나 '마음'으로 알맞게 손볼 만합니다.


## 흙내음 나는 말씨

우리가 쓰는 말이 참으로 말다우려면 흙을 만지며 일하는 사람 눈길로 말해야 한다고도 하지요. 그런데 요즈막 흙일꾼은 농협에서 쓰는 일본 한자말에 물든 말씨가 매우 깊이 퍼졌어요. 흙내음 나는 말씨를 쓰는 손길이 되면서, 어린이 눈높이를 헤아리는 눈빛으로 가다듬는 말씨라면 한결 고우면서 즐겁고 알맞으리라 생각합니다.

숲을 그리는 말씨로 추스르는 셈입니다. 숲에서 노는 어린이 마음으로 가다듬는 셈입니다. 숲을 사랑하여 폭 안기는 어린이 눈빛이자 사랑으로 돌보는 셈입니다. 어린이 마음이 되어야 하늘나라에 들어갈 수 있다고 하듯, 오늘 우리 어른들이 쓰는 말씨도 어린이하고 어깨동무하는 말씨가 될 적에 넉넉하고 알차고 슬기롭고 빛나고 즐거우면서 새로우리라 생각합니다.

# 순순순순

세꽃물과 틈새두기

---

제주섬 밑자락에서 길어올려 널리 내다파는 샘물을 '삼다수 (三多水)'라고 합니다. 우리말로는 '물'이요, 한자로 옮기면 '수(水)'예요. 우리말로는 '셋'에 '많다'라면, 한자로 옮겨 '삼 (三)'에 '다(多)'입니다. 이 땅에서 수수하게 살아가는 눈길이라면 "세 가지로 많은 물"을 나타낼 '세많물'처럼 이름을 붙일 수 있었으리라 생각해요. 또는 새롭게 바라볼 만해요. 무엇이 즐겁거나 아름답게 많다고 할 적에 으레 '꽃밭'이란 말을 씁니다. '첫째'를 가리키는 다른 우리말로 '으뜸'이나 '꼭두'가 있고, '꽃등'도 있어요. '꼬-'는 '꼽다'하고 맞물려요. 손꼽는 길일 텐데, '고-'로 말밑을 이으면 '곱·곱빼기'에 '곱다'가 맞물립니다. '꽃·곱다'로 잇는 말길이에요.

## 세꽃물

이렇게 헤아리고 보면 "세 가지로 많은 물=세 가지로 꽃밭인 물"이니, '세꽃물'처럼 이름을 붙여도 어울리면서 산뜻하고 재미날 만합니다. '세꽃물'이라 하면 어린이도 말빛을 쉽게 어림할 만할 테고요.

제주섬에서 태어난 어느 샘물을 가리키는 이름을 굳이 고

31

쳐야 하지는 않습니다. 그러나 어린이한테 '이름에 얽힌' 속 뜻이나 수수께끼를 풀어내 보면서 우리말을 한결 깊고 넓으며 재미있고 새롭게 바라보도록 북돋울 만해요.

수수하게 쓰는 말이 눈부시다고 느끼는데, 이 '수수하다'는 '수북하다'하고 맞물려요. '수수하다 = 흔하다 = 너르다 = 많다 = 쌓이다'로 얽혀요. 이런 '수수·수북'은 '수-'가 말밑이요, 이 말밑하고 닿는 '순'이란 우리말이 있어요.

순 ← 온전, 완전, 정말로, 진짜, 굉장히, 실로, 초, 심하다, 심히, 심각, 가히, 절대적, 무진장, 과연, 생판, 여지없이, 영영, 순전, 순수(純粹), 순(純), 완전, 전부, 전폭(全幅), 전폭적, 전체, 전체적, 왕(王), 대왕, 여왕, 왕비, 황제, 흡사

우리말 '순'은 "순 믿을 수 없는 말을 하네"라든지 "우리 집 뒤꼍은 순 수박밭이지"처럼 쓸 만합니다. 그런데 한자말 '순(純)'이 있어 다음처럼 쓰곤 하지요.

순(純) → 가없다, 곱다, 고이, 곱게, 곱다시, 곱살하다, 곱상하다, 구슬같다, 깨끗하다, 꽃넋, 꽃숨, 꽃숨결, 꽃단지, 꽃답다, 꽃다운, 말끔하다, 멀끔하다, 맑다, 맑음, 말갛다, 맑은넋, 맑넋, 맑은숨, 맑은숨결, 맑숨, 맨 2, 물방울 같다, 보얗다, 순, 숫-, 숫몸, 아름답다, 오로지, 오롯이, 오직, 온, 온빛, 온통, 옹글다, 이슬, 이슬같다, 티없다, 해곱다

영어 '순(soon)'을 쓰는 분이 꽤 돼요. 가게를 새로 열려 하거나 크게 고쳐서 다시 연다고 할 적에 이 영어를 담벼락에 내붙이기도 하더군요.

순(soon) → 곧, 곧이어, 나중, 다음, 담 2, 뒤, 뒷길 2, 머잖아, 머지않아, 살살, 슬슬, 앞길, 앞으로, 이제, 이제는

또한 한자말 '순(筍)'이 있어 '새순'처럼 쓰기도 하지요.

순(筍) → 눈, 새싹, 싹, 싹수, 느자구, 움

둘레(사회)에서 쓰는 모든 '순'을 어린이가 듣거나 배우거나 써야 할까요? 자리하고 때에 따라서 다 다르고 알맞으며 재미있고 새롭게 쓸 만한 우리말을 어린이한테 들려줄 수 있을까요? 어른이기에 어른답게 우리말 숨결을 살피고 숨빛을 북돋우고 숨통을 틔워서 새롭게 쓰는 말길을 열 수 있을까요?

한자말 '순(筍)'을 써도 나쁘지 않습니다만, 우리말 '눈·싹·움'이 어떻게 다르면서 비슷한가를 찬찬히 밝혀서 들려줄 적에 아름답고 어진 어른이 되리라 생각합니다. '싹수'는 언제 달리 쓰고 '느자구'란 사투리는 어떻게 태어났는가를 보태면 더없이 훌륭하겠지요.

영어 '순(soon)'을 써야 이웃나라 손님을 받을 만할까요? 우리말 '곧·나중·다음·담·뒤·머잖아·살살·앞으로·이제'를 어떻게 가려서 신나게 쓸 만한가를 보기를 들며 하나하나 알려주면 멋스러우리라 생각해요.

그리고 한자말 '순(純)'을 놓고도 우리말 쓰임새를 낱낱이 밝히고 보면, 우리말 살림살이가 얼마나 푸짐하면서 알찬가를 엿볼 만하구나 싶어요. 우리가 스스로 잊거나 잃은 낱말이 대단히 많지 않을까요? 우리가 스스로 등지거나 따돌린 우리말이 엄청나지는 않을까요?

길·길거리·골목·마을
틈·틈새·사이·새·길이·너비

입으로 말할 적에는 그냥 '거리'이지만, 하나는 '길'을 가리키는 우리말 '거리'이고, 다른 하나는 '틈'이나 '길이'를 가리키는 한자말 '거리(距離)'입니다. 요 몇 해 사이에 갑작스레 불거져서 쓰는 "사회적 거리두기"는 어린이한테 너무 안 어울릴 뿐더러, 생각을 못 키우는 딱딱한 말씨입니다. 우리 어른은 왜 새말을 지을 적에 어린이 삶결이나 숨결이나 눈높이는 아예 안 생각할까요? 어린이 입에 쉽게 달라붙고, 어린이부터 쉽게 알아보도록 새말을 짓는 마음은 왜 안 가꿀까요? 그야말로 '어린이 생각'은 밀쳐버린 판입니다.

우리말 '거리'는 길을 나타내면서 골목하고 마을을 나타내는 어느 자리를 그리지요. '책거리·책집거리'가 되고, '옷거리·멋거리·꽃거리'가 됩니다. 이런 길마냥 '생각거리·입을거리·챙길거리·웃음거리·얘깃거리'처럼 쓰는 다른 우리말 '-거리'가 있어요. 죽 이어나가도록 묶을 만한 결을 나타내는 '-거리'이기에 길을 나타내는 '거리'하고 속내가 닮아요. 두 우리말 '거리'를 가르려고 '-거리'는 '-꺼리'처럼 소리내기도 합니다.

**틈새두기**

얼마나 길거나 먼지를 살피는 한자말 '거리(距離)'인데 '길이 = 길 + 이'입니다. 길이란 낱말이 바탕이 되어 틈이나 사이를 살피는 속내를 나타내요.

우리가 "사회적 거리두기" 같은 이름이 아닌 "서로 틈새두기"나 "알맞게 떨어지기" 같은 이름을 쓴다면, 말뜻이 한결 또렷하기도 하지만, 돌림앓이판인 오늘날 서로 어떻게 어울리면서 마음을 기울이면 좋은가 하는 이야기도 펼 만합니다.

오늘날 큰고장 살림(도시 문명)은 너무 빡빡하거든요. 큰고장에 빈터나 빈틈이 너무 없습니다. 큰고장에 자동차가 너무 넘칩니다. 어린이가 뛰놀 골목이나 풀밭은 아예 없다시피하고, 쉼터(공원)는 몇 군데 없고 좁아요. 어린이가 나무를 타면서 나비를 따라 춤추고 제비 곁에서 활갯짓하듯 뒹굴 빈자리는 얼마나 될까요?

틈새두기란 사람하고 사람이 알맞게 떨어져야 한다는 뜻뿐 아니라, 이제는 마을하고 마을 사이에 숲이 있을 노릇이고, 집하고 집 사이에도 나무를 알맞게 심어서 큰고장이든 시골이든 푸르게 숨쉴 겨를이 있어야 한다는 뜻이라고 생각해요.

'숨쉴틈'하고 '숨돌릴틈'이 있으면 좋겠어요. 수수하게 '쉴틈'도 있어야겠고, 어린이한테는 '놀틈'이 있기를 바라요. 틈을 누리는 하루여야 눈길을 틔우고 생각을 터서 마음이 아름다이 싹틀 만합니다. 틈이 없다면 눈길을 틔우기 까다롭고 생각을 트기 어려우며 마음이 싹트지 못한 채 시들어요.

틈을 누리며 자라나는 어린이가 늘어야 누구나 튼튼합니다. 틈새도 없이 빠듯하거나 빡빡하게 몰아쳐야 한다면 튼튼하기 어렵습니다. 틈을 누리니 튼튼하고, 단단한 몸으로 거듭나고, 든든한 마음씨와 생각을 다스리지요.

순 아름답고 즐거운 말 한 마디로 눈빛과 삶결을 돌보면 좋겠습니다. 순 사랑스럽고 기쁜 글 한 줄로 손빛과 살림살이를 가꾸면 좋겠습니다. 먼먼 길도 첫걸음부터 뗀다지요. 아주 조그마한 낱말 하나를 마음에 곱다시 심어서 아름답게 가꾸는 참하고 슬기로운 어른으로 나아가기를 바랍니다.

# 순이돌이

서로 바라보는 눈빛으로

우리말을 우리말답게 쓰기를 바라는 분들이 으레 막히는 낱말 가운데 '여성·남성'이 있습니다. '남녀'를 '여남'으로 바꾸어 쓴들 달라질 삶은 없습니다. '부모'를 '모부'로 바꾸더라도 바뀔 살림은 없어요. 한자 앞뒤만 바꾸는 길은 그럴듯한 허울에 그칩니다.

국립국어원 낱말책은 우리말 '어버이'를 "아버지와 어머니를 아울러 이르는 말"로 풀이합니다. 그런데 잘 봐요. '어버이'에서 '버'는 '어' 다음에 있습니다. 어떻게 '어버이'를 "아버지와 어머니를 아울러 이르는 말"로 풀이할 수 있을까요? 엉뚱하지 않나요? 우리말 '어버이'는 "어머니와 아버지를 아울러 이르는 말"로 풀이해야 올바르지 않을까요?

그러나 이처럼 얄궂게 적은 뜻풀이를 알아보거나 바로잡자고 외치는 목소리는 아예 없다시피 합니다. 왜 그럴까요? 우리나라 사람들은 우리나라에서 태어나고 자라다 보니, "우리말은 그냥그냥 더 안 배워도 잘 할 만하지 않아?" 하고 여기더군요. 막상 자주 쓰고 흔히 쓰는 밑말(기본어휘)을 낱말책(사전)에서 안 찾아보기 일쑤입니다.

영어나 일본말이나 독일말을 배울 적에 어떤 낱말을 가장 자주 찾아볼까요? 바로 밑말입니다. 늘 쓸 수밖에 없는 가장 쉬운 말을 가장 자주 찾아볼 수밖에 없어요. 그런데 우리나라 사람들은 '우리말'을 놓고는 가장 쉬운 말은 오히려 아예 안 찾아봅니다. 낯설거나 알쏭달쏭하거나 처음 듣는구나 싶은, 또는 어려운 한자말이나 사라진 옛말을 알아보려고 할 적에만 낱말책을 찾아보려 해요.

다들 이러다 보니, 정작 우리나라 낱말책은 밑말 뜻풀이가 아주 엉터리입니다.

나쁘다 : 1. 좋지 아니하다

'나쁘다'를 "좋지 아니하다"로 풀이하면 어쩌자는 셈일까요.

굽다 : 한쪽으로 휘다
휘다 : 꼿꼿하던 물체가 구부러지다. 또는 그 물체를 구부리다

'굽다·휘다' 같은 돌림풀이를 본다면, 입이 쩍 벌어질 테지요. 뭔 소리일까요?

얼음 : 1. 물이 얼어서 굳어진 물질 ≒ 능시 2. 몸의 한 부분이 얼어서 신경이 마비된 것
능시(凌?) : 물이 얼어서 굳어진 물질 = 얼음

'얼음'을 찾아보면 비슷한말이라면서 '능시'를 붙이는데, 어느 누가 '능시'라는 한자말을 쓸까요? 이런 쓸데없는 한자 장난질을 그대로 두는 국립국어원 낱말책입니다.

저녁노을 : 해가 질 때의 노을 ≒ 만하·석하·적하

아침노을 : 아침 하늘이 햇살로 벌겋게 보이는 현상 ≒ 조하

황혼(黃昏) : 1. 해가 지고 어스름해질 때. 또는 그때의 어스름한 빛 ≒ 퇴경·혼모 2. 사람의 생애나 나라의 운명 따위가 한창인 고비를 지나 쇠퇴하여 종말에 이른 상태를 비유적으로 이르는 말 ≒ 염혼

누가 '만하·석하·적하'나 '조하' 같은 한자말을 쓸까요? 터무니없습니다. 한자말 '황혼'은 제법 쓰기는 합니다만, 우리말 '저녁노을'을 쓰면 될 뿐이에요. 그러나, 국립국어원 낱말책은 한자말 '황혼'을 풀이할 적에 '저녁노을'로 쓰면 된다고 안 알려주고, '퇴경·혼모'라는 뜬금없는 한자말을 더 붙입니다.

앞소리가 좀 길었습니다만, '남녀'도 '여남'도 '남자여자'도 '여자남자'도 아닌 우리말을 어떻게 쓰면 좋을까를 놓고 골머리를 앓는 분이 많았습니다.

'사내·계집'이나 '가시내·사내'나 '가스나·머스마'를 쓰면 되지 않느냐고 여기는 분이 많은데, '계집·가시내'란 우리말을 싫어하는 분이 매우 많습니다. 아무래도 이런 우리말이 어떤 말결이요 말뜻이며 말뿌리인지 제대로 짚거나 차근차근 알려주는 배움터(학교)도 책도 드문 탓입니다.

계집 : 1. '여자'를 낮잡아 이르는 말 2. '아내'를 낮잡아 이르는 말

게다가 국립국어원은 '계집'을 아예 '낮잡는' 말로 풀이를 떡 해놓습니다. 이런 뜻풀이를 읽을 사람들이 우리말을 사랑할 수 있을까요? 게다가 '가시내'는 사투리라면서 낱말책에 아예 안 실어요.

'가시내·사내'에서 '내'는 '사람'을 가리키는 말씨입니다.

이러면서 '내·냇물'하고 얽힙니다. 또한 '나'라는 낱말하고 맞물리지요. '가시내'에서 앞머리인 '가·갓'은 '메(山)'를 가리키는 오랜 낱말입니다. 또한 '가시(뾰족한 것)'나 '갓(모자)'을 가리킵니다. 맨 위쪽에 높이(뾰족이) 솟은 곳이나 것(살림)이 '갓'입니다. 우리말 '가시내'에서 '갓'은 깊고 너르며 당찬 숨결이 깃들어요. 엄청난 낱말이지요. 사내를 가리키는 사투리 '머스마'는 '머슴'하고 맞물리고, '머스마·머슴'은 "일하는 사람"이라는 밑뜻입니다.

곧 사투리 '가시내·머스마'는 먼먼 옛날부터 우리 겨레가 순이랑 돌이를 어떻게 느끼고 받아들이며 어우러지는 살림길이었나 하는 뿌리를 밝히는 뜻깊은 낱말이라고 하겠습니다.

우리는 이런 우리말을 들려주고 배우고 가르칠 노릇이에요. 우리말 속살하고 뿌리를 제대로 밝히고 차근차근 풀어 주어야 "계집 : 1. '여자'를 낮잡아 이르는 말" 같은 어처구니없는 뜻풀이를 바로잡을 수 있습니다. 적어도 "계집 : 1. '여자'를 가리키는 우리말"로는 적어야 올바릅니다.

여자(女子) : 1. 여성으로 태어난 사람 ≒ 여
여성(女性) : 1. 성(性)의 측면에서 여자를 이르는 말. 특히,
성년(成年)이 된 여자를 이른다 ≒ 여
남자(男子) : 1. 남성으로 태어난 사람 ≒ 남
남성(男性) : 1. 성(性)의 측면에서 남자를 이르는 말. 특히,
성년(成年)이 된 남자를 이른다 ≒ 남

자, 그러면 우리나라 낱말책은 '여자·남자'를 어떻게 뜻풀이를 하는지 들여다볼까요? 어떻습니까? 이런 뜻풀이를 읽

으면서 뭔가 알 만합니까? 국립국어원 벼슬아치는 낱말풀이를 이 따위로 해놓고 달삯(월급)을 날름날름 먹어도 되겠습니까?

여기서 제가 '여자·여성'하고 '남자·남성'을 알맞거나 올바르게 풀이를 해놓지는 않겠습니다. 왜냐하면, 이런 일을 해주자면 일삯을 받아야 하지 않겠어요? 우리말을 우리말답게 풀이하고, 우리가 쓰는 한자말도 알맞게 풀이할 몫을 하라고 일을 맡기기에 국립국어원 벼슬아치가 있습니다만, 그들은 일을 안 하고 내팽개쳐요.

> 순이 : 숲을 수수하게 품고서 숱한 슬기로 빛나는 사람
> 돌이 : 동무를 돌보듯 동글동글 둘레를 품어 빛나는 사람

먼 옛날부터 한자가 없이 살던 수수한 사람들은 흙을 짓고 풀꽃나무를 품으면서 숲빛으로 하루를 누렸습니다. '順이'나 '乭이'가 아닙니다. 그저 우리말인 '순이'하고 '돌이'입니다. '가시내'라는 낱말에 깃든 밑넋처럼 '순이'라는 낱말에는 '숲'이라는 숨결이 흘러요. '사내·머스마'로 잇는 밑결처럼 '돌이'라는 낱말에는 "일하는 길"을 어떻게 다스리는가 하는 숨결이 흐릅니다.

순이는 숲빛인 사람입니다. 돌이는 동그라미처럼 돌볼 줄 아는 사람, 모가 나지 않는 티없는 사랑으로 일하는 사람입니다.

우리는 서로 '순이돌이'라 부를 만해요. 어머니하고 아버지를 아울러 '어버이'이듯, '순이돌이'를 줄여 '순돌이'라 할 만합니다. 쉽게, 수월하게, 수수하게, 온누리를 푸리게 품는 풀빛 같은 눈망울로 서로 사랑하는 길을 슬기롭고 참하게 가

꾸는 순이돌이로 어깨동무하기를 바라는 마음입니다. 이 곁에 우리말을 우리말스럽게 돌보고요.

# 막말잔치

다스리는 삶과 말

---

어릴 적에는 "아 다르고 어 다르다"라는 옛말을 잘 못 알아들었습니다. 아무래도 어린이가 이 옛말을 알아듣기에는 어려울 만해요. 그러나 조금 더 생각을 기울이면 "바람이 살랑 분다"하고 "바람이 살랑살랑 분다"는 결이 다르니, 아 다르고 어 다른 까닭을 어렴풋이 헤아릴 만하기도 합니다.

이른바 '말맛'입니다. 말끝을 살짝 바꾸면서 말맛이 바뀌어요. 다시 말하자면 말끝마다 말결이 달라 말맛이 다릅니다. 말끝을 바꾸기에 말결이 새롭고 말맛이 살아나면서 말멋까지 생길 수 있어요.

말잔치 : 말로만 듣기 좋게 떠벌리는 일을 비유적으로 이르는 말
막말 : 1. 나오는 대로 함부로 하거나 속되게 말함. 또는 그렇게
하는 말 ≒ 막소리

말을 둘러싼 두 가지 낱말을 헤아려 봅니다. 먼저 '말잔치'입니다. 말잔치를 한다고 할 적에는 말로 즐거운 잔치가 아니라 떠벌이기를 가리켜요. '잔치'라는 말이 붙는데 뜻은 딴판이지요. 다음으로 '막말'을 헤아리면, 마구 하는 말이기에 줄여서 막말이에요. 이때에는 말뜻 그대로입니다.

자, 그러면 새롭게 생각해 봐요. '막말 + 말잔치'로 새말을

엮는다면 어떠할까요? 언제부터인가 '막말잔치'라는 말을 쓰는 분이 있어요. 요새는 이 '막말잔치'를 무척 널리 씁니다. 아직 낱말책에 안 실립니다만, 낱말책에 실리든 말든 사람들은 이 낱말이 매우 어울린다고 여겨서 알맞게 써요.

　'끝말잇기'가 있어요. 아이들이 스스로 말을 익히도록 놀이로 삼는 끝말잇기입니다. 끝말잇기처럼 '앞말잇기'라든지 '샛말잇기(사잇말잇기)'를 할 만해요. 처음에는 '말' 하나였습니다만, 어느새 여러모로 가지를 뻗어요. 말잇기놀이를 더 헤아리면 '텃말잇기'를 할 만하지요. 아직 텃말잇기를 하는 분을 못 보았습니다만, 서울말 한 마디를 놓고, 다 다른 고장 사람들이 모여서 제 고장 말씨로 외치는 놀이예요. 여러 가지 서울말을 놓고 제 고장 말마디를 얼마나 더 살피거나 헤아려서 말하며 말맛을 즐기느냐로 판가름하는 놀이예요.


## 텃말잇기 새말잇기

텃말잇기를 해볼 수 있으면 '새말잇기'를 해볼 만합니다. 아직 우리말로 슬기롭게 옮기지 못한 영어나 일본말이나 중국말을 놓고서, 저마다 한 마디씩 새롭게 우리말로 지어 보는 놀이예요. 반드시 글손질(국어순화)을 해야 한다는 어깨짐이 아닌, 즐거운 놀이로 새말잇기를 해본다면 뜻밖에도 무척 어울리면서 아름다운 새말을 얻을 만하지 싶어요.

　'막말잔치'로 돌아가 볼게요. 한자말로는 '폭언·폭설·언어폭력'을 사람들 나름대로 슬기로우면서 알맞고 재미있게 걸러내거나 새로 지은 말씨가 바로 '막말잔치'입니다. 막말을 일삼는 사람을 참으로 부드럽게 나무라면서 '막말잔치' 아닌

'꽃말잔치'가 되기를 바라는 뜻을 담았다고도 할 만해요. 참말로 '잔치'를 즐겁게 펼 수 있는 말을 하라는 뜻으로 '막말잔치'를 그만두라고 지청구를 한달 수도 있지요.


## 꽃말잔치 꿈그릇

어느새 새말이 하나 또 태어납니다. 꽃말잔치. 꽃길을 걷듯 꽃말을 나누는 자리라면 이때에는 잔치라는 이름에 걸맞게 즐거운 꽃말잔치입니다. 더 나아가 '웃음말잔치·사랑말잔치·꿈말잔치' 같은 말을 얼마든지 지을 만합니다. 그리고 꿈말잔치에서 눈을 번쩍 뜬 이웃님이 있다면 '버킷리스트' 같은 영어를 '꿈바구니'나 '꿈그릇'이나 '꿈꽃'처럼 새롭게 쓸 만하겠구나 하고 느낄 테고요.

말짓기는 참 쉽습니다. 누구나 할 수 있습니다. 살림을 짓고 사랑을 짓듯 부드러이 마음을 열면 언제 어디에서나 참하게 어울리도록 새말을 지을 수 있습니다.

밤손님 : '밤도둑'을 비유적으로 이르는 말 ≒ 밤손

온누리 모든 말은 저마다 아기자기하면서 재미있는데, 우리말에서 남달리 재미난 대목이 있으니, 바로 '밤손님' 같은 낱말입니다. 훔치는 짓을 일삼는 이를 두고 '도둑'이라고만 하지 않고 '손·손님'이라고 일컫은 셈인데요, 이 말은 오늘날 삶자리로만 생각해서는 제대로 알 길이 없지 싶어요. 왜 그러한가 하면 '손'이라는 낱말은 "다른 곳에서 찾아온 사람"을 가리키는 오래된 말이에요.

밤에 몰래 훔치려고 찾아온 이는, 이곳에 있던 이가 아닌 다른 곳에 있던 사람입니다. 다른 곳에서 이곳에 있는 알뜰한 것을 가로채려는 마음으로 모두 잠든 어두운 때에 찾아오니 '밤손'입니다. 게다가 이런 밤손에 '-님'을 붙여 '밤손님'이라고까지 했으니, 님은 님이로되 반갑지 않은 님이요, 이 반갑지 않은 님이 부디 여기 오지 말거나, 님다운 님이 되기를 바라는 뜻까지 담은 셈이에요.

밤손님이 밤에만 슬그머니 다녀가는 사람이 되지 말고 떳떳이 얼굴을 드러내어 이웃'님'이 되기를 바란다고 할까요. 똑같은 사람이지만 밤손님일 적하고 이웃님일 적은 사뭇 달라요.


## 님 놈

우리는 서로 어떤 님이 될 만할까요? 우리는 서로 어떤 님으로 어울릴 적에 즐겁거나 아름다울까요? 어깨동무를 하는 이웃님이 될까요? 목숨앗이 같은 밤손님이 될까요?

'님'은 고이 여기거나 거룩히 삼으려고 할 적에 붙입니다. 상냥하거나 반가운 동무로 삼으려고 하면서도 붙입니다. 귀엽기에 붙이기도 합니다. 그리고 매우 싫거나 얄궂다고 여길 적에 넌지시 붙여요.

지난날 사람들은 나라를 다스리는 이를 놓고 '임금님'이라 불러야 했습니다. 님을 안 붙이고 '임금'이라고만 했다가는 끌려가서 볼기를 흠씬 두들겨맞았지요. 그런데 아 다르고 어 달라 재미난 우리말인 터라, '님'을 살짝 바꾸면 '놈'이 되어요. 나라를 슬기롭고 아름다우며 착하게 다스릴 적에는 '임

금님'일 테지만, 나라를 엉터리로 휘젓거나 윽박지르거나 억
누를 적에는 '임금놈'이에요.


## 손놈

어느 모로 본다면 밤손님을 '밤손놈'이라 할 수 있었습니다.
이웃에 있는 분이 참으로 못마땅하면 '이웃놈'이라 할 수 있
어요. 말끝을 살짝 바꾸는데 뜻이며 느낌이 사뭇 달라요. 이
른바 '진상고객'이라는 요즈막에 새로 생긴 한자말이 있는데,
얼토당토않는 짓을 일삼는 손(손님)이 있다면 이이를 두고
'손님' 아닌 '손놈'이라 하면 어울리겠구나 싶습니다.

곰곰이 살피면 '선생님'을 놓고 '선생놈'이라 하기도 해
요. 가르치는 사람으로서 모자라거나 엉터리일 적에 이런 이
름을 씁니다. 님은 어느 날 놈이 될 수 있습니다. 거꾸로 놈이
어느 날 님이 될 수 있어요. 아 다르고 어 다르다는 말은 아주
작은 한 가지 때문에 스스로 높아지거나 낮아질 수 있다는 뜻
이기도 해요. 아주 작은 곳부터 찬찬히 살피며 아낄 줄 아는
몸짓이어야 한다는 뜻입니다. 아주 작은 곳이라고 업신여길
적에는 바로 놈이 됩니다. 아주 작은 곳을 살뜰히 돌볼 줄 알
기에 시나브로 님이 되어요.


## 다스리는 삶과 말

말 한 마디를 어떻게 다스리느냐는, 삶을 어떻게 다스리느냐
하고 맞닿습니다. 작은 말 하나라고 대수로이 여기지 않으면,

우리 삶도 작은 곳을 대수로이 여기지 않는 몸짓이에요. 말한 마디는 생각 한 줌입니다. 말 한 마디를 슬기로이 다스리면서 생각 한 줌을 슬기로이 다스립니다. 말 한 마디를 알뜰히 가꾸면서 생각 한 줌을 알뜰히 가꾸어요.

멋모르고 튀어나오는 막말잔치라기보다는, 여느 때에 삶을 마구 부렸기에 드러나는 막말잔치일 테니, 막말은 막삶에서 비롯합니다. 꽃말은 꽃삶에서 비롯할 테고, 사랑말은 사랑삶에서 비롯하겠지요. 넋과 말과 삶이 늘 한줄기인 줄 몸으로 느끼고 마음으로 살펴서 스스로 아름다울 수 있기를 바랍니다.

# 가을에 기쁘게 짓는 말

거두는가, 수확하는가

예전에는 누구나 스스로 말을 지어서 썼습니다. '예전'이라고 말씀합니다만, 이 예전은 '새마을' 물결이 생기기 앞서요, 배움터라는 곳이 없던 무렵이며, 찻길이나 씽씽이(자동차)가 시골 구석까지 드나들지 않던 때를 가리킵니다. 그래서 예전에 누구나 스스로 말을 지어서 쓰던 때라고 한다면, 사람들이 누구나 스스로 삶과 살림을 짓던 때입니다. 돈으로 밥이나 옷이나 집을 사지 않던 때에는, 참말로 사람들 누구나 제 말을 스스로 지어서 썼어요. 남한테서 배우지 않고 어버이와 동무와 언니와 이웃한테서 말을 물려받던 때에는 고장마다 마을마다 집집마다 다 다른 말을 저마다 즐겁고 고우며 정갈하게 썼어요.

오늘날 시골에서는 시골말이 차츰 밀리거나 사라집니다. 오늘도 즐겁고 어여쁘게 고장말을 쓰는 할매와 할배가 많습니다만, 할매와 할배가 아닌 마흔 줄이나 쉰 줄만 되어도 고장말을 드물게 쓰고, 스무 살이나 서른 살 즈음이면 높낮이를 빼고는 고장말이라 하기 어려워요. 열 살 언저리라면 시골에서도 서울말하고 거의 같지요.

## 손님 나그네

예전에는 '외지인(外地人)' 같은 한자말을 쓰던 시골사람이 없습니다. '외지인' 같은 한자말은 거의 다 일본 총칼나라(일제강점기) 무렵 이 땅에 들어왔습니다. 그러면 예전에는 시골사람이 어떤 말을 썼을까요? 바로 '손·손님'입니다. 때로는 '길손'이라 했고, '나그네'라고도 했어요. 서울에서 시골로 왔대서 모두 '서울사람'은 아니지만, 시골 할매나 할배는 도시에서 시골로 여행이나 관광을 온 사람을 두고 곧잘 '서울 손님'이라 말씀합니다. 이때에 '서울'은 인천 옆에 있는 그곳이 아닌 '시골하고 멀리 떨어진' 큰고장을 두루 가리킵니다.

한가을을 맞이하여 시골마다 '수확'으로 바쁘다고 합니다. 요즈음은 시골에서도 으레 '수확'이라고만 합니다. 흙두레(농협)에서도 마을지기 알림말에서도 읍내에서도 하나같이 '수확'입니다. 새뜸도 책도 하나같이 '수확' 타령이에요.

## 거두다

'수확(收穫)'은 "1. 익은 농작물을 거두어들임. 또는 거두어들인 농작물 2. 어떤 일을 하여 얻은 성과를 비유적으로 이르는 말"을 가리킨다고 합니다. 그러니 '거두어들이다'나 '거두다'로 손보면 되고, '열매'나 '보람'으로 손볼 수 있어요. 그런데 낱말책을 살피면 "큰 수확을 거두었다" 같은 보기글이 있습니다. "큰 열매를 거두었다"나 "크게 보람이 있었다"로 손보아야 할 텐데, '수확 1'이 "거두어들임"을 뜻하기도 하는 만큼 겹말이기도 해요. '거두다·거두어들이다'를 쓰기만 해도 넉넉할 텐데, 군이 한자말을 따로 쓰려 하면서 엉성한 말씨까지 나타나지 싶습니다. 그리고 낱말책에서 '거두어들이다'를 찾아보면 "1. 곡식이나 열매 따위를 한데 모으거나 수확하다"로 풀이합니다. '수확 = 거두어들이다'로 풀이하면서, '거두어들이다 = 수확하다'로 풀이하는 겹말풀이 얼거리입니다. 참 얄궂습니다.

벼 수확 → 벼베기 / 벼 거두기

수확의 계절 → 거두는 철 / 거두어들이는 철

수확을 보다 → 열매를 얻다 / 거두다 / 거두어들이다

학술회의에서 얻은 수확이 크다 → 배움모임에서 얻은 열매가 크다

큰 수확을 거두었다 → 크게 거두었다 / 큰 열매를 거두었다

'수확'과 함께 가을에 흔히 듣는 말로 '추수'가 있습니다. '추수(秋收)'는 "가을에 익은 곡식을 거두어들임"을 가리킨다고 합니다. 낱말책에는 "≒ 가을걷이·추가(秋稼)"처럼 비슷한말을 싣는데, 우리말 '가을걷이'는 "= 추수(秋收)"로 풀이하고 '추가'도 "= 추수(秋收)"로 풀이해요. 그런데 '추가' 같은 한자말은 쓸 일이 없다고 느낍니다.

그나저나 '추수 → 가을걷이'로 말풀이를 바로잡을 노릇이고, '가을걷이 = 가을에 익은 곡식을 걷는 일'처럼 말풀이를 고쳐야지 싶습니다. 그리고 '추수'는 '가을걷이'나 '벼베기'로 손질하면 되는데, 벼가 아닌 낟알을 벤다면 '밀베기·콩베기·보리베기'처럼 '-베기'를 뒷가지로 삼아서 새말을 넉넉히 지어서 쓸 수 있어요.

추수가 한창인 논 → 벼베기가 한창인 논

추수를 끝낸 훤한 논밭 → 가을걷이를 끝낸 훤한 논밭

벼를 추수하다 → 벼를 거두다 / 벼를 베다

그해 가을에 추수한 햅쌀 → 그해 가을에 거두어들인 햅쌀

쌀 삼천 석은 너끈히 추수할 → 쌀 세즈믄 섬은 너끈히 거둘

추수하는 즉시로 → 거두어들이는 대로 / 거두는 대로 곧

가을에 거두거나 베면 이제 낟알을 떨지요. '낟알떨이'라 할 테고, 밤나무 곁에서는 '밤떨이'를 해요. 감을 얻으려고 한다면 '감떨이'라 할 만합니다. 그런데 낟알을 떠는 일을 놓고도 요새는 '타작(打作)'이라는 한자말만 널리 쓰는구나 싶어요. 이런 흐름은 낱말책에도 이어져서 '타작'은 "1. 곡식의 이삭을 떨어서 낟알을 거두는 일 2. = 배메기"처럼 풀이하고, '바심'은 "= 타작"으로 풀이해요.

오랜 나날 시골사람 삶과 살림하고 함께 흐르던 '바심'은 꼬랑지로 처지는 낱말이 되어요. 이러다가 가뭇없이 사라져 버리는지 모릅니다. '콩바심'도 '깨바심'도 '조바심'도 시골사람 입이나 손이나 귀에서 차츰 잊혀져요. "조바심을 낸다"로도 쓰는 '조바심'은 조를 바심하는 일에서 비롯했어요.

## 가을꽃

'가을말'을 그려 보고 싶습니다. 가을에 짓는 푸진 가을살림을 헤아리면서 우리가 오늘 새롭게 지을 가을말을 찬찬히 노래해 보고 싶습니다. 이를테면, 이런 가을말을 그려 보고 싶어요. 가을에 피는 꽃은 '가을꽃'입니다. 가을에 피니 가을꽃일 뿐입니다. 낱말책에는 '추화(秋花)'라는 한자말이 나오는

데 구태여 '추화' 같은 낱말은 안 써도 된다고 느낍니다. 봄에 피는 꽃은 '봄꽃'일 테지요. 굳이 '춘화(春花)' 같은 말을 안 써도 됩니다. 꽃은 봄가을에만 피지 않기에 '여름꽃·겨울꽃'도 있을 텐데, 숱한 낱말책에는 '여름꽃'이나 '겨울꽃'이라는 낱말이 아직 안 오릅니다. 안타깝지요.

여름에 하는 일이라서 '여름일'이요, 가을에 하는 일이라서 '가을일·갈일'이에요. 시골에서는 여름이나 가을뿐 아니라 봄이나 겨울에도 똑같이 일을 합니다. '봄일·겨울일'이 따로 있지요. 그러나 낱말책에는 '봄일'이나 '겨울일' 같은 낱말은 아직 안 실려요. 아리송한 대목입니다.


## 밭노래 숲노래 살림노래

우리는 저마다 스스로 즐겁게 노래를 부릅니다. 봄에는 '봄노래'요, 가을에는 '가을노래'입니다. 일할 적에는 '일노래'요, 놀이할 적에는 '놀이노래'예요. 들에서는 '들노래'이고, 밭에서는 '밭노래'예요. 숲이라면 '숲노래'요, 바다라면 '바다노래'일 테지요. 이처럼 우리 나름대로 부르는 노래는 언제나 노래이니, 홀가분하면서도 즐겁게 '-노래'를 뒷가지로 삼아서 쓰면 됩니다. 그래서 살림을 짓는 살림꾼은 '살림노래'를 부르고, 서로 아끼는 사랑님은 서로 '사랑노래'를 불러요. 글로 이야기를 나누는 벗님이라면 '글노래'나 '벗님노래'를 부르지요. 손따룽 쪽글로 이야기를 할 적에도 '글노래'예요.

비록 오늘날에는 뚝 끊어진 노래이지만, 예부터 시골에서는 '시골노래'를 부르곤 했어요. '농요'가 아닌 '시골노래'입니다. '노동요'가 아닌 '일노래'이고, '동요'가 아닌 '놀이노래'나

'아이노래'예요. '민요'라고 하는 이름도 막상 여느 사람들로서는 안 쓰던 말이었으리라 느껴요. 여느 사람들은 '요(謠)'가 아닌 그냥 '노래'만 불렀을 테니까 말이지요.

## 한가위

낱말책에서 '한가위'를 찾아보면 "추석(秋夕)"으로 풀이합니다. 이는 '한가위'보다 '추석'이라는 한자말을 쓰라고 부추기는 말풀이입니다. '추석(秋夕)'은 "우리나라 명절의 하나. 음력 팔월 보름날이다. 신라의 가배(嘉俳)에서 유래하였다고 하며, 햅쌀로 송편을 빚고 햇과일 따위의 음식을 장만하여 차례를 지낸다."처럼 풀이해요. 아무래도 앞뒤가 바뀌었어요. 이 가을에 우리는 오롯이 기쁜 마음으로 가을말을 새롭게 지을 수 있을까요? 삶과 살림을 손수 지으며 말도 늘 손수 짓던 수수한 시골지기 마음을 이어받아 새롭게 아름다운 가을말을 노래하는 사랑으로 나아갈 수 있을까요?

## 2.
# 마음꽃

말을 새롭게 지으려면, 삶부터 새롭게 지을 노릇이다.
마음을 새로 가꾸려면, 즐겁게 살림을 가꾸면 넉넉하다.
맑게 눈빛을 가다듬으면, 어느새 사랑이 싹튼다.
마음이 꽃으로 피어나는 길을 곰곰이 헤아려 본다.

수수밥

길벗

꽃바르다

햇사랑

집옷밥

책숲마실

봄내음 피어나는 말

# 수수밥

하루한끼로 수수살림

요즘에는 거의 들을 일이 없으나 어린배움터를 다니던 1980
년대에 귀에 못이 박히도록 들은 말씨 가운데 '기술입국'이
있습니다. 우리는 땅이 좁고 밑감(자원)이 적지만 사람은 많
으니 저마다 '솜씨·재주·힘'을 키워서 나라를 일으켜야 한다
면서, 어린배움터에서 뭇 길잡이가 '기술입국'을 참 자주 읊
었는데, 2020년에 우리말로 나온 어느 일본 만화책에서 이
말씨를 새삼스레 보았습니다. 설마가 사람 잡는다고 합니다
만, 설마 싶은 웬만한 한자말은 일본을 거쳐서 들어왔습니다.
'기술입국'은 섬나라인 일본이 스스로 서려는 뜻으로 지은 말
씨더군요.

　아홉열 살이든 열두어 살이든 아이들이 '기술입국'이 뭔
소리인지 알아들을까요? 어른이라면 다 알아들을까요? 일본
말씨를 들여오더라도 '솜씨나라·재주나라'처럼 옮길 생각은
왜 안 했을까요?

　사람들에겐 다양한 특징이 있고
　→ 사람들은 다 다르고
　→ 사람들은 모두 다른 빛이고
　→ 사람들은 저마다 다르고
　→ 사람들은 누구나 빛나고

한자말 '특징'을 낱말책에서 뜻을 살피는 사람은 아마 거의 없지 싶습니다만, 이러다 보니 이 한자말이 무엇을 뜻하는지 모르는 분이 대단히 많습니다. '특징 : 특별히 눈에 뜨이는 점'이고, '특별 : 보통과 구별되게 다름'을 가리킨다는데 '구별 : 차이가 남'이요, '차이 : 서로 같지 아니하고 다름'이라지요. 간추리자면 '특징·특별·구별·차이 = 다르다'입니다. 우리말 '다르다'를 제대로 가릴 줄 모르면서 애먼 한자말을 아무렇게 나 쓰는 셈이니 "다양한 특징" 같은 겹말을 쓰고도 겹말인 줄 모르기 일쑤입니다.

수수하게 '다르다'라 하면 되고, '남다르다'나 '빛다르다'라 할 만하고, '도드라지다·두드러지다'나 '돋보이다·도두보이다'라 할 만해요. 꾸밈말을 붙여 "모두 다르다·저마다 다르다"나 "참 다르다·무척 다르다"라 해도 될 테지요.

부치거나 튀길 적에 '기름'을 씁니다. 한자로는 '유(油)'라 하는데, 기름이 기름인 까닭을 생각하거나 가르치는 어른은 드물어요. '기르다'에서 온 '기름'인데 말이지요. '포도씨기름'이든 '콩기름'이든 '돌기름(석탄)'이든, 살점이 알뜰히 붙은 열매로 나아가기에 고맙게 얻습니다. 수수한 말씨 하나이지만 어느 말이 어떤 뿌리로 퍼지는가를 짚으면서 알맞게 가려서 쓰고 널리 살려서 쓰는 길을 밝힌다면 누구보다 아이들이 오늘 우리 삶을 슬기로이 배우게 마련입니다.


일일일식(一日一食)의 소식이었다
→ 하루한끼만 조금 먹었다
→ 하루에 한끼만 조금 한다


하루에 한끼를 먹는다면 '하루한끼'라 하면 됩니다. 이 말씨가 낱말책(국어사전)에 없으면 우리가 먼저 스스로 즐겁게 써서 퍼뜨리면 됩니다. 하루에 두끼를 누리면 '하루두끼'로, 하루에 세끼를 누리면 '하루세끼'처럼 새말을 알맞게 퍼뜨리면 되어요.

이 땅에서 삶을 짓기에 이 땅에서 비롯한 말씨를 가만히 추슬러서 말을 짓습니다. 굳이 뛰어나야 하지 않습니다. 애써 훌륭하게 보여야 하지 않습니다. 수수하게 생각하면서 수수하게 말합니다. 투박하게 살림을 지으면서 투박하게 사랑할 말씨를 가다듬습니다.

조금 먹으니 "조금 먹는다"고 말해요. 구태여 '소식'이란 한자말을 써야 하지 않아요. 많이 먹으니 "많이 먹는다"고 말합니다. 굳이 '대식'이란 한자말은 안 써도 됩니다.


## 밥고래 수수밥

밥을 많이 먹으니 '밥보·밥꾼·밥꾸러기'입니다. '밥돌이·밥순이'라 해도 어울려요. 때로는 '밥고래·밥깨비'처럼 재미나게 쓸 만합니다.

그리고 여느 사람이 먹는 여느 밥자리란 '한식'도 '가정식'도 아닌 '수수밥'이나 '조촐밥'일 테지요. '단출밥'이나 '단촐밥'이라 해도 되어요. 한글로는 '소식'이라 적으나 한자가 다른 '소식(消息)'이 있어요. 어느 모로 보면 이 한자말은 그냥 쓰는 길이 낫다고 하지만, '알리다·알려주다·알림'이나 '알림글'로 풀어낼 만합니다. '다른일·딴일·새일'이나 '목소리·말·말씀·애기·이야기'로 풀어내어도 돼요. 자리를 살피고 때를 헤아리면 자리랑 때에 맞는 말씨가 하나둘 떠오르게 마련입니다.

말이 없기에 "말이 없다"고 해요. '무소식'이 아닙니다. 말이 없으니 '조용하다'고 하지요. 조용하니까 잘 지내나 보지요. "무소식이 희소식"이 아닙니다. 말이 없기에 걱정이 없고, 조용하니까 잘 있습니다.

귀신 같은 솜씨 → 빼어나다 . 솜씨있다

언제부터인가 퍼진 "귀신 같은 솜씨"는 얼마나 알맞을까요. 왜 '귀신' 같다고 할까요. 눈에 안 보일 만하도록 무엇을 한다는, 미처 알아보지 못했으나 어느새 한다는, 이러한 결이라면 '감쪽같다'라 했습니다. "감쪽같이 해낸다"고 하지요. 감쪽같이 해내는데 보기에 좋다면 '빼어나다·훌륭하다'요 '솜씨있다·재주있다'입니다.

여기에서도 생각해 봐요. '솜씨있다·재주있다'를 얼마든지 새말로 삼아서 쓸 만합니다. '멋있다·값있다·뜻있다'처럼 어떤 모습이나 몸짓이나 몸놀림이 남다르다고 여기면서 새말을 짓습니다.

**꿈있다 사랑있다**

아이들이 앞으로 '꿈있는' 마음이 되기를 바라요. 어른이라면 언제나 '사랑있는' 살림이 되기를 바랍니다. 말 한 마디를 살리는 길은 매우 쉽습니다. 스스로 살림길을 아름다이 다스리고 즐겁게 가꾸려는 마음이라면 우리는 누구나 스스로 새삼스레 말을 짓기 마련입니다.

스스로 삶이 즐겁지 않다면 옆사람 살림을 훔치거나 빼앗으려 들어요. 또는 남을 쳐다보면서 흉내를 내거나 따라합니다. 일본사람이 쓰던 '기술입국' 같은 말씨를 고스란히 흉내낸 이 나라 어른이 바로 안 즐거운 마음을 낱낱이 드러낸 셈이라고 느낍니다. 우리는 홀로서기(독립)를 할 노릇입니다. 혼자서 서기에 홀로서기라면, 즐겁게 사랑으로 살림을 세운다면 '사랑서기'입니다. 누구한테 기대지 않으려고 애쓴다면 '스스로서기'일 텐데, 서울바라기를 하지 않으려는 눈빛이라면 '마을세우기'를 하겠지요. 마을세우기 곁에는 '마을짓기'가 있을 테고, 마을짓기 둘레에는 '마을가꾸기'에 '마을나눔'이 있어요.

### 수수살림 ← 미니멀라이프 . 간소한 생활

수수하게 누리는 밥처럼 수수하게 짓는 살림입니다. 영어나 한자말이 아니어도 우리 살림을 너끈히 펼칠 만합니다. '수수살림'을 짓고, '작은살림'을 돌보고, '조촐살림'을 꾸립니다. '들꽃살림'을 품고, '푸른살림'을 펴며, '마을살림'을 일구지요.

수수하게 쓰는 말이니 '수수말'입니다. '일상용어'나 '생활용어'가 아닌 '수수말'이요 '여느말'입니다. '들꽃말'이자 '삶말'이고요. 우리는 누구나 들꽃입니다. 저마다 다르게 피고 지는 들꽃 한 송이입니다. 똑같은 들꽃은 하나도 없습니다. 무르익는 봄날에 나무 곁에 서 볼까요? 나무 한 그루에 돋는 나뭇잎 가운데 똑같은 무늬나 빛깔은 하나도 없습니다.

얼핏 수수하게 보여도 다 다르면서 빛나는 들꽃이요 나뭇잎이듯, 우리가 늘 혀에 얹는 말 한 마디는 새록새록 수수하면서 빛나는 넋이 되면 좋겠습니다. 시골 할매가 말을 꾸밀 일이 없고, 시골 할배가 억지스레 말을 치레하지 않습니다. 수수하게 시골말을 쓰는 곳에 아름드리숲이 무럭무럭 큽니다.

# 길벗

새자루에 담을 말

---

우리 삶터에서 말살림을 돌아보면 아직 우리 손으로 새말을 짓거나 가꾸는 힘이 모자라지 싶습니다. 손수 짓거나 스스로 가꾸려는 마음이 퍽 모자라구나 싶기도 합니다. 이웃나라에서 쓰는 말을 고스란히 따오는 분이 많은데, 우리 나름대로 새롭게 말을 지어서 쓰자는 생각이 처음부터 없구나 싶기도 해요. 나라(정치·행정)나 배움터(초·중·고등학교·대학교)뿐 아니라, 글을 쓰는 이까지, 제 나름대로 깜냥을 빛내어 말 한 마디를 새롭게 길어올리지 않기 일쑤입니다.

"새 술은 새 자루에"라는 이웃나라 삶말이 있습니다. 저는 '속담(俗談)'이 아닌 '삶말'로 고쳐서 쓰는데요, 한자 '속(俗)'은 '속되다'처럼 여느 사람을 낮거나 하찮게 보는 마음을 담아요. 수수한 사람들이 수수하게 쓰는 말은 낮거나 하찮게 보면서, 힘을 거머쥔 이들이 쓰는 한자를 높이려는 기운이 서린 '속담'이란 낱말이라고 할 만합니다. 그러나 속담이란 수수한 사람들이 저마다 삶자리에서 길어올린 짧은 말이에요. 삶을 지으면서 느끼거나 배운 이야기를 짤막히 간추렸기에 속담이라면, 이는 '삶이야기', 곧 '삶말'이라 할 만하구나 싶어요. 삶말은 때로는 '삶노래'가 될 수 있습니다.

## 삶말

아무튼 이웃나라 삶말 "새 술은 새 자루에"를 떠올린다면, 우리가 새로 맞아들이는 살림에 새로운 말을 붙여야 어울리겠구나 싶어요. 오늘살림(현대문명)이라는 새길을 굳이 영어나 일본 한자말로 이름을 붙이기보다 우리 나름대로 이름을 붙여 볼 만합니다. '삐삐'나 '손전화·집전화' 같은 말이 태어나듯이, '집밥'이나 '손글씨·손톱꽃' 같은 말도 태어나듯이, '나들목'이나 '맞이칸·마을쉼터' 같은 말도 짓듯이, 서둘러 바깥살림을 들이기보다는 찬찬히 바깥살림을 헤아려 우리 나름대로 즐길 길을 살피면 얼마든지 멋지거나 좋거나 알맞거나 훌륭하거나 곱게 새말을 우리 슬기로 지을 만합니다.

서두르기에 우리말로 새롭게 짓는 길을 안 걷는달 수 있습니다. 너무 빨리 바깥살림을 끌어들이려 하다 보니, 스스로 말을 짓는 마음을 잊는달 수 있어요. 한동안 느긋이 바라보거나 지켜보면서 마음을 기울이면, 누구나 어떤 것에든 알맞게 새말을 지을 수 있습니다.


## 자루

더 생각하면, 저는 "새 술은 새 자루에"라 말합니다만, 흔히들 "새 술은 새 부대에"라고 말하지요. 이 삶말에서 '부대(負袋)'는 일본 한자말이에요. '포(包)·포대(包袋)'도 우리말은 아닙니다. 이 대목을 생각해 보아야 합니다. 우리말은 따로 있습니다. 예부터 누구나 흔히 쓰던 말이 있으니, 이웃나라 삶말을 우리 삶자리로 받아들일 적에도 더 헤아리기를 바라요.

자, 우리말은 '자루'입니다. "새 술은 새 자루에"라 하면 됩니다. '자루'는 쓰임새가 넓으니, '비닐봉지'는 '비닐자루'라 하면 되어요.

## 떨꺼둥이

집을 떠나거나 잃은 채 한길에서 먹고자는 사람이 있습니다. 이들을 두고 어떤 이름으로 가리켜야 알맞을까 하고 생각할 겨를이 없이 불쑥 '홈리스(homeless)'라는 영어가 들어왔고, 왜 영어를 쓰느냐고 따지는 사람이 나타나자 '노숙자(露宿者)'라는 한자말로 이름을 바꾸더니, '-자(者)'라는 한자가 낮춤말이라 하면서, 다시 '노숙인(露宿人)'으로 바꾸었지요.

서둘러 말을 들여오려 하니 이렇게 뒤죽박죽이 됩니다. 더구나 서둘러 들여온 말을 놓고서 제대로 가다듬거나 손질하거나 지으려고 생각하지 않으니, 이리 바꾸고 저리 바꾸는데요, 이리저리 바꾸어도 그리 어울려 보이지 않습니다.

이런 이름 '홈리스·노숙자·노숙인'을 바라보던 어느 둘레에서 '떨꺼둥이'라는 오랜 말이 있는데 구태여 영어나 한자말을 쓰지 않아도 된다고 밝힌 적 있어요. 서울에서 집을 떠나거나 잃은 채 한길에서 지내는 이를 돌보는 일을 하는 두레에서 '떨꺼둥이'란 말을 찾아냈지요.

## 한뎃잠이

그런데 '-둥이'란 말끝, '떨꺼-'란 앞말, 이 두 가지가 못마땅하다고 여기는 분이 있어요. 말은 삶결을 고스란히 담는데, 이러한 말결을 바라보지 못할 적에는 오랜 말이 있어도 못마땅하게 여기거나 안 받아들이더군요. 저는 이런 모습을 보고 '한데·한뎃잠'이라는 틀을 바탕으로 '한뎃잠이'란 낱말을 지어 보았습니다. 한데에서 지내니 '한뎃잠이'라 하면 되겠구나 싶었어요. 말끝을 살짝 바꾸어 '한뎃잠벗·한뎃잠님'이라 할 수 있습니다.

이쯤에서 새말짓기를 멈추어도 됩니다. '떨꺼둥이·한뎃잠이'로 넉넉하다고 여겨도 되지요. 그리고 더 헤아리면서 새말을 지어도 됩니다. 길지 않으면서 뜻을 잘 담을 만한 결을 살핀다면, '길에서 사는 사람'이니까, 비슷한 틀로 다른 자리에서 사는 사람을 헤아리면 되어요. 이를테면 '들에서 사는 사람'이나 '집에서 사는 사람'을 헤아려 봅니다.


## 들살이 길살이

자, 들에서 사는 일을 무엇이라 할까요? '들살이'라 합니다. 집에서 살림을 하면 무엇이라 할까요? '집살림'이라 합니다. 들에서는 '들살이·들살림'이지요. 집에서는 '집살이·집살림'입니다. 그러면 '들살이·들살림'에서는 '들살이벗·들살이님'에다가 '들살림이·들살림벗·들살림님'이라는 새 이름을 얻습니다. '집살이·집살림'에서는 '집살이벗·집살이님'하고 '집살림이·집살림벗·집살림님'이라는 새 이름을 얻어요. 이제 길에서는 '길살이·길살림'이라는 말을 얻어요. 이다음으로는 '길살이벗·길살이님'하고 '길살림이·길살림벗·길살림님' 같은 말을 얻습니다.

말을 새로 짓기는 쉽습니다. 삶을 새로 짓기도 쉽습니다. 어렵지 않아요. 어렵다고 생각한다면 늘 어렵습니다. 씨앗을 심는 손길도 처음에는 낯설거나 어려울는지 몰라도, 한 걸음 딛고 두 걸음 딛다 보면 매우 쉬운 줄 알 수 있어요. 옛날부터 누구나 씨앗을 심어 흙을 보살피면서 먹을거리를 얻고 누렸어요. 이처럼 말이라는 씨앗도 누구나 마음밭에 심어 즐겁게 돌보면서 새롭게 열매를 거두듯, 알맞거나 좋은 새말을 얻을 만합니다.

## 길이웃

그리고 한 가지 말을 새로 지으면, 곁따라 다른 새로운 말을 두루 얻어요. 길에서 지내는 이웃을 생각해 보셔요. '길살이벗'이나 '길살림님'인 이들은 길에서 지내는 이웃이니 '길이웃'이라 해도 어울립니다. 길에서는 '길삶'을 짓습니다. 길삶을 짓는 이를 두고서 수수하게 '길벗·길님'이라 해도 됩니다.

　어느 모로 본다면, 굳이 '길살이벗·길살림님' 같은 이름을 붙이지 않아도 됩니다. 단출히 '길벗·길님'이라 할 수 있어요. 처음부터 이렇게 수수하며 단출한 이름을 쓸 만했어요. 집에서 살건 길에서 살건 모두 같은 사람이요 목숨이며 사랑이거든요.

　길에서 지내는 이웃을 길벗이나 길님이라 한다면, 이때에 몇 가지 새말을 저절로 얻습니다. 한집에서 지내는 사람을 가리키는 이름을 '집벗·집님'이라 할 수 있습니다. 일본 한자말 '가족'이든 우리 한자말 '식구'이든 고이 내려놓고서 오늘날에 걸맞게 새로운 이름으로 서로 부를 수 있습니다. '집벗님'

이라 해도 어울립니다.


## 숲벗

눈을 돌려 숲을 바라봅니다. 우리가 사는 이 별에는 사람만 있지 않습니다. 푸나무가 있고, 벌레하고 짐승하고 새가 있어 요. 풀밭을 바라보며 '풀벗·풀님·풀벗님'을 그립니다. 숲을 마 주하며 '숲벗·숲님·숲벗님'을 생각합니다.

이름을 불러 주셔요. 아무 이름이나 부르지 말고, 마음을 담아 사랑으로 지은 이름을 불러 주셔요. 이름을 지어 보아 요. 아무 이름이나 짓지 말고, 생각을 실어 슬기롭게 이름 하 나 지어요.

우리가 부르는 이름은 늘 우리 마음입니다. 우리가 듣는 이름은 늘 우리 생각을 북돋웁니다. 흔한 살림이나 작은 세간 에도 아무 이름이 아닌, 제대로 마음을 쏟아서 이름을 붙일 적에 삶이 새롭게 피어난다고 느낍니다. 이웃한테 어떤 이름 을 붙이면 즐거울까요? 벗을 어떤 이름으로 부르면 반가울까 요? 우리 이름은 우리 삶이요 사랑이며 슬기입니다.

# 꽃바르다

내려가지 않고 올라가지 않는

---

여러 고장에서 살아 보면서 곳곳에서 달리 쓰는 말씨를 느낍니다만, 이 가운데 매우 다른 말씨 한 가지가 있으니 '내려오다·올라가다'입니다.

　제가 나고자란 고장은 인천입니다. 모든 사람이 이렇게 말하지는 않으나, 적잖은 분들은 인천에서 수원이나 안산으로 갈 적만 해도 '내려간다'고 했습니다. 충청도나 대전에 갈 적에도 '내려간다'고 하지요. 그렇다고 인천에서 강화나 문산이나 파주에 가기에 '올라간다'고 하지 않아요. 인천서 서울로 갈 적에 비로소 '올라간다'고 합니다.

## 내려가다 올라가다

재미나다고 해야 할는지, 부산에서 인천에 오는 분도 더러 '올라간다'고 합니다. 인천서 부산에 갈 적에 '내려간다'고 하는 분도 많고요. 인천을 떠나 충북 충주에 살 적에는 대전으로 '올라간다'고 하는 분을 꽤 보았습니다. 대전에서는 충청도 곳곳으로 가는 길이 '내려간다'가 될 테지요.

　전라도에서는 어떨까요? 먼저 광주에서 이곳저곳으로 '내려간다'고 합니다. 다른 고을에서 광주로 '올라간다'고 합니다. 순천에서 광주로 '올라간다'고 하더군요. 광주에서 순천으로 '내려간다'고 해요. 아마 군산·목포·나주하고 광주 사이도 이와 비슷한 말씨를 쓰리라 여겨요. 그리고, 순천에서 고흥으로 '내려간다'고 하네요. 고흥에서는 순천으로 '올라간다'고 해요. 더 파고들면, 고흥군에서는 면소재지에서 고흥읍으로 '올라간다' 하고, 고흥읍에서 면소재지로 '내려간다'고 합니다. 마지막으로 면소재지에서 마을로 '내려간다' 하며, 마을에서 면소재지로 '올라간다' 하네요.


## 가다 오다 오가다

앞으로 남·북녘은 어떤 길을 걸을까 궁금합니다. 남·북녘이 어깨동무하는 사랑스러운 길을 걸어, 드디어 남·북녘 사이에 모든 길이 활짝 열리면, 이때에 우리는 어떤 길을 다니려나요? 이때에도 오르내리는 길일까요, 아니면 '오가는' 길일까요? 우리가 갈 길은 어디로든 '가다'하고 '오다'여야지 싶습니다.

전라도에서 시골 한켠이라면 우리나라에서는 귀퉁이나 구석일는지 모르지만, 둥그런 푸른별(지구)을 놓고 보면 귀퉁이나 구석은 없습니다. 푸른별에서는 위나 아래가 없어요. 모두 고르게 보금자리요 보금마을입니다. 자, 생각해 봐요. 포근하거나 아늑하거나 아름다운 집이기에 '보금자리'라면, 우리 집이 깃든 마을은 '보금마을'이 될 만할까요? 나아가 '보금고장'이나 '보금고을'이, 그리고 '보금나라'가 될 만한지요? 이리하여 푸른별은 '보금별'이 될 만한가요?

## 서울길 광주길 부산길 고흥길

어디로 가든 그저 길입니다. 윗길도 아랫길도 아닙니다. 한자말로 바꾸어 '상행선·하행선'이 아닙니다. 서울하고 부산 사이는 '서울길·부산길'입니다. 광주하고 평양 사이라면 '광주길·평양길'이겠지요.

남·북녘이 어깨동무하는 길에 접어들자면 어느 곳이 위나 아래가 아닌, 서로 어깨동무를 하는 '어깨나라'나 '어깨고을'이나 '어깨누리'가 될 수 있어야지 싶습니다. 남녘이라는 이곳에서도 모든 고장이 서로 '어깨고장'이 될 수 있어야 할 테고요.

인천에 사는 오랜 벗이 문득 "고흥으로 내려갈게. 거기서 보자."라든지 "인천으로 올라오면 미리 얘기해." 하고 말합니다. 저는 다음처럼 대꾸했어요. "'내려오'려면 오지 말고, 노래하며 즐겁게 '오려'면 오렴."이라든지 "인천으로 '올라갈' 일은 없고, 인천에 '갈' 일이 있으면 미리 얘기할게."


## 꽃차림

곱게 보이고 싶어서 옷을 차려입을 적에 한자말 '단장(丹粧)'을 곁들여 '꽃단장'한다고들 합니다. '단장'이란 한자말은 두 가지 뜻입니다. 첫째는 "곱게 꾸미다"이고, 둘째는 "손질하여 꾸미다"예요. 우리말로 하자면 '꾸미다'이지요. 곱게 보이고 싶어서 옷을 차려입는 몸짓이라면 '꾸밈'이라 할 만하고, 이를 '꽃꾸밈'이라 할 만해요.

우리는 꽃처럼 꾸미면서 삽니다. 남이 보기 좋도록 꽃처럼 꾸미기도 하지만, 스스로 마음부터 꽃답게 꾸밉니다. 아니, 마음을 꽃답게 가꿉니다. 마음에 맑으면서 밝은 씨앗을 심으려고 '꽃차림'을 하지요. '꽃마음'이 되도록 합니다.

남이 차려 놓은 눈부신 길을 걷는 우리 발걸음이 아닙니다. 스스로 가꾸면서 눈부신 길을 걷는 '꽃길'이에요. 우리 손길은 꽃손이 되고, 우리 눈빛은 꽃눈이 됩니다. 우리가 하는 일이라면 꽃일이 될 테고, 우리가 쓰는 글이나 하는 말은 꽃글하고 꽃말이 되어요.

## 꽃바르다

때로는 얼굴에 뭔가 발라서 곱게 보이려 합니다. 이때에 '화장품'을 바른다 하고, '화장한다'고 하는데요, 한자말 '화장(化粧)'은 "곱게 꾸미다"를 가리킬 뿐입니다. 가만히 보면, '단장·화장'은 '꾸미다'로 담아낼 만하고, 이 얼거리를 헤아리면, 우리가 얼굴에 발라서 곱게 꾸미려 할 적에는 '꽃바른다(꽃바르다)'고 할 수 있어요. '꽃바르다 ← 화장하다'인 셈이지요.

꽃처럼 되려고 꾸미면서 바르기에 '꽃가루'나 '꽃물'이에요. 꽃송이에서 날리는 꽃가루도 있을 테고, 우리가 얼굴에 남달리 바르는 꽃가루도 있을 테지요. 꽃에서 흐르는 꽃물도 있을 테고, 우리가 입술에 새롭게 바르는 꽃물도 있어요. 손톱이나 발톱에도 꽃물을 입혀요.

## 꽃가루

어떤 꽃가루로 꽃얼굴이 되면 고울까요? 어떤 꽃물로 꽃손톱이나 꽃발톱이 되면 아름다울까요? 어떤 꽃빔을 차려입고서 꽃길을 걸으면 이쁠까요?

값비싼 것을 쓰기에 꽃차림이 되지는 않습니다. 저마다 스스로 정갈히 짓거나 빚어서 누리는 살림살이가 아름답습니다. 차근차근 손수 지어서 보살피는 살림결이 고와요. 오랜 옛날부터 가꾸는 논밭이 살뜰합니다. 어쩌면 꽃밭이란, 꽃이 피어나는 밭뿐 아니라, 푸성귀를 알뜰히 건사할 줄 아는 밭자락을 가리키는 이름일 수 있습니다. 꽃밭처럼 꽃논, 꽃땅, 꽃숲, 꽃마을이 있고요. 꽃밭하고 꽃밭을 일구는 손길에서는 으레 꽃살림이 피어나리라 느낍니다.


## 먼지나라

이제 서울뿐 아니라 어느 곳에 가도 구름먼지로 휩싸입니다. 얼핏 안개처럼 보이지만 그냥 안개가 아닌 안개먼지입니다. 눈부신 햇살은 간곳없고 먼지하늘이 뒤덮습니다. 아무리 서울이 매캐해도 시골은 깨끗하다 했건만, 요즈음은 시골까지 갖가지 무시무시하고 아슬아슬한 것들이 넘쳐나느라, 시골바람이 예전 같지 않습니다. 큰고장은 워낙 매캐해서 더는 발전소나 송전탑이나 쓰레기터를 지을 곳이 모자라다며, 이런 곳을 온통 시골에 때려지으려 해요.

언제까지 빠른길(고속도로)하고 놀이뜰(경기장)을 더 올려야 할까요. 언제까지 기름 먹는 부릉이(자동차)를 더 늘려야 할까요. 왜 햇볕판을 빠른길 지붕으로 씌우려는 살림길은 없이 아름드리숲을 파헤쳐 마구 들여놓으려 할까요. 고흥 같은 고장은 '경비행기 시험장'처럼 끔찍한 막삽질을 벼슬힘으로 밀어붙입니다. 이 모두가 맞물리면서 먼지로 가득한 하늘이 되고, 온통 뿌연 먼지나라가 되어요.

## 죽임물 살림물

밭자락에 비닐을 씌우는 흙짓기가 사라지지 않고, 논자락에 죽음거름(화학비료)하고 죽임물(농약)을 뿌리는 흙짓기가 없어지지 않으면, 시골에서도 푸른바람은 일어나지 못하리라 느껴요. 몇 마디 말로만 곱게 살아갈 수 없습니다. 한 손에는 호미를 쥐는, 다른 한 손에는 새길을 배우려고 책을 드는, 살림하면서 넉넉히 배우며 어깨동무하는 길이 되어야 바야흐로 뿌옇고 매캐한 먼지를 가뭇없이 몰아낼 만하리라 봅니다.

풀을 죽이려고 뿌리기에 죽임물입니다. 죽임물을 뿌려서 살아날 풀은 없습니다. 더구나 풀죽임물은 풀뿐 아니라 땅을 죽이고, 땅밑으로 스며들면 냇물이며 샘물까지 죽이고, 나중에는 갯벌하고 바다까지 죽입니다.

바다에서 피어난 구름이 빗물로 바뀌어 내릴 적에는 들숲을 모두 살리고 먼지를 말끔히 씻어 줍니다. 빗물 바닷물은 살림물입니다. 풀을 죽이려는 물은 죽임물입니다. 앞으로는 어떤 물을 곁에 두는 길이어야 살림길이 될까요? 우리뭄 마음밭에 살림말을 놓는 하루인가요, 아니면 죽임말을 자꾸 심으려는 하루인가요?

# 햇사랑

참사랑을 나누는 사랑눈

---

우리말로 옮긴 어느 일본만화를 읽는데 "순애보인가?"라는 짤막한 한 마디를 보았습니다. 어른끼리 이야기하는 둘레에서 어렵지 않게 들을 수 있는 낱말인 '순애보'이지만 말뜻을 제대로 짚자는 마음으로 낱말책을 뒤적입니다. 그런데 이 낱말은 낱말책에 없습니다. 더 살피니 이 낱말은 1938년에 어느 분이 쓴 글에 붙은 이름이에요. 글이름이라서 낱말책에 없나 하고 헤아리면서 한문 '殉愛譜'를 뜯으니 "바치다(殉) + 사랑(愛) + 적다(譜)"로군요. "바치는 사랑을 적다"라든지 "사랑을 바친 이야기"로 풀이할 만합니다.

총칼수렁(일제강점기) 무렵에 나온 글인 터라 아무래도 글이름을 한문으로 적기 쉬웠을 테고, 중국말씨이거나 일본말씨일 테지요. 그렇다면 요즘은 어떻게 쓰거나 읽거나 말하거나 나눌 적에 어울리거나 즐겁거나 아름다울까요?

절절한 순애보 같았다 → 애틋한 사랑 같았다 / 애틋이 사랑에 바친 듯했다

스타들의 순애보를 보면 → 샛별들 사랑을 보면 / 별님들 사랑타령을 보면

그녀를 향한 순애보 → 그이를 보는 애틋사랑 / 그님을 보는 사랑

각별한 순애보를 짐작하게 했다 → 남다른 사랑을 어림해 본다

우리나라 사람이 지난날 쓴 글에 붙인 이름인 '순애보'라지만, 꽤나 묵은 말씨이니 오늘날에도 그대로 쓰기에는 안 어울릴 수 있습니다. 수수하게 '사랑'이라 하면 되고, '애틋한 사랑'이라든지 '사랑타령'이라 할 만해요. '사랑을 바치다'를 간추려 '사랑바침'이라 하거나 '애틋사랑'이라 해도 어울리겠지요.

아예 느낌을 새롭게 담아낼 수 있습니다. 이를테면 '해님 같은 사랑'을 말하고, '햇살 같은 사랑'을 말하며, '햇볕 같은 사랑'이라 말할 만하지요. '해 + 사랑' 얼개로 '햇사랑'이라 하면 어떨까요?

> 햇사랑·햇살사랑·햇빛사랑 ← 순애보(殉愛譜), 연가(戀歌), 열애, 순정(純情), 자애, 자비, 가호, 대자대비, 무한한 애정, 애지중지, 정성, 지극정성, 극진, 성심, 성의, 성심성의

'햇사랑·햇살사랑·햇빛사랑', 이렇게 세 마디를 새로 지어서 써 보니, 여러 가지 한자말이 머리에 줄줄이 떠오릅니다. 저 말고도 '햇사랑·햇살사랑·햇빛사랑' 같은 말을 쓰는 분이 있겠지요. 그저 바라보기만 해도 해님처럼 맑고 밝으며 포근하기에, 같이 있기만 해도 햇살처럼 눈부시기에, 말 몇 마디만 섞어도 햇빛처럼 환하게 퍼지는 기운이 곱기에 이러한 사랑을 그릴 만하지 싶습니다.


**첫사랑 풋사랑 참사랑**
**온사랑 두사랑 새모사랑**

낱말책을 살피면 '첫사랑·풋사랑·참사랑' 같은 낱말이 있습니

다. 우리는 이러한 사랑을 여러모로 펴거나 받거나 누리거나 나누면서 살아갑니다. 여기에 모든(온) 숨결을 담은 '온사랑'이라든지, 둘 사이에서 오락가락하는 '두사랑'이라든지, 세 사람이 얽힌 '세모사랑'이 있어요.

우리가 누리거나 조마조마하거나 설레거나 반가이 여기는 사랑을 놓고서 새삼스레 말 한 마디로 엮을 만하지 싶습니다. '하늘사랑'이라든지 '바다사랑'이라든지 '푸른사랑'이라든지 '하얀사랑' 같은 말도 넉넉히 쓸 만할 테고요.

때로는 바보스럽게 굴어 '바보사랑'입니다. 어버이나 어른이 아이를 아끼면서 '아이사랑'입니다. 아이가 어버이를 사랑하면 '어버이사랑'이에요. 이런 사랑을 두고 '내리사랑·치사랑' 같은 말이 따로 있습니다만, 수수하게 '아이사랑·어버이사랑'을 써도 쉽고 어울립니다.


## 밥사랑 옷사랑 집사랑
## 책사랑 노래사랑 이웃사랑


먹기를 좋아한다면 '밥사랑'이요, 옷을 좋아하기에 '옷사랑'입니다. 바깥에서 돌아다니기보다 집에 있기를 좋아하기에 '집사랑'이에요. 책이나 만화나 사진이나 그림이나 영화를 즐기면 이러한 즐길거리에 '-사랑'을 달아 볼 만합니다. '노래사랑'도 하고, '자전거사랑'도 하며, '나들이사랑'도 할 만해요. 이웃을 돕는다는 '이웃돕기'도 좋으나, 이보다는 '이웃사랑'이란 말을 쓰면 한결 어울리지 싶습니다.

나라하고 나라가 서로 사이좋게 지내려 하는, 이른바 평화협정을 놓고도 '이웃사랑' 같은 말을 쓸 수 있습니다. '마을

사랑'도 하고 '고장사랑'이며 '고을사랑'도 할 만하고, 밤하늘 별빛을 지켜보며 '별빛사랑'을 할 수 있어요.

어른사랑 ← 경로우대, 경로석

버스에 '경로석'이란 이름을 붙여놓곤 합니다. 뜻은 좋습니다만 '경로석' 같은 이름은 낡았다고 느껴요. 이제는 어린이도 쉽게 알아보고 느낄 수 있도록 '어른사랑'이라든지 '어른자리'란 이름을 붙이면 나으리라 생각합니다. 또는 '어른아이자리'나 '누구나자리'처럼, 어른하고 아이 누구나 같이 누리는 자리로 삼을 수 있어요.

오늘날 더없이 흔히 쓰지만, 가없이 좁은 틀에 가두기 일쑤인 '사랑'이란 낱말이지 싶습니다. 삶이 노래가 되도록 따뜻하면서 맑고 고이 마음을 쓰면서 나누려고 하는 숨결이 사랑이라고 한다면, 이 낱말을 이제는 슬기롭게 제대로 쓰도록 마음을 기울이기를 바라요.

벼슬아치 아닌 '벼슬지기' 같은 일꾼이 마을사람을 아끼는 마음이 되어 마을사랑을 펴는 길을 간다면 좋겠어요. 배움터에서는 길잡이가 되는 어른이 배움동무인 어린이하고 푸름이 곁에서 오롯이 사랑이란 마음으로 함께 가르치고 배운다면 좋겠어요. '교육열·입시교육·교과서 진도'가 아닌 '배움사랑'이란 마음으로 이야기를 편다면 확 달라질 만하겠지요.

## 배움사랑 글사랑

글을 쓰는 일을 하는 분이라면, 멋을 부리거나 그럴듯하게 꾸미거나 잘난척하는 글이 아니라, 옹글게 따사로운 숨을 함께 하는 마음이 되어 '글사랑'을 편다면 아름답습니다. 나아 보여야 할 까닭이 없어요. 높아 보여야 할 일이 없어요. 고스란히 사랑이라는 눈빛으로 이야기를 여미면 됩니다. 고요히 사랑이라는 손빛으로 이야기를 갈무리하면 됩니다.

논밭에 씨앗을 심는 손길은 투박하거나 거친 손이 아닌, 사랑이 어린 손입니다. 바로 '사랑손'이에요. 아픈 아이나 이웃을 달래거나 다독이기에 사랑손입니다. 이 땅을 넉넉히 돌보거나 가꾸기에 사랑손입니다. 서로 손을 맞잡거나 이바지를 할 줄 알기에 사랑손입니다.


## 사랑손 사랑눈

일을 하거나 글을 쓰는 자리에서는 사랑손이라면, 사람이 사람으로 마주하는 터라든지 사람이 숲을 바라보는 곳에서는 '사랑눈'이 되면 즐겁습니다. 개발 이익이란 이름이 아닌 푸른 마을이며 숲이 되도록 사랑눈으로 지켜볼 줄 알면 곱지요. 그리고 이웃이며 동무가 들려주는 말을 어질고 참되게 맞아들이는 귀가 되는, 이른바 '사랑귀'라면 한결 빛날 테고요.

사랑손, 사랑눈, 사랑귀, 이다음에는 사랑발, 사랑몸, 사랑숨이 될 테고, 차츰차츰 사랑빛에 사랑넋에 사랑길로 한 걸음씩 나아갈 수 있어요. 말 한 마디에 사랑을 심는 '사랑씨앗'이 퍼져서 자라기를 비는 마음입니다.

# 집옷밥 밥옷집 옷밥집

꽃바른말로 풀꽃책을

---

저는 어른이란 몸을 입은 오늘날에도 '의'를 소리내기가 쉽지 않습니다. 한동안 생각하고 가다듬고서야 비로소 '의'를 소리 냅니다. 혀짤배기에 말더듬이란 몸으로 태어나고 자란 터라, 어릴 적에는 더더욱 고단했습니다. 가만히 돌아보면, 요새는 둘레에서 이모저모 '입 속에서 혀랑 이를 어떻게 놀리면 되는 가'를 밝히거나 알려주는 이웃을 쉽게 만날 만하고, 지난날에 는 "의'를 비롯한 여러 소리를 어떻게 내면 되는가'를 차근차 근 보여주거나 알려준 이웃을 만나기가 쉽지 않았습니다.

## 을식주 으식주

'을식주'는 무엇이고 '으식주'는 뭘까요? 제가 어린배움터를 다 니던 1982~87년 무렵에는 날마다 시키고 때리는 길잡이가 많 았습니다. '시험'이란 이름이 붙은 일도 끝이 없었는데, '중간시 험·기말시험'뿐 아니라 '월말시험·쪽지시험'이 꼬박꼬박 뒤따 랐어요. 어느 갈래 어느 시험인지는 어렴풋하지만, '의식주'로 풀이(답)를 적어야 하는 일(문제)이 있었고, 적잖은 또래는 '을 식주·으식주'처럼 틀린 풀이를 적었습니다.

예전 배움터에서는, 이처럼 틀린 풀이를 적으면 길잡이가 종이(시험지)를 하나하나 넘기면서 '틀린 풀이를 적은 아이'를 자리에서 일으켜세웠어요. "야, 이게 뭐냐? 넌 우리말도 몰라? 어떻게 '의'를 '을'로 적을 수 있어?" 하고 꾸짖으면서 놀림감으로 삼았습니다. 저는 그때 틀린 풀이를 안 적었기에 놀림감이 안 되고 얻어맞지는 않았습니다. 그러나 '종이에 글로 적는 일'은 틀리지 않았으나, '입으로 소리를 내는 일'은 으레 버벅거리거나 헤맸어요.

## 옷밥집

한자말 '의식주'를 우리말로 옮기면 '옷밥집'입니다. 저는 혀짤배기에 말더듬이입니다만, 우리말 '옷밥집'은 소리가 안 새면서 말할 수 있고, 더듬지 않고도 수월하게 소리를 낼 만합니다.

　아스라한 지난날이기는 합니다만, 1982~87년 그무렵 어린배움터에서 '의식주'가 아닌 '옷밥집'을 적으라 했으면, 동무들도 '을식주·으식주' 사이에서 틀리지 않고 똑똑히 '옷밥집'을 적지 않았을까요? 때로는 '밥집옷'이나 '밥옷집'으로, 또는 '옷집밥'이나 '집밥옷'이나 '집옷밥'으로 적기도 했을 테고요.

## 밥옷집

남녘에서는 한자말로 '의식주'라 하고, 북녘에서는 한자말로 '식의주'라 합니다. 그런데 남북녘은 서로 옳다고 티격태격합니다. 얄궂은 노릇입니다. 옷을 먼저 적든 밥을 먼저 적든 무엇이 대수로울까요.

남북녘은 '의식주·식의주' 사이에서 다툴 까닭이 없어요. '옷밥집·밥옷집' 모두 받아들이면 됩니다. 올림말(표준말)을 하나만 세워야 하지 않습니다. 우리 살림살이를 단출히 아우르는 낱말을 여섯 가지 올려놓아도 즐겁고 아름다우면서 알뜰합니다.

'옷밥집·옷집밥'에 '밥옷집·밥집옷'에 '집옷밥·집밥옷'을 저마다 마음이 가는 대로 즐겁게 쓸 수 있으면 넉넉합니다. 남북녘은 누가 옳거니 그르거니 싸우거나 다투거나 겨루거나 아웅다웅하지 않아도 되어요. 서로서로 우리 살림살이를 사랑으로 보듬으면서 도란도란 북돋울 노릇입니다.

[숲노래 낱말책]
밥옷집 (밥 + 옷 + 집) : 밥과 옷과 집. 살아가며 누리거나 가꾸거나 펴는 세 가지 큰 살림을 아우르는 이름. 살아가며 곁에 두는 살림살이. (= 밥집옷·옷밥집·옷집밥·집밥옷·집옷밥. ← 의식주, 식의주)

낱말풀이를 할 적에 '나란히 쓸 낱말'을 붙여 주면 됩니다. 그리고 어떤 한자말이나 영어를 손질하거나 풀어내었는지 덧붙일 수 있습니다. 어느 한 가지를 어느 한 낱말로 가리키겠지요. 그런데 온누리에는 한 사람만 살지 않아요. 숱한 사람이 살고, 숱한 아이가 태어나서 자랍니다. 얼핏 보면 똑같은 한 가지이되, 다 다른 숱한 사람이 바라보는 터라 온갖 말이 태어나거나 깨어나거나 자라날 만합니다.

넉넉히 즐겁도록 여러 말씨를 품고 돌아보면서 나눌 수 있기를 바랍니다. 밥도 즐기고 옷도 누리고 집도 돌보면 됩니다. 옷도 짓고 밥도 짓고 집도 지으면 됩니다. 우리 집을 추스르고 우리 밥을 나누고 우리 옷을 펴면 되어요.


## 바르다 곧바르다 올바르다 똑바르다

'바르다' 하나를 놓고서 여러 낱말이 가지를 뻗습니다. 바탕은 '바르다'인데, '곧-'을 붙이느냐 '올-'을 붙이느냐 '똑-'을 붙이느냐에 따라 결이 조금씩 다릅니다. 우리는 여러 가지 '바르다'를 알맞게 살피면서 마음도 생각도 삶도 새록새록 가꿀 만합니다.

여기에 새말을 슬며시 얹을 수 있어요. 이를테면 '뜻바르다'나 '꽃바르다'나 '길바르다'나 '삶바르다'나 '사랑바르다'나 '참바르다'라 할 수 있어요. 뜻이 바르고, 꽃처럼 바르고, 길이 바르고, 삶이 바르고, 사랑스레 바르고, 참다이 바르다는 뜻으로 새말을 여밀 수 있습니다.

'바른길·바른넋·바른꿈·바른말·바른몸·바른짓·바른일·바른빛·바른꽃·바른숲'처럼 '바른-'을 앞에 놓고서 뒷말을 바꾸어 볼 만합니다. '꽃바른넋·꽃바른꿈'처럼 앞뒤에 한 마디씩 붙이는 새말을 여미어도 즐겁습니다.

꽃 + 바른 + 말

뜻도 곱고 즐겁게 담아서 소리를 내기에 수월하도록 엮는 말씨를 지어 봅니다. 누구나 살찌우는 말살림입니다. '입바른말(입바른소리)'을 해도 나쁘지는 않습니다만, 저는 '꽃바른말'을 하고 싶습니다. '꽃바른길'을 걷고 '꽃바른일'을 하면서

'꽃바른숲'으로 보금자리를 보듬고 싶습니다. '꽃다운삶'을 누리고 '꽃다운날'을 보내면서 '꽃다운글'을 쓸 생각입니다. 이리하여 '꽃담은삶'으로 나아가고 '꽃담은날'을 노래하면서 '꽃담은글'을 펼 만하지요.

철이 들어 상냥하면서 어질게 빛나는 사람이기에 '어른'입니다. 나이만 먹을 적에는 '어른'이 아닌 '늙은이'입니다. 철들고 빛나는 수수한 '어른'이어도 아름다울 테고, 철들고 빛나면서 곱게 '꽃어른'으로 설 수 있다면 새삼스레 반가워요.

꽃아이 곁에 꽃어른이 있으니, 서로 꽃사람입니다. 봄꽃을 사랑하는 봄꽃사람은 봄꽃마음으로 서로 만나면서 봄꽃글을 주고받습니다. 늦은꽃은 고즈넉하고, 이른꽃은 의젓합니다. 아침꽃은 해사하고, 저녁꽃은 그윽합니다. 꽃별처럼 초롱초롱한 마음이요, 꽃숲처럼 향긋하게 살리는 터전입니다.


## 풀꽃책

저는 '식물도감'을 펴지 않습니다. 으레 '풀꽃책'을 폅니다. 풀꽃나무를 담은 책이면 '풀꽃나무책'이라는 이름이 어울립니다. 풀꽃을 밥으로 삼으니 '풀밥·풀꽃밥'입니다. 굳이 '채식·비건'을 할 마음이 없습니다. '푸른밥'을 먹고 '풀빛밥'을 나눕니다. '푸른글·푸른말'을 헤아리면서 '푸른책·풀꽃책·숲책'을 옆구리에 끼고서 들길을 걷고 숲길을 지납니다.

# 책숲마실

책을 만나러 가다

---

제가 어릴 적에는 어디를 갈 적에 그냥 '간다(가다)'고 했습니다. 그저 갈 뿐이었어요. 옆집에 가든 아랫집에 가든 동무가 사는 집에 가든 늘 간다고 했어요. 배움터에도 가고 저잣거리에도 가며 작은아버지네에도 그저 갔습니다. 책집에도 가며 가게에도 가고 기차나루에도 갔지요.

좋아하는 곳이 따로 있어서 찾아간다고 하더라도 저뿐 아니라 둘레에서도 하나같이 '간다'고 했고, '가자'고 했으며, '갈까' 하고 물었어요. 때로는 '찾아가다'라고도 하지요. 그런데 어느 때부터인가 '여행'이나 '산책' 같은 한자말을 쓰는 분이 나타났습니다. '여행·산책' 같은 말을 곳곳에서 쓰며 '간다'고 말하는 사람이 부쩍 줄어요. 그리고 보면 "바람을 쐰다"고도 으레 말했지만, 이 말도 어느새 자취를 감춥니다.

## 가다 드나들다

저는 책집을 매우 사랑하는 사람은 아니지만, 책집을 퍽 자주 갔습니다. 책집을 자주 가니 '드나든다'고 이야기하는 분이 있고, '쏘다닌다'라든지 '들락거린다'고 이야기하는 분이 있어요. 저로서는 그냥 '갈' 뿐이지만 '드나들다·쏘다니다·들락거리다'라 말하는 분이 있으면 어쩐지 머쓱했습니다. 제가 그렇게 자주 가는가 싶어 가만히 돌아보곤 했어요.

스무 살이 넘은 뒤에도 책집에 늘 갔습니다. 이즈음부터 둘레에서 저한테 하는 말이 살짝 달라요. '책방 순례'를 한다거나 '책방 여행'을 한다고 말하는 분이 생기더군요. 때로는 '책방 투어'라든지 '북스토어 투어'를 한다고 말하는 분이 있어요.

깜짝 놀라서 손사래를 쳤습니다. "아니요, 아니라구요. 저는 책집에 그저 '갈' 뿐입니다. 책집에서 저를 부르는 책이 있고, 저 스스로 배울 책이 많아서 책집에 즐겁게 '갈' 뿐이에요." 하고 말했어요. 그러나 제가 하는 말, "책집에 '간다'"를 고스란히 받아들이는 분이 거의 없었습니다. 저로서는 퍽 거추장스러운 '순례·산책·여행·투어·답사'를 쓰고 싶지 않은데, "책집에 간다"를 수수하게 받아들이지 못하시는구나 싶어서 몇 가지 말을 지어 보았습니다.


## 책집마실

'나들이'하고 '마실'을 함께 썼어요. '나들이'는 석 글씨라 아무래도 '책집 나들이'처럼 띄어야 제맛이라고 느끼고, '마실'은 두 글씨라 '책집마실'처럼 붙이면 좋겠구나 싶었어요. 책집을 즐겁게 자주 다닌다면 '책집마실'이라 하고, 차 마시기를 좋아하면 '찻집마실'이라 할 만하며, '멧마실·들마실·바다마실·일본마실·섬마실·제주마실·서울마실'처럼 쓸 수 있겠다고 여겼습니다.

'책집마실(또는 책방마실)'이라는 이름을 1992년부터 썼으니, 어느덧 꽤 오래 썼구나 싶어요. 2018년 1월에 강원도 춘천으로 책집마실을 다녀오는데, 춘천 어느 마을책집에 '싸목싸목 책방마실'이라는 이름이 붙은 알림종이가 있습니다. 전라도 광주에 있는 마을책집으로 싸목싸목 즐겁게 마실해 보자는 이야기를 담은 종이입니다. 깜짝 놀랐어요. 저는 1992년부터 '책집마실(또는 책방마실)'이라는 이름을 씁니다만, 이 이름을 곱게 여겨 받아들이는 분은 드문드문 보았거든요. 그런데 이 이름을 광주시에서 덥석 받아안아서 쓰네요.

책집을 마실하자는 이야기를 벼슬터(공공기관) 알림종이로 만나니 싱숭생숭했습니다. 놀랐습니다. 반가우면서 아리송했습니다. 그리고 이 이름 '책집마실'을 널리 받아들여 퍼뜨리기까지 스물다섯 해 즈음 걸렸네 싶어 새삼스러웠습니다. 더디다 싶더라도 때가 무르익으면 얼마든지 고이 품어 주는구나 싶어요. 이러면서 생각을 하나 더 해 보았습니다. 둘레에서 아무도 '책집마실(책집 + 마실)'이라는 이름을 안 쓰던 무렵, '서점순례'나 '북스토어투어'나 '서점산책'이나 '북투어' 같은 말만 쓴 지난날 '책집마실'이라는 이름을 혼자서 투박하게 써 왔다면, 이제 이 이름은 이웃 여러분이 쓰라고 내려놓고서 제 나름대로 새 이름을 지어서 쓸 수 있겠구나 싶어요.

## 책숲마실

여러 해 앞서부터 '책숲마실'이라는 이름을 곧잘 씁니다. 우리가 읽는 모든 책은 숲에서 옵니다. 책을 빚는 종이는 나무요, 책종이로 삼는 나무는 우거진 숲에서 자라요. '책 = 종이'

라 할 수 있기에 '책숲마실'이라 할 만합니다. 더 헤아린다면 '책 = 숲'이니, '책집마실 = 숲마실'이라고 할 수 있어요. 책을 손에 쥐는 우리는 숲을 마실하듯 삶을 읽고 사람과 살림과 사랑을 읽는다고 할 수 있습니다. 이리하여 책을 고이 갖춘 가게는 '책집'이라는 이름이지만 '책숲'이나 그냥 '숲'이라고만 해도 되리라 여겨요. 이러면서도 나무가 아름다운 숲하고 다르게, 나무한테서 얻은 고마운 종이로 지은 책을 살뜰히 갖춘 곳(집)을 찾아갈 적에는 따로 '책숲마실'이나 '책집마실' 같은 이름을 쓰면 어울리고 좋겠다고 생각합니다.

이 대목에서 저는 한 가지를 더 생각해요. 저는 전남 고흥에서 서재도서관을 꾸리기에, '도서관'이라는 이름을 한결 살뜰하면서 포근하게 가리키고 싶은 마음이기도 합니다. '책 = 숲'이라면, 숲이 깃든 집이면서, 숲이라는 책을 더 아끼려는 집이라면, 도서관을 '책숲집'이라고 가리키면 어떠할까 싶더군요. 또는 '책숲'이라고만 해도 될 테고, '책뜰'이나 '책마루'라 해도 되겠지요.

여느 책집은 책을 사고파는 구실을 맡으면서 꾸준히 새로운 책이 드나듭니다. 도서관은 책을 고이 건사하면서 두고두고 읽는 자리로 제구실을 합니다. 그래서 '책방 = 책집'으로, '도서관 = 책숲'으로, 제 깜냥껏 새롭게 이름을 붙여 보고, 책방이나 도서관을 마실할 적에는 '책집마실·책숲마실' 같은 말을 붙여 봅니다.

여러모로 이웃님한테 낯설 수 있고, 좀 엉뚱한 이름일 수 있습니다. 그러나 저는 제가 가꾸는 살림을 돌아보면서 늘 새롭게 이름을 지으려 합니다. 다달이 받아서 읽는 잡지를 '월간잡지'라 하기보다는 '달책'이라는 이름을 저 혼자서 써 봅니다. 철마다 받아서 읽는 잡지는 '계간잡지' 아닌 '철책'이라는 이름을 저 혼자서 써 봐요.

## 숲책 밥책 살림책 글책

숲을 사랑하는 책이라면 '숲책(←환경책)'이라고 해 봅니다. '살림책(←육아서)'이나 '밥책(←요리책)'이나 '이야기책(←에세이)'이나 '글책(←문집, 논문)' 같은 이름도 붙여 봅니다.

예전에는 '책방 사장님'이라고 말했으나 요새는 '책집지기'나 '책집지기님'이라고 써요. 그리고 보면 이 이름도 '책뜰지기·책숲지기'라 바꾸어 볼 수 있네요. 저는 '출판계' 아닌 '책마을'을 말하고 싶으며, 책마을에서 책을 펴내는 분들한테 '책지기(출판사 직원)'라는 이름을 붙여 주고 싶어요.

책을 쓰는 이웃님이라면 '책쓴이(←필자·작가·저자·저술가)'라는 이름을 쓰고 싶습니다. 책을 쓰거나 책집·책숲집을 가꾸는 분은 '책길'을 걷는구나 싶고, '책넋'을 가꾸는 아름다운 일을 즐겁게 하는 '책벗'이자 '책동무'라고 느낍니다. 우리모두는 '책님'이란 이름을 붙일 만해요.

## 책넋 책님 책마당 책살림

책을 한껏 펼치기에 '책마당'입니다. 책으로 노래하고 춤추고 웃고 어우러지기에 '책잔치'입니다. 책을 이야기하는 자리는 '책수다'나 '책노래'라 할 만하고, 책을 놓고 조곤조곤 이야기를 펼치니 '이야기꽃'을 연다고 느낍니다. '책밭'을 저마다 알뜰히 가꾸면서 아름다운 '책터'를 지어요. 이 땅에 꼭 책만 있을 까닭은 없으나 때로는 '책나라·책누리'가 될 수 있겠지요. 책집지기도 책숲지기도 책지기도 '책살림'을 여밉니다. 우리는 다같이 '책읽기'를 누립니다. 좋다고 여기는 책을 돌려읽으면서 '책나눔'을 하고, '책고을'이나 '책고장'도 하나둘 태어나요. 책을 아주 잘 아는 슬기로운 분이 있다면 '책님'이지 싶고, 아이들은 '책순이·책돌이'가 되어 '책꿈·책사랑'을 키웁니다.

책으로 길을 열고, 책으로 숨을 틔우며, 책으로 배우기에 '책꽃'이 됩니다. '책나무'가 서고 '책씨'를 심으며 '책바람'이 불어요. 곱게 징검돌이 되어 새로운 '책말'이 무럭무럭 자라나기를 바라는 마음으로 2020년에 아예 《책숲마실》이라는 이름을 붙여 책을 한 자락 선보여 보았습니다.

# 봄내음 피어나는 말

어린이를 헤아리는 한 마디

저는 '날조(捏造)'라는 낱말을 안 씁니다. 한자말이기 때문에 안 쓰지 않습니다. 이 낱말을 들으면 못 알아듣는 이웃이 있기 때문입니다. 또 이 낱말 '날조'를 쓰면 아이들이 못 알아들어요. 저는 제 둘레에서 못 알아들을 만한 낱말을 구태여 쓰고 싶지 않습니다.

제가 쓰는 낱말은 '꾸미다'나 '거짓'입니다. "날조한 이야기"보다는 "꾸민 이야기"나 "거짓 이야기"라고 해야 둘레에서 쉽게 알아들을 만하다고 느껴요. 때로는 "속인 이야기"나 '속임·속임수'라고 해 볼 만할 테고요.

저는 '선명(鮮明)'이라는 낱말도 안 써요. 이 낱말도 한자말이라 안 쓰지 않아요. 이 낱말을 못 알아듣는 어린이 이웃이 많아요. 제가 쓰는 낱말은 '또렷하다'나 '뚜렷하다'예요. 때로는 '환하다'를 쓰고, 어느 때에는 "잘 보이다"라고 말해요. 어느 때에는 '산뜻하다'나 '맑다' 같은 말을 씁니다.

## 아주 무척 매우 몹시

찬찬히 생각하면 이모저모 재미나게 쓸 만한 낱말이 아주 많습니다. 많다고 할 적에는 '아주'라는 낱말뿐 아니라 '매우'라든지 '무척'이라든지 '몹시'가 있어요. '퍽'이나 '꽤'가 있어요. '참'이나 '참말'이나 '참으로'나 '참말로'도 있지요. '엄청나다'나 '어마어마하다'라든지 '대단히'도 있고요.

때로는 "끝없이 많다"나 "숱하게 많다"고 할 만해요. "그지없이 많다"라든지 "이루 말할 수 없이 많다"라고 해도 재미있어요. "셀 길 없이 많다"나 "까마득히 많다"고 해 볼 수 있고요. '되게' 같은 말을 쓸 만하고, 전라말로 '허벌나게'를 쓸 수 있지요.

우리가 쓸 말이란 우리 생각을 우리가 스스로 북돋울 만한 말이라고 느낍니다. 이냥저냥 뜻만 알아듣도록 하는 말이 아니에요. 마음을 싣고 생각을 실으면서 말 한 마디마다 이야기를 얹어서 하는 말이라고 느낍니다.

이런 이야기 가운데 '전설'이 있어요. 흔히 "옛날부터 내려온 전설"이라고 말하곤 합니다. '전설'이란 무엇일까요? 어른들 사이에서는 이 낱말이 그리 안 어려울 만하지만, 아이들한테는 '전설'조차 뜻밖에 퍽 어렵거나 낯선 낱말이곤 합니다.

전설(傳說) : 1. 옛날부터 민간에서 전하여 내려오는 이야기

옛날부터 이어서 내려오는 이야기를 가리키는 '전설'이라고 하는군요. 그러니까 '옛날이야기 = 전설'이라고도 할 만해요.

옛날이야기 : 예전부터 전해져 내려오는 이야기

자, 다같이 생각해 봐요. 낱말책에서 살핀 뜻풀이는 '전설·

옛날이야기' 모두 거의 같습니다. 그러면 우리는 어떤 낱말을 잘 고르거나 살피면서 쓰면 좋을까요? 어쩌면 우리는 옛날 옛적부터 '옛날이야기'나 '옛이야기'라는 낱말을 고이 물려받으면서 썼는데, 어느 때부터인가 이를 한자로 씌워서 '전설'을 함께 쓴 셈이지 않을까요? 시골에서 흙을 가꾸며 살던 수수한 사람들은 누구나 '옛날이야기·옛이야기'라는 낱말을 썼으나, 한문책을 읽거나 쓰던 이들은 이 수수한 우리말을 구태여 '傳說'이라는 한자 옷을 입힌 셈이지 싶어요. '傳說 = 내려온(傳) + 이야기(說)'인 얼거리예요.

'천성적(天性的)'은 "타고난 성품의 성격을 지닌"을 뜻하는 한자말입니다. 그러면 우리는 '천성적'하고 '타고난' 사이에서 어떤 말을 즐겁게 쓰면서 아이들한테 물려줄 만할까요? 이 땅에서 자라는 아이들은 어른한테서 어떤 말을 물려받을 적에 즐거울까요?

'혈혈단신(孑孑單身)'은 "의지할 곳이 없는 외로운 홀몸"을 뜻한대요. 그러면 우리는 '혈혈단신'하고 '홀몸' 가운데 어느 낱말을 골라서 쓰면 즐거울까요? 그냥 둘 다 쓰면 될까요? 아니면 '홀몸'을 쓰면서 '혼잣몸'이나 '외톨이'나 '외돌토리'나 '외톨박이' 같은 우리말을 두루 살필 수 있을까요?

외롭다 : 홀로 되거나 의지할 곳이 없어 쓸쓸하다
쓸쓸하다 : 외롭고 적막하다

낱말책을 살피면 '외롭다'하고 '쓸쓸하다'를 엉터리로 풀이해 놓아요. 그런데 말이지요, 이 엉터리 말풀이는 긴긴 해가 흘러도 안 바뀌어요. 우리말을 살피는 사람을 비롯해서, 낱말책을 엮는 사람에다가, 배움터에서 가르치는 사람조차

93

'외롭다·쓸쓸하다'를 어떻게 다루어야 할는지 생각조차 안 하지 싶어요.

무엇보다 우리 스스로 이렇게 흔하거나 수수하거나 쉬운 우리말을 낱말책에서 안 찾아보곤 합니다. 그냥 말을 하고 그냥 글을 써요. 우리 스스로 말뜻을 제대로 안 짚는 셈이에요. 이러다 보니 우리 스스로 낱말책이 엉터리인 줄 알아채지 못하고, 나무라지 못해요. 우리말과 낱말책을 슬기롭게 갈고닦거나 바로세우도록 이끌거나 북돋우지 못하고 맙니다.

세분화(細分化) : 사물이 여러 갈래로 자세히 갈라짐. 또는 그렇게 갈라지게 함
세분하다(細分-) : 사물을 여러 갈래로 자세히 나누거나 잘게 가르다
나누다 : 1. 하나를 둘 이상으로 가르다 2. 여러 가지가 섞인 것을 구분하여 분류하다
가르다 : 1. 쪼개거나 나누어 따로따로 되게 하다

봄날에 봄내음이 퍼지는 말을 써 볼 수 있기를 비는 마음입니다. 이웃하고 어깨동무를 할 수 있는 말을 쓰고, 어른하고 아이가 서로 손을 맞잡으면서 빙그레 웃음꽃을 지필 만한 말을 쓰기를 비는 마음이에요. 어른들은 '세분화·세분하다' 같은 말을 곧잘 쓰는데요, 이런 말을 아이들한테 들려주거나 가르쳐야 할는지, 또는 어린이책이나 배움책에 이런 말을 넣어야 할는지 생각해 보고 싶습니다. '나누다'라는 낱말이 있고, '가르다'라는 낱말이 있어요. 생각을 살찌우는 바탕말을 쓸 노릇이요, 이러면서 우리말을 우리말답게 다스려야지 싶어요.

## 돌림풀이 낱말책

그런데 '나누다·가르다'도 여느 낱말책 뜻풀이는 엉터리예요. 돌림풀이에 갇히더군요. 아이들이 '나누다·가르다'가 어떤 뜻인지 제대로 알아보려고 낱말책을 들추다가 이런 돌림풀이를 보면 어떤 마음이 될까요? 우리 어른들은 아이들한테 무엇을 남기거나 보여주는 말살림일까요?

　가장 쉬운 말을 외려 가장 어렵게 풀이하고 마는 오늘날 낱말책이에요. 가장 수수한 말을 되레 가장 엉터리로 다루고 마는 낱말책이기까지 하고요. 이런 얼거리라면 어른이나 어버이로서 아이한테 말을 슬기롭게 가르치거나 물려주기란 참 팍팍하거나 메마르거나 고단하거나 어지러운 노릇입니다.

　가장 쉬운 말부터 참말 가장 쉽게 다루면서 슬기롭게 쓰도록 이끌 노릇입니다. 가장 수수한 말부터 참으로 가장 수수하면서 사랑스레 갈고닦아서 빛내도록 북돋울 노릇이에요.


## 봄맞이꽃 봄맞이글

봄은 봄입니다. 한자를 쓰던 이들은 '立春大吉' 같은 글씨를 붓으로 척척 써서 붙였습니다만, 예부터 시골 흙지기는 '봄맞이꽃'을 살폈고 '봄나물'을 했습니다. 자, 이 '봄맞이글'을 곰곰이 생각해 보기로 해요. 봄이 되어 기쁜 기운이 찾아들기를 바란다면 "기쁜 봄" 같은 글씨를 쓸 수 있어요. "고운 봄"이나 "사랑 봄" 같은 글씨를 써도 돼요. "새봄 기쁨"이나 "기쁜 새봄" 같은 글씨도 재미있고 뜻있어요. "새로운 봄"이나 "해

맑은 봄"이나 "따스한 봄" 같은 글씨도 재미나고 뜻깊고요.

　다 다른 고장에서 다 다른 사랑을 지펴서 다 다르면서 아름답게 '봄맞이글'을 써 볼 수 있기를 빕니다. 또는 '봄글'을 써 보면 좋겠습니다. 아니면 '봄노래'를 지어서 불러 볼 만합니다. "고운 봄빛"이랑 "너른 봄내"랑 "향긋한 봄"이랑 '봄이야기'랑 '봄바람'이랑 '봄꽃잔치'랑 '봄나물밥'을 두루 헤아리는 하루입니다.

# 3.
# 살림꽃

오늘 하루를 누리기에 '살다·삶'이고,

오늘 이곳을 새롭게 지피기에 '살리다·살림'이다.

나하고 너, 둘이 '하늘·한울'처럼 어울리면,

어느새 '우리'로 만나면서 말빛을 밝힌다.

집

작은이로서 나사랑

손수 짓는 살림을 잃으면

다람쥐를 다람쥐라 못하다

가정주부가 아닙니다

달콤멋으로 '한말날'을

실컷

# 집

오래살 우리 보금자리

---

'장수'라고만 말하면 전라도에 사는 사람은 '전라북도 장수'
를 먼저 떠올리지 싶습니다. 이다음으로는 "오랫동안 산다"
는 뜻을 가리키는 한자말 '장수(長壽)'를 떠올릴 테고요. 낱말
책을 살피면 "장수(長壽)≒노수(老壽)·대수(大壽)·대춘지수·
만수(曼壽)·만수(萬壽)·수령(壽齡)·영수(永壽)·용수(龍壽)·하
년(遐年)·호수(胡壽)"라고 해서 비슷한말이라는 한자말이 잔
뜩 뒤따릅니다.


## 오래살다

지난날에 한문으로 글살림을 가꾼 분은 이렇게 갖은 한자말
을 썼겠지요. 그러나 이 가운데 오늘날 우리가 물려받아서 쓸
만한 낱말은 하나도 없지 싶습니다. '장수'란 한자말조차 '오
래살다'로 고쳐쓰면 그만입니다. '길게살다'나 '널리살다'나
'튼튼살다'처럼 오늘날 우리 살림살이를 헤아려 새롭고 재미
난 말을 얼마든지 지어서 쓸 만하지요.

　사투리란, 우리 스스로 마음을 기울여서 삶을 가꾸다가
문득 새로 지은 말입니다. 이러다 보니 사투리는 고장마다 다
를 뿐 아니라, 고을마다 다르고, 마을마다 다른데다가, 집집

마다 달라요. 고장이며 고을이며 마을이며 집집이며 살림이 다 달라서 사투리가 다 다르게 마련이에요. 다 다른 삶맛을 담아낸 말이니, 어느 곳 사투리를 들어도 맛깔나요. 다 다른 살림멋을 길어올린 말이기에, 어느 곳에서 어느 사투리를 들어도 재미있고 알차며 구성지고 신이 날 만합니다.

## 마병

'마병'이란 오랜 우리말이 있습니다. 한자말로는 '고물(古物)' 이지요. 우리 스스로 오랜 살림을 가꾸는 길이었으면 '마병장 수'라 했을 테고, '마병집·마병가게'라 했겠지요. '고물장수·고 물상'이 아니고 말이지요.

영어 '홈페이지'를 그냥 쓰는 분이 많지만, '누리집'이란 이름이 어엿이 있습니다. 누리그물로 들어가서 찾아가는 데 가 누리집이에요. 누리판에도 집이 있다는 생각이 대단해요. 다시 말해서 '집'이라고 하는 오래된 낱말 하나를 오늘날에 새롭게 살려서 쓰니까, 이 쓰임새는 낱말책에 고스란히 담을 수 있어야 합니다.

## 어린이집

더 살피면 '어린이집'이 있어요. 어린이가 다니는 배움자리인 데, 이곳이 '집'처럼 포근한 터전이 되기를 바라는 뜻을 담기 도 합니다. 잘 생각해 봐요. '어린이집'이라 할 적하고 '보육 원·보육시설'이라 할 적에 얼마나 다른가요? 어른들은 어린이한테 어떤 이름을 붙인 터전을 물려주고 싶습니까?

이렇게 이어가 보면 집을 놓고서 '학교'라 하겠는지 '배움집'이라 하겠는지를 새롭게 바라볼 수 있습니다. '학교' 같은 이름을 그대로 써도 나쁘지 않습니다. 그대로 쓰는 일이 그리 좋지는 않습니다만, 그렇다고 나쁘지는 않아요.

그대로 써도 나쁘지는 않으니 학교를 그냥 학교라고들 할 텐데, 오늘날 어린이하고 푸름이가 삶을 즐겁게 배우면서 살림을 사랑스레 배우기를 바란다면, 어떤 이름을 붙인 터전을 어린이하고 푸름이한테 물려주시겠습니까?

## 배움집

마치 집처럼 포근하면서 아늑한 배움자리라는 뜻으로 '배움집' 같은 이름을 붙일 만해요. 한자말을 우리말로 고쳐쓰자는 소리가 아닙니다. 우리가 혀에 얹어서 소리를 내거나 손에 붓을 쥐어 종이에 글씨를 그릴 적에, 느낌이 환하게 살아나면서 즐겁게 노래처럼 또르르 구르는 이슬같은 이름이 무엇일까 하고 생각할 노릇입니다. 쉬운 우리말로 새길을 찾을 수 있습니다.

새말을 지을 적에는 '글손질'을 할 까닭이 없습니다. '노래가 되는 이름'을 헤아려서 이렇게도 붙이고 저렇게도 지으면 되어요. 노래로 부르듯이 짓는 이름이니 억지로 꿰맞출 일이 없어요. 나긋나긋 상냥하게 부르듯이 짓습니다. 시원시원 씩씩하게 외치듯이 지어요.

## 살림집

우리가 사는 곳은 어디일까요? '가정'일까요, 아니면 '살림집'일까요? 우리는 '주택'에 살아요, 아니면 '집'에 살아요?

우리가 살아가는 곳이 '가정'이라면 '가장'이라는 사람이 있습니다. 우리가 살아가는 곳이 '살림집'이라면 '살림꾼'이나 '살림지기'나 '살림님'이나 '살림벗'이 있어요. 우리가 살림집에서 산다면, 우리 집 어린이나 푸름이는 '살림순이·살림돌이'랍니다. 가시내한테 집일을 도맡기는 얼거리가 아닌, 가시내랑 사내가 어깨동무를 하면서 같이 살림을 가꾸는 '살림벗'으로서 살림길을 열 수 있습니다. 자, 어떤 집에서 살고 싶습니까? 스스로 생각해야 합니다.

저는 아직 해남이란 고장을 찾아가지 못했습니다. 해남에서 알뜰히 이야기꽃 한마당을 펼 수 있다면 그곳을 찾아가려고 생각합니다. 해남이라는 곳에는 여러 시인을 둘러싸고서 '생가'나 '기념관'이나 '전시관'이나 '문학관'이 있습니다.

어른들은 이런 이름, 이른바 '생가·기념관·전시관·문학관'을 그냥 씁니다. 이런 이름이어야 어울린다고 여깁니다. 그러나 이는 어른들 생각입니다. 어른들 가운데에서도 한자말로 된 앎길(지식·학문)을 익힌 사람들 생각이에요. 다섯 살이나 열 살 어린이한테 이런 이름이 마음에 와닿을까요? 열다섯 살 푸름이한테도 그리 안 쉽거나 마음에 안 와닿을 만한 이름이 아닌가요?

## 글숲집

이름이란 더 많이 배우거나 읽은 어른한테만 쉽거나 와닿는 결로 붙이기보다는, 덜 알거나 어리숙해도 누구나 쉽게 받아들이거나 가슴으로 맞아들일 만한 결을 헤아려서 붙일 적에 서로 즐거우며 아름답지 싶습니다.

생각해 봐요. 고정희 님이나 김남주 님이 살던 집에는 어떤 이름을 붙이면 어울릴까요? "고정희 살던 집"이나 "김남주 살던 집"이라 하면 되어요. 문학관이라면 "고정희 글숲집"이나 "김남주 글숲집"이라 할 수 있습니다. 고정희 님이 쓴 글을 숲처럼 그러모은 집이란 뜻입니다. 이밖에 "김남주 살림숲집"이라 하면, 김남주 님하고 얽힌 살림길을 찬찬히 밝히면서 보여주는 집이란 뜻입니다. 이런 이름이 아니어도 "고정희 집"이나 "김남주 집"처럼 수수하게 이름을 붙일 만해요. 단출히 "고정희 글숲"이나 "김남주 살림숲"이라 해도 어울립니다.

집이에요. 오붓하게 오순도순 도란도란 즐거이 이야기꽃이 피어나는 집입니다. 집이지요. 누구나 기꺼이 맞아들여서 밥 한 그릇 나눌 수 있는 너른마당이 정갈하면서 고운 집입니다.


## 집살림 옷살림 밥살림

집을 집 그대로 바라볼 수 있다면, 어느 집이든 집답게 가꾸는 손길로 나아간다고 느껴요. 집을 집 그대로 바라보기에, 집살림이며 옷살림이며 밥살림을 스스로 정갈하면서 알뜰히 여미거나 맺으리라 느낍니다. 그리고 바로 이런 결을 이어서 말살림하고 글살림도 북돋우겠지요. '주택문화·주거문화'가 아닌 '집살림'입니다. '의복문화·복식문화'가 아닌 '옷살림'입니다. '음식문화·요리문화'가 아닌 '밥살림'이에요.

우리가 쓰는 모든 말은 살림에서 피어난 꽃입니다. 살림꽃이 바로 말이에요. 기쁘게 주고받은 살림꽃이라는 말을 종이에 살포시 얹으니, 살림열매로 흐드러집니다. 글이나 책이란 살림열매라 할 만합니다. 살림을 고이 지어서 얻었기에 널리 나누는 열매가 바로 글이나 책이거든요.

아침에 어느 책을 읽는데 '아수라장'이란 불교 한자말이 나옵니다. 낱말책을 뒤적였어요. 딱히 대단한 뜻이 없더군요. '싸움판'이라 하면 될 텐데, 불교라는 자리에서는 굳이 이런 이름을 쓸 뿐이네요.


## 싸움판 시끌판

여기에서도 더 헤아려 보면 좋겠어요. 첫걸음은 '싸움판'입니다. 다음으로 '싸움마당'이나 '싸움터'에요. '싸움투성이'가 되기도 할 테지요. 마구 싸우면서 어지럽다면 '북새통·북새판'입니다. '북새마당'도 어울려요. 마구 싸워 어지러우니 '어지럼판'이자, 시끌시끌할 테니 '시끌판·시끌마당'입니다.

말이란, 말이 나오는 결을 살려서 술술 펴고 나누면 되어요. 꼭 어느 한 가지 말만 쓸 일이 없습니다. 삶을 이루는 터전을 바라보면서, 살림을 짓는 손길을 아끼는 마음이라면, 말길이 저절로 트여요. 사랑을 하려는 눈빛으로 슬기롭게 마음을 밝히면 갖은 글길이 환히 열립니다.

## 책집 책나눔집 책짓는집 책숲

책을 사고파는 곳이기에 '책집'입니다. 또는 책을 짓는 곳이기에 '책집'이에요. 책을 다루는 길을 가니 두 곳이 모두 책집입니다. 갈래를 더 나눈다면, 책을 사고파는 일이란, 책을 나누는 길이니, '책나눔집'이라 할 만하고, 책을 짓는 일이란, 책으로 생각을 짓는 길이라서, '책짓는집'이라 할 수 있습니다. 숲에서 얻은 종이로 묶은 책을 널리 나누는 길이라서 '책숲집'이라 할 수 있습니다. 이른바 '도서관'은 책숲집이요, 단출히 '책숲'이라 할 만합니다.

일본을 거쳐서 들어온 한자말이든, 미국에서 들어온 영어이든, 그냥그냥 써도 나쁘지 않아요. 아직 모르겠으면 그대로 쓸 노릇일 터입니다만, 살짝 짬을 내어 생각하기를 바랍니다. 스스로 생각해야 스스로 말을 지어요. 스스로 사랑하면서 생각해야 스스로 살림을 지으니, 우리를 둘러싼 모든 말, 예부터 사투리란, 바로 사랑어린 살림을 짓는 손길에서 스스로 기쁘게 지은 자취로구나 하고 함께 배우기를 바랍니다.

# 작은이로서 나사랑

생각을 담는 말

사투리를 쓰는 사람은 오랫동안 작은이(소수자)였습니다. 지난날에는 임금·벼슬아치(관리)·글바치(작가)가 이 나라에서 한 줌(0.1%)조차 안 될 만큼 적고, 사투리를 쓰는 시골지기·흙지기가 99.9%를 넘었습니다만, 한 줌조차 안 되는 이들이 '글힘(글이라는 힘)'을 거머쥐고서 '글이 없이 말로만 이야기하며 살아가는 시골지기·흙지기'를 억눌렀어요. 지난날에는 거의 다(99.9%)라 할 시골사람 사투리하고 흙지기 고장말이 짓밟히면서 허덕였습니다.

이제 한글을 익히면 누구나 글을 쓰거나 읽는 터전입니다만, 서울말(표준어)이 아니면 찬밥이거나 따돌림이었어요. 그나마 2020년 언저리부터 고장말·마을말·사투리를 사랑하려는 목소리가 불거지고, 《전라도닷컴》 같은 달책이 스무 해가 넘도록 꾸준히 나오면서 '작디작은 목소리에 깃든 사랑스러운 마음'을 나누었어요.

## 작은이 큰이

작은이란 누구일까요? 우리 삶터에는 여러 작은이가 있어요. 아마 우리는 이런저런 곳에서는 큰이(다수자)일는지 몰라도,

뜻밖에 제법 여러 곳에서는 작은이라고 할 만합니다. 아직 우리나라조차 순이(여성)는 작은이입니다. 가운몫(1/2)을 차지하더라도 억눌려요. 열린배움터(대학교)를 못 들어간 사람도, 푸른배움터나 어린배움터를 못 다닌 사람도, 글을 못 익힌 사람도 작은이입니다. 부릉이(자동차)를 몰지 않는 사람도 작은이예요. 돈이나 힘이나 이름이 없어도 작은이입니다.

집(부동산)은 있되, 아이들이 마음껏 방방 뛰거나 춤추거나 노래하지 못하는 곳(이를테면 아파트)에서 산다면 작은이입니다. 풀꽃나무하고 마음으로 속삭이지 못하는 사람도 작은이라고 느낍니다. 나비나 잠자리를 손등에 앉혀서 함께 놀지 못하는 사람도 작은이라고 느껴요. 비바람하고 놀지 못하고, 햇볕을 스스럼없이 듬뿍 쬐지 못하는 사람도 작은이일 테지요.

달걀이나 밀가루가 몸에 안 받는 작은이가 있어요. 우리나라에서 태어났어도 '쌀'이 안 받는 작은이가 있습니다. 저는 김치하고 찬국수(냉면)가 몸에 안 받는 작은이입니다. 어디서 김치 냄새만 나도 메스껍지요. 우리나라에서 김치가 몸에 안 받아 괴로운 작은이는 얼마쯤 될까요? 아마 조용히 숨어서 사는지 모릅니다. 비린내 나는 먹을거리가 몸에 안 받는 작은이가 수두룩하고, 고기가 안 받는 작은이, 후추가 안 받는 작은이, 복숭아가 안 받는 작은이, 술을 못 마시는 작은이, 담배가 안 받는 작은이, 글은 도무지 못 쓰겠다는 작은이, 바느질을 못 하는 작은이, 빨리 못 달리는 작은이가 있어요.

작은이를 느끼고 헤아리면서 손을 맞잡아 이웃이 된다면, 삶이며 사람이며 사랑을 한결 넓고 깊이 맞아들일 수 있습니다. 이때에는 삶이 고스란히 묻어나는 말마디를 훨씬 넓고 깊이 생각하면서 배우겠지요.

바로·참말로·무엇보다·누구보다·아주·매우·무척·몹시·너무·더없이·그지없이·가없이·그야말로·이야말로·꼭·반드시·도무지·조금도·하나도·먼저·마땅히·늘·언제나·노상·첫째·으뜸·꼭두·꽃들·←단연코(斷然-), 단연(斷然)

　어느 이웃님이 아이들 앞에서 '단연코'라는 말을 자주 씁니다. 아이들이 귀엣말로 "저기, '단연코'가 무슨 코라는 소리야?" 하고 묻습니다. 아이들은 '기어코'나 '한사코' 같은 말을 들을 적에도 저 어른이 무슨 '코'를 그렇게 들먹이는지 아리송합니다.

　적잖은 어른들은 '코'를 말할 생각도 아니면서 왜 말끝만 '코'인 한자말을 구태여 쓸까요? 어린이라고 하는 작은이하고 마음으로 이웃이 되고 동무가 되면서 말을 섞고 생각을 나누면서 스스럼없고 즐거이 이야기꽃을 지필 마음은 언제쯤 품을까요?

　늘 쓰는 말이란 늘 맞이하는 하루입니다. 어느 낱말을 골라서 쓴다면, 스스로 어떠한 삶을 생각해서 그 길을 간다는 뜻입니다. 좋은 말이나 나쁜 말은 없이, 스스로 고른 삶에 걸맞게 흐르는 말이 있습니다. 스스로 살아낸 대로 낱말을 골라서 이녁 삶을 들려줍니다. 삶(경험)이 고스란히 말이 되어요.

## 생각을 담는 말

그렇다면 '삶'을 조금 더 삭여 '생각을 담을 말'을 한결 쉽고 수수하면서 부드럽게, 숲처럼 푸르고 하늘처럼 맑게 들려주는 길을 헤아릴 수 있을까요? 우리 곁에 있는 숱한 작은이를 살피면서 스스로 더 피어나는 마음으로 말 한 마디를 고르거나 다스릴 수 있을까요?

둘레에서 여러 이웃님이 쓰는 말을 듣다 보면 "굳이 저런 말을 골라서 쓰는구나" 하고 느낍니다만, 둘레에 계신 분은 바로 그분 삶에서 고르고 찾아서 펴는 낱말이면서, 스스로 받아들인 삶일 테지요.


## 푸른별

우리가 함께 살아가는 이곳을 한자말로 '지구'라 합니다만, 예부터 우리는 수수하게 '땅'이나 '별'이라고 했습니다. "우리 땅·우리 별"이라고도 했습니다. 오늘날에는 '땅·별·우리 땅·우리 별'만으로는 모자라다 할 만하니 '푸른별'처럼 새말을 지어도 좋습니다. 그런데 한글로 적는 '지구'를 둘레에서 으레 세 가지로 쓰더군요. '地球·持久·地區'입니다. 곰곰이 보면 셋 모두 일본을 거쳐 들어왔다고 해도 될 만큼 일본책에 흔히 나오는 한자말입니다.

우리는 '별'도 '오래'도 '칸'도 아닌 '地球·持久·地區'를 써야 할까요? 우리는 '푸른별'도 '버티기·견디기'도 '터·자리·곳·데'도 아닌 '地球·持久·地區'를 써야만 생각을 나눌 만할까요?

저는 어린이한테 '地球·持久·地區'를 쓸 마음이 없습니다. 어른한테도 이 세 가지 '지구'를 안 씁니다. 우리가 살아가는 별과 땅에서 스스로 슬기롭게 생각하면서 마음이 날갯짓하도록 북돋울 말을 새롭게 짓고 어린이하고 어깨동무할 적에 삶다운 삶이 되리라 봅니다.

나를 안 높여도 되지만 나를 애써 낮춰야 하지 않습니다.

책집마실을 하노라면 웬만한 책집마다 '자기계발서·자기개발서'가 잔뜩 있습니다. 잘 팔린대요. 그러면 '계발·개발'이란 한자말이 무슨 뜻인지는 얼마나 알까요? 굳이 '계발·개발' 같은 한자말을 끌어들여야 할까요? 우리는 스스로 허울을 뒤집어쓴 이름을 자꾸 쓰면서 스스로 작은이를 잃거나 잊거나 등지지 않을까요?

## 나사랑

나를 보는 일이 나쁘지 않습니다. 흔히 '개인주의·이기주의'를 나쁘게만 여기는데, 먼먼 옛날 중국에서 비롯한 '수신제가치국평천하' 같은 삶말은 '바로 나부터 제대로 사랑하며 바라보는 길'을 들려줍니다. '나사랑'부터 찬찬히 다져야 '나라사랑'이 된다고 했어요. "저만 생각하거나 아끼기"로 치달으면 둘레에서 고단하겠지만, "저이는 왜 저렇게 저만 생각할까?" 하고 문득 멈춰서 생각해 봐요. 저 사람 스스로 어디가 아프거나 고단한 작은이일까 하고 돌아보기로 해요.

우리는 '나보기·나사랑'을 제대로 하기에 '너보기·너사랑'으로 갑니다. '스스로보기·스스로사랑'을 슬기롭게 하기에 '우리보기·우리사랑'으로 이어요. 우리 스스로 내 보금자리부터 사랑으로 가꾸지 않는다면, 마을도 나라도 망가뜨리게 마련입니다. 사랑하고 '밥그릇 챙기기'는 달라요. 그러니까 '개인주의·이기주의 = 밥그릇 챙기기'입니다. '어깨동무 = 나보기·나사랑 + 너보기·너사랑'이에요. 말빛과 말씨와 말살림과 말짓기는 어깨동무일 적에 곱고 사랑스럽습니다.

# 손수 짓는 살림을 잃으면

미리내를 빛꽃에 담는 시골사람

한자말을 쓰는 일은 대수롭지 않습니다. 영어를 쓰는 일은 대단하지 않습니다. 한자말하고 영어를 안 쓰는 일은 놀랍지 않습니다. 어느 말을 골라서 쓰든 우리 마음을 알맞게 나타내거나 즐겁게 쓸 수 있으면 됩니다. 그런데 우리 마음을 알맞게 나타내거나 우리로서는 즐겁게 쓰는 말이라 하지만, 우리가 쓰는 말을 이웃이나 동무가 알아듣지 못하거나 어렵게 여긴다면 어떠할까요?

시골에서 흙을 만지는 이들은 씨앗을 심습니다. 봄에 심은 씨앗이라면 으레 가을에 거두기에 가을걷이를 합니다. 그렇지만 이러한 시골살림이 흙두레(농협)나 열린배움터나 나라일터(관청)에 가면 달라져요. 흙두레·열린배움터·나라일터에서는, 또 책을 쓰는 이들은 '흙'이 아닌 '토양'을 말합니다. '흙을 만진다'고 하지 않고 '토양을 관리한다'고 하지요. '씨앗을 심는다'는 말을 '파종을 한다'고 하고, '봄'을 '춘절기'라 하며, '거두기'를 '수확'이라 하고, '가을걷이'를 '추수'라 하지요. 한가을에 맞이하는 '한가위'를 놓고는 '추석'이나 '중추절'이라 해요.

이리하여, "시골에서 흙을 만지는 이는 씨앗을 심습니다. 봄에 심은 씨앗이라면 으레 가을에 거두기에 가을걷이를 합니다" 같은 말을 먹물판에서는 "농촌에서 토양을 관리하는 자는 종자를 파종한다. 춘절기에 파종한 종자라면 의례적으로 가을에 수확하기에 추수를 한다" 같은 말로 바뀌곤 합니다.


## 나락싹

한가위를 앞두고 흙두레에서 '배추 모종'을 판다면서 마을마다 얼마쯤 장만하려 하는가를 마을지기한테 여쭈고, 마을지기는 마을알림으로 마을사람한테 여쭙니다. 그런데 '모종(-種)'은 "어린 식물"도 가리키지만 "어린 식물을 옮겨 심는 일"도 가리켜요. 더 헤아리면 '모'는 '묘(苗)'에서 왔다고도 하고, 둘은 다른 낱말이라고도 하는데, 한겨레는 예부터 '싹'이라는 낱말을 썼어요. 새싹이 돋는다고 하지요. 비슷하게 '움'이라는 낱말도 써요. 그러나 '모종' 같은 말마디를 흙두레나 나라일터에서 널리 쓰면서 '싹·움' 같은 오랜 말씨는 빛이 바래거나 쓰임새를 잃습니다. 가만히 따지면, 밭에 옮겨서 심는 어린 풀포기는 '배추싹'이라 할 만합니다. 나락을 심으려 할 적에는 '나락싹'을 키우는 셈이고요.

　저는 시골집에서 살며 우리 집 밭이랑 뒤꼍에서 풀하고 나무를 살핍니다. 우리 집에서 새로 돋는 풀을 보고, 우리 집 나무에서 새로 돋는 잎을 바라보기에 아이들하고 함께 풀하고 나무를 살피면서 "여기 보렴. 싹이 텄네. 자, 이 싹이 앞으로 어떤 풀로 자랄는지 알겠니?" 하고 묻습니다. 봄마다 나뭇가지를 살피고 겨울마다 나뭇가지를 어루만지면서 "날이 더 포근하면 이 움에서 어떤 숨결이 새롭게 터질까?" 하고 물어요. 먹고 입고 자는 터전에서 풀하고 나무를 언제나 마주하기에 '싹'이 무엇이고 '움'이 무엇인지 아이들이 몸으로 느끼고 겪으면서 배울 만해요. 이러한 낱말은 책이나 말꽃(사전)만으로는 배우지 못해요.


## 미리내 별도랑

능금 한 알을 먹을 적에도 이와 같지요. 능금을 손수 베어서 먹어 보아야 능금을 알고 능금 맛을 말할 수 있어요. 복숭아나 배도 손수 베어서 먹어 보아야 복숭아나 배가 무엇이고 맛이 어떠한가를 알아요. 그림이나 빛꽃(사진)으로는 알 길이 없어요. 누리집으로 들여다본대서 알 길이 없지요.

밀물이나 썰물을 두 눈으로 지켜보지 못하고서는 밀물하고 썰물이 어떠한 '물결'인가를 깨닫기 어렵습니다. 밤마다 쏟아지는 '미리내'를 그야말로 깜깜한 시골이나 멧골에서 올려다보지 못하고 책이나 빛꽃이나 누리집으로만 보았다면 "냇물처럼 흐르는 숱한 별무리"를 놓고 '미리내'라 하는 까닭을 알기 어렵지요. 또 '미리내'가 무엇인가 하고 어렴풋하게 이름을 외웠어도 이름 외우기로만 그쳐요.

날마다 밤하늘에서 미리내를 보며 자라는 사람일 적에는 '별내'라는 낱말을 새로 지을 수 있어요. '별도랑'이라든지 '별시내' 같은 낱말을 새로 짓기도 할 테고요.

이 나라에서 숱한 사람들이 슬기롭거나 알맞거나 아름다운 우리말을 잊는다고 한다면, 배움터를 안 다녔거나 책을 안 읽었기 때문이 아니라고 느껴요. 이 나라가 흐르는 결대로 말이 바뀌기 마련이라, 오늘날에는 사람들이 '삶하고 동떨어진 글'을 지나치게 많이 머리에 담기 때문에 말을 잃는구나 싶어요. 몸으로 느끼지 못하고 마음으로 어루만지지 못하며 생각으로 갈고닦지 못하는 온갖 글이랑 책만 머리에 담거든요. 이렇게 해서는 말을 익히지 못해요. 갖은 한자말이나 영어를 마음껏 쓸 수는 있어도 이러한 말마디를 이웃이나 동무하고 어떻게 나누어야 하는가를 모르기 일쑤예요. '나는 내 생각을 나타내는 말'을 쓴다고 여기지만, 이 말이 이웃하고 동무한테는 너무 어렵거나 동떨어지고 말아요.

## 빛꽃

빛꽃을 찍기에 '찍는이(빛꽃님)'이고, 빛꽃을 찍으려고 '빛꽃틀(사진기)'을 손에 쥐어요. 그렇지만 꽤 많은 이들은 '포토그래퍼'라는 영어를 쓰고, '포토'를 '촬영'한다고 말해요. 사진기조차 아닌 '카메라'를 쓴다고 밝혀요. 나라는 하나이지만 말은 둘셋으로 갈갈이 쪼개진다고 할까요. 어떤 말을 어느 자리에 알맞게 쓸 적에 스스로 생각을 북돋우는 길을 트는가를 깨닫지 못하는 셈이요, 이웃하고 기쁨으로 어깨동무하는 길조차 생각을 못하는 셈이에요.

　'허위(虛僞)'라는 한자말이 있어요. 낱말책을 펴면 "진실이 아닌 것을 진실인 것처럼 꾸민 것"을 뜻한다고 해요. '진실(眞實)'은 "거짓이 없는 사실"을 뜻한대요. '사실(事實)'은 "실제로 있었던 일이나 현재에 있는 일"을 뜻하고, '실제(實際)'는 "사실의 경우나 형편"을 뜻한대요. 낱말책에 나오는 말풀이는 빙글빙글 돌아요. 빙글빙글 돌지만 실마리를 찾을 길이 없어요. 꼬리를 물고 무는 돌림풀이예요. '허위' 같은 한자말을 쓰는 일은 틀리지도 않고 나쁘지도 않습니다.

## 참 거짓

이쯤에서 문득 생각해 보아야지요. 왜냐하면 우리한테는 '거짓'이라는 낱말이 있거든요. '참'이라는 낱말도 있어요. '거짓·참'을 뒤로 밀어내고서 굳이 '허위·진실'이라는 한자말을 써야 하는가를 생각해 보아야 합니다.

참말로 생각해 볼 노릇이에요. 말 한 마디를 쓸 적에도 생각할 수 있어야 해요. 생각하지 않고서는 어떤 말도 제대로 못 써요. 생각하지 않는 사람은 이녁 말을 슬기롭게 가꾸지 못해요.

잘 짚어야 하는데, 우리가 쓰는 모든 말은 맨 처음에 어느 한 사람이 '생각'을 해서 지었어요. 생각하지 않고 태어난 낱말은 없어요. '바람'도 '하늘'도 '땅'도 '씨앗'도 '아이'도 '어른'도 모두 '사람'이 스스로 생각해서 지은 낱말이에요.


## 바람이

바람이(선풍기)를 보면 '미풍·약풍·강풍' 같은 글씨가 적혀요. 겨울에는 '온풍기'를 쓴다고 말해요. 그런데 '산들바람·여린바람·센바람'처럼 바람이에 글씨를 넣지 못해요. '따순바람'이나 '따뜻바람' 같은 말마디를 우리 스스로 생각하지 못하기 일쑤예요. 바다에서는 '바닷바람'인데, 이를 '해풍'이라고만 말하는 사람이 제법 있어요. 그러고 보면 바닷가는 '바닷가'이지만 이를 '해변'이나 '해안'이라고만 말하는 사람도 꽤 있어요. 이러다 보니 '해변가·해안가' 같은 겹말을 쓰면서도 엉터리인 줄 못 깨닫지요. 바닷가에 펼쳐진 '모래밭'을 보면서도 '모래사장'이라는 겹말을 엉뚱하게 쓰는 사람마저 많아요. '사장'이라는 한자말이 바로 '모래밭'을 가리키는 줄 모르거든요.

　우리 집은 시골에 있어서 '시골집'입니다. 저는 시골에서 살기에 '시골사람'입니다. 우리 집은 '촌가·농촌 주택·전원 주택'이 아닙니다. 저는 '촌사람'이나 '촌부'가 아닙니다. 시골에서 서울로 가는 길은 '상경'도 아니고 '서울로 올라가는' 일도 아닙니다. 그저 '서울로 가는' 일입니다. 거꾸로 시골로 돌아오는 일은 '시골로 내려가는' 일이나 '낙향'이 아니겠지요.


## 시골사람

사람이 쓰는 말은 저마다 스스로 생각하기에 지을 수 있습니다. 우리가 짓는 살림은 바로 우리 손으로 즐겁게 짓듯이, 말도 늘 우리 생각으로 즐겁게 짓습니다. 예부터 시골사람 누구나 살림을 손수 짓고, 흙을 손수 지으며, 말을 손수 지었어요. 생각도 마땅히 손수 지었을 테지요.

　오늘날은 밥이나 옷이나 집을 거의 다 '남이 공장에서 찍듯이 만들어' 놓고, 이를 돈으로 사다 쓰는 얼거리입니다. 이러다 보니 손수 짓는 살림이나 생각에서 멀어지면서 '남이 만든 것을 돈으로 쓰는' 흐름이니, 다달이 돈을 많이 버는 데에 생각을 온통 빼앗기면서 살림이나 삶이나 사랑을 손수 못 짓고 말아요. 이러면서 고운 말도 기쁜 말도 신나는 말도 몽땅 잃거나 잊어요. 작은 살림 한 가지라도, 좁은 텃밭 한 뙈기라도, 우리가 스스로 짓고 가꿀 적에 비로소 말을 살리면서 가꾸고 즐기는 길을 연다고 느낍니다.

# 다람쥐를 다람쥐라 못하다

이무롭게 갓국수 나누는 말맛

---

2017년 가을께 전남 고흥군 고흥읍에 있는 시외버스역 뒷간에 '아짐찬하요'라는 글월이 붙었습니다. 뭔 뜬금없는 글월인가 하고 쳐다보니, 사내들이 오줌을 눌 적에 한 걸음 가까이 다가서면 '아짐찬하다'는 소리입니다. 다만, 고흥 바깥 전라말로는 '아심찬하다'로 씁니다.

흔히 전라사람은 뭔 말을 할라치면 '거시기하다'라 한다고들 합니다. 고흥에서는 '거시기하다'라고는 거의 안 쓰고 '거석하다'라고 합니다. 낱말책을 살피면 '거석'을 경남말로만 다루는데, 경남말로만 여겨도 될까 아리송합니다.

그리고 '거시기하다'는 전라말이기만 하지 않습니다. 온나라에서 두루 쓰는 말입니다. 고흥에서 흔히 쓰는 '거석하다'를 놓고 낱말책은 '거식하다'라는 표준말을 싣기도 합니다.

더 헤아려 보면 '머시기'라는 말이 있고, 뭔가 뭉뚱그려서 말하는 자리라든지 또렷하게 안 떠오르지만 나타내고 싶은 말이 있을 적에 '무엇'이나 '거기'나 '그것'이나 '것'이나 '거'를 쓰곤 합니다. 고장마다 말씨가 살짝 다를 수 있어도 마음은 같을 터이니, 엇비슷한 말이 감칠맛나게 태어나고, 이런 감칠맛나는 말이 삶이나 넋을 한결 북돋아 주지 싶습니다.

mouse : 1. 쥐, 생쥐 2. [컴퓨터] 마우스

마우스(mouse) : [컴퓨터] 컴퓨터 입력 장치의 하나

요즈음은 셈틀(컴퓨터)을 안 쓰는 사람이 없다시피 합니다. 시골 할매 할배를 뺀다면 참말로 거의 모두 셈틀을 씁니다. 셈틀을 쓸 적에는 두 손으로 글판을 두들길 테고, 한 손으로 작고 둥그스름한 뭔가를, 머시기를 쥐게 마련입니다. 이 머시기를, 또는 거시기를 뭐라고 할까요? 아니, 뭐라고 이름을 붙이면 어울릴까요?

영어 이름 그대로 '컴퓨터'를 받아들인 이들은 '마우스'라는 영어를 그대로 받아들였습니다. 글을 치는 판을 놓고도 처음에는 '키보드'라는 영어를 그대로 받아들이더니, 요새는 '자판(字板)'이라는 한자말로 조금 손질해서 쓰곤 합니다.

먼저 '판'을 놓고 여러 가지를 생각할 수 있습니다. 이 낱말을 '윷판' 같은 자리에서 쓰는 우리말 '판'을 받아들여, 글쓰기에서 새로운 자리를 여는 뜻으로 '글판'이라 해볼 만합니다. 꼭 한자 '판(板)'만 써야 하지 않습니다.


## 셈틀

다음으로 '셈틀'을 헤아려 봅니다. '셈 + 틀'입니다. 베틀이나 재봉틀처럼 사람이 손으로만 일하기에는 살짝 벅차서, 좀 수월하게 일할 수 있도록 마련한 연장을 '틀'이라 해요. '셈'은 '생각'하고 뿌리가 같은 낱말이고, '세다(셈)'는 '헤다(헤아리다)'하고 뿌리가 같습니다. 컴퓨터라는 기계는 2진법으로 움직여요. 다시 말해서 2진법 숫자(세다) 얼거리요, 생각을 넓히는(헤다) 틀거리입니다. 이런 짜임새와 구실을 돌아볼 수

있다면 '셈틀'이란 낱말은 참으로 멋지고 알맞습니다.

## 다람쥐

이다음으로 '마우스'를 살필게요. 영어 낱말책을 살피지 않더라도 영어를 쓰는 나라에서는 생쥐도 '마우스'요, 셈틀을 다룰 적에 손에 쥐는 거시기도 '마우스'입니다. 그렇다면 우리도 생각해 보아야지요. 생쥐이든 쥐이든 다람쥐이든 숲이나 들이나 수채에서 사는 짐승도 온갖 '쥐'요, 셈틀을 다루면서 곁에 두는 머시기도 '쥐'라 할 만합니다. 그냥 '다람쥐'를 움직여 셈틀을 다룬다고 해도 됩니다. 또는 '다람이'라는 이름을 써도 되고, '잡이쥐(잡고 쓰는 연장이되 쥐처럼 생겼다는 뜻)'라 한다든지 '셈쥐(셈틀을 다룰 적에 쓰는 연장이되 쥐처럼 생겼다는 뜻)'라 한다든지 '손쥐(손으로 쥐고 움직여 셈틀을 쓰도록 하는 연장이되 쥐처럼 생겼다는 뜻)' 같은 새말을 빚을 만해요.

　모두 생각하기 나름입니다. 영어로 '마우스'가 두 가지를 가리키듯, 우리말로 '다람쥐'가 두 가지를 가리켜도 즐겁습니다. 또는 우리 나름대로 슬기를 뽐내어 새롭게 낱말을 지어도 즐거워요.

## 이무롭다 허물없다

전주마실을 하던 얼마 앞서 문득 "'이무로운' 사이"라는 말이 귓등을 스칩니다. 곁에 앉은 분들이 이야기를 하다가 서로 이 말을 쓰는데, 제법 전라살이를 하는 저한테는 낯설면서 낯익은 말입니다. 제가 나고 자란 곳은 인천 바닷가라서 '이무롭다'라는 말을 들을 적마다 어쩐지 '이물·고물'이 퍼뜩 떠오르지만, '무르다'라든지 '물'이라는 낱말도 함께 떠오릅니다. '허물없다'라든지 '사이좋다'라고만 하기에는 살며시 결이 다른 '이무롭다'를 혀에 얹으면서 새삼스럽네 싶습니다.

마치 '살갑다'하고 '슬겁다'가 뜻으로는 같다고 하더라도 결로는 달라서 혀에 감기는 이야기가 가만히 벌어지는 느낌이라고 할 수 있습니다. 어느 나라나 겨레도 매한가지일 텐데, 영어라면 o 다르고 i 다르다 할 테고, 우리말에서는 아 다르고 어 다르다 합니다.

## 말맛

우리가 이 땅에서 쓰는 말은 씨(품사)나 맞춤길이나 글틀(문법)이라는 이름으로는 가르거나 따질 수 없는 맛이 남달리 있어요. 하늬녘(서양) 글틀에 맞추다가는 말맛을 살리지 못하기 일쑤입니다. 이때에는 얄궂게 옮김말씨에 갇히지요. 이웃나라는 이웃나라대로 말맛이 있고, 우리는 우리대로 말맛이 있어요. 다 다르기에 다 다른 낱말하고 말씨로 이야기를 엮습니다. 좋거나 나은 말이 없이 언제나 서로 다르게 빛나는 말입니다.

## 짜장국수 찬국수

이를테면 '자장면'이라 한들 '짜장면'이라 한들 대수롭지 않습니다. 저는 아이한테도 이웃한테도 '짜장국수'라고 말합니다. '냉면'이란 말조차 안 써요. 저는 '찬국수'라고 합니다. 예부터 배달겨레가 즐겨먹은 국수라면 '잔치국수'라는 이름이 있어요. '막국수'란 두 가지로 읽힐 수 있는데, 하나는 투박하게 삶은 국수라면, 다른 하나는 이제 갓 삶은 국수입니다. '막걸리'란 술도 이처럼 '투박하게 거른 술' 하나하고 '이제 바로 거른 술' 두 가지로 읽을 만합니다. 왜 그러한가 하면, 술이란 빨리 삭이지 못하는 마실거리이거든요. 마실 술이 되려면 꽤 오래 기다려야 하는데 막걸리는 그리 오래 기다리지 않아도 마실 수 있어요. 어쩌면 '막-'이라는 낱말은 투박한 맛하고 이제 바로 담근 맛을 아우르는 결이 흐른다고 할 만합니다. '막' 하고 '갓'은 쓰임새가 부드러우면서 새삼스레 얽히면서 갈릴 테고요.

## 갓국수

이 대목까지 생각줄을 이었으면 바야흐로 새말 몇 가지를 짓는 길을 열 수 있습니다. '막국수'에다가 '갓국수'를 쓸 수 있습니다. '갓'이라는 낱말은 투박한 결까지 담지는 않으니 '갓국수'라고 하면 그야말로 이제 바로 건진 뜨끈한 국수만을 나타낼 이름이 됩니다. 술을 놓고는 '갓술'이라 할 수 있습니다. 갓 지은 밥이라면 '갓밥'입니다.

생각을 하기에 새롭게 살림을 가꿉니다. 생각을 하지 않으면 남이 시키는 일만 하게 마련입니다. 생각을 스스로 하려 하지 않으면, 남이 시키는 일만 할 뿐 아니라 모든 살림을 돈으로 사다가 쓰는 얼거리가 됩니다.

남이 시키는 일만 해도 나쁘지는 않고, 모든 살림을 돈을 치러 사다가 써도 나쁘지는 않습니다. 다만, 이때에는 나다움이란 없게 마련이에요. 남이 시키는 일만 할 적에 나다움이란 없지요. 공장에서 똑같이 찍은 것을 돈으로 사다가 쓰는데 나다움이 싹틀 자리나 겨를이나 구석이나 틈이란 없어요.

## 나다움 아름다움

'나다움'은 '아름다움'하고 이어집니다. 우리가 뭔가 보고서 아름답다고 느낀다면, 이 아름다움이란 '바로 그곳(거기·거시기)에만 있는 멋'을 느꼈다는 뜻입니다. "거시기 잘 모르겠지만 아름답네" 하고 느낄 적에는 스스로 새롭게 길을 열면서 환하게 웃음짓는 모습이라는 뜻이에요.

아이들한테 맞춤법이나 띄어쓰기를 가르치기 앞서, 아이들이 저마다 '아이다움'을 살릴 수 있도록 마음을 북돋우고 가꾸는 길을 보여주면 좋겠습니다. 우리 어른들도 스스로 새롭게 생각하고 하루를 짓는 노래를 즐거이 부르기를 바랍니다. 고장말이란, 사투리란, 텃말이란, 스스로 제 보금자리를 새롭게 짓는 사람이 저마다 손수 지은 즐거이 빛나는 말입니다.

# '가정주부'가 아닙니다

살림꽃 함께하는 곁님

저는 집안일을 신나게 맡습니다. 어버이 품을 떠난 스무 살부터 모든 살림을 혼자 했습니다. 그때가 1995년이니 혼살림 발자취가 제법 길다고 할 만합니다. 1995년부터 혼살림을 하는데, 이해 가을에 싸움터에 끌려가요. 사내란 몸이니 끌려갈 수밖에 없습니다. 요새는 어떠한지 모르겠으나, 1994년에 경기도 수원에 있는 병무청에서 '신체검사'를 받을 적에 여러 소리를 들었어요. "자네는 왜 의사 진단서를 안 떼어오나? ○○만 원만 들이면 진단서 하나 쉽게 떼는데, 진단서가 있으면 바로 면제인데, 왜 안 떼어오지? 내가 자네를 재검대상자로 분류할 테니까 떼오겠나?" 하고 묻더군요.

1994년 봄에 '장병 신체검사를 맡은 군의관'이 들려주는 말이 무슨 뜻인지 제대로 알아차리지 못했습니다. 그저 '군의관이 척 보아도 면제 대상자이면, 그냥 면제를 매기면 되는데, 왜 목돈을 들여서 진단서를 떼오라고 하는지' 알 길이 없더군요. 이날 저녁에 집으로 돌아가니 우리 어머니 말씀이 "얘야, 거기서 그렇게 말했으면 어머니한테 말하지! 왜 재검을 안 받고 그냥 현역으로 가니! 그 돈이 얼마나 크다고!" 하시더군요.

저는 눈하고 코가 매우 나빠서, 이 두 가지로 '현역 대상 불가'였습니다만, 진단서가 없기에 그냥 스물여섯 달을 강원도 양구 멧골짝에서 싸울아비(군인)로 보냈습니다. 먼 뒷날, 나이가 마흔 살이 훌쩍 넘어간 어느 날 이때 일을 되새기다가 문득 깨달았어요. "아하, 그때 그 군의관은, 저(군의관 본인) 한테 진단서 돈을 그자리에서 내주거나 계좌이체를 해주면 바로 진단서를 떼어줄 테니, 쉽게 면제를 받으라는 뜻이었구나" 싶더군요.

[표준국어대사전]
가정주부(家庭主婦) : 한 가정의 살림살이를 맡아 꾸려 가는
안주인 = 주부
주부(主婦) : 한 가정의 살림살이를 맡아 꾸려 가는 안주인 ≒
가정주부
안주인(-主人) : 집안의 여자 주인 ≒ 주인댁

낱말책을 보면 '안주인'이라 나오는데, 이런 말은 없습니다. 다 일본스런 말씨입니다. 일본에서는 가시버시(부부)를 이룬 두 짝을 '주인·내자'로 가리킵니다. '주인 = 사내'요, '내자 = 가시내'입니다.

[표준국어대사전]
내자(內子) : 1. 남 앞에서 자기의 아내를 이르는 말 2. 옛날
중국에서, 경대부의 정실(正室)을 이르던 말
집사람 : 남에 대하여 자기 아내를 겸손하게 이르는 말 ≒ 집
아내 : 혼인하여 남자의 짝이 된 여자 ≒ 규실·내권·처·처실
안사람 :'아내'를 예사롭게 또는 낮추어 이르는 말

일본스런 한자말 '내자(內子)'는 '가시내·순이'를 가리킵

니다. 이 일본스런 한자말을 풀면 '내 + 자 = 집 + 사람'입니다. 우리나라 낱말책에 실린 '집사람'은 일본스런 한자말 '내자'를 그냥 풀어낸 "무늬만 우리말"입니다.

'아내'도 "무늬만 우리말"이에요. '안해(아내) = 안 + 애'요, '안사람'이란 소리인데, '집사람·내자'하고 똑같은 말입니다.

무늬가 한글이라서 우리말일 수 없습니다. '집사람·안사람·아내'는 그냥 일본말입니다. 일본에서 가시내·순이를 "집에서만 머물며 집일을 도맡고 사내를 섬겨야 하는 자리에 있는 사람"으로 가리키는 뜻입니다. 퍽 묵은 책에 '안해(아내)'란 글이 있기도 하다지만, '가시내·순이는 집안에만 머물 사람'일 수 없습니다. 낡은틀로 바라보는 이름은 말끔히 털 노릇이에요.

참 터무니없는 말씨를 우리 삶터에서는 아무렇지 않게 쓰며 그냥그냥 지나칠 뿐 아니라, 낱말책 뜻풀이마저 엉망입니다. 이러다 보니, 저로서는 이 말씨를 그냥 쓸 수 없어요. 그래도 그럭저럭 써야 하려나 생각하다가 2007년에 이르러 새말을 찾기로 했습니다. 2007년에는 어느 이웃님이 쓰는 '옆지기'가 꽤 어울린다고 여겼습니다. 그러나 '옆·곁'이란 비슷한말을 차근차근 뜻풀이를 하면서 '옆지기'는 더 쓰고 싶지 않았어요.

[숲노래 낱말책]
곁님 : 곁에서 늘 서로 아끼거나 돌보는 사람을 높이는 이름. 가시버시 사이에서 서로서로 쓸 수 있는 이름. 겨울을 함께 견디며 포근히 새날을 꿈꿀 만한 사이인 사람. 가시밭길도 꽃길도 나란히 걸어가면서 삶을 갈무리하고 기쁘게 펼 이야기를 간직하는

두 사람. (← 배우자, 피앙세, 아내, 안사람, 남편, 부인(夫人),
신부(新婦), 신랑(新郞), 와이프, 동반자, 반려(伴侶), 반려자,
자기(自己), 애인)

아직 다른 낱말책에는 없는 낱말인 '곁님'입니다만, 2011
년 즈음 비로소 '곁 + 님' 얼개로 새말을 지어 보았습니다. 왜
'곁님'이란 말을 새로 지었느냐 하면, 우리말은 짝을 이룬 둘
이나 여러 사람이 서로 부를 적에 '순이돌이'를 굳이 안 가립
니다.

님이면 '님'이고, 남이면 '남'이고, 수수하면 '이'입니다. '이
이·저이·그이'요, '이쪽·저쪽·그쪽'이에요. '이분·저분·그분'이
나 '이님·저님·그님' 모두 순이돌이 누구한테나 씁니다.

시골 어르신들은 가시버시 사이에서 으레 '이녁'이라고
쓰시더군요. '집이'라는 말씨도 쓰시지요. 따로 어느 갈래(성
별)를 긋지 않습니다. 그러면, 우리말답게 서로 짝꿍을 가리
키는 이름도 따로 어느 갈래를 안 그어야 맞겠지요.

"곁에 둔다"하고 "옆에 둔다"는 다릅니다. 한울타리를 이
루면서 한집안을 이루는 사이라면 '곁'이요, 부르기 좋도록
두 글씨일 적에 어울릴 테니 '곁 + 님'으로 지었어요.

굳이 '-님'을 붙였는데, 부름말로도 서로 높이고 스스로
높일 줄 아는 마음일 적에 시나브로 사랑으로 가리라 여겼습
니다.


**곁님. 곁씨**

때로는 '곁씨'라 할 수 있습니다. 우리말에서는 또래나 손아

126

랫사람을 높일 적에 '씨'를 붙여요. 어린이나 푸름이(청소년)를 높이려는 말씨로 '어린씨·푸른씨'처럼 쓸 만합니다. 어린이는 어른을 보며 '어른씨'라 할 수 있습니다. 이런 얼개를 헤아리면 '곁씨'라 해도 어울려요.

그러면 왜 '살림꽃'인가를 말할 때로군요. 앞서 집안일을 하는 사람을 가리키는 한자말 이름 '가정주부·주부'를 들었는데, 낱말책 뜻풀이가 좀 웃기지 않나요? 아니, '가정주부·주부'라는 한자말부터 너무 낡지 않나요?

이런 이름을 왜 그대로 써야 할까요? 집안일은 순이만 맡아야 할 일이 아닙니다. 돌이도 함께 해야지요. 아니, 가시버시를 이루는 순이돌이가 서로 즐겁게 사랑으로 오순도순 누리면서 일굴 집안일이요 집살림입니다. 토막을 치듯 갈라서할 일이 아닌, 기쁘게 오롯이 맡을 일입니다.

살림꽃 ← 1. 전업주부, 가정주부, 주부, 가사노동자, 관리자

살림꽃 ← 2. 주인(主人/주인장), 능력자, 언성 히어로, 베테랑, 백전노장

살림꽃 ← 3. 문화(문화적), 문화생활, 문화예술,
문명(文明/문명적), 대중문화, 일반문화,
인문(인문적·인문학·인문학적·인문지식)

살림꽃 ← 4. 실학(實學/실학자·실학사상), 노작(勞作), 노작교육,
생활의 지혜, 인생철학, 철학, 교양(敎養), 지식(知識), 지혜

살림꽃 ← 5. 워라벨(워킹 라이프 밸런스), 행복한 생활, 문화행정,
문화재, 문화유산, 전통문화, 전래문화, 전승문화, 고유문화,
유산(遺産), 미풍(美風), 미풍양속(美風良俗), 취미(취미생활)

살림꽃 ← 6. 일화(逸話), 평전, 길흉, 길흉화복, 경영, 경영 마인드,
경영정신, 인간의 가치, 가치, 인격, 인격체, 인권, 권리, 품위,

도리(道理)

살림꽃 ← 7. 발전(발전적), 성장, 발달, 번영(번영기), 번성(번성기), 번화(번화가), 번창, 융성, 향상, 팽창, 개화(開化), 일취월장, 진화(進化), 변화(변화무쌍), 변하다

처음에는 수수하게 '살림꾼'이라 쓰는데, '-꾼'으로 맺는 우리말을 낮춤말로 여기는 분이 매우 많더군요. 그래서 '살림님'이나 '살림돌이·살림순이'로 슬쩍 말끝을 바꾸었더니 좋다고 하는 분이 많아요. 저는 여기에서 그치지 않았습니다. 말끝을 새로 붙여 '살림꽃'하고 '살림빛'을 써 봤지요.

이처럼 '살림꽃·살림빛'이란 두 가지 우리말을 짓고 보니, 이 말씨로 담아낼 만한 여러 길이 확 트여요. 집에서 즐거이 일하는 순이돌이를 가리키는 밑뜻을 바탕으로 '베테랑'이나 '실학'이나 '문화생활'이나 '워라밸'이나 '인권'이나 '발전'까지도 '살림꽃' 같은 수수한 우리말에 담으면 어떨까요? 즐겁지 않습니까? 우리 스스로 꽃이거든요.

# 달콤멋으로 '한말날'을

## 혼밥집 옆에서 함밥

아이들하고 마실을 다닐 적에 아이들 스스로 종이(표)를 끊도록 합니다. 돈도 아이가 스스로 치르도록 합니다. 아이들은 처음에 꽤 쭈뼛거렸어요. 아니, 아무 말도 못하고 수줍어 하더군요. 그렇지만 한 해 두 해 흐르더니, 세 해 네 해 지나가니, 이제 파는곳(매표소) 앞에 서서 씩씩하게 "어린이표 하나 주셔요!" 하고 말합니다. 어린이는 어린이 스스로 "어린이표 주셔요" 하고 말합니다. 그런데 '어린이표' 같은 이름을 쓴 지는 아직 얼마 안 되어요. 예전에는 으레 '소아'나 '유아'나 '아동' 같은 한자말만 썼습니다.

## 어른 어린이

때로는 제가 혼자서 어린이표까지 끊어요. 이때에 흔히 "어른표 하나랑 어린이표 둘 주셔요!" 하고 말합니다. 고장마다 살짝 다르기는 해도 몇 해 앞서까지만 해도 '어른표'라는 말을 '성인표'로 바꾸어서 대꾸하는 일꾼을 제법 보았으나 요새는 파는곳에서도 '어린이표·어른표'라는 이름을 스스럼없이 씁니다.

우리 집 어린이는 아직 손전화를 안 씁니다. 굳이 써야 할 까닭이나 일이 없어서 안 쓰기도 하는데요, 둘레에서는 꽤 어리다 싶은 아이한테까지 손전화를 맡기더군요. 아니, 어린배움터뿐 아니라 어린이집에 다니는 아이까지 손전화를 챙기곤 해요. 이때에 쓰는 이름은 '키즈폰'이더군요.

어린이표 ← 소아표 / 아동표
어른표 ← 성인표
어린이전화 ← 키즈폰
어린이쉼터 ← 키즈카페

어린이가 마음껏 뛰놀 빈터가 자취를 감추면서 따로 '키즈카페'가 생기곤 합니다. 마을 어린이가 서로 동무가 되어 즐겁게 놀이를 지어서 누리던 살림길이 차츰 옅어가며 '놀이하는' 몸짓마저 사라지는 셈인데요, 이러면서 어린이답게 쓰던 말까지 시나브로 잊히는구나 싶어요. '어린이쉼터·어린쉼터·아이쉼터' 같은 이름을 써도 넉넉하지 않을까요.


## 온하루

한자말 '종일(終日)'은 "아침부터 저녁까지의 동안"을 뜻한다고 해요. '온종일·진종일' 같은 한자말도 뜻이 같습니다. 그런데 한국말 '하루'도 뜻이 같아요. "하루 종일"이나 "하루 온종일"이나 "하루 진종일"이라 하면 모두 겹말입니다.
　그렇다면 어떻게 손질해야 알맞을까요? 먼저 '하루'라고만 하면 됩니다. 군더더기 없이 쓰면 걱정할 대목이 없어요. 힘줌말로 쓰고 싶다면 "하루 내내"라 할 만하고 '온하루'라 해도 어울립니다. "하루 내내"를 줄여 '하룻내' 같은 새말을 지어도 되어요.


## 달콤멋

'로맨틱(romantic)'을 영어 낱말책에서 살피면 '로맨틱한'으로 풀이해요. 이런 풀이는 알맞을까요? 일본 낱말책을 그대로 베끼거나 훔친 풀이는 아닐까요? 이제라도 영어 낱말책이 영어 낱말책답도록 뜻풀이를 모조리 손질하거나 새로 붙일 수 있어야 하지 않을까요?

우리 낱말책 뜻풀이도 엉성하지만, 영어 낱말책을 비롯한 여러 이웃 낱말책도 엇비슷합니다. 우리는 일본 벼슬꾼(정치꾼) 아베가 일삼는 막짓이라든지 여러 곳에서 불거지는 막말을 나무라는데요, 이 나무람이나 호통이 '우리 삶터로 스며들어 얄궂게 퍼진 말씨'로까지는 좀처럼 이어가지 않는구나 싶어요.

우리말은 우리말답게 쓰면서, 영어는 영어답게 익혀서 쓰는 길을 새삼스레 다스릴 수 있기를 바랍니다. 이를테면 '로맨틱' 같은 영어는 '낭만적인'이란 일본 한자말 풀이로조차 다루지 말고 '사랑스러운'이나 '달콤한'이나 '멋있는·멋진·멋스러운'으로 풀어낼 수 있습니다. 때로는 '애틋한'이나 '포근한·따스한·살가운'으로 풀어낼 수 있어요.

## 달콤맛·달달맛·포근맛·사랑맛
## 달콤멋·달달멋·포근멋·사랑멋

달콤한 일이 있습니다. 달달한 사랑이 있습니다. '달콤사랑'처럼 새롭게 써도 좋고, '달콤사랑맛'처럼 더 길게 써 보아도 됩니다. 단출하게 '달콤하다'나 '사랑스럽다'라 해도 되고, '달콤맛'이나 '달달멋'처럼 '맛·멋'을 살짝 다르게 붙여도 어울려요. '사랑맛·사랑멋'도 어울릴 테고, 사랑이란 포근한 기운이라 여겨 '포근맛·포근멋'처럼 새말을 엮어도 됩니다.

말을 짓는 사람은 바로 우리입니다. 남이 지어 주지 않습니다. 국립국어원에서 지은 낱말이 좋구나 싶으면 받아들일 수 있고, 아니로구나 싶으면 우리 깜냥껏 새로 지어서 쓰면 됩니다.

혼밥 ← 1인식
혼밥집·혼밥가게 ← 1인식당

혼자 먹는 밥이라 '혼밥'입니다. 이런 말씨는 말글지기(국어학자) 어느 누구도 생각하지 않거나 못 했습니다. 그러나 혼자 밥을 먹고 살아가는 수수한 사람들 스스로 이런 말을 지어서 널리 썼어요.

혼밥은 '혼놀이'나 '혼술'로도 이어갑니다만, 어느새 '혼자 찾아가서 먹을 수 있는 밥집'을 가리키는 '혼식당'으로도 퍼집니다. 자, 여기에서 더 마음을 기울인다면 '혼밥 + 가게/집' 얼거리로 '혼밥가게·혼밥집' 같은 새 이름을 지어서 알맞게 쓸 만합니다.

'혼-'을 붙이는 말씨 못지않게 '함-'을 붙이는 말씨도 퍼지지요. '떼노래'란 말도 씁니다만 '함노래'라 할 수 있어요. 함께 먹어서 '함밥'이라 하면 되고, 함께 마시니 '함술'이에요. 함께 앉는 자리를 그냥그냥 '단체석'이라 합니다만 '함자리'나 '함께자리'라 해도 됩니다.

## 함집 모둠집 두레집

생각해 봐요. "오늘은 혼술을 할까, 함술을 할까?"라든지 "오늘은 혼밥을 할까, 함밥을 할까?"처럼 이야기하는 때가 되었습니다. 한집에 여러 사람이 어울려서 집삯을 나누어 내기에 '함집'이나 '모둠집'이나 '두레집'을 이룹니다.

우리 스스로 살아가는 결을 고스란히 말에 담습니다. 우리 스스로 살림살이를 하나하나 바라보면서 새말을 짓습니다.

따지고 보면 예부터 사투리란 말이 이와 같았어요. 임금님이 지어 주는 말인 한문을 쓰던 사람들이 아니라, 고장마다 다 다른 살림에 맞추어 다 다른 눈빛으로 다 다른 말씨를 엮어서 쓰던 사람들입니다.

이런 흐름을 본다면, 우리나라는 한자문화권이 아닌, '한겨레 살림밭'이에요. '한살림밭'이나 '한살림누리'인 셈이에요. 중국을 섬기며 한문으로 글을 쓰고 말을 하던 임금이나 벼슬아치는 아주 적었어요. 흙을 짓고 들을 가꾸며 숲을 사랑하는 마음으로 마을을 돌본 수수한 사람들은 언제나 한겨레 말인 '한말'로 노래하는 나날이었지요.

## 한글날 한말날

해마다 가을이면 시월에 한글날을 맞이합니다. 한겨레 글씨
(훈민정음)를 지은 임금님을 기리는 날인데요, 어느덧 우리
는 새로운 기림날을 하나 삼을 때이지 싶습니다. 아마 10만
해일 수도, 어쩌면 30만 해일 수도 있는, 한겨레 말씨를 기리
는 날을 하나 둘 수 있어요. 이른바 '한말날'입니다. 글씨는 맞
춤길이나 띄어쓰기나 표준말에 갇힌다면, 말씨는 우리 삶자
리에서 스스로 지으면서 피어납니다.

  앞으로는 '한말'을 아름답게 쓰는 사랑스러운 우리가 되
기를 빕니다. 서로 아끼는 마음을 말 한 마디에 담고, 서로 착
하게 어깨동무하는 뜻을 말 한 자락에 담기를 바라요. 우리가
쓰는 말은 삶말이자 살림말이자 사랑말인 한말입니다.

# 실컷

나들목을 거쳐서

---

고흥읍에 볼일을 보러 가서 걷습니다. 세거리 한켠에 있는 밥집에 적힌 글월을 문득 봅니다. "무한리필(1인)." 우리 집 어린이는 이 글월을 못 알아봅니다. 적히기로는 틀림없이 한글이로되 '우리말'로 느끼지 못합니다. 우리 집 어린이하고 "무한리필 고깃집"에 간 적이 없어서 이 말을 모를 수 있어요. 그러나 그곳에 간 적이 있든 없든 '무한리필'이라는 글월은 어른들이 썩 잘 지어서 쓰는 말씨가 아니라고 느낍니다. 어설프거나 서툴거나 엉성하거나 어리숙하거나 얕거나 모자란 채 쓴 말씨라고 느껴요. 또는 깊은 마음이나 사랑이 없는 채 그냥그냥 쓰는 말씨라고도 할 만합니다.

**실컷 먹으렴**
**마음껏 먹자**
**얼마든지 먹어**
**배불리 먹으렴**

조금만 생각해도 '무한리필'이란 말씨가 퍼지기 앞서 우리가 어떤 말을 썼는지 알아낼 수 있습니다. 고깃집에서든 어디에서든 알맞을 뿐 아니라 아름답거나 즐겁거나 사랑스러운 마음을 나눌 만한 말씨를 헤아릴 수 있어요.

**먹고 싶은 대로 먹자**
**먹고픈 대로 먹자**

가만 보면, 어느 풀그림(방송)에서 '무한도전'이란 이름을 써요. 끝없이 부딪힌다는 뜻으로 '무한도전'일 텐데, "끝없이 부딪히기"처럼 수수하게 이름을 쓸 수 있습니다. 짧게 네 글씨로 쓰고프다면 '끝장보기'나 '실컷놀기'라 써도 어울립니다.

어느 이름이든 처음부터 어울리거나 마음에 들 수 있어요. 때로는 쓰고 쓰면서 어울리는구나 싶거나 마음에 들곤 해요. 멋들어진 이름을 곧장 지어내어 널리 쓰기도 하지만, 수수하구나 싶은 이름을 지어서 쓰는데 시나브로 멋이 살아나면서 담뿍 사로잡히기도 해요.

어떻게 먹으면 즐거울까요? '배불리' 먹을 수 있어요. '실컷' 먹거나 '마음껏' 먹을 수 있어요. 고깃집에서는 "배불리 드셔요"나 "실컷 드셔요"나 "마음껏 드셔요" 같은 이름을 내붙일 수 있습니다.

**세거리 네거리 닷거리**

길거리는 한길로 곧게 나기도 하지만, 두 갈래로 퍼지기도 하고, 세 갈래나 네 갈래로 벌어지기도 합니다. 이때에 저는 '세거리·네거리·닷거리'라 말해요. 셋으로 갈리니 '세거리'이고, 다섯으로 갈리니 '닷거리'예요.

부릉이를 얻어타서 함께 갈 적에도 으레 '세거리'나 '네거리'라 말하는데, 이렇게 말하면 부릉이를 몰던 분은 못 알아듣곤 해요. 그래서 '사거리·오거리'로 다시 말하기도 합니다. 우리말 '셋·넷·닷(다섯)'이 어려울까요? 아니면 우리는 우리말로 셈을 짚거나 거리를 읽는 눈썰미가 아직 없을까요? 길거리를 우리말로 읽을 줄 모르거나, 이렇게 읽는 깜냥을 익힌 적이 없는 셈일까요?

부릉부릉 다니는 길이 둘이라 '두길(이차선)'이라 하고, 길이 셋이라 '세길(삼차선)'이라 하며, 길이 넷이라 '네길(사차선)'이라 합니다. '두길·세길·네길'은 널리 쓸 수 없는 말씨일까요, 아니면 앞으로는 쓸 수 있는 말씨일까요?


## 나들목

이제 다들 아무렇지 않게 쓰는 '나들목' 같은 이름은 1990년대가 저물 즈음 비로소 퍼져서 자리잡았습니다. 그래도 아직 영어로 'IC'나 '인터체인지'를 쓰는 분이 꽤 있습니다. 입이나 손에 붙은 말씨를 못 털어낸달 수 있고, 스스로 생각을 가누어 씩씩하게 새로운 말씨로 거듭나려는 몸짓이 못 된달 수 있습니다. 꼭 이 말을 써야 하지 않습니다. 이 말에 얽힌 삶하고 살림을 헤아리면서 이 말을 마음으로 받아들여 몸으로 녹여낼 적에 스스로 마음이며 삶이며 살림을 새롭게 가꾸는 길을 열 만합니다.

집에서 살림하는 사람을 두고 '가정부'나 '주부'란 이름을 그냥그냥 쓰는 분이 많습니다만, 가시내뿐 아니라 사내 스스로 집에서 살림하는 길을 걷는다면 이런 말씨를 하루아침에 털어낼 만하리라 여겨요. 생각해 봐요. '가정부·주부'는 가시내만 가리키는 이름입니다. 사내가 집에서 살림을 한다면 이 이름이 안 어울릴 테지요. 그러면 어떤 이름을 쓰면 좋을까요?

예부터 쓰던 '살림꾼'을 쓰면 되어요. 집에서 짓는 살림을 즐겁고 슬기로우며 사랑스레 마주할 줄 안다면, '살림꾼'이란 이름을 '살림님·살림지기'처럼 손질해서 쓸 수 있어요. 때로는 '살림꽃·살림빛'이나 '살림순이·살림돌이'처럼 쓸 수 있고요.


## 시골순이 시골돌이

어느 책을 읽는데 '촌부'란 낱말이 나옵니다. '촌부'는 뭘까요? 낱말책을 살피면 '촌부(村夫)·촌부(村婦)' 두 가지가 있네요. 한자를 달리 적으면서 두 사람을 가리킨다는데요, 시골에서 사는 할머니 할아버지를, 또는 시골에서 지내는 아주머니 아저씨를 '촌부(村夫)·촌부(村婦)'라 가리키는 이름이 어울릴까요, 아니면 '할아버지·할머니'라 하거나 '아저씨·아주머니'라 할 적에 어울릴까요? 때로는 '할배·할매'나 '할아방·할마씨'라 할 수 있겠지요. 고장마다 달리 쓰는 말씨를 살려서 할아버지·할머니·아저씨·아주머니를 가리킬 만해요.

글을 쓰는 분들은 글멋에 빠진 나머지, 몸으로 살림을 지으면서 입으로 나누던 수수한 말맛을 잊기 일쑤입니다. 우리 곁에 있는 고운 님을 바라볼 수 있다면, 시골에 사는 사람을 두고 '시골순이·시골돌이'라 할 수 있어요. '촌년·촌놈'이 아니고 말이지요. 이와 맞물려 서울에서 사는 사람을 두고도 똑같

138

이 '서울순이·서울돌이'라 할 만합니다.


## 살림말 삶말

책으로 배운 분은 곧잘 '생활어·생활언어'를 이야기합니다. 이런 말을 들으면 어쩐지 귀가 간지럽습니다. '생활어·생활언어'는 도무지 삶이나 살림이나 살갗에 와닿지 않아요. 어쩌면 삶이며 살림이며 살갗하고 동떨어진 말씨가 '생활어·생활언어' 같은 모습이리라 느낍니다. 이런 말씨를 쓰는 분들은 삶하고 너무 먼 탓에 삶을 고스란히 담는 말을 느끼지도 듣지도 말하지도 나타내지도 나누지도 사랑하지도 못 하는구나 싶어요.

살림을 하면서 짓거나 쓰거나 나누기에 '살림말'입니다. 삶을 누리거나 짓거나 가꾸면서 쓰기에 '삶말'입니다. 여기에 다른 말을 더 헤아리고 싶어요. 무엇보다 서로 사랑을 하면서, 스스로 사랑을 길어올리면서 '사랑말'을 쓰고 싶습니다. 함께 짓거나 스스로 이루려는 꿈을 바라보면서 '꿈말'을 쓰고 싶어요.


## 사랑말 손질말

잘잘못을 가다듬거나 손질하는 '손질말(순화어)'이 있어요. 손질해서 써도 좋지요. 그런데 어떤 말을 이래저래 손질하거나 말거나, 언제나 밑바탕에는 살림하고 삶하고 사랑을 두어야지 싶습니다. 살림꽃을 피우듯 말을 하고, 삶꽃을 나누듯 말을 하며, 사랑꽃으로 잔치를 벌이듯 말을 하기를 바라요.

일부러 멋스러이 말을 하거나 글을 쓰지는 않기를 빕니다. 살림하듯 말을 해요. 살아가는 결을 고스란히 말로 담아요. 그리고 사랑하는 손길이며 눈길이며 마음길이며 발길이며 몸길이며 꿈길로 글 한 줄을 써요.

# 4.
# 노래꽃

익숙한 대로 쓸 적에는 그만 길들어 버린다.
익히면서 일굴 적에는 새길을 열고 닦는다.
말소리에도 가락과 장단이 있어 구성지다.
수수한 말 한 마디를 새와 풀벌레 곁에서 노래한다.

도꼬마리와 '이름없는 풀꽃'

모두

봄샘

낱말책

도무지

고운말 미운말

한모금 부딪히는 말

# 도꼬마리와 '이름없는 풀꽃'

봉긋꽃에 사랑바람꽃

가을이 저물고 겨울로 접어들다가 슬슬 잎샘바람이 부는 어느 날 '도꼬마리'가 불쑥 떠오릅니다. 아, 아, 도꼬마리. 요새는 이 들꽃을 아예 못 보다시피 합니다. 제가 어린 나날을 보내던 1980년대에는 큰고장 한켠에 빈터나 골목이 어김없이 있었어요. 배움터 꽃밭에 살그머니 고개를 내미는 들꽃이 많았어요. 새마을바람이 한창이던 때에도 나라 곳곳 어디에나 빈터나 풀밭은 꼭 있었는데요, 씽씽이가 부쩍 늘어난 1990년대를 지나니 바야흐로 빈터도 풀밭도 가뭇없이 사라집니다. 이러면서 그토록 흔하던 들풀이며 들꽃이 자취를 감추어요.

아니, 쫓겨납니다. 아니, 짓밟힙니다. 아니, 잿빛덩이(시멘트)에 옴팡 파묻힙니다.

2021년 새해에 열네 살이 된 큰아이 곁에서 '도꼬마리'가 그립다고 노래를 하니 "도꼬…… 뭐요? 그게 뭐예요?" 하고 묻습니다. "응? 그렇지? 넌 아직 도꼬마리를 못 봤구나. 우리 집에는 아주까리는 많아도 도꼬마리는 없어!" "도꼬마리? 도꼬마리도 풀이에요?" "그럼, 얼마나 멋지고 재미난 풀인데. 그냥 풀로 있을 적에는 잘 눈여겨보지 않지만, 꽃이 지고 열매를 맺는, 그러니까 씨앗이 영글 적에는 동무들하고 도꼬마리씨를 찾으려고 뻔질나게 빈터랑 풀밭을 뒤졌어." "왜? 그걸로 뭐하는데?" "응. 도꼬마리씨를 서로 몸에다 던지며 놀

앉거든. 도꼬마리씨는 갈퀴가 안으로 굽어서 말야, 털옷이나 솜옷에 척 붙어서 안 떨어지거든.”

도꼬마리 ← 창이(蒼耳)
도꼬마리씨·도꼬마리 열매 ← 창이자(蒼耳子)

큰아이 곁에서 작은아이도 도꼬마리가 궁금합니다. 새해에는 도꼬마리를 찾아내고 싶습니다. 도꼬마리씨를 몇 톨 얻어서 우리 집 뒤꼍이며 책숲에 살살 뿌리고 싶습니다. 오늘은 아이들 곁에서 어버이로 살지만, 저 스스로 이 아이들마냥 어린이로 지내던 지난날, 들꽃으로 어떻게 놀았는가를 몸소 보여주고 싶어요. 그리고 들꽃놀이를 하면서 들꽃말을 들려주고 싶습니다. 도꼬마리는 도꼬마리일 뿐 ‘창이’가 아니거든요. 도꼬마리씨도 도꼬마리씨일 뿐 ‘창이자’가 아닙니다.

어쩌면 우리는 삽질바람에 같이 휘말리면서 빈터하고 풀밭을 씽씽이랑 찻길이랑 가게한테 모조리 내주면서 우리 들꽃이며 들풀뿐 아니라, 들꽃말하고 들풀말까지 잊거나 잃는구나 싶습니다. 들꽃하고 들풀을 잊거나 잃기 때문에 수수하면서 쉽고 상그레한 말을 어느새 잊거나 잃지 싶어요. 싱그러운 들꽃을 보면서 싱글싱글 웃지요. 상그러운 들풀을 쓰다듬으면서 상글상글 노래합니다.

원추리 ← 황화채(黃花菜), 훤초(萱草), 망우초(忘憂草)

원추리를 아무렇지 않게 훑어서 나물로 삼던 사람은 아스라이 먼 옛날 옛적 사람이 아닙니다. 오늘날 아저씨나 아줌마라는 이름인 분들이라면 원추리 나물쯤 가뜬히 누리고 나눈

살림이었으리라 생각해요. 그래서 '원추리꽃빛'을 맑게 떠올릴 만하겠지요.

꽃다지꽃빛하고 개나리꽃빛하고 원추리꽃빛이 다릅니다. 진달래꽃빛하고 모과꽃빛하고 배롱꽃빛이 다릅니다. 그러나 이러한 꽃빛은 서로 얽히고 어울려요. 우리는 먼먼 옛날부터 꽃을 바라보면서 빛깔을 익혔고, 꽃노래를 부르면서 말빛을 가락으로 영글어서 즐겼습니다. 생각해 봐요. 원추리는 원추리일 뿐, '황화채'도 '황초'도 '망우초'도 아닙니다.

### 봉긋꽃 ← 튤립

이 땅에 없던 꽃이 꽤 많이 들어왔고, 새로 들어오며, 앞으로도 들어오리라 생각해요. 이 땅에 없던 꽃이니까 영어나 일본 한자말이나 중국 한자말이나 여러 바깥말을 그대로 쓸 수 있습니다만, 이 땅에서 아끼고 싶은 꽃마음을 담아서 새롭게 이름을 지어도 즐겁습니다.

이웃님이 문득 건네준 '튤립' 여러 송이를 받고서 한참 생각에 잠겼어요. 이윽고 말꼬가 터졌습니다. "이 봉긋봉긋 꽃이란 얼마나 아름답고 훌륭한가!" 가녀리다 싶은 꽃대(줄기)에 꽃송이가 소담스럽지요. 그래요, 그 어느 꽃보다 봉긋봉긋 올라오는 꽃송이가 아름차니, '봉긋꽃'이란 이름을 붙이면 어떨까요?

### 사랑바람꽃·사랑물결꽃·사랑해꽃 ← 카네이션

사랑해 마지 않는 마음을 새빨간, 아주 빨갛디빨간 꽃으로 나타낸다고 해요. 해마다 오월을 맞이하면 거리마다 이 붉

145

은꽃으로 물결칩니다. 흔히 '카네이션'이라 합니다만, 이 꽃송이를 가슴에 달면서, 또 이 꽃송이를 건네면서, 서로서로 "사랑해!" 하고 노래합니다.

그래요. 사랑한다고 노래하면서 주고받는 꽃, 사랑한다는 마음을 담아 가슴에 다는 꽃, 사랑하는 사이를 더욱 짙게 물들이는 꽃, 오월 한 달을 온통 붉게 물들여 서로서로 사랑으로 물결치는 꽃, 사랑이라는 바람을 훅 끼치면서 포근히 어루만지는 꽃, 이 꽃한테는 '사랑바람꽃'이나 '사랑해꽃'처럼 고스란하게 이름을 붙이면 어떨까요?

해바라기 ← 규곽(葵藿), 향일화(向日花)

튤립이며 카네이션한테 이름을 새로 붙이는 모습을 지켜보는 어느 이웃님이 시큰둥히 한소리를 합니다. "자네는 식물학자도 꽃 전문가도 아닐 텐데, 꽃이름을 그렇게 함부로 붙여서야 되나?" 시큰둥꾸러기 이웃님을 바라보면서 봉긋웃음을 짓습니다. "'찔레'를 전라말로 '찔구'라 하는 줄 아시지요?" "그걸 모르면 전라사람인감?" "'찔구'란 이름은 누가 함부로 지었나요?" "아니, 함부로 짓다니, 구수한 사투리 아녀?" "네, 구수한 사투리는 누가 짓나요? 식물학자나 꽃 전문가가 짓나요?" "아, 아니, 그렇지만서도, 이름을 새로 짓는데, 전문가 생각을 들어야 하지 않것나?" "사투리는 여느 아줌마 아저씨 할머니 할아버지가 지어요. 그리고 어린이가 지어요. 사투리란, 그 고장을 사랑하는 마음으로 살림을 짓는 사람이 언제나 즐거이 노래하면서 지어요. '해바라기'가 이 나라에서 안 자라던 꽃인 줄 아시나요? 그런데 누가 '해바라기'라고 이름을 지었을까요? 아무도 모른답니다. 왜냐하면 여느 사람들이 이

꽃을 바라보면서 저절로 마음에서 샘솟은 이름이거든요. 우리가 곁에 두고 사랑하고 돌보려는 꽃이라면, 우리가 즐겁게 노래하면서 이름을 지으면 돼요. 구태여 학술이름에 안 매여도 되잖아요? 우리가 사랑할 이름을 붙여서 나누면 넉넉하지요."

들풀·들꽃·풀·풀꽃 ← 무명초(無名草), 무명화(無名花), 잡꽃, 잡종, 잡초, 잡화(雜花), 방초(芳草), 야생초, 허브, 약초, 약풀, 초본(草本)

'이름없는 풀꽃(무명초·무명화)'이란 없습니다. 이름을 지으려는 사랑을 마음에 일으키지 않았을 뿐입니다. '이름모를 풀꽃'도 없어요. 왜냐하면 우리가 스스로 이름을 붙이면 되는데, 식물학자나 전문가라는 손길을 기다리니, 우리는 스스로 생각날개를 잊고 말빛을 잃습니다.

들꽃이요 풀꽃입니다. 들사람이며 들넋입니다. 들길이고 들살림이에요. 누가 해주기를 기다리지 않으면 좋겠습니다. 우리가 우리 사투리를 오늘도 새롭게 지으면 좋겠습니다. 머나먼 옛날 옛적에 쓰던 말에만 기대지 말고, 오늘 이곳에서 사랑으로 짓는 말을 마주하고 품으면 좋겠습니다.

# 모두

끼리말 아닌 모두 쓰는 말

---

'모두'라고 하면 무엇이 떠오를까요? 곰곰이 생각해 보셔요. '모두'라는 소리를 들을 적에 시골 할머니 할아버지는 무엇을 헤아릴까요, 또 어린이나 푸름이는 무엇을 그릴까요? 벼슬자리(공무원)에 있거나 열린배움터에서 가르치는 분은 '모두'라 하면 무엇을 생각할까요?

> 모두 : 1. 일정한 수효나 양을 기준으로 하여 빠짐이나 넘침이 없는 전체 2. 일정한 수효나 양을 빠짐없이 다 ≒ 공히
> 모두(毛頭) : → 털끝
> 모두(毛頭) : [불교] = 모도(毛道)
> 모두(冒頭) : 말이나 글의 첫머리

낱말책을 펴니 '모두'라는 소리로 적는 낱말을 넷 싣습니다. 이 가운데 "모두 있어"나 "모두 반가워"처럼 쓰면서 '무엇을 빠뜨리지 않고 아우르며 가리키는 낱말'이 첫째로 나옵니다. 둘째로 나오는 한자말 '모두(毛頭)'는 '털끝'으로 고쳐 써야 한다고 화살표를 붙입니다. 셋째로 '모두(毛頭)'는 불교에서 쓰는 한자말이라 하고 '모도(毛道)'하고 같은 낱말이라는데, 이는 "[불교] 1. = 범부(凡夫 2. 선사에서, 삭발하는 일을 맡아보는 소임"을 나타낸다는군요. 넷째로 '모두(冒頭)'는

148

말이나 글에서 첫머리를 나타낸다고 합니다.

자, 다시 헤아려 볼게요. 낱말책에 '모두' 소리가 나는 낱말을 넷 싣는데, 참말로 이 네 낱말을 다 쓸 만할까요? 이 네 낱말은 참말로 낱말책이라고 하는 곳에 올림말로 실을 만할까요?


## 털끝 머리밀기

털끝을 가리킬 적에는 '털끝'이라 하면 넉넉합니다. 더도 덜도 아니지요. '모두(毛頭)'는 낱말책에서 아예 털어낼 만합니다.

불교에서 쓴다는 '모두(毛頭)'는 불교말로 여겨야 할까요? 아니면 불교에서 앞으로 쉽게 고쳐쓸 낱말로 삼아야 할까요? 절에서 머리카락을 미는 일을 굳이 '모두·모도'라 해야 하는지 곰곰이 따질 노릇입니다. '머리밀기'나 '머리깎기'처럼 누구나 쉽게 알아들을 낱말을 쓰면 불교라는 길을 가기 어려울는지 돌아볼 노릇입니다.

벼슬자리를 맡는 일꾼이나 열린배움터에서 가르치는 분은 으레 '모두(冒頭)'라는 일본 한자말을 씁니다. 이 일본 한자말을 털어내야 한다는 목소리가 오랫동안 흘렀으나 이 한자말은 일본 한자말이 아닌 '토론·의회·회의 전문용어'로 여기는 분이 있기까지 합니다. 그런데 참으로 한자말 '모두'는 깊이 쓸 낱말일까요? '글머리·말머리' 같은 우리말은 깊이 쓰기 어려울까요? 어린이도 할머니도 알아듣고 함께 쓸 수 있는 쉬운 우리말은 널리 쓰면 안 될까요?

묘(墓) : = 뫼

묘지(墓地) : 1. = 무덤 2. 무덤이 있는 땅. 또는 무덤을 만들기 위해
국가의 허가를 받은 구역 ≒ 총지(塚地)

뫼 : 사람의 무덤 ≒ 묘(墓)·탑파(塔婆)

무덤 : 송장이나 유골을 땅에 묻어 놓은 곳. 흙으로 둥글게 쌓아
올리기도 하고 돌로 평평하게 만들기도 하는데, 대개 묘석을 세워
누구의 것인지 표시한다 ≒ 구묘(丘墓)·구분·구총(丘塚)·만년유택·
묘지(墓地)·분묘(墳墓)·분영(墳塋)·유택(幽宅)·총묘(塚墓)


'묘·묘지'하고 '뫼·무덤'이라는 낱말을 헤아려 봅니다. 낱
말책을 곰곰이 보면 '묘'는 "→ 뫼"요, '묘지'는 "→ 무덤"이로
구나 하고 깨달을 수 있습니다. 그러나 정작 나라에서는 '나
라무덤' 같은 이름을 안 씁니다. '국립묘지'처럼 한자말을 씁
니다. 쉬운 우리말이 아닌 꺼풀을 씌운 한자말을 써야 하는
줄 여겨요. 한자말만 널리 쓰고, 한자말이어야 높이 섬기는
줄 여깁니다.

낱말책 뜻풀이를 더 보면, '무덤'이라는 쉬운 우리말에 갖
은 한자말을 비슷한말이라며 덕지덕지 붙이기까지 합니다.
이렇게 덕지덕지 덧달아 놓는 한자말이 무엇을 나타내는지
곰곰이 돌아볼 노릇입니다. 저런 말을 굳이 써야 할까요? 저
런 말을 쓰지 않는다면 무덤을 앞에 두고 제대로 나타낼 말이
없을까요?

이제 생각해야 할 때입니다. 이제 말 한 마디도 곰곰이 생
각하고 찬찬히 헤아리며 가만히 살펴서 해야 할 때입니다. 몇
몇 못난 사람만 나라를 어지럽히지 않았습니다. 우리를 둘러
싼 '전문용어라는 사슬'도 나라를 어지럽힌 줄 느낄 때입니
다. 나라 곳곳에서 꾼(전문가)이라는 이름을 거머쥔 어른들은

'전문용어라는 주먹질'을 마구 휘두릅니다.

## 끼리말 꾼말

잘 알아야 합니다. 어른들이 저마다 꾼으로서 꾼말(전문용어)을 쓰니, 어린이나 푸름이는 이런 어른을 고스란히 따라서 '끼리끼리 쓰는 말'을 자꾸 지어냅니다. 꾼말이란 무엇입니까? 바로 꾼 사이에서 끼리끼리 쓰는 말입니다.

눈을 들어 이웃나라를 바라보아야 해요. 중국이나 일본을 넘어서 온누리를 바라볼 줄 알아야 해요. 온누리를 가로지르는 말이 '꾼 사이에서 끼리끼리 쓰는 말'이면 모두 어깨동무(평화·민주·평등)하고 어긋납니다. 온누리를 아우르는 말이 '여느 삶자리에서 비롯한 쉽고 수수한 말'로 깊거나 너른 자리를 다루거나 나타낼 적에는 모두 어깨동무로 날개를 폅니다.

어느 갈래이든 모두 매한가지입니다. 꾼이라는 자리를 힘(권력) 아닌 어깨동무로 바라보는 눈이 있다면, 누구도 넘볼 수 없도록 담을 쌓는 꾼말이나 끼리말을 쓸 일이 없습니다. 누구나 쉽게 배우고 쉽게 나누면서 쉽게 즐길 살림말이나 삶말이나 사랑말을 쓸 테지요.

책을 짓는 사람들은 '도비라·세네카' 같은 일본말을 쓸 줄 알아야 마치 '책 짓는 꾼'인 줄 잘못 압니다. 아무것도 아닌 쉽고 수수한 일본말인 '도비라·세네카'를 가볍게 털어내어 우리 삶자리에서 널리 쓰는 낱말로 고칠 줄 아는 작은 몸짓으로 거듭나야지 싶습니다. "모두 발언을 하겠습니다"가 아닌 "첫머리를 열겠습니다"나 "첫마디를 하겠습니다"나 "첫말을 펴겠습니다"나 "여는 말을 하겠습니다"처럼 고쳐쓸 줄 안다면, 때나 자리에 맞게 새로운 말씨를 한결 널리 북돋우거나 가꿀 수 있습니다.

## 한우물

"한 우물을 판다"고 하지요. 꾼이라는 자리는 '한우물'이 될 텐데, 오래도록 한우물을 파서 남다르거나 빼어나게 어떤 일을 이룬다 하더라도, 고인 물이 되면 그만 썩고 말아요. 말은 물처럼 넓고 깊게 흐를 적에 싱그러우면서 맑습니다. 고이는 한우물 아닌, 샘솟는 골짝물이자 흐르는 냇물이자 너른 바닷물이 될 수 있어야지 싶습니다.

어린이나 푸름이가 거친 말을 마구 쓰기에 걱정스럽다면, 먼저 어른 스스로 제 모습을 돌아볼 노릇이라고 느낍니다. 우리 삶터에서 어른들은 저마다 '꾼말'이라는 수렁에 갇히지 않았을까요? 널리 쉽게 쓰면서 어깨동무하는 말이 아닌, 몇몇 사이에서 우쭐거리는 말에 사로잡히지 않았을까요?

시골 사투리를 귀여겨들어 보면 어느 고장에서 쓰는 사투리이든 따스하면서 넉넉하기 마련입니다. 손수 삶을 짓고 살림을 가꾸던 마음하고 눈길로 지은 말이 사투리이거든요. 처음에는 이웃 고장 사투리가 낯설 테지만, 시나브로 따스하며 넉넉히 스며들어요. 샘솟는 말이요, 흐르는 말이며, 너른 말인 사투리입니다. 이와 달리 꾼으로 무리를 지어 외곬로 가두는 말은 새로운 넋이 샘솟지 못하도록 가로막거나 짓눌러요. 따스하거나 넉넉한 꿈이 자라지 못하도록 억누르거나 담을 쌓습니다.

나라지기나 벼슬아치를 일꾼이나 심부름꾼으로 새로 뽑는 마당이라면, 우리가 여느 자리나 일꾼 자리 어디에서나 두루 쓰는 모든 말이 바야흐로 어깨동무(평화·민주·평등)에 걸맞도록 저마다 가꿀 수 있기를 바랍니다. 우리 모두 함께 할 일입니다. 우리 모두 새롭게 함께 즐겁게 지어서 노래하듯 나눌 말입니다.

# 봄샘

꽃나이는 속을 차리고

---

봄을 앞둔 겨울은 추위가 모집니다. 봄이 다가오니 봄을 시샘한다고도 하지만, 아직 겨울이니 겨울답게 바람이 매섭고 날은 싸늘하겠지요. 봄을 시샘한다는 추위를 놓고 옛사람은 재미나게 말을 엮었습니다.

### 꽃샘추위 잎샘추위

봄을 시샘하는 날씨라면 '봄샘'이라 하면 될 텐데, 굳이 '꽃샘'하고 '잎샘'이라는 이름으로 지었어요. 이 대목을 도두보면 좋겠어요. 그만큼 이 나라 흙지기는 언제나 꽃을 바라보고 잎을 살펴보았다는 뜻이 흘러요. 언제나 꽃이며 잎을 돌보고 곁에 두면서 마음으로 품었구나 싶은 숨결을 느낄 만해요.

### 꽃샘나이 봄샘나이

꽃이며 잎을 샘내는 추위를 나타내는 낱말을 헤아리다가 문득 새말을 짓고 싶었습니다. 이리하여 '꽃샘나이·봄샘나이'를 엮었어요. 이 낱말은 무엇을 가리킬까요? 바로 '사춘기'입

154

니다. 이제 봄처럼 피어나면서 무럭무럭 철이 들 즈음인 나이를 놓고 숱한 어른들은 아이들이 사납거나 날카롭거나 차갑다고들 말해요. 여러모로 보면 '사춘기'라는 한자말 이름에는 푸르게 꽃피려는 숨결을 썩 안 좋게 보는 기운이 깃들지 싶습니다.

따지고 보면 '사춘기'라는 한자말 이름이 이 땅에 깃든 지 얼마 안 됩니다. 예전에는 '사춘기'가 있을 턱이 없습니다. 오늘날처럼 푸른나이에 배움수렁(입시지옥)에 목을 매다는 판이 되고부터 바야흐로 사춘기가 불거져요.

## 꽃나이 봄나이

한창 철이 들면서 푸르게 빛나려 하는 나이에 일어나는 차가운 바람을 '꽃샘나이'로 나타낸다면, '샘'을 덜고 '꽃나이'라 해보아도 어울립니다. 굳이 어린이·푸름이한테 '시샘' 같은 말을 안 써도 되어요. 그저 꽃으로 피어나려고, 이제 새로운 봄을 맞이하려고, 망울을 맺는 푸나무처럼 마음망울을 맺는 모습을 그리면 참으로 어울린다고 생각합니다.

## 꽃샘철 잎샘철

여기서 한 가지 말을 더 지어 봅니다. '꽃샘철·잎샘철'인데요, 이 새말로는 어떤 모습을 나타낸다고 할 만할까요? 고즈넉히 눈을 감고서 생각해 볼까요. 꽃을 샘하는 철에 이르는 나이란, 잎을 시샘하듯 거칠게 구는 나이란, 바로 '반항기'입니다.

'반항기'란 한자말 이름도 이 땅에 스며든 지 얼마 안 됩니다. 더구나 아이가 어른한테 대든다는 느낌이 너무 짙어요. 이런 말을 쓰면 막상 이무렵에 이른 어린이나 푸름이로서도, 또 이런 말을 읊을 어른으로서도, 서로 기쁠 일이 없다고 생각합니다. 우리는 말씨부터 가다듬어서 생각도 추슬러야지 싶어요.


## 사광이풀 사광이아재비

'며느리배꼽'이나 '며느리밑씻개'란 풀이름은 일본에서 스며들었습니다. 이 나라 흙지기가 붙인 이름이 아닙니다. 일본에서 쓰던 이름을 우리 풀지기(식물학자)가 엉뚱하게 끼워맞춘 이름이에요. 며느리 살림하고 동떨어진 채 함부로 붙여서 퍼진 이런 풀이름을 이제는 바로잡을 노릇이라고 생각합니다. 우리 풀이름인 '사광이풀'하고 '사광이아재비'를 쓰기를 바랍니다.

언제까지 뜬금없는 이름으로 이 땅 풀꽃을 깎아내리고, 며느리란 이름으로 살아가는 사람마저 업신여기는 길을 가야 할까요? '개불알풀꽃'이란 이름도 일본에서 쓰는 말을 억지로 꿰맞춘 풀이름입니다. 말느낌이 안 좋아서 안 쓸 풀이름이 아니라, 이 땅 흙지기 흙살림하고는 안 어울리기에 쓸 까닭이 없는 풀이름입니다.

그렇다면 어떤 이름이 있느냐 하면 '봄까지꽃'입니다. '-까지'란 이름을 붙여서 재미있습니다. 한겨울이 이울며 낮이 차츰 길어질 즈음 비로소 새싹을 내미는 봄까지꽃은 한봄에 무르익다가 늦봄에 가뭇없이 사라져요. 5월로 접어들면 시들시

들하고, 5월이 깊을 무렵 모조리 녹더군요. 그야말로 봄까지 피는 앙증맞은 쪽빛 풀꽃인 봄까지꽃이에요. '-까치'가 아닌 '-까지'를 붙이는 풀이름입니다.


## 알갱이

요즈음은 다들 '곡식'이라 하지만, 이 한자말이 들어오기 앞서는 '나락·낟알'이라든지 '알·씨알'이나 '씨앗·알맹이'란 낱말을 썼습니다. 그리고 '알갱이'를 썼어요. '-갱이'가 붙는 낱말로 '고갱이'가 있어요. '고갱이'는 줄줄기나 나무줄기에서 한복판을 자리하는 곳을 가리킵니다. 한자말로 하자면 '중심, 핵심, 근원, 본질, 중요, 골자'라 하겠지요. 그렇다면 '알갱이'란 낱말은 얼마나 깊으면서 너른 낱말일까요? '알 + 갱이'인 '알갱이'예요. '알맹이·알짜·알속·알차다'가 갈리고 '알뜰하다'가 갈리며, 이윽고 '알다·알리다'하고 '아름답다·아름드리'가 갈립니다.

'알갱이'란 낱말은 쓰임새가 매우 넓습니다. '곡식, 물질, 입자, 정수, 결정, 과립'부터 '실속, 내실, 요지, 함량, 용적, 필요, 필수, 환, 실질'을 아우르는 낱말이에요. 그렇지만 이러한 오랜 텃말이 어떤 살림을 나타내고 어떻게 가지를 뻗으며 얼마나 우리 삶자락에 두루 깃드는가를 가르치거나 배우는 자리가 아직 얕아요. 배움터에 '국어 수업'은 있으나 말을 말답게 나누면서 펴는 '우리말 살림길'은 거의 없어요.

## 하늘로

하늘로 치솟습니다. 하늘 높은 줄 모릅니다. 하늘을 뚫으려 합니다. 하늘을 찌르려 하지요. 이러한 자리에 '천정부지'란 한자말을 쓰는 분이 꽤 있더군요. 그런데요, '하늘로' 한 마디 여도 돼요. 하늘을 둘러싼 여러 수수한 말을 쓰면 되어요. 그리고 '껑충'이나 '거침없이'나 '끝없이'나 '마구'나 '엄청나게'나 '무섭게'나 '어마어마하게' 같은 말을 알맞게 쓸 만합니다.

얼마 앞서 읍내 글붓집(문방구)에 가서 글붓(볼펜) '속'을 장만하는데요, '심(心)'이라는 말이 어쩐지 껄끄러워 "'속'이 있을까요?" 하고 여쭈어서 '속'만 산 적 있어요. 곰곰이 생각하니 제가 어릴 적에는 할아버지 가운데 '연필 심'이라 안 하고 '연필 속'이라 말씀한 분이 제법 있습니다. 한자말이야 '심지(心地)'일 텐데, 이런 말을 안 쓰고 '속·속대'라고들 하셨는데, 속이나 속대라 말씀한 분은 어릴 적부터 흙을 가까이하고 푸나무를 돌본 손길을 온몸에 새긴 어른이더군요.

그런데 어느 모로 보면 우리말 '힘'을 '심'으로도 가리키고, '심다'라는 낱말이 있어요. 씨앗을 심기에 새롭게 심(힘)이 오른다고 할 만합니다. '心'이라는 한자도 있되, '심'이라는 우리말도 있으니, '팔심·다릿심·붓심'을 가꾸어 볼 만합니다.

## 속

우리 집 아이들하고 글붓(연필이나 볼펜)으로 글을 쓰면서 '속'이라는 낱말로 골라서 씁니다. 마음을 이야기할 적에도 '속'이라는 낱말을 즐겁게 씁니다. 속을 가꾸고 속을 돌보며 속을 바라봅니다. 껍데기 아닌 속알을 가다듬어 곱게 빛나는 길을 가자고 이야기해요.

봄을 앞두면 봄샘바람이 불 만한데, 이 '샘'이라면 시샘하는 샘도 있지만, 맑고 알뜰히 흐르는 물줄기인 샘도 있어요. 봄날 봄꽃이 흐드러지는 봄골에 흐를 봄샘물을 두 손에 담아서 나누고 싶습니다. 철철철 흐르는 봄샘물로 봄빛을 흐벅지게 누릴 하루가 다가옵니다.

# 낱말책

꾸러미에 담는 말꽃

---

'사전'은 한글로 적을 수 있되, 우리말은 아닙니다. 한자를 밝히면, '사전(辭典)'은 '국어사전'이나 '영어사전'을 가리킬 적에 붙이고, '사전(事典)'은 '백과사전'이나 '역사사전'을 가리킬 적에 붙입니다.

한자를 익힌 분이라면 이쯤 대수롭지 않겠으나, 한자를 모르는 분이라면 헷갈리거나 머리가 아플 만합니다. 그러면 우리는 어떤 이름을 새롭게 써야 어울리고 즐거울까요? 우리는 앞으로 자라날 아이들한테 어떤 이름을 알려주거나 물려줄 만할까요?

일본에 우리나라로 쳐들어온 즈음 주시경 님을 비롯한 분들은 '말모이'란 이름을 생각했습니다. 훌륭하지요. 말을 모았으니 '말모이'입니다. '말모음'이라고도 할 만해요. 그러나 조선어학회(한글학회)는 이 이름을 받아들이지 않았습니다. 그냥 '조선어사전(우리말 큰사전)'처럼 '사전'을 쓰고 말았어요. 북녘도 그냥 '사전'을 씁니다.

사전(辭典) : 말을 모으다
사전(事典) : 살림을 모으다

두 가지 사전은 '말'을 모으느냐 '살림'을 모으느냐로 가릅니다. 국어사전은 국어를 모은 책입니다. 백과사전은 온갖 살림을 모은 책입니다. 곧, '사전(事典)'은 '살림모이·살림책'이라 할 만하고, '사전(辭典)'은 '말모이·말책'이라 할 만해요. 저는 말을 모은 책을 '낱말책'이라는 이름으로 가리켜 봅니다.

우리말꽃 . 우리말꾸러미 ← 국어사전
우리삶꽃 . 우리삶꾸러미 ← 백과사전

어느 어르신이 '말꽃'이란 이름을 쓰면 어떻겠느냐고 얘기한 적 있습니다. 말을 그러모아서 꽃처럼 곱게 빛나니 단출하게 '말꽃'이라 할 만하다고 하시더군요. 이분 말씀을 곰곰이 생각해 보니 참 어울려요. 투박하게 가리키자면 '낱말책'이 낫고, 싱그럽고 뜻깊게 바라보자면 '말꽃'이 낫다고 느껴요. 그래서 '국어사전'은 '우리말꽃'이나 '우리말꾸러미'라 할 만하다고 봅니다. '백과사전'은 살림을 담은 책이니 '우리삶꽃'이나 '우리삶꾸러미'라 하면 어울려요.

## 빛꽃 길꽃 앎꽃 노래꽃

우리가 쓰는 말을 놓고 '말꽃'이라 해보니, 다른 곳에서도 쓰고 싶더군요. 이른바 '빛그림'이라고도 하는 사진이라면 '빛꽃'이라 할 만하겠더군요. 과학은 삶을 밝히려는 갈래이니 '밝꽃'이라 하면 어떠할까 싶고, 철학은 생각을 가꾸어 삶길을 틔우는 실마리를 찾는 갈래이니 '길꽃'이라 해볼까 싶어요.

다만, 혼자 해보는 생각입니다. 이렇게 써야 맞다는 얘기가 아닙니다. 하나하나 '꽃'이란 말을 붙여 보면서 길을 찾아 보고 싶을 뿐입니다. '앎꽃'처럼 써 본다면 '지식'이나 '인문학'을 가리킬 만하려나 하고도 생각하는데, '문학'을 '글꽃'으로 나타내거나, '시'를 '노래꽃'으로 나타내면 어울릴까 하고도 생각합니다.

## 꽃아이 꽃어른

우리 집 아이들은 어릴 적부터 시골빛을 누리면서 뛰놉니다. 시골에서는 늘 들꽃을 만나기에, 큰아이도 작은아이도 '꽃순이'에 '꽃돌이'로 자랐습니다. 아이라면 '꽃아이'일 테고, 어른이라면 '꽃어른'이나 '꽃어버이'일 테지요.

꽃이란 대단하지요. 열매를 베풀기도 하지만, 열매가 아니어도 그저 바라보기만 해도 즐거우며 아름답습니다. 우리가 쓰는 살림에 '꽃'이란 이름을 붙일 적에도 해사하게 거듭나요.

비구름이 흘러간 하늘은
바다하고 나란히 파랗고
풀꽃나무 씨앗이 자라고
땅이며 마음은 푸르고

틈틈이 넉줄꽃을 씁니다. 들레에서는 '사행시'라 합니다. 수수하게 '넉줄글'이라고도 하는데, 굳이 '넉줄꽃'을 쓴다고 말합니다.

벌써

벌써 꽃이 지네
"섭섭하다."
이제 꽃이 지면
"천천히 열매가 익어."

벌써 집에 가네
"아쉽다."
이제 집에 가서
"씻고 먹고 또 놀자."

벌써 끝이 나네
"허전하다."
이제 끝을 맺고
"새 이야기를 펴거든."

벌써 별이 돋아
"눈부시구나."
이제 밤으로 가며
"반짝반짝 꿈길이야."

이웃이나 동무를 만날 적에는 열여섯 줄로 노래꽃(동시)
을 씁니다. '노래꽃'이라는 낱말을 '시'를 가리킬 적뿐 아니라
'동시'를 가리킬 적에도 써요. 동시도 시도 그저 노래요 노래
꽃이라고 느낍니다.
　봄 여름 가을 겨울, 이 네 철을 가르듯 넉 줄을 넉 자락으

로 맞추어 열여섯 줄인 노래꽃입니다. 이러한 노래꽃은 큰아이가 아버지 곁에서 한글을 배우고 싶다고 하던 무렵 처음 썼어요. 아이가 배울 글은 아이가 지을 살림을 담은 말이기를 바랐고, 아이가 지을 살림은 스스로 푸른 숲에서 자라나는 마음을 물씬 품기를 바랐습니다. 또한 열여섯 줄은 낱말책으로 치면 뜻풀이하고 보기글을 더한 셈입니다. 노래꽃에 붙인 이름(제목)은 낱말책으로 치면 올림말(표제어)입니다.

큰아이가 글을 배우고 싶다고 하면서 쓴 노래꽃이었으나, 이 노래꽃은 저절로 "어린이가 읽고 누리면서, 어린이 곁에서 어른 누구나 함께 읽고 누릴 이야기꽃인 낱말꾸러미"로 나아간다고 느꼈습니다.

시골에서 살기에 시골사람인데, 시골사람을 슬쩍 '시골꽃'이란 이름으로 가리켜요. 서울에서 사는 이웃은 서울사람일 테지만 슬그머니 '서울꽃'이란 이름으로 가리킵니다. 시골꽃하고 서울꽃이 만나서 도란도란 수다꽃을 피운다면, 우리가 저마다 사랑스레 살림을 지피는 마음꽃을 지피는 씨앗을 심을 만하리라 생각합니다.

그야말로 온갖 곳에 꽃을 붙입니다. 꽃아이를 돌보다 보니 저절로 꽃아비가 되는 셈입니다. 말꽃을 짓는 삶길을 걷자니, 제 입이며 손에서 태어나는 말은 늘 꽃말이어야 하겠다고도 느낍니다.


**꽃 꽂다 꼬리 끝 꼬마 꼴찌 곱다**

우리말 '꽃'은 '꽂다'하고도 얽힙니다. 그리고 '꼬리'하고도 얽힙니다. '꼬리'란 '끝'을 가리키는데, '꼬마'하고도 맞물려요.

'꼴찌'하고도 엮지요. 곧, '꽃'이란 '꽂'듯 피는 숨결이면서 '꼬리'처럼 '끝'을 이루는 '꼴찌'이자 '꼬마'이지만 '곱게' 맺고 '곰곰이' 돋아나는 숨빛이에요.

씨앗에 싹이 트고 뿌리가 내리고 줄기가 오르고 잎이 돋아야, 비로소 꽃이 피니, '끝'에 있습니다. 맨 나중이라 할 '꽃'이니 '꼬마'요 '꼴찌'일 텐데, 얽히고 설키는 우리말 살림을 보노라면 '끝'이란 나쁘거나 뒤처지는 곳이 아닌, 언제나 처음을 여는 자리라고도 할 만합니다.

아직 머나먼 길일 수 있는데, 끄트머리에서 겨우 태어날 낱말책이라 하더라도, 꽃으로 피는 고운 숨결을 말마디마다 살포시 얹으려고 생각합니다. 천천히 가노라면 찬찬히 이루겠지요.

# 도무지

영 안 바뀔 듯하더라도

---

우리는 낱말책을 뒤적이면서 우리말을 얼마나 잘 살피고 즐겁게 배워서 슬기롭게 쓸 만할까요? 다음은 국립국어원 《표준국어대사전》 뜻풀이입니다. 이 엉성한 뜻풀이를 바로잡기를 바란다고 열 해 넘게 따졌으나, (2024년에도) 도무지 바뀔 낌새가 없습니다. 이 뜻풀이는 어른이 보는 낱말책뿐 아니라 어린이가 보는 낱말책에도 고스란히 나옵니다.

휘다 : 1. 꼿꼿하던 물체가 구부러지다. 또는 그 물체를 구부리다
2. 남의 의지를 꺾어 뜻을 굽히게 하다
굽다 : 한쪽으로 휘다

우리말 '휘다'하고 '굽다'는 비슷하되 다른 낱말입니다. 둘은 같은말이 아니기에 '휘다 = 굽다'로 풀이하고서 '굽다 = 휘다'로 풀이하면 엉터리입니다. 이른바 돌림풀이예요. '밝다·환하다·맑다' 세 낱말 뜻풀이도 살펴보기로 하겠습니다.

밝다 : 1. 밤이 지나고 환해지며 새날이 오다 2. 불빛 따위가 환하다
3. 빛깔의 느낌이 환하고 산뜻하다 4. ······
환하다 : 1. 빛이 비치어 맑고 밝다 2. 앞이 탁 트여 넓고
시원스럽다 3. 무슨 일의 조리나 속내가 또렷하다 4. 얼굴이

말쑥하고 잘생겨 보기에 시원스럽다 5. 표정이나 성격이 구김살 없이 밝다 6. 빛깔이 밝고 맑다 7. ……

맑다 : 1. 잡스럽고 탁한 것이 섞이지 아니하다 2. 구름이나 안개가 끼지 아니하여 햇빛이 밝다 3. 소리 따위가 가볍고 또랑또랑하여 듣기에 상쾌하다 4. 정신이 흐리지 아니하고 또렷하다 5. 살림이 넉넉하지 못하고 박하다

우리말 '밝다'를 '환하다'로 풀이하는데, '환하다'는 '맑다 + 밝다'로 풀이합니다. '맑다'는 '밝다'로 풀이하지요. 이 뜻풀이도 돌림풀이입니다. 숫제 말뜻을 어림할 수 없는 터무니없는 얼개입니다.

사람들이 흔히 쓰는 수수하고 쉬운 낱말부터 옳게 풀이하지 않고서 팔짱을 끼는 국립국어원 벼슬아치라고 할 텐데, 통 말이 안 되는 뜻풀이를 그저 등돌리는 꼴이지요. 그나저나 '도무지'는 뭘까요? 이 우리말은 무슨 뜻일까요? 국립국어원 낱말책에서 살펴보겠습니다.

도무지 : 1. 아무리 해도 ≒ 도시·도통 2. 이러니저러니 할 것 없이 아주 ≒ 도시·도통

도통(都統) : 1. 모두 합한 셈 = 도합 2. 아무리 해도 = 도무지 3. 이러니저러니 할 것 없이 아주 = 도무지

도합(都合) : 모두 합한 셈. '모두', '합계'로 순화 ≒ 도총(都總)·도통(都統)

도시(都是) : 1. 아무리 해도 = 도무지 2. 이러니저러니 할 것 없이 아주 = 도무지

2016년까지 국립국어원 《표준국어대사전》은 '도통(都統)'이란 한자말을 "1. = 도합 2. = 도무지"로 풀이했으나,

2022년에는 조금 손질했더군요. 네, 국립국어원은 이처럼 한자말 뜻풀이는 곧잘 손질하더군요. 이와 달리 수수하고 쉬운 우리말은 영 손질할 낌새가 안 보입니다.

한자로 엮은 말 '도통·도시·도합'이 있다면, 그저 우리말인 '도무지'가 있어요. 국립국어원은 '도무지'를 두 가지로 풀이하면서 한자말 '도시·도통' 같은 비슷한말이 있다고 붙이는데, 굳이 '도시·도통'을 써야 할 까닭이 없고, 알려주어야 할 까닭마저 없습니다.

우리말 '도무지'하고 비슷한말은 한자말만 있을 수 없어요. 비슷하면서 다른 숱한 우리말을 찬찬히 들어야 우리말을 우리말답게 쓸 만하다고 봅니다.

도무지
숫제·영·통
모두·모조리·몽땅·다·죄다
싹·아주·사뭇
좀처럼·좀체·죽어도
티끌만큼도·터럭만큼도·눈꼽만큼도·손톱만큼도
조금도·하나도
쉬·쉬이·쉽게
아무리·암만·아무래도
어쩐지·어째
짜장·참말·참말로
제아무리·제딴·제딴에는

한자말 '도시·도통'은 이런 여러 우리말로 알맞게 손질할 만합니다. 아니, 우리는 한자말 '도시·도통'이 없어도 이처럼 온갖 우리말을 때와 곳에 맞추어 즐겁게 썼어요.

숫제 모를 일이라지만, 이제부터 우리말을 하나씩 익혀 가기를 바랍니다. 영 어려울는지 모르나, 차근차근 익히려 하면 어느새 눈을 환하게 뜰 만합니다. 통 아리송할 뿐이라면, 서두르지 말고 느긋이 헤아리면서 혀에 얹고 손에 놓다 보면 시나브로 스며서 넉넉히 쓸 수 있습니다.

낱말책을 모두 외워야 하지 않아요. 낱말을 모조리 외우더라도 우리말을 우리말답게 쓰지는 않습니다. 이 말이건 저 말이건, 다 삶에서 태어나거 살림에서 비롯한 말입니다. 스스로 차곡차곡 삶을 가꾸고 살림을 다스리노라면, 처음부터 몽땅 알 수는 없더라도, 끝끝내 죄다 알지 못할 수 있어도, 마음을 밝게 틔우는 말빛을 알아채게 마련입니다.

얄궂은 말씨를 싹 쓸어도 좋고, 아주 털어내려고 힘써도 좋습니다. 그러나 좀처럼 안 될 수 있어요. 이럴 적에는 어린이를 생각해 봐요. 넘어져도 다시 일어나서 걷고 달리는 어린이처럼, 우리말을 우리말답게 쓰는 길은 죽도록 애쓰는 길이 아닌, 활짝 웃으면서 조금씩 빛내는 길입니다.

억지로 하면 쉬운 일도 어쩐지 어렵습니다. 삶으로 녹여내거나 풀어내면 암만 높은 울타리라 하더라도 어느새 넘습니다. 짜장 삶꽃으로 피어나는 삶말입니다. 참말로 모든 말은 꽃처럼 피어나서 우리 넋을 파란하늘과 푸른들처럼 감싸는 빛줄기라고 하겠습니다.


## 사투리를

아직 티끌만큼만 알아도 돼요. 눈꼽만큼만 알아도 모자라지 않습니다. 제아무리 뛰어난 글바치라고 해서 우리말을 훌륭하게 쓰지는 않습니다. 글을 쓴 적이 없거나 책을 읽은 적조차 없는 수수한 할머니 할아버지가 여느 때에 쓰는 말을 가만히 듣고 새겨 봐요. 밥을 짓고 옷을 짓고 집을 짓던 투박한 손길로 골골샅샅 저마다 슬기로이 사랑을 펴며 짓던 오랜 우리말인 '사투리'를 떠올려요. 먼먼 옛날에 다 다른 고장에서 멀리 떨어져 살던 사람들이 스스로 지은 말이 사투리입니다.

임금님이 지어서 외우도록 시킨 말이 아닙니다. 똑똑한 사람이 지어서 알려준 말이 아닙니다. 글씨를 쓸 줄 모르던 수수한 순이돌이가 스스로 지은 말인 사투리입니다. 삶을 담고 살림을 얹고 사랑을 실은 말이 바로 사투리입니다.

중국을 섬긴 일이 없고, 옆나라를 노린 일도 없는 수수한 사람들은 언제나 스스로 삶·살림·사랑을 지으면서 말을 지었으니, 우리 사투리란 어질면서 착하고 참다우면서 어깨동무(평화·평등)를 바란 말이라고 하겠습니다.

둘레에서 여러 가지 한자말을 범벅처럼 쓰더라도 굳이 아랑곳하지는 않기를 바랍니다. 나라 곳곳에 갖은 영어가 너울거리더라도 딱히 쳐다보지는 않기를 바라요. 우리 마음을 우리 스스로 말 한 마디로 얹으면 넉넉합니다. '도무지' 한 마디를 바탕으로 '숫제·영·통'을, '싹·아주·모두'를, '아무리·암만·하나도·참말로·어째'를 차근차근 짚으면서 말빛을 가꿀 수 있기를 바랍니다.

# 고운말 미운말
아이처럼 수다꽃으로

---

말을 어떻게 바라보아야 하느냐고 묻거나 궁금한 이웃님이 많기에 으레 네 가지로 간추리곤 합니다. 좋거나 나쁘거나 곱거나 미운 말이란 없이 그저 '말'만 있을 뿐이며, 이 말이란 '마음'에 담는 '소리빛'이니, 그저 '말·마음·소리빛'만 바라보고 받아들일 수 있기를 바란다고 여쭙니다.

'좋은말'을 쓰려고 하면 배앓이를 합니다.
'고운말'을 쓰려고 하면 속앓이를 합니다.
'나쁜말'을 안 쓰려고 하면 마음이 뒤틀리고,
'미운말'을 안 쓰려고 하면 마음이 죽어버립니다.

말을 바라보는 네 가지 길을 적어 보았습니다. 이 네 가지 길을 듣고서 "그러면 어떤 말을 써야 하나요?" 하고 물을 만할 테지요. 이때에 다음처럼 들려줍니다. "오직 '내가 나를 사랑할 말'을 스스로 생각하고 찾아서, 노래를 부르듯이 즐겁게 쓰면 넉넉합니다."

'내가 나를 사랑할 말'을 얼른 찾아내려고 애쓰지는 마요. 애쓰면 애쓸수록 '내가 나를 사랑할 말'을 못 찾게 마련이에요. 그저 참나(참다운 나)를 고요히 바라보거나 마주하는 하루를 그리면서 느긋이 살림살이를 가꾸면 되어요. 밥을 하고,

집을 돌보고, 옷을 짓고, 아이를 보살피는 하루를 살아내면서 '내가 나를 사랑하자'는 마음으로 지내면 됩니다.

'내가 나를 사랑할 말'은 하루 만에 찾아내어 노래할 수 있어요. 때로는 한 달이 걸리고, 때로는 한 해가 걸리고, 때로는 열 해가 걸리고, 때로는 온(100) 해가 걸려요. 때로는 숨을 거두는 날까지 못 찾을 수 있어요. 마지막으로 눈을 감는 날까지 '내가 나를 사랑할 말'을 찾지 못 한다면, "그렇구나. 이 삶에서는 사랑말을 못 찾았네. 못 찾을 수도 있구나. 고마워라." 하고 되새기면서 "이다음 삶에서는 사랑말을 즐겁게 찾아야지." 하고 웃으면 됩니다.

바로 찾아내기에 대단하거나 훌륭하지 않습니다. 끝내 못 찾고 숨을 거두더라도 모자라거나 어설프지 않습니다. 찾아내기까지 오래 걸리더라도 대수롭지 않습니다. '내가 나를 사랑할 말'을 찾아내고 보면, 또는 끝내 못 찾아내고서 숨을 거둘 무렵이면, "사랑은 늘 곁에서 흐르는구나. 아니, 내가 여기에서 숨을 쉬고 말을 하고 몸을 움직인 모든 나날이 언제나 사랑이었네." 하고 느낄 만하지 싶어요.


## 아이처럼

아이들은 때가 되면 고개를 가누고, 뒤집기를 하고, 기어다니고, 다리에 힘을 주어 일어서고, 한 발짝 내딛고, 통통통 달리다가, 까르르 웃으면서 어버이 품에 폭 안기고서, 조잘조잘 말을 터뜨립니다. 그렇지만, 아이가 일곱 살이 되도록 이불에 오줌을 싸도 되어요. 아이가 열 살이 되도록 말길을 틔우지 못 해도 되어요. 걱정할 일이란 없습니다. 다 다른 아이들은 그저 다르기에 스스로 삶을 누리는 하루를 맞이합니다. 이웃집 아이들은 '다르다'고 바라보고 받아들이지만, 정작 우리 집 아이들은 '다른 아이들하고 다르다'를 미처 바라보지 못하고 받아들이지 못 하는 나머지, 어버이나 어른 스스로 고단하거나 괴롭게 마련입니다.

'다 다른 아이'는 '서로 닮아야' 하지 않습니다. 우리 아이하고 이웃 아이가 닮아야 할까요? 우리 아이하고 이웃 아이는 다른걸요. 우리가 낳은 여러 아이가 있으면, 여러 아이는 구태여 닮아야 하지 않아요. 다 다른 우리 집 아이들입니다.

두 어버이도 닮아야 하지 않아요. 어머니하고 아버지는 다릅니다. 다른 두 사람이 굳이 닮아야 한다고 짜맞추려 하면, 두 사람은 몹시 고단합니다. 일을 솜씨있게 할 수 있고, 스무 해가 넘어도 일이 서툴 수 있어요. 서른 해가 넘어도 어쩐지 엉성하거나 바보스러울 수 있어요. 우리는 모두 다른 몸뚱이입니다만, 우리는 모두 같은 넋입니다. 이 대목만 알면 되어요. "다 다른 몸이기에, 넋빛으로는 다 같은 사랑"이기에, 서로 만나서 한집을 이루고, 한마을을 일구며, 한별(지구)을 품는 삶을 지을 수 있어요. 이렇기 때문에 '다른 마음을 다른 말로 서로 나타내면서 이야기를 하는 하루'를 누리고 맞이합니다.


**내가 아는 낱말로**


낱말책을 통째로 외우듯 말을 다룰 줄 알아야 말을 잘 하거나 글을 잘 쓰지 않습니다. '내가 아는 낱말'로 '스스로 그리거나 나타내거나 밝히고 싶은 마음'을 스스럼없이 터뜨리면 되어요. '다룰 줄 아는 낱말'이 적기 때문에 말을 못 하거나 글을 못 쓰지 않아요. '말을 잘 하거나 글을 잘 쓰는 다른 사람을 닮으려고(따라하려고·흉내내려고)' 하다 보니까 자꾸 엉켜요. 다른 사람 글쓰기나 말하기를 닮으려고 하지 말아요. 우리는 모두 다른 사람입니다. 우리는 저마다 '내가 나를 사랑할 말'을 즐겁게 다루면 넉넉합니다.

어린이는 책을 펴서 읽을 적에 '누가 쓴 책'인지 안 따지고 '어느 펴냄터에서 낸 책'인지 안 살핍니다. 오롯이 줄거리에 빠져들고 그저 이야기를 즐깁니다. 우리는 어른이란 옷을 입은 나머지 그만 '누가 쓴 책'인지 따지거나 '어느 펴냄터에서 낸 책'인지 살피고 말아요. 어린이처럼 모든 책을 '이름값을 안 보면서 읽어'야 마음눈을 틔웁니다.

그러니까, '이름값을 안 보면서 책읽기를 즐기'듯 '더 좋은 말씨나 더 고운 말씨를 외우듯이 익히려고 애쓰지 않'을 적에 말하기도 글쓰기도 술술 열리고 트이고 샘솟고 흘러요. '더 나쁜 말씨를 꺼리거나 더 미운 말씨를 삼가려고 애쓰기 때문'에, 그만 하고픈 말을 못 하고 쓰고픈 글을 못 씁니다.


## 나쁜말 좋은말

나쁜말이나 좋은말은 없습니다. 모든 낱말은 우리 삶을 다 다르게 그리는 소릿값이자 소리빛입니다. 미운말이나 고운말은 없습니다. 모든 낱말은 그저 우리 마음을 다 다르게 밝히는 소릿값이고 소리빛이에요.

먼저 '마음을 꾸밈없이·그대로·고스란히·스스럼없이' 드러내면서, '내가 나를 사랑하는 숨결'을 되새기면서 말을 하

거나 글을 쓰면 넉넉합니다. 이처럼 말하기하고 글쓰기를 틔
운 다음에, 조금씩 띄어쓰기를 배워서 가다듬어도 되고, 띄어
쓰기가 어려우면 그냥그냥 써도 됩니다. 맞춤길은 얼마든지
틀려도 됩니다. 사투리도 신나게 쓰면 됩니다. 왜냐하면, 우
리는 우리 마음을 이웃하고 나누려고 말을 하거나 글을 쓰거
든요. '훌륭한 글'을 써내려고 글을 쓰려 하면 숨막힙니다. '빈
틈없는 말'을 해내려고 말을 하다 보면 갑갑합니다.

혀짤배기나 말더듬이라서 더듬더듬 말을 해도 되어요. 마
음을 드러낼 줄거리하고 이야기를 생각해서 들려주면 되어
요. 띄어쓰기나 맞춤길이 영 엉성하더라도, 속마음을 밝히고
속사랑을 펼치면 되어요. 나중에 책을 여미거나 새뜸을 엮을
적에 이웃님(편집자)이 도와주어서 띄어쓰기나 맞춤길을 손
질하면 되지요. 처음부터 빈틈없이 몽땅 혼자 다 해내려고 하
면 그만 글앓이(배앓이 + 속앓이)를 하다가 마음이 얹혀요(마
음이 뒤틀림 + 마음이 죽음).


## 이야기꽃에 수다꽃을

아이는 아이대로 마음을 고스란히 털어놓으면서 이야기꽃
을 피우면 즐겁습니다. 어른은 어른대로 마음을 그대로 털어
내면서 수다꽃을 지으면 즐겁습니다. 이야기가 꽃으로 피어
나도록 생각해 봐요. 모든 풀꽃나무는 다 달라요. 소나무하고
잣나무가 다르고, 배롱나무하고 후박나무가 달라요. 같은 참
나무라 하더라도 다 다를 뿐 아니라, 떡갈나무 한 그루에 돋
는 잎조차 다 달라요.

멋진 수다나 빼어난 수다를 해야 하지 않습니다. 나도 말

을 하고 너도 말을 하는 곳에서 도란도란 주고받는 수다이면 즐겁습니다. 때로는 10분이나 20분쯤 길게 말을 하고서, 10분이나 20분쯤 가만히 귀를 기울이면서 들으면 즐겁지요.

우리말 '말'하고 '마음'하고 '맑다'하고 '물'은 말밑이 같습니다. 우리말 '이야기'하고 '잇다'하고 '있다'하고 '이다'하고 '이제·이곳'은 말밑이 같습니다. '바라보다'하고 '바라다'하고 '바람·바다'하고 '밭·바탕·밖'하고 '밝다·밤'도 말밑이 같지요. 마음을 물처럼 맑게 나타내기에 '말'입니다. 서로 말을 이어서 이제 이곳에서 함께 있는 사람인 말이기에 '이야기'예요. 바라볼 수 있기에 바라고, 바람을 담듯 바다로 너울거리면서 모든 숨결이 태어나고 자라는 바탕은 바람(하늘)이자 바다(밭)인 두 곳은 서로 다르면서 하나인 밤(밝은 어둠)입니다.

마음을 잇는 즐거운 사랑으로 말을 주거니받거니 할 수 있기를 바랍니다. 서로 생각을 열어서 눈길을 틔울 수 있기를 바라요. 말 한 마디를 마음에 심는 생각씨앗으로 삼아서 오늘 하루를 넉넉히 누리기를 바랍니다. 언제나 새롭게 씨앗으로 움트거나 싹트거나 자랄 말 한 마디에 글 한 줄을 나긋나긋 주고받으면서 활짝 웃고 노래할 수 있기를 바라요.

# 한모금 부딪히는 말

사랑으로 꿈으로 웃음으로

사람들마다 쓰는 말이 다릅니다. 사람들마다 사는 고장이 다르고, 사람들마다 태어나서 자라고 살아가는 터전이 다르거든요. 그런데 고장이나 삶터나 일터가 다르더라도 비슷하게 쓰는 말이 있어요. 이를테면 어른들이 술을 마실 적에 그릇을 부딪히면서 하는 말은 비슷하곤 해요. 요새는 "위하여!" 같은 말을 흔히 씁니다.

저는 '위하다'라는 말을 아예 안 씁니다. 아이들 앞에서도 안 쓰고, 이웃 앞에서도 안 써요. 글을 쓰든 말을 하든 저로서는 '위하다'를 쓸 일이 없습니다. 무엇보다 어린이나 푸름이가 어른을 흉내내어 물그릇을 부딪힐 적에 어른처럼 "위하여!" 하고 외치면 몹시 안 어울려 보여요.

## 위하다

'위하다'는 '爲'라는 한자를 붙인 말씨예요. 숱한 글이나 책을 살피면 "이를 위하여"나 "하기 위하여"나 "지원을 위하여"나 "여행을 위하여"나 "나라를 위하여"나 "꿈을 위하여"나 "사랑을 위하여"나 "시행하기 위하여"나 "보호하기 위하여"나 "발전을 위하여"나 "너를 위하여"나 "우리를 위하여"나

"평화를 위하여"나 "육성을 위하여"나 "출근을 위하여"나 "육아를 위하여"처럼 참말로 '위하다'는 이곳저곳에 안 쓸 수 없다고 여길 만해요.

이렇게 온갖 곳에 흔히 쓰는 말마디이니, 제가 이런 말마디를 안 쓴다고 하면 고개를 갸우뚱하는 분이 많습니다. 어떻게 그 말을 안 쓰면서 말을 할 수 있느냐고 아리송해 하시지요.

이때에 넌지시 되묻습니다. 어릴 적에 참말로 '위하다'라는 말을 꼭 쓰셨느냐 하고요. 옛날에 할머니나 할아버지가 '위하다'라는 말을 쓰셨는지 되묻기도 해요. 1970년이라든지 1960년이라든지 1950년이라든지, 또는 1980년에 어린 나날을 보내면서 '위하다'라는 말을 쓴 적이 있는지 가만히 여쭙기도 해요.


## 일본말씨

이렇게 여쭙거나 되묻는 까닭은, 저로서는 어릴 적에 '위하다'라는 말을 쓴 적이 참말 한 가지도 없기 때문이에요. 어른들 흉내를 내면서 물그릇을 부딪힐 적에 "위하여!"라 말한 적은 있으나, 이 말이 도무지 무엇을 뜻하는지 알 길이 없었어요. 나중에 어른이 되어 낱말책을 뒤적여 보아도 우리가 왜 "위하여!"를 써야 하는지 알쏭했어요. 다만, '위하다'가 일본말씨인 줄은 어른이 되고서 알았고, 이 일본말씨는 글이며 배움터이며 책이며 새뜸에 어마어마하게 쓰는구나 하고 느꼈어요.

이를 위하여 → 이 때문에 / 이리하여
하기 위하여 → 하려고 / 해보려고

지원을 위하여 → 도우려고 / 거들려고

여행을 위하여 → 마실 때문에 / 나들이로

나라를 위하여 → 나라를 생각해서 / 나라 때문에

꿈을 위하여 → 꿈을 이루려고 / 꿈 때문에

사랑을 위하여 → 사랑을 이루려고 / 사랑 때문에

시행하기 위하여 → 하려고 / 해보려고

보호하기 위하여 → 지키려고 / 돌보려고

발전을 위하여 → 발돋움하려고 / 크려고

너를 위하여 → 너를 도우려고 / 너 때문에 / 너를 생각해서

우리를 위하여 → 우리를 헤아려서 / 우리를 보고

평화를 위하여 → 어깨동무하려고 / 고루 살아가려고

육성을 위하여 → 키우려고 / 가꾸려고 / 기르려고

출근을 위하려 → 일을 나가려고 / 일하러 가려고

육아를 위하여 → 아이를 돌보려고 / 아이를 살펴


하나하나 짚어 봅니다. 먼먼 옛날부터 이 땅에서 살아온 사람은 '위하다'라는 외마디 한자말을 쓸 일이 아예 없었다고 느낍니다. 이웃나라가 총칼을 앞세워 쳐들어온 뒤로 부쩍 퍼진 이 말씨는 그야말로 우리말씨가 아니네 싶어요. 책이든 글이든 새뜸이든 어디이든 '위하다'가 끝없이 나오더라도 시골 할머니하고 할아버지 입에서 '위하다'가 나오는 일은 없어요.

다만 흙두레 일꾼한테 물들어 "마을을 위한 일"이라고 할 적에는 나타나지요. 이때에는 "마을을 생각하는 일"이나 "마을을 살피는 일"이나 "마을을 가꾸는 일"이나 "마을을 살리는 일"이라고 손볼 만합니다.

지난날에는 때하고 곳하고 사람을 살펴서 알맞게 온갖 말을 마음껏 썼다고 할 만합니다. 오늘날에는 이도저도 아닌 채

어영부영 뭉뚱그리면서 '위하다'를 아무 자리에나 쓰는구나 싶어요.

## 새말을 지으려면

그러면 술자리 같은 데에서는 어떤 말을 써야 좋거나 즐거울 까요? "위하여!" 같은 느낌을 살릴 만한 말씨는 있을까요, 없 을까요? 우리 스스로 새로운 말씨를 살리면서 뜻을 북돋우려 고 하면 얼마든지 새롭거나 재미있거나 즐겁거나 뜻있는 말 마디를 지을 만하리라 봅니다. 예전부터 썼다는 생각으로 그 냥그냥 따라서 쓴다면 새말을 못 짓겠지요. 더구나 예전에는 우리 나름대로 재미있거나 알맞게 쓰던 말씨가 있지만, 고단 한 총칼나라(일제강점기)에 사슬나라(군사독재)를 거치는 동 안 우리말씨를 잊고 말아서, 외려 이제는 우리 나름대로 우리 말로 제대로 살리는 결이나 넋을 헤아리지 못할 수 있어요.

누가 저한테 술자리라든지 잔치마당에서 "이보게, 자네가 한 마디 할랑가?" 하고 묻는다면 이렇게 말하려고 생각해요.

**사랑으로!**
**꿈으로!**
**웃음으로!**

술그릇을 부딪히는 잔치마당이라면 "사랑을 위하여!"가 아 닌 "사랑으로!" 한 마디로 넉넉하지 싶어요. "마을을 위하 여!" 같은 말을 외치고 싶다면 "마을사랑!"이라고 외칠 수 있어요. "우리 마을 좋구나!"라든지 "우리 마을 으뜸!"이라든지 "우리 마을 얼쑤!" 하고 외칠 수 있고요.

가만히 보면 술자리에서 "지화자!"라든지 "좋구나!"라든지 "얼씨구!"를 읊는 분이 있어요. 이런 외침말은 수더분하구나 싶어요. 이와 비슷하게 "좋아!"라든지 "좋지!"라든지 "좋네!"라든지 "좋다꾸나!"라든지 "좋지롱!"이라든지 "좋아뿌러!"처럼 말끝을 바꾸어서 외쳐 볼 만합니다.

## 사랑해

"너를 위한다"고 할 적에는 너를 생각하거나 헤아리거나 아끼거나 사랑한다는 뜻입니다. 우리말은 숨기지 않아요. 그래서 "너를 사랑해"라든지 "너를 아껴"라든지 "너를 좋아해" 하고 또렷하게 밝힙니다. 또는 "위하여! 위하여! 위하여!"가 아니라 "사랑해! 사랑해! 사랑해!"나 "좋아해! 좋아해! 좋아해!"나 "생각해! 생각해! 생각해!"처럼 외칠 만해요. 생각하기에 새로운 말이 태어납니다. 좋아하기에 알맞게 쓸 말을 떠올립니다. 사랑하기에 즐거이 나눌 말을 지을 수 있습니다.

자, 마음을 모아 봐요. 우리가 먼먼 날을 고이고이 가꾸면서, 앞으로 새로우면서 즐겁게 이어서 쓸 만한, 이쁘고 애틋하며 사랑스럽고 자랑스러우면서 재미날 뿐 아니라, 싱그럽고 알뜰하며 즐거울 말 한 마디를 혀에 얹어 봐요. 우리가 주고받는 말은 언제나 가을하늘 같은 바람이 되고 노래가 될 수 있습니다.

## 5.
## 푸른꽃

'아동'을 치우고 '어린이'를 쓸 수 있다면,
'청소년'을 치우고 '푸른꽃'을 쓸 수 있을까.
어른으로서 어른답게 말결을 가다듬을 적에
어린씨도 푸른씨도 어른씨도 어깨동무할 만하다.

키

마

묻다

참

꿍꿍쟁이

구체적

자유

# 키
키재기 키질 키잡이

---

우리 집 아이들은 '금연 구역'이라는 말을 못 알아봅니다. 다만, 이 말 옆에 나란히 있는 그림을 보면서 "저기, 담배에 모락모락 나는 그림에 빨간 줄로 찍 그었으니까, '금연 구역'은 담배를 피우지 말라는 뜻이야?" 하고 묻기는 합니다. 큰아이가 열한 살이던 무렵에 들려주는 말을 듣고서 제 열한살 무렵을 떠올렸어요. 그때에 제 또래 가운데 '금연·흡연'을 못 알아듣는 동무가 꽤 있어요. 저도 때로는 무슨 말인지 헷갈렸습니다. 아무래도 열한 살 어린이가 '담배 피우다·담배 안 피우다' 아닌 '금연·흡연'을 알기는 어려울 만합니다. 이런 한자말을 아는 어린이가 더러 있을 터이나, 모르는 어린이는 어김없이 꽤 많아요. 모르는 어른도 제법 있지 않을까요?

아이들은 '출입 금지'라든지 '통행 금지'라는 말을 쉽게 못 알아듣습니다. 이때에 우리 어른들은 생각해 볼 만하겠지요. 왜 저 아이들은 이런 말을 못 알아듣느냐고 말이지요. 달리 생각한다면, 왜 아이들이 못 알아들을 만한 말을 곳곳에 알림글로 쓰는가를 따질 만합니다.

## 벼슬터 말씨

지난날에는 벼슬터에서 쓰는 어려운 말을 나무라거나, 글바치(지식인)가 쓰는 일본 한자말이나 영어를 따지는 목소리가 거의 없어요. 나라에서 쓰면 그대로 따라야 한다고 여기기 일쑤였고, 글바치가 쓰면 '배운 사람이 쓰는 말'이니 틀린 말이 없으리라 여기곤 했어요. 오히려 그런 어려운 말이나 일본 한자말이나 영어를 써야 둘레를 잘 안다거나 똑똑하다고 여기기까지 했습니다.

이제는 곰곰이 생각해 보면 좋겠어요. 우리는 오늘 어떤 말을 써야 서로 즐겁고 아름다우면서 사랑스러울까요? 우리는 어제 어떤 말을 쓰면서 마음을 나눌 수 있었을까요? 우리는 앞으로 어떤 말을 쓰면서 새롭게 삶을 지피는 길을 갈 만할까요?

## 키재기

"키를 재다"가 아닌 "신장을 측정하다"라 해야 할 까닭이 있을까요? "몸무게를 달다"가 아닌 "체중을 측정하다"라 해야 할까요? 배움터나 일터에서는 으레 '신체 검사'를 한다는데, 이는 "몸살피기(몸을 살피다)"입니다. 우리는 왜 아이한테도 어른 사이에서도 '몸살피기'나 '몸재기'처럼 쉽게 알아들을 만한 말을 안 써 왔을까요? 총칼나라부터 스며든 일본 한자말이기에 안 써야 한다고는 여기지 않습니다.

잘 따져 보기를 바랍니다. 예나 이제나 아이들은 '신체 검사'라는 말을 처음 들으면 무슨 소리인지 못 알아듣습니다.

해마다 이런 말을 듣고서 몸을 살피는 일을 겪고 나면 비로소 그 말이 그러한 뜻으로 그러한 자리에 쓰는구나 하고 어림합니다. '신체'하고 '검사'가 저마다 무슨 뜻인지를 새길 적에는 굳이 안 써도 될 말을 껍데기를 씌워서 쓰는 얼거리인 줄 쉽게 깨달을 수 있습니다.

국립국어원 낱말책에서 '신장'이라는 낱말을 찾아서 옮기겠습니다. 모두 열일곱 낱말이 나오는데, 이 가운데 몇 낱말이나 낱말책에 실을 만한지 낱낱이 따져 보면 좋겠어요.

신장(-欌) : 신을 넣어 두는 장 ≒ 신발장

신장(申檣) : [인명] 조선 전기의 문신(1382~1433)

신장(伸長) : 길이 따위를 길게 늘림

신장(伸張) : 세력이나 권리 따위가 늘어남. 또는 늘어나게 함

신장(伸葬) : [고적] = 펴묻기

신장(身長/身丈) : = 키

신장(信章) : = 도장(圖章)

신장(信藏) : [불교] 불도에 대한 신앙심에 일체 공덕이 포함되어 있는 것

신장(神將) : 1. [민속] 귀신 가운데 무력을 맡은 장수신. 사방의 잡귀나 악신을 몰아낸다 2. [불교] = 화엄신장 3. 신병을 거느리는 장수 4. 전략과 전술에 능한 장수

신장(神漿) : 1. 신에게 올리는 음료 2. 영험이 있는 음료

신장(訊杖) : = 형장(刑杖)

신장(晨粧) : 식전(食前)에 하는 화장(化粧)

신장(腎腸) : 콩팥과 창자라는 뜻으로, '진심(眞心)'을 이르는 말

신장(腎臟) : [의학] = 콩팥

신장(新粧) : 건물 따위를 새로 단장함. 또는 그 단장

신장(新裝) : 1. 시설이나 외관 따위를 새로 장치함. 또는 그 장치 2. 새로운 복장

신장(Xinjiang[新疆]) : [지명] = 신장 웨이우얼

자치구(新疆維吾爾自治區)


신을 놓는 자리라면 '신칸'이라 할 만합니다. 조선 무렵 사람이름이나, '늘리다·늘어나다'를 가리키는 한자말이나, 불교말·돌봄말(의학용어)이나, 중국 땅이름을 굳이 우리 낱말책에 실어야 할는지 아리송합니다. '콩팥'이란 낱말이 어엿이 있는데 꼭 '신장'을 써야 할까요? 새로 꾸밀 적에는 "새로 꾸몄다"고 하면 넉넉하지 않을까요? "새로 열다" 아닌 "신장 개업"이라고만 해야 할까요?

낱말책을 보면 '키'를 가리키는 한자말 '신장'은 "= 키"로 풀이합니다. 이는 우리가 쓸 낱말은 '키' 하나라는 뜻입니다. 여기에서 하나를 더 헤아리면 좋겠어요. '키'라고 할 적에 무엇이 떠오를까요? 소릿값 '키'로는 어떤 낱말이 떠오를까요?

키 1 : 몸이 얼마나 높은가

키 2 : 씨앗을 까부르는 연장

키 3 : 배가 가는 길을 다루는 연장


우리말 '키'는 세 가지입니다. 제 어릴 적을 떠올리면, '키'라 할 적에 몸높이가 얼마인가를 먼저 생각했어요. 우리 어머니는 '키'라고 할 적에 씨앗을 까부르는 연장을 먼저 생각하면서 이렇게 말씀했어요. "옛날에는 이부자리에서 쉬를 하면 머리에 키를 씌우고 집집마다 소금 얻으러 다니도록 했지." 아마 우리 어머니는 머리에 키를 쓴 어린 날이 있었을 만합니

다. 그러나 저는 어릴 적에 머리에 키를 쓸 일이 없었습니다. 제 어릴 적은 어느새 키를 안 쓰는 살림이었어요.

뱃사람이라거나 바닷가에서 산다면 또 다른 '키'를 먼저 생각할 만합니다. 저는 바닷마을인 인천에서 나고자란 터라 셋째 키를 둘째 키보다 먼저 생각했습니다. 키질을 하는 배를 쉽게 보고 만지면서 자랐거든요.


## 키질

그렇다면 '키질'을 놓고도 세 가지로 헤아릴 만합니다. 하나는 몸높이를 헤아리는 키질이고, 누구 키가 더 크거나 작은가를 따지는 몸짓입니다. 씨앗을 까부르는 키질 둘에 배가 가는 길을 다루는 키질이 더 있어요. 그런데 있지요, 이런 '키·키질'보다 '열쇠'를 가리키는 영어 'key'가 익숙한 분이 부쩍 늘었습니다. 요새는 부릉부릉 몰건 갯빛집에서 살건 열쇠라는 우리말보다는 'key'라는 영어를 매우 쉽게 씁니다.

어느 자물쇠이든 다 딸 수 있다면 '온열쇠'라 할 만하지만 '마스터키'라고들 합니다. '셈열쇠'라 말하는 분은 드물고 '숫자키·다이얼키'라 하지요. 이밖에도 온갖 자리에서 키는 키대로 열쇠는 열쇠대로 자리를 빼앗깁니다. 설자리를 하나둘 잃으면서 쓰임새를 잊고, 이러면서 새롭게 알맞게 즐겁게 짓는 말길이 조용히 막힌다고 할 만해요.

## 건너지 마세요

얼마 앞서 어느 고장에 마실을 다녀오는데 "건너지 마세요" 라 적은 알림글을 보았습니다. 길을 함부로 건너지 말라는 뜻으로, 한복판에 울타리를 세워서 글씨를 새겼더군요. 예전 같으면 "무단횡단 금지"처럼 딱딱하고 메마른 일본 한자말을 썼을 테지만, 어느새 부드러우면서 쉬운 말씨를 쓰는 손길이 되었구나 싶습니다. 앞으로 우리가 가꿀 나라를, 삶터를, 마을을 곱게 그릴 수 있기를 바랍니다. 새롭고 아름다운 말길하고 글길도 곱게 그릴 수 있기를 바라요.

# 마

나눠내기와 자람이

---

'마!' 하고 누가 말하면 두 가지가 떠오릅니다. 첫째, "마, 됐다."에서 쓰는 '마'입니다. 둘째, "하지 마."에서 쓰는 '마'입니다. "마, 됐다." 할 적에는 어쩐지 마음이 놓인다면, "하지 마." 할 적에는 마음이 무겁거나 옭매입니다.

문득 생각해 봅니다. "출입금지"라 하면 딱딱하면서 힘있어 보인다고 여기는데, "들어오지 마"나 "다가오지 마"처럼 써도 딱딱하면서 힘있어 보이지 않을까요? "흡연금지"라 해야 세 보이는 말이 되지 않아요. "담배 피우지 마"라 해도 세 보이는 말이 됩니다. 또는 "담배 끊어"나 "담배 저리 가"나 "담배 치워"라 해볼 만한데 "담배 꺼져"라 하면 더없이 세 보이는 말이 될 테지요.

열린터(공공기관·공공장소)에서 쓰는 말은 부러 딱딱하거나 세 보이는 말을 써야 한다고 여겨 버릇하면서 한자말에 옭매이는 분이 퍽 많습니다. 그러나 우리말로도 얼마든지 세 보이는 말을, 아니 참말로 드센 말을 헤아려서 쓸 수 있어요.

## 하지 마

"절대엄금"이 아니어도 됩니다. "하지 마"라 하면 됩니다.

191

"촉수엄금"이 아니어도 되지요. "건들지 마"나 "건드리지 마"라 하면 되어요. "무단횡단 금지" 같은 알림판이 꽤 많은데요, "막 건너지 마"라든지 "그냥 건너지 마"라든지 "함부로 건너지 마"라 할 만합니다. 부드럽게 쓰고 싶다면 "막 건너지 마요"나 "그냥 건너지 말아요"나 "함부로 건너면 다쳐요"라 해볼 만해요.

요새는 '묻지마'가 한 낱말로 굳은 듯합니다. "묻지마 투자"나 "묻지마 교육"이나 "묻지마 읽기"처럼 쓸 만해요. 이런 얼거리로 '하지마'나 '보지마'나 '먹지마'나 '읽지마'나 '가지마'를 써도 재미있고 어울립니다.

이용금지 → 쓰지 마 / 쓰지 말도록 / 쓰지 말 것 / 안 써요 / 안 씁니다 / 쓰지 말아요 / 쓰지 맙시다

이용중지 → 못 씀 / 못 써요 / 쓸 수 없음 / 쓸 수 없습니다 / 쓰지 않음 / 쓰지 않아요 / 못 씁니다 / 망가졌어요 / 망가졌습니다

둘레에서 흔히 볼 수 있는 '이용금지·이용중지' 같은 말도 새롭게 손질해서 쓸 만합니다. '접근금지'라면 "다가오지 마"나 "다가오지 마셔요"라 할 만한데, '물러서라'나 '물러서세요'나 '물러섭니다'라 해도 되어요.

'촬영금지' 같은 알림말을 쓰는 곳이 있습니다. 이때에는 "찍지 마"나 "찍지 말아요"나 "찍지 마세요"나 "찍으면 싫어요"나 "찍으면 싫어" 같은 말로 알맞게 손볼 수 있습니다. 때하고 곳을 살펴 다 다르게 쓸 만해요. 우리말은 틀에 매이지 않는 결이 너르고, 누구나 재미있고 새롭게 쓰면서 빛나요. 말끝하고 토씨를 살몃살몃 바꾸면서 결을 살릴 수 있으니, 배움터나 열린터에서 이 대목을 눈여겨보면서 서로 즐거이 말

길을 트도록 북돋울 만합니다.

　모든 말은 생각에서 비롯합니다. 어떤 생각을 나타내고 싶은가 하고 마음에 그리기에 말을 떠올려서 쓸 수 있습니다. 이 말이 있기에 이 말을 쓴다기보다, 이러한 생각을 나타내고 싶다고 느끼니 이 자리에 걸맞을 말을 저마다 스스로 새롭게 짓는구나 싶습니다. 아이들하고 마실을 다니다가 가게에 들러 주전부리를 살피는데, 빵을 담은 비닐자루에 "소시지 중량 up!"이라 적힙니다. 이 글씨를 들여다보며 생각해 보았어요. 꼭 이렇게 글씨를 담아야 할까요? 빵을 빚어서 다루는 곳에서는 이런 말이 아니고는 알림말을 알맞게 적을 수 없을까요?

　　소시지 무게 늘림!
　　고기떡 무게 늘렸다!
　　고기떡 무게 늘렸어요!
　　고기떡 더 많이!
　　고기떡 더 넉넉히!
　　고기떡 더 묵직!

　말끝을 살짝 바꾸면 말결이 살짝 바뀝니다. 말마디를 새로 다듬으면 말빛이 새로 살아납니다. 열린터나 배움터나 새뜸(언론사)도 말글을 알맞으면서 바르거나 곱게 쓰면 어울리겠는데, 이뿐 아니라 여느 일터나 자리에서도, 또 살림살이를 빚어서 파는 곳에서도 알맞으면서 바르거나 곱게 말글을 가다듬으면 훨씬 나으리라 봅니다.

　경기 수원에 마실을 다녀오며 수원 버스를 탔습니다. 이 버스에서 "안전을 위하여 정차한 후 일어나시기 바랍니다."

같은 글월을 보았습니다. 이 글월을 어린이가 잘 알아볼 만할까 모르겠습니다. 무엇보다 알림글을 적어서 붙일 적에는 더 마음을 상냥하게 기울여서 쉽게 알아보도록 할 일이라고 생각합니다. 저라면 버스 알림글을 다음처럼 쓰겠습니다.

안 다치도록 차가 선 뒤에 일어나셔요
안 다치도록 차가 선 다음 일어납시다
다치지 않도록 차가 서면 일어나요
차가 선 다음 일어나서 내려요
차가 선 뒤에 일어나서 내리셔요

우리는 아직 일본말씨를 곳곳에서 씁니다. 총칼수렁은 고작 서른여섯 해였으나 이동안 물들거나 길든 말씨가 매우 깊어요. 더구나 숱한 일자리에서는 일본 한자말이나 일본말씨를 써야 하는 듯 여기기까지 해요.

곰곰이 따지면 영어나 일본말을 쓴들 그리 대수롭지는 않습니다. 다만 우리한테는 우리말이 있기에 우리말을 쓰면 될 텐데, 구태여 영어나 일본말까지 받아들여야 하는가를 생각해 보기를 바라요. 우리말을 새롭게 살리거나 지어서 쓰기 어렵다면 모르되, 우리 스스로 말결을 북돋우거나 살찌우는 길을 닦지 않는다면 앞으로 우리 스스로 생각을 키우거나 가꾸는 삶으로 못 갈 수 있어요.

## 티끌없다 나눠내기

"민폐를 끼치다"에서 '민폐(民弊)'란 무엇일까요? 꼭 이 낱말을 써야 할까요? 이런 한자말이 스며들기 앞서 어떤 말로 이러한 일이나 자리나 결을 나타냈을까요?

생각하고 돌아볼 노릇입니다. "말썽을 일으키다"나 "골칫일을 일으키다"나 "말썽거리가 되다"나 "골칫거리가 되다"라 할 만합니다. "걱정을 끼치다"나 "걱정거리가 되다"라 해도 어울립니다.

'청렴결백(淸廉潔白)'이라 해야 깨끗하지 않아요. '깨끗하다'라 하면 되고, '맑다'라 할 수 있으며, '티없다'나 '티끌없다'라 할 수 있습니다. '맑디맑다'라 해도 되지요. 일본을 거쳐 들어온 아리송한 말 '더치페이'는 '따로내기'나 '나눠내기'라 할 만하고, 밥자리에서 돈을 나누어서 낸다면 '도리기'라는 낱말을 살려서 쓸 만합니다. '도르리'라 해도 되고, 수수하게 '나누기·노느기'라 할 만하지요.

## 뜨고 지다

어느 책을 읽다가 '성자필쇠(盛者必衰)'라는 글월을 보았는데요, 한자를 묶음표에 넣어서 밝혀도 뜻을 모를 수 있어요. 이때에도 생각해 봅니다. "일어나면 스러진다"라 하면 좀 길어도 바로알 만합니다. "뜨고 지다"나 "뜨면 진다"나 "떴으니 진다"나 "떴다면 진다"라 해도 어울리고, "뜨면 지기 마련"처럼 살짝 늘려서 써도 좋아요. 더 헤아린다면 '뜨고지다'를 아예 한 낱말로 삼아도 됩니다. '뜨고지다'라는 새말을 지어서 쓰지 말라는 틀이란 없습니다. 앞뒤를 바꾸어 '지고뜨다'라는 말을 써도 재미있지요.

말이란, 생각하는 마음입니다. 말이란, 생각을 담아낸 마음입니다. 말이란, 생각을 지어서 가꾸는 마음입니다. 어떤 말을 어느 자리에 알맞으면서 즐겁게 써서 생각을 나눌 적에 마음이 활짝 피어나는가를 헤아린다면, 말은 말대로 자라고 마음도 마음대로 자라리라 느껴요.

## 자람이

'자라다'라는 말을 생각해 봐요. '자라다·크다' 같은 우리말이 있으니, 한자말 '성장(成長)'은 꼭 안 써도 됩니다. "성장이 빠르다"가 아닌 "빨리 자란다"라 하면 됩니다. "성장 과정을 살피다"가 아닌 "자란 길을 살피다"라 하면 돼요. "고도 성장"은 "크게 자란·높이 자람"이라 하면 되지요.

무럭무럭 자라라는 뜻으로 '자람이'란 이름을 붙일 수 있어요. '자람둥이·자람순이·자람돌이' 같은 말도 어울립니다. 잘 자라도록 지킨다는 뜻으로 '자람지기'가 되고, '자람힘·자람꿈·자람놀이·자람글·자람노래' 같은 말을 하나하나 새롭게 쓰면서, 말도 생각도 삶도 이야기도 넉넉히 자라도록 이끌 수 있습니다.

# 묻다

풀꽃나무를 바라보면서

---

우리말 '묻다'는 세 가지입니다. '파묻는' 길이 하나요, '물어
보는' 길이 둘이요, '물드는' 길이 셋입니다. 소리는 같되 쓰임
새나 뜻이 사뭇 다른 세 가지 '묻다'입니다.

　글은 말을 옮긴 그림입니다. 한글을 으레 '소리글(표음문
자)'로 여기지만, '묻다'를 비롯한 숱한 우리말을 하나하나 짚
노라면, 한글은 '소리글 + 뜻글'인 '뜻소리글(표의표음문자)'
이라 해야 걸맞습니다. 우리가 쓰는 글은 "소리만 담는 글"이
아닌 "뜻을 함께 담는 글"입니다.

　우리말 '묻다'를 알맞게 쓰는 사람이 많지만, 우리말 '묻
다'를 도무지 안 쓰는 사람도 많습니다. 삶을 가꾸고 살림을
돌보면서 사랑을 나누는 수수한 사람들은 글을 모르거나 책
을 안 읽되, 말을 말다이 여미어요. 글을 알거나 쓸 뿐 아니라
책을 많이 읽는 이들은 삶·살림·사랑하고 등진 채 '묻다'가 아
닌 '중국스럽거나 일본스러운 한자말'하고 영어를 붙잡곤 합
니다.

묻다 1 ← 매장(埋葬), 사장(死藏), 은닉, 은폐, 호도, 매립, 매몰,
장사(葬事), 장례, 장례식, 초상(初喪), 상(喪), 삽목
묻다 2(물어보다) ← 질문, 문의, 문제(문제점·문제적), 설문(設問/
설문조사), 질의, 질문대답, 질의응답, 큐앤에이(Q&A), 상의(相議),

상담, 요구(요구사항), 요청, 간청, 권유, 대답 요구, 책임 요구,
전갈, 부탁, 청탁, 청구, 청원, 타진, 섭외, 장소섭외, 주문(注文/
주문사항), 제언, 제시(제안), 제의(提議), 오퍼(offer), 제기,
제창(提唱), 문제 제기, 의뢰, 의심(의심스럽다·의심쩍다), 인터뷰,
조사(調査), 사찰(査察), 연구, 탐문, 탐색, 탐사, 신문(訊問), 심문,
허락, 신청, 고문(顧問), 시험(試驗), 시험문제, 취조, 발본색원,
수소문, 안부(安否), 문안(問安), 청취조사, 사정청취(事情聽取),
연락, 자문(諮問), 자문(自問), 구애(求愛/구애자), 구혼(구혼자),
청혼(청혼자), 프로포즈(프러포즈), 죄송합니다, 미안합니다,
실례(失禮)합니다

묻다 3 ← 흔적이 남다

우리말은 '묻다' 하나가 아니기에 '파묻다'나 '끝장내다'
나 '보내다'나 '감추다'나 '숨기다'를 쓰기도 합니다. '여쭈다·
여쭙다'나 '알아보다·알리다'나 '캐다·캐묻다'나 '좇다·짚다'나
'찾다·찾아보다'나 '시키다'를 쓰기도 해요. '물들다'나 '붙다·
들러붙다'나 '남다'를 쓰기도 하고요.

미국사람은 '화이트 하우스'처럼 수수하게 말할 뿐인데,
막상 우리나라는 '하얀집·흰집'이 아닌 '백악관'으로 옮깁니
다. '하우스'하고 '화이트'처럼 쉬운 영어를 쓴 미국인데, 우리
나라 글바치는 '집'하고 '하얗다·희다'처럼 쉬운 우리말을 안
씁니다.

기와가 푸른빛이라면 '푸른기와집'이나 '푸른지붕집'이나
'푸른집'입니다만, 이 나라 글바치는 애써 '청와대'처럼 이름
을 붙였어요. 우리말로 쉽게 쓰면 멋도 안 나고 높지도 않다
고 여기는 마음 탓입니다. 영어나 한자말을 붙여야 멋스럽거
나 높다고 여깁니다.

하얀집 ← 백악관

푸른집 ← 청와대


갖추거나 차려서 입는 옷이니 '갖춤옷'이나 '차림옷'이지만, 굳이 '양복'이란 한자말을 쓰는 우리나라예요. '수레'를 가리키는 '카(car)'를 그냥 쓰는 미국이요 영어인데, 우리는 '수레'를 새롭게 살리는 길을 아예 생각조차 안 합니다. 다만, 아이들이 '자동차'를 못 알아들으니 할매할배는 '부릉부릉'이나 '부릉이'처럼 소리를 흉내낸 이름을 쓰지요.

이때에 생각해 볼 만합니다. 할매할배가 아이한테 "자, 우리 부릉이 타러 가자." 하고 말한 지 무척 오래되었는데, '부릉이'를 '자동차·차·자가용'을 풀어낸 즐겁고 새로우며 쉬운 우리말로 언제쯤 삼을 수 있을까요? 영어 '트레인'은 뜻이 대단하지 않습니다. 한자말 '기차'도 뜻이 대단하지 않아요. 할매할배는 아이한테 "오늘은 칙폭이 타러 갈까?" 하고 말합니다만, 이 '칙폭이'를 언제쯤 사랑스럽고 아름다운 우리말로 삼으려나요?


부릉이 ← 자동차

칙폭이 ← 기차


생각하는 사람은 눈망울이 반짝반짝합니다. 생각하지 않는 사람은 힘(권위)을 내세우려 하고, 눈망울이 죽었습니다. 생각하는 사람은 스스로 삶·살림·사랑을 짓기에, 말도 스스로 지으니, 이렇게 스스로 생각하여 지은 말을 '사투리'라 합니다.

생각하지 않는 사람은 힘을 내세우고 멋을 앞세우려 들더군요. 지난날에는 중국을 섬기거나 따르거나 우러르면서 중국말이며 한문이어야 한다고 여겨요. 이들은 스스로 생각하지 않으니 스스로 말을 지을 줄 모르고, 글조차 스스로 안 짓습니다. 중국을 섬긴 이들은 중국글을 흉내내었을 뿐입니다.

일본이 총칼로 치고들어와서 거의 마흔 해를 억누르다 보니, 이동안 이 나라 글바치는 거의 다 일본물이 들었어요. 일본말을 아주 잘 쓸 뿐 아니라, 일본글을 숱하게 써냈지요. 이들 글바치는 일본이 물러간 뒤에 "마흔 해나 써서 익숙하다면 일본 한자말도 우리말로 삼아야 한다"고 외쳤습니다. 이희승이 엮은 《콘사이스 국어사전》은 일본 낱말책 이름인 '콘사이스'까지 베꼈는데요, 이만큼 속속들이 썩었어요. 일본 한자말을 섬긴 이들도 스스로 새말을 지으려 하지 않았어요. 그저 그들 스스로 익숙한 일본 한자말을 외워서 흉내내었을 뿐입니다.

이리하여 저는 늘 물어봅니다. 낡은 마음은 파묻으면 어떻겠어요? 낡은 마음을 파묻어야 겨울을 지나 새흙이 되어 새싹이 돋는 밑거름이 됩니다. 낡은 한자말로 쓴 흉내낸 글은 이제 떠나보내면 어떻겠어요? 낡은 말씨로는 새나라도 새마을도 새마음도 새길도 새글도 새넋도 새살림도 새터도 새빛도 새꿈도 못 그리게 마련입니다. 이제는 사투리를 쓸 때입니다. 스스로 지은 새말인 사투리를 저마다 즐겁게 쓰면서 어깨동무할 때입니다. 어린이 눈높이로 바라보고 헤아리면서 말빛을 북돋울 때입니다.

궁금하지 않은 사람은 묻지 않더군요. 묻지 않는 사람은 스스로 고이고 갇힌 채 흉내쟁이에 머물 뿐 아니라, 우두머리가 시키는 대로 고분고분 따라가더군요. 묻지 않아 스스로 고이거나 갇힌 이들은 어린이를 바라보지 않고, 푸름이를 마주하지 않기도 해요. 나이가 들어 늙은 티를 낼 뿐, 스스로도 아기로 태어나 어린이로 살며 푸름이로 자란 삶길을 잊어버리고 맙니다.

풀꽃·풀꽃나무 ← 화초(花草), 무명초(無名草), 백화(百花), 백화초목(百花草木), 초목, 목초, 화훼, 화훼식물, 식물, 녹색식물, 자연(자연환경·자연조건), 대자연, 천지자연, 산야, 산천, 산하(山河), 산수(山水), 산천초목, 백성(백인百人), 백정, 민중(민초), 양민, 중생(衆生), 인민, 서민, 시민, 소시민, 불가촉(불가촉천민), 천민(賤民), 프티부르주아, 대중(대중적), 도민(道民), 만백성, 만인, 국민, -자(者), -인(人), -민(民), 잡상인, 잡스럽다(잡놈雜--·잡배雜輩·잡물雜物·잡다雜多·잡동사니雜同散異·잡종·잡학), 잡초(잡풀), 잡화(雜花/잡꽃), 무명화(無名花), 방초(芳草), 야생초, 허브, 약초, 약풀, 초야(草野), 생화(生花)

풀꽃나무를 보기를 바라요. 산천초목도 식물도 백화초목도 떠나보내요. 백성도 시민도 서민도 인민도 민중도 국민도 대중도 아닌, 풀꽃을 바라보기를 바랍니다. 언제까지 잡초나 야생초처럼 낡은 말씨에 사로잡히려는지요?

쉬운 말이기에 사랑이요 어깨동무입니다. 안 쉬운 말이기에 미움이요 싸움이여 겨룸이며 다툼입니다. 쉬운 말이기에 어린이 마음을 읽고 나누면서 아끼고 돌봅니다. 안 쉬운 말이기에 어린이를 다그치고 나무라고 가르치고 길들이려 합니다.

어린이는 부릉이를 안 몹니다. 어린이는 걸어다니다가 뛰고 달립니다. 숱한 어른들은 어린이 곁에서 걷지 않더군요. 어린이를 부릉이에 태울 마음은 있어도, 부릉이를 내다버리고서 어린이랑 손을 잡고서 걷고 뛰고 달릴 마음은 좀처럼 못 봅니다.

둘레를 봐요. 안 걸어다니는 사람이 어린이 눈높이를 헤아리는 길(정책)을 생각할 수 있을까요? 어린이하고 손을 잡고서 느긋이 걷다가 놀다가 쉬다가 하늘바라기를 할 줄 모르는 사람이 배움수렁을 걷어낼 생각을 할까요? 참말로 스스로 물어볼 때입니다. '질문' 따위는 집어치울 때입니다. 묻고 묻고 묻으면서 스스로 꽃으로 하늘빛으로 바람으로 거듭날 오늘입니다.

# 참

처음으로 돌아갑니다

---

요새는 듣기가 쉽지 않으나 1990년 무렵까지 둘레 어른은 곧잘 "참한 사람"이라고 말했습니다. 이무렵에는 "어진 사람"이란 말도 으레 들었습니다. 요새는 '참하다'보다는 한자말로 '신사적·정숙·품위·품격·인품·신실·성인군자·지성·모범·귀감·온화·정직·성실·예의·예절·양반·민주·평화'를 쓰는구나 싶어요. 여러 가지 한자말을 들었습니다만, 우리말 '참하다'는 이런 여러 결을 아우르는 깊고 너른 말씨입니다.

예전 어른이 흔히 읊던 '어질다'를 놓고는 요사이에 '지혜·인성·지성·현명·자애·명철·명석·도덕적·덕·총명·이지·선견지명' 같은 한자말을 쓰는구나 싶어요. 다시 말하자면 우리말 '어질다'는 이런 숱한 결을 품는 깊숙하면서 넉넉한 낱말이에요.

때랑 곳에 따라 말이 바뀐다고 하지만, 이보다는 우리 스스로 삶이나 살림을 바꾸기에 말을 바꾼다고 느낍니다. 다시 말하자면, 나날이 "참한 사람"이나 "어진 사람"이 줄어든다는 뜻이로구나 싶어요. 어느 한 가지만 솜씨가 있는 사람이 아닌, 두루 깊으면서 너른 사람이 자취를 감춘다는 소리이지 싶습니다. 어느 하나만 뛰어나지 않고, 고루 사랑스러우면서 아름다운 사람이 언제부터인가 뒤로 밀리거나 파묻히는 흐름인 터라, '참하다·어질다'를 우리가 혀에 얹거나 손으로 옮길 일이 시나브로 사라지는 셈이라고 느껴요.

> 그 덕에 → 그래서 / 그 탓에 / 그 때문에
> 이웃님 덕에 → 이웃님이 도와 / 이웃님이 있어 / 이웃님 힘으로
> 덕이 높다 → 그릇이 깊다 / 마음이 높다 / 숨결이 높다
> 아름다운 덕이다 → 아름다운 빛이다 / 아름답다

한자말을 쓰기에 나쁘지 않습니다만, 한자말은 '누구나' 쓰던 낱말이 아닌, 나라지기·벼슬아치·우두머리 곁에서 조아리던 몇몇 붓쟁이가 쓰던 낱말입니다. 흙을 사랑하고 아이를 돌보고 숲을 가꾸고 살림을 빛내고 마을을 짓던 수수한 사람들, 이른바 '흙지기·여름지기(농부)'는 한자말을 안 썼고, 한자말을 알아야 할 까닭이 없습니다. 흙에서 길어올린 낱말을 두레처럼 썼고, 흙에서 얻은 낱말을 어깨동무로 썼으며, 흙으로 지은 낱말을 함박웃음으로 썼어요.

외마디 한자말인 '덕(德)'이 치고 들어온 자리를 하나하나 짚다가 돌아봅니다. 우리는 요새 '때문·탓·영문·터문·터·턱·까닭' 같은 낱말을 얼마나 가려서 알맞게 쓸 줄 알까요? 오늘날 어른은 이러한 말씨를 어린이한테 얼마나 제대로 짚어내면서 물려주는가요?

> 다시 원상복귀되었다 → 다시 바로잡았다 / 돌려놓았다
> 원상복귀를 위해 안간힘을 다했다 → 돌리려고 안간힘을 다했다
> 원상복귀를 요구하는 의견이 다수이다 → 되돌리기를 바라는
> 사람이 많다

낱말책에 '원상복귀'가 없으나, 이런 말을 쓰는 분이 꽤 됩

니다. 이와 비슷하지만 살짝 다른 '원상복구'가 있어요. 둘 다 낱말책에 없는데, 적잖은 어른은 두 말씨 '원상복귀·원상복구'를 헷갈려 합니다. 그리고 거의 모든 어린이는 두 말씨를 놓고 머리가 지끈거릴 뿐 아니라, 뭔 소리인지 못 알아듣습니다.

> 아버지 손에 의해 원상복구가 되다 → 아버지 손으로 바로잡다
> 원상복구를 완료하다 → 예전대로 해놓다 / 처음대로 해놓다
> 어디까지 원상복구를 해야 하는가 → 어디까지 돌려놓아야 하는가

나이를 먹었기에 어른이 되지 않아요. 나이만 먹는 사람은 '늙은이'라고 합니다. 그렇기에 '늙은이'라는 낱말이 자칫 나이를 많이 먹은 사람을 깎아내릴까 걱정스럽다면서 '어르신'으로 고쳐서 쓰자고들 합니다.

자, 생각해야지요. 나이만 먹으면 어른이나 어르신이 아닌 늙은이입니다. 늙은 말씨는 낡은 말씨입니다. 고치거나 손질하거나 추스르거나 바로잡을 말씨입니다. 우리가 왜 '어른·어르신'하고 '늙은이'라는 낱말을 갈라서 쓰는가를 살펴야 합니다. 나이가 아닌 철이 들어서 슬기롭고 어질며 참한 사람으로 서기에 비로소 어른이요 어르신입니다.

슬기롭지 않고, 어질지 않으며, 참하지 않다면, 이때에는 그저 나이만 먹는 터라 늙은이라는 모습이 됩니다. 어린이 곁에서 어떤 모습이나 몸짓으로 서렵니까? 어린이한테 어떤 말씨를 물려주는 마음, 그러니까 슬기로운 말이나 어진 말이나 참한 말을 물려주는 눈빛이 되렵니까?

원상(原狀) : 본디의 형편이나 상태. ≒원태

복귀(復歸) : 본디의 자리나 상태로 되돌아감

복구(復舊) : 1. 손실 이전의 상태로 회복함

우리말로 하자면 '처음(←원상)'이요, '돌아가다(←복귀)'이며 '돌려놓다·고치다(←복구)'입니다. 어린이뿐 아니라 어른한테도 "처음으로 돌아가다"나 "예전대로 해놓다"라 하면 다 알아듣습니다. "이렇게 고치자"나 "이처럼 바로잡자"고 말하면 어린이도 어른도 몽땅 알아들어요.

어떤 말을 어느 자리에 어떤 마음이 되어 쓸 적에 참하거나 어질는지 생각하면 좋겠습니다. 우리가 스스로 잊는 말씨란, 우리가 스스로 잊는 삶이자 살림이자 사랑입니다. 우리가 스스로 버린 말결이란, 우리가 스스로 버리는 삶이자 살림이요 사랑입니다.

생각에 날개를 달아야 슬기롭다고 하듯, 말에 날개를 달아야 어질면서 참합니다. 새로 나오는 갖가지 살림살이나 연장을 가리키는 이름을 어떻게 붙이면 즐거우면서 환할까요? 우리한테 우리말이 있다면, 우리말로 하나씩 가다듬도록 마음을 기울일 적에 비로소 어른스러우며 어르신 자리에 설 만합니다.

## 참말

서울내기 말씨를 보면 으레 '정말로(正-)'입니다. 시골내기 말결을 보면 흔히 '참말로'입니다. '참으로'는 서울내기도 시골내기도 두루 쓰더군요. 시골에서 살기에 스스로 깎아내리지는 않는가 돌아보면 좋겠어요. 서울에서 산다고 스스로 높이지는 않는지 되짚으면 좋겠습니다. 시골에서 서울이나 광주 같은 큰고장으로 '올라가지' 않고 '갈' 뿐이듯, 서울이나 광주 같은 큰고장에서 시골로 '내려가지' 않고 '갈' 뿐이듯, 참말로 말빛을 어질게 바라보기를 바라요. 참으로 말넋을 참하게 가꾸기를 바랍니다.

참말로 '참말(참다운 말·참된 말)'을 쓸 어른입니다. 참으로 '참글(참다운 글·참된 글)'을 쓸 어르신입니다. 떡고물을 주기에 거짓말이나 거짓글을 내놓는다면 어른이 아닌 늙은이입니다. 자리값이나 이름값을 건사하겠다며 꾸밈말이나 꾸밈글을 편다면 어르신 아닌 늙은네입니다. 뒤숭숭한 나라일수록 "늙은 사람"이 아닌 "어진 사람"이 슬기롭게 일해야지 싶습니다. 어지러운 판일수록 "낡은 말"이 아닌 "수수한 사람이 흙에서 짓고 숲에서 가꾼 참한 말"을 펴야지 싶습니다.

한꺼번에 고치거나 되돌리거나 돌려놓거나 바로잡으려고는 안 해도 됩니다. 하루에 한 가지씩 가다듬으면 됩니다. 언제나 한 걸음씩입니다. 날마다 한 걸음씩 새로 내딛듯, 우리말을 차곡차곡 추스르는 어른하고 어르신이 이웃님이 되고 동무님이 되면 좋겠습니다. 하루에 한 가지씩 사랑스레 우리말을 새롭게 헤아리면서 혀랑 손에 없는 분이 저희 보금자리 곁에서 어른이나 어르신으로 있기를 빕니다.

# 꿍꿍쟁이

사람은 뭘까

---

일본 만화책이나 소설책을 읽다가 '일본사람은 이런 데에서 이런 영어를 흔히 쓰는구나?'라든지 '일본사람은 이런 한자말을 참 좋아하네?' 하고 느낍니다. 일본이라는 나라는 처음부터 영어나 한자말을 쓰지 않았어요. 곰곰이 생각해 보면 알 만하지요. 일본에 네덜란드를 비롯한 바깥물결이 출렁이기 앞서까지는 '그냥 일본말'을 썼어요. 일본에서도 벼슬아치나 먹물을 뺀 여느 사람들, 이를테면 흙을 일구고 바다를 마주하던 수수한 마을사람은 언제나 마을말을 썼습니다.

어느 나라이건 마을사람은 마을말을 쓰고, 바닷가 사람은 바다말을 씁니다. 숲에 깃든 사람은 숲말을 쓰며, 멧자락에 깃들어 살기에 멧말을 쓰고, 너른 들판을 품에 안으면서 들말을 쓰지요.

우리나라나 일본은 한자가 스며든 지 얼마 안 됩니다. 한자가 스며들었어도 임금이나 벼슬아치나 먹물 언저리에서나 조금 쓸 뿐, 99.99퍼센트에 이르는 조촐한 삶터에는 한자가 스미지 않았어요. 한자말이라 하면 으레 중국말을 떠올릴 만하지만, 막상 중국에서도 여느 중국사람은 한자를 안 쓰거나 모르지요. 그저 '말'을 할 뿐입니다.

## 말삶터 숲살림터

흔히들 글을 놓고서 삶터나 살림터를 가릅니다만, 글삶터나 글살림터로만 가르기에는 어쩐지 엉성하지 싶어요. 글이 태어난 지는 얼마 안 되었거든요. 나라나 겨레를 넘어, 마을이란 터전에서 말이 흐른 지는 까마득히 오래되었어요. 삶터나 살림터를 묶자면 '말삶터'나 '말살림터'를 묶어야지 싶어요.

그래서 '한자 문화권'이라 하더라도 정작 한자를 안 쓴 여느 사람이 99.99퍼센트라 한다면, 이러한 살림터 가르기란 부질없는 셈이라고 느낍니다. 글 아닌 말을 바탕으로 바라보면서 '흙살림터'라든지 '바다살림터'라든지 '마을살림터'라든지 '숲살림터'라든지 '멧살림터'를 바라보면 우리 눈길을 새롭게 뜨고 틔우고 열 만하리라 생각해요.


## 누에실 솜실

오월이 무르익고 유월로 접어들면 뽕나무마다 오디가 검붉게 익어요. 뽕잎은 펑퍼짐하면서 도톰하게 풀빛으로 반짝이고요. 오디는 사람을 먹여살린다면, 뽕잎은 누에를 먹여살려요. 흔히 중국에서 서양으로 가던 살림길 하나를 '실크로드'나 '비단길'이라 이릅니다만, '비단'이란 한자말은 '누에에서 얻은 실로 짠 천'을 가리켜요. 다시 말해서 '실크로드 = 비단길'로 한자 '비단'을 써서 풀었다면, 이다음에는 '비단길 = 누에길(누에천길)'처럼 한 걸음 더 나아가는 매무새로 풀어낼 만합니다.

우리가 입는 옷 가운데 '면'은 '목화'에서 왔다고 하는데,

'목화'는 한자말이요, '솜꽃'을 가리킵니다. '목화솜'이나 '목화꽃'은 겹말이에요. '솜'하고 '솜꽃'이라고만 하면 됩니다. 그리고 '솜천'이란 말을 지어서 쓸 만해요. "면 소재 옷"이 아닌 "솜실로 지은 옷"이나 '솜실옷·솜천옷'처럼 말하면 쓰임새나 얼거리고 환하게 드러납니다.

## '낫' 바라보기

말을 바탕으로, 말살림을 뼈대로, 말로 이야기를 펴고 생각을 나누고 삶을 짓는 길을 바라보면서 살림터를 헤아린다면, 우리가 손으로 지어서 누리는 옷살림이나 집살림이나 밥살림을 살피면서 들여다볼 수 있습니다. 호미란 연장은 어떻게 지었을까요? 이 멋진 연장은 어느 곳에 어느 만큼 퍼졌을까요? 가래나 낫이란 연장도 대단하지요. 이 알뜰한 낫이나 가래 같은 연장을 쓰는 테두리는 어떠할까요?

더 들여다보면, '낫'이나 '호미'처럼 오래오래 쓰던 수수한 살림살이 말밑부터 헤아릴 적에 비로소 말길을 풀 만해요. 말하고 얽힌 수수께끼를 푸는 셈입니다. 먹물꾼이라면 "낫 놓고 기역 글씨 모른다"고 할 테지만, 살림꾼이라면 "낫 쥐고 풀 벨 줄 모른다"라든지 "낫 벼릴 줄 모른다"고 했으리라 생각해요.

참말 그렇지요. 우리는 왜 낫을 바라보면서 'ㄱ'이라는 글씨를 떠올려야 할까요? 한글이 놀라운 글씨이기는 합니다만, 한글보다 낫이 엄청나게 오래되었어요. 오래오래 쓰던 살림인 낫이라면, 이 낫을 바탕으로 우리가 어떤 살림을 지으면서 어떤 어른이자 어버이로서 아이를 어떻게 가르치고 돌보았

나 하고 생각하면서 살림터를 가꿀 적에 더없이 아름다우리
라 생각합니다.


## '사람'은 뭘까

말을 생각하고 살림을 헤아리며 삶을 들여다볼 적마다 늘 먼
저 부딪히거나 만나야 하는 대목이라면 '사람'입니다. 우리는
사람이란 몸을 입었어요. 살빛이나 얼굴이나 몸매나 키나 덩
치가 모두 다른 사람인데, 다 다르게 생겼어도 이름은 똑같이
'사람'입니다.

　'사람'은 '살 + 암'으로 엮는다고 하는데, '살'하고 '암'이란
무엇일까요? 말밑을 파헤치는 일도 대수롭지만, 또 어떤 말
씨를 왜 배우느냐도 대단하겠지만, 어릴 적부터 흔하고 수수
하고 투박하면서 으레 쓰는 말마디에 얽힌 살림을 함께 바라
보도록 이끌면 좋겠어요. 배움터를 거치는 길에서 바탕말을
둘러싼 밑살림을 바라보도록 이야기하기를 바랍니다.

　'살'이라는 말씨를 생각하면, '살다'라는 낱말에도 나오듯
'살'이 얽힙니다. '살갗'에도 '살'이 있지요. '삶·살림'도 매한가
지입니다. '사랑'이란 낱말도 한동아리로 들어가요.

　'암'을 담은 말씨로 '암수'도 있습니다만, '개암'도 있어요.
'암·알'은 맞물리는 터라 '알·알맹이·알갱이'를 비롯해 '낟알·
씨알·알속·알짜'로 줄줄이 잇고, '알뜰하다'나 '아름답다'도 이
틀에 깃듭니다.

　"살아가는 알(알맹이·씨알)"인 '사람'이란 소리입니다. 그
저 팔다리가 있고 말을 하고 숨을 쉬고 생각을 하고 이것저것
하는 몸뚱이를 넘어서, "살아가는 씨알"인 사람이에요. 그리

고 '알'은 '얼'하고도 맞물리니, "살아가는 얼"이라고 하는 대목을 돌아본다면, 우리는 겉몸을 넘어 마음으로 함께 만나고 얼크러지는 사이인 줄 알아차릴 만합니다.


## 꿍꿍쟁이

일본 만화책이나 소설책을 읽다 보면, 참 뜬금없는 영어나 한자말이 쏟아진다고 했습니다. 이 가운데 '비밀주의'를 요즈막에 보았어요. 남한테 숨긴다고 하는 뜻이고 '-주의·주의자'를 구태여 붙여서 나타내는구나 싶던데, 문득 궁금해서 낱말책을 뒤적이니 '비밀주의'가 올림말로 나옵니다.

'어라, 이런 일본말씨가 왜 우리 낱말책에 실리지?' 하고 놀랐어요. 이러고서 더 생각했습니다. 우리가 펴는 낱말책에는 하나같이 일본 한자말이 그득합니다. 말이 아닌 글로 배운 분들이 엮은 낱말책이기에, 아무래도 우리 배움밭 곳곳에 퍼진 일본말씨가 알게 모르게 낱말책에 스며들어요. 더욱이 우리 스스로 말을 새로 짓거나 가꾸자는 생각을 못했지요.

자꾸 감추려 드는 사람이 있다면 어떤 말로 가리키면 어울릴까요? 처음에는 수수하게 '감춘다'고 하면 되고, 자꾸자꾸 감추니 '-쟁이'를 붙여 '감춤쟁이'라 할 만합니다. 숨긴다면? '숨긴다'고 하다가 '숨김쟁이'라 하면 되어요. 이 말씨하고 비슷하게 '꿍꿍이'가 있지요. 남몰래 뭔가 꾀하기에 '꿍꿍이'입니다. 아하, 그러면 재미나게 '꿍꿍쟁이' 같은 말을 지을 만해요.

이러다가 한 마디를 더 생각해 봅니다. 혼자서 앓는 사람이 있어요. 근심걱정을 나누지 못하고 꿍꿍거리지요. '꿍꿍쟁

이'입니다. 혼자 토라지는 사람이 있어요. '꽁꽁쟁이'라 해도
어울리겠지요. 말끝 하나를 바꾸어 보려고 생각을 하노라면
어느새 온갖 말이 함박꽃처럼 피어납니다.

# 구체적

하나씩 조곤조곤 찬찬히

---

오늘날 우리가 쓰는 숱한 말은 '아직 얼마 안 된 말씨'이기 일 쑤입니다. 2000년을 살아가는 사람들 말씨는 1900년을 살던 사람들 말씨하고 더없이 달라요. 1800년을 살던 사람들 말씨 하고 1900년을 살던 사람들 말씨는 조금 다르겠지만 이럭저 럭 비슷할 만하고, 1700년이나 1600년이나 1500년을 살던 사람들은 1900년을 살던 사람하고 이럭저럭 생각을 나눌 만 하다고 느낍니다. 1500~1900년을 살아간 사람들은 말씨가 만날 수 있되, 2000년 사람들 말씨하고는 만나기 어려워요.

더 들여다보면, 2000년을 살아가던 사람하고 2010년을 살아가던 사람하고 2020년을 살아간 사람하고도 어쩐지 울 타리가 있습니다. 1990년이나 1980년으로 거스르면 더더욱 울타리가 있어요.

더 살피면, 2030년이나 2040년을 살아가는 사람들 말씨 는 2020년을 살아간 사람들 말씨하고 제법 다를 수 있겠다고 느낍니다. 삶터가 바뀌는 만큼 말씨가 확 바뀌고, 살림살이가 달라지는 만큼 말씨는 훅훅 달라집니다.

[국립국어원 낱말책]
구체적(具體的) : 1. 사물이 직접 경험하거나 지각할 수 있도록
일정한 형태와 성질을 갖추고 있는 2. 실제적이고 세밀한 부분까지

담고 있는

국립국어원 낱말책은 '구체적'이라는 낱말을 이처럼 풀이합니다만, 뜻풀이가 하나도 안 쉽습니다. 어쩌면 뜻풀이부터 두루뭉술합니다.

ぐたい-てき[具體的] : はっきりとした實體を備えているさま。個個の事物に即しているさま。⇔ 抽象的。

일본 낱말책에서 '具體的'을 찾아보면 "뚜렷한 실체를 갖춘 모양. 개개의 사물에 빠져 있는 모양"으로 풀이합니다. 오늘 우리나라에서 쓰는 '구체적'은 무늬는 한글이되 알맹이는 일본말이라고 할 만합니다. 우리 스스로 우리 삶을 담아내는 그릇으로 엮거나 지은 낱말이 아닌, 일본이 총칼을 앞세워 쳐들어오던 즈음 스며서 퍼진 말씨예요.

서슬퍼런 그날(일제강점기)이 지나갔어도 '구체적'이란 일본말씨는 이 나라에서 사라지지 않았습니다. 글힘을 쥔 글바치·벼슬아치·나라님은 일본말씨를 그대로 붙잡았습니다. 우리 마음을 우리 말글로 담거나, 우리 살림을 우리 말글로 옮기거나, 우리 삶터를 우리 말글로 그리려는 생각을 일으키지 못 했어요.

구체적 모습 → 속모습 / 제모습 / 온모습
구체적 사례 → 보기 / 낱낱 보기
구체적인 사례를 제시하면 ← 이를테면 / 보기를 들면

무엇이 '구체적'일까요? 낱낱이 낱말을 살피지 못 하면서 뜬구름을 잡는 마음으로 쓰는 숱한 일본말씨 가운데 하나일 '구체적'이지 않을까요? 뚜렷하게 밝힐 줄 모르고, 환하게 드러내지 않으면서, 뭉뚱그리는 엉성한 말씨인 '구체적'이지 않나요?

> 구체적 대안 → 뚜렷한 길 / 또렷한 길
> 구체적 경위를 밝히다 → 까닭을 하나씩 밝히다
> 구체적 근거가 없다 → 따로 들지 못하다 / 밑바탕이 없다

콕 집어서 말하면 됩니다. 우리말뿐 아니라 온누리 모든 말은 다 콕 집어서 가리킵니다. 이 뜻도 담고 저 뜻도 나타내는 말이라고 에두를 일이 없어요. 이 자리에서는 이 뜻으로 쓸 말이요, 저 자리에서는 저 쓰임새로 다룰 말입니다. 꾸밈없이 쓸 말이고, 구석구석 짚을 말입니다. 여러모로 헤아리면서 나눌 말이고, 여러 가지를 생각하면서 주고받는 말이에요.

> 구체적인 내용 → 낱낱 이야기 / 여러 이야기 / 속이야기 / 알맹이 / 속살
> 구체적으로 말하다 → 낱낱이 말하다 / 차근차근 말하다 / 뚜렷이 말하다
> 구체적인 부분까지 논의하다 → 하나하나 따지다 / 작은 곳까지 다루다

둘레에서 일본말씨 '구체적'을 어느 자리에 쓰는지 하나씩 그러모으면서 손질을 해보는데, 이동안 여러모로 실마리를 얻었습니다. 2000년을 살거나 2020년을 살아가는 사람이 아닌, 1950년이나 1900년이나 1850년이나 1700년을 살아

가는 사람이라면 어느 낱말을 혀에 얹어서 '구체적'이란 일본 말씨로 가리킬 뜻을 폈을까 하고 가만히 생각해 보았어요.

골똘히·곰곰이·꼼꼼히·촘촘히·빈틈없이

낱·낱낱·낱낱이

하나·하나하나·하나씩

콕·조금씩·조곤조곤

뚜렷이·환히·제대로·깊이

속·속깊이·속살·속알·알맹이

온·제·보기

고스란히·그대로·있는 그대로

찬찬히·차근차근·차분히·지긋이

여러·여러모로·여러 가지·따로·딱히

꾸밈없이·숨김없이·남김없이·구석구석

아주·무척·매우·몹시·잘

더·더욱더·더욱·좀더

덧붙이다·보태다·붙이다

그러니까·곧·이른바·이를테면

막상·정작

삶·살림

"구체적으로 피부에 와닿는"이라면 수수하게 "살갗에 와 닿는"이나 "살가운"이라 하면 됩니다. "구체적인 생활에 뿌리를 내리지 않고"라면 수수하게 "삶에 뿌리를 내리지 않고"라 하면 되어요. 살갗에 와닿을 적에는 이미 '낱낱(구체적)'으로 '깊게' 닿는다는 소리입니다. '삶(생활)'에 뿌리를 내린다고 할 적에도, 삶이란 언제나 '낱낱'으로 '깊'고 '또렷'하고 '환하'게 드러나지요.

　강수량은 구체적인 모델을 설계하기가 굉장히 까다롭지만
　→ 비가 얼마나 내릴지는 헤아리기 몹시 까다롭지만
　→ 비가 얼마나 올는지 내다보기가 참 까다롭지만


"구체적으로 입증하지 못하는"이라면 수수하게 "꼼꼼히
밝혀내지 못하는"이나 "빈틈없이 밝히지 못하는"이라 하면
됩니다. "구체적으로 계획을 세우는 게 좋다"는 "틀을 잘 세
워야 좋다"라 하면 되지요. 꼼꼼히 하고, 곰곰히 하고, 골똘히
하면 됩니다. 잘 세우고, 하나하나 세우고, 빈틈없이 세우고,
찬찬히 세우고, 차근차근 세우면 되어요.

　내려놓아라. 방하착放下着. 널리 알려진 이 불교용어가 나에게
　구체적으로 찾아와 힘을 발휘한 것은
　→ 내려놓아라. 내려놓아라. 널리 알려진 이 불교말이 나한테 깊이
　찾아와 힘을 낼 때는
　→ 내려놓아라. 널리 알려진 이 불교말이 나한테 살갗으로 찾아와
　힘을 낼 때는


우리가 쓸 말이란, 삶을 그릴 말입니다. 우리가 주고받을
말이란, 서로 마음을 나타낼 말입니다. 어느 낱말을 골라서
써도 나쁘지는 않되, 우리 삶터는 우리가 살아온 이 땅에서
스스로 살림을 지은 마음하고 손길로 여민 낱말로 그리거나
나타낼 적에 어울립니다. 때로는 이웃말(외국어)을 들여올
수 있을 텐데, 처음에는 이웃말을 들이더라도, 우리 나름대로
녹여내어 새롭게 우리말씨를 일굴 적에 넉넉하고 즐거우면

서 쉽겠지요.

　　지금은 뜻이 달라진 말에 관해 구체적으로는 거의 알 수가 없다
　→ 이제는 뜻이 달라진 말을 거의 알 수가 없다

　　오래도록 쓴 말씨에서 귀띔을 얻을 수 있어요. 누구나 쓰는 말씨에서 수수께끼를 풀 길을 엿볼 만합니다. 흔하게 쓰는 말씨에서 문득 깨달을 만해요. 삶을 보면 말이 태어납니다. 살림을 지으면 말이 깨어납니다. 삶하고 살림이라는 길을 조곤조곤 다스리면서 차근차근 넋을 지피는 슬기로운 마음을 말 한 마디에 담기를 바랄 뿐입니다.

# 자유

내가 가볍게 날아오르는

---

우리 낱말책은 우리말을 실었다기보다 일본말이나 중국말을 잔뜩 실었습니다. 이를테면 한자말 '자유'를 국립국어원 낱말 책에서 뒤적이면 다섯 낱말을 싣습니다.

자유(子有) : [인명] '염구'의 자
자유(子游) : [인명] 중국 춘추 시대 노(魯)나라의
유학자(B.C.506 ~ B.C.445?)
자유(自由) : 1. 외부적인 구속이나 무엇에 얽매이지 아니하고 자기 마음대로 할 수 있는 상태 2. [법률] 법률의 범위 안에서 남에게 구속되지 아니하고 자기 마음대로 하는 행위 3. [철학] 자연 및 사회의 객관적 필연성을 인식하고 이것을 활용하는 일
자유(自有) : 자기 자신이 가지고 있는 것
자유(刺楡) : [식물] 느릅나뭇과의 낙엽 교목

첫 올림말로 삼은 "자유(子有) : [인명] '염구'의 자"인데, 더 뒤적이면 "염구(冉求) : [인명] 중국 춘추 시대의 노나라 사람(?~?)"처럼 풀이합니다. 중국사람 이름 둘을 먼저 올림 말로 삼아요. 참 엉터리입니다.

둘레에서 널리 쓰는 한자말 '자유'는 셋째에 나오며 '自 + 由' 얼개입니다. 오늘날에는 누구나 쓰는 낱말인 '자유'일 테

지만, 일본이 총칼로 쳐들어오기 앞서는 이 한자말을 쓸 일이 없었습니다. 사람들은 일본말도 중국말도 아닌 우리말만 썼고, 임금이나 글바치만 중국말을 쓰던 고려·조선이거든요. 사람들은, 아니 우리들은 지난날 어떤 낱말로 "얽매이지 않고서 마음대로 하는 길"을 나타냈을까요?

가두지 않다·묶지 않다
가볍다·무게없다·앓던 이가 빠지다
가뿐하다·거뜬하다·사뿐대다·서푼대다
거리낌없다·거리끼지 않다·망설임없다

가두지 않습니다. 묶지 않아요. 가두지 않으니 가볍습니다. 무게가 없다고 여길 만합니다. 옛말에 "앓던 이가 빠지다"가 있어요. '가볍다'하고 비슷하되 결이 다른 '가뿐하다'나 '거뜬하다'가 있고, '거리끼지 않고' 움직이거나 한다고도 말합니다.

거저·그냥
턱·턱턱·탁·탁탁·톡·톡톡·툭·툭툭
고삐 풀다·그냥두다·기지개를 켜다
끄르다·끌르다·벗어나다

그냥그냥 합니다. 톡톡 뛰거나 튀듯 합니다. 고삐에 매이면 괴로울 뿐 아니라 마음껏 움직이지 못 해요. 고삐에서 풀리면 비로소 마음껏 움직입니다. 기지개를 켜요. 모든 사슬이나 굴레를 끌릅니다. 위아래로 가둔 틀에서 벗어나요.

풀다·풀리다·풀어내다·풀어놓다·풀어주다·풀어보다

나·나다움·나답다·나대로·나를 이루다

스스로·스스로길·스스로하다

남이 풀어 줄 때가 아닌, 스스로 풀어낼 때에 가볍습니다. 내가 나를 풀어놓습니다. 그렇습니다. '나'입니다. 나답고 나대로 나아가는 길이 바로 '자유'로 가리키는 우리말입니다. "나를 이루"면서 '스스로' 가는 길입니다. 누가 시키지 않고 내가 하는 삶이에요.

우리길·혼길·혼잣길·홀길·혼넋·혼얼·홀넋·홀얼

혼자·혼잣몸·혼잣힘·혼자리·홀자리·홑자리

홀가분하다·혼자하다·홀로하다·혼잣짓·혼짓

홀·홀로·홀몸·홀홀

우리가 쓰는 '우리말'이듯, 우리가 가기에 '우리길'입니다. 남한테 기대거나 매이지 않고서 가기에 홀길이요 홀넋입니다. 혼자요 혼잣힘으로 일굽니다. '홀가분하다 = 홀 + 가분하다 = 홀로 가볍다'입니다. 혼자·스스로·나·우리가 나아가면서 일어서기에 가뿐합니다. 홀홀 바람을 탑니다. 이리하여 하늘로 나아가는 혼짓입니다.

하늘·하늘같다·하늘빛·하늘빛살

나몰라·나몰라라·눈감다·눈치 안 보다

나다·내놓다·안 하다·하지 않다

날개·나래·날갯짓·날갯짓하다·나래짓·나래짓하다

하늘빛을 담는 나다움이 있고, 이웃이며 동무 곁에서 눈을 감는 몸짓이 있습니다. 스스로 짓는 길이 아니기에 안 하기도 하지만, 그저 싫어서 하지 않기도 합니다. '나다 = 나 + 다'입니다. 내가 나로 갈 수 있을 적에 내놓을 수 있고, 훌훌 내려놓기에 날개를 날고서 훨훨 춤을 춥니다. 홀가분하게 살아갈 수 있다면 '나 = 나다 = 날개'로 이어가요. 날갯짓이자 나래짓입니다.

날개뜨기·나래뜨기·날개펴다·나래펴다
날다·날아다니다·날아가다·날아오다·날아오르다
활개·활개치다·활갯짓·활짝·활활·훨훨
너르다·너른·널리·넘나들다

두 팔을 활짝 펴는 '활개'라 한다면 더없이 시원하게 가는 길입니다. 거리낌없을 뿐 아니라 스스럼없습니다. 스스로 하기에 밝습니다. 혼자 이루면서 아무런 짐을 얹지 않기에 가벼워요. 널리 바라보고 너른 숨결로 피어납니다.

열다·열리다·트다·트이다·틔우다
노래·노래하다·놀다·놀이·놀음·놀틈·뛰놀다
놓다·놓아두다·놔두다·놓아주다·놔주다
손놓다·손떼다·손빼다

마음을 열면서 가는 길입니다. 탁 틔우는 하루입니다. 날 수 있기에 놀 수 있어요. 놀 줄 알기에 노래할 줄 알아요. 놀고 노래하면서 뜁니다. 내가 나답게 살아갈 적에는 허물도 흉도 놓을 수 있어요. 나는 나로 서고, 너는 너로 서요. 서로서로 놓아줍니다. 붙잡거나 거머쥐거나 사로잡지 않습니다. 가만히 손을 놓아요.

누리다·누림·누리기·쉬다·쉬는때·쉴참
말미·짬·참·담배짬·담배틈·새참·샛짬
숨돌리다·한숨돌리다·잎물짬·잎물틈·쪽틈·찻짬·찻틈
틈·틈새·틈바구니

오늘을 누리는 살림새입니다. 이곳에서 차곡차곡 손수 지으면서 하나씩 누리니, 알맞게 일하고 즐거이 쉽니다. 새참을 누려요. 일하는 틈틈이 말미를 내요. 누구나 가볍게 참을 즐기고, 서로서로 숨을 돌리면서 이야기꽃을 피웁니다. 잎물을 한 모금 마시는 틈새가 있으니 새삼스레 기운을 차려요.

뒷짐·뒷짐을 지다·앉다·호젓하다
마구·마구마구·마구잡이·막·막하다·아무렇게나·함부로
마음·맘·마음껏·맘껏·마음대로·맘대로
실컷·얼마든지·한껏·한바탕·한탕

그렇다고 뒷짐을 지지는 마요. 호젓하게 앉을 적에는 즐겁지만, 모르는 척 마구마구 굴거나 아무렇게나 한다면 어지럽습니다. 내 몫이라고 함부로 다룬다면 그만 망가져요. 우리 마음을 우리 눈으로 실컷 볼 일입니다. 얼마든지 춤추고 노래하면 됩니다. 한바탕 일어서고 한껏 꿈을 키워요.

마음날기·마음날개·마음나래
멋·멋나다·멋스럽다·멋꽃·멋빛·멋대로·제멋대로

생각·알아서·잘·제대로
물방울 같다·바람같다·시원하다·후련하다


바람처럼 마음으로 나는 넋입니다. 멋스러이 자라나는 숨결입니다. 얼핏 보면 제멋대로 같으나, 잘 생각해 보면 물방울처럼 맑으면서 반짝입니다. 그러니까 나부터 나를 제대로 보면 되어요. 시원하게 털어내고 후련하게 씻습니다. 안 시켜도 알아서 할 수 있을 만큼 스스로 갈고닦습니다.


신·신명·신바람·즐겁다
바람꽃·바람빛·바람새·바람이·어화둥둥·어둥둥
바리바리·잔뜩


나답고 홀가분한 날갯짓이란 신바람입니다. 신명나는 가락입니다. 신나서 활짝 웃습니다. 바람은 바람꽃일까요. 또는 바람빛일까요. 어화둥둥 딩실딩실 어깻짓이 가볍습니다. 바리바리 싸고 잔뜩 품다가도 새삼스레 바람이가 되어 하늘빛을 파랗게 머금습니다.

노래하던 김남주(1946~1994) 님이 남긴 노래 가운데 「자유」가 있습니다. 이분 노래 첫머리는 다음과 같습니다.


만인을 위해 내가 일할 때 나는 자유이다 / 땀 흘려 힘껏 일하지 않고서야 / 어찌 나는 자유이다라고 말할 수 있으랴


참다이 빛날 홀가분한 날갯짓을 노래한 글자락을 되읽으면서 "나는 자유이다"를 "나는 나이다"나 "나는 날개이다"로 새롭게 읊어 봅니다.


225

ㄱ. 이웃을 보며 내가 일할 때 나는 나이다 / 땀 흘려 힘껏 일하지
않고서야 / 어찌 나는 나다라고 말할 수 있으랴
ㄴ. 들꽃을 보며 내가 일할 때 나는 날개이다 / 땀 흘려 힘껏 일하지
않고서야 / 어찌 나는 날개이다라고 말할 수 있으랴

한자로 엮는 '자유 = 自 + 由 = 나·부터'라고 할 만합니다.
우리말로 바라보는 얼개라면 단출히 '나'요, '나다움'이고 '나
로서'이자 '날개·날다'입니다. 어느 모로 본다면 숲을 이루는
'나무'도 홀가분한 숨빛이라고 할 수 있어요. 하늘을 바라보
며 날갯짓을 하듯 가지를 마음껏 뻗는 나무이고, 땅을 내려다
보며 뿌리를 실컷 내리는 나무입니다. 하늘하고 땅 사이에서
서로 다르지만 나란히 활갯짓을 하듯 퍼지는 나무를 품어 본
다면, 우리는 누구나 한결 푸르게 '나'로 서는 하루를 누릴 만
하리라 봅니다.

# 6.
# 말글꽃

생각을 짓고 마음을 짓고 사랑을 짓고 삶을 짓듯,
말 한 마디를 짓고, 글 한 줄을 짓는다.
서로 마음으로 잇는 말글을 어떻게 배울 적에
저마다 다르게 아름답게 사랑일는지 돌아본다.
(마음으로 잇는 말글로 짓는 사랑)

파랗다 푸르다
쉬운 말이 있을까
우리말을 어떻게 배울까
나의 내 내자
호스피스 플리마켓
작은소리
한글·훈민정음·우리말

## 파랗다 푸르다

'파란하늘'하고 '푸른들'

빛깔말 가운데 '파랗다·파랑'이 있고, '푸르다·풀빛'이 있습니다. '-ㅇ'으로 맺는 빛깔말로 '파랑·빨강·노랑·하양·검정'이 있고, '-빛'으로 맺는 빛깔말로 '풀빛·보랏빛·잿빛·먹빛·물빛·쪽빛'이 있습니다.

> 파란하늘
> 푸른들

'파랗다'는 하늘빛을 가리킵니다. '푸르다'는 들빛을 가리킵니다. 하늘은 바람으로 가득합니다. 아니, 하늘은 온통 '바람'이라 할 테지요. 이 바람은 여느 자리에서는 '바람'이되, '마파람·휘파람'처럼 다른 말하고 어울리면서 '파' 꼴입니다.

> 바람
> 바다
> 바닥
> 바탕

'파랑·파랗다'는 '바람빛'이라고 할 만합니다. 바람에 무슨 빛깔이 있느냐 할 텐데, '바람빛 = 하늘빛'이요, 우리 눈으로는

'파랑'으로 느낍니다. 다만, 이 파랑이라는 하늘빛이 비추는 '바다'는 '쪽빛'으로 물들기도 하되, 바다나 물에 바닷말이나 물풀이 끼면 '푸르게' 물들기도 합니다.

바다는 모름지기 '물빛'이거든요. 담거나 비추는 결에 따라 빛깔이 다릅니다. 곰곰이 보면 하늘도 해가 물드는 결에 따라 빛깔이 달라요. 동이 트면서 희뿌윰하지요. 얼핏 하얀하늘이 되고, 붉은하늘도 되며, 보라하늘도 됩니다. 노란하늘일 때도 있어요. 밤에는 까만하늘이고요.

하늘이나 바람이나 바다나 물은 무엇을 품거나 담거나 안느냐에 따라 빛결이 바뀌는 셈입니다. 다만 '바탕'으로는 '파랑'이라는 숨결을 머금어요.

곧 '파랑·파랗다'는 바탕을 이루는 빛이요, 바탕이란 '바닥'이기도 하지요. '바다'라는 곳도 물로 이룬 '바닥'입니다. 바다라는 곳은 바닥·바탕·밑을 이루면서 뭇숨결이 살아갈 수 있는 터전입니다. 하늘·바람도 뭇숨결이 살아가는 바탕이지요. 사람도 짐승도 벌레도 풀꽃나무도 숨(바람·하늘)을 쉬어야 살거든요.

**풀**
**풀다**
**풀빛**

'풀빛'이란 '풀'을 나타내는 빛깔입니다. 풀은 들풀도 있으나 '푸나무'처럼 나무에 돋는 잎도 있어요. 풀잎하고 나뭇잎은 모두 '풀빛'입니다. 푸르지요. 갓 돋을 적에는 감잎처럼 노란 빛이 어리기도 하고, 가을에 물들 적에도 노랗거나 바알갛기도 합니다.

풀이란 '풀다'라는 낱말하고 얽힙니다. 온 들판을 덮는 풀은 뭍에서 살아가는 목숨붙이한테 먹을거리이자 살림물(약)이기도 합니다. 모든 '약초'란 '풀'입니다. '살림풀'을 한자말로 '약초'라 할 뿐입니다.

푸지다
푸짐하다

풀은 들을 덮지요. 숲도 덮습니다. 가없이 많은 결을 나타내는 '푸지다·푸짐하다'라는 낱말은 '풀'하고 같은 말밑입니다. '풀·풀빛'이란, 뭍·땅을 가득 덮는 빛깔이자 숨결을 가리켜요. '파랑·바람·바다'는 하늘·물을 가득 이루는 빛깔이자 숨결을 가리킵니다.

그래서 예부터 '푸르다·파랗다'를 옳게 살피고 가누고 가려서 씁니다. 그런데 더 들여다보면, 풀하고 바람은 만나지요. 사람도 풀도 바람(하늘)을 마셔야 살아가거든요. 풀이 푸를 수 있는 바탕은 바람을 머금기 때문입니다. 또한 풀은 뭍이며 땅에서 바탕이자 바닥이자 밑을 이루는 결입니다. 옛사람은 이따금 "파랗게 새싹이 돋는다" 하고도 말했습니다. 틀림없이 풀이요 풀빛인데 왜 '파랗다'를 넣었을까요?

싱그럽다
맑다

풀이며 바람은 싱그럽거나 맑은 기운입니다. 풀을 "파란 새싹"이라 할 적에는 "싱그러운 새싹"이나 "맑은 새싹"이라는 뜻입니다. 이때에는 숨결을 가리키는 말씨이니, 빛깔을 가리

231

키지 않는 만큼, 헷갈리지 않아야 할 노릇입니다.

'푸르다'는 '풋'으로도 잇습니다. '풋열매·풋능금·풋포도'처럼 쓰고, '풋사랑·풋풋하다·풋내기'로도 씁니다. 이때에 '풋-'은 "푸른 빛깔로 익은" 하나하고 "아직 덜 여물거나 익은" 둘을 가리켜요. 푸른 빛깔인 능금도 달큼한 맛으로 누리고, 푸른 빛깔은 포도도 달면서 살짝 신맛으로 누립니다.

한자로 '청(靑)'은 '푸르다'입니다. 그런데 '청색'이란 한자말을 '푸르다'뿐 아니라 '파랗다'로도 자칫 섞어서 쓰기도 하면서, 우리말까지 그만 뒤섞는 분이 많더군요. 곰곰이 보면 한자 '청(淸)'이 따로 있어요. 푸른 결이건 파란 결이건, 어느 나라 어느 겨레에서나 '싱그럽다·맑다'를 담습니다. 빛깔뿐 아니라 숨결을 가리킬 적에 '파랗다·푸르다'를 나란히 쓰다 보니 헷갈리는 분이 나올 수 있습니다만, 우리말 '맑다·깨끗하다·정갈하다'는 비슷하되 다른 낱말입니다. '싱그럽다·싱싱하다·생생하다'도 비슷하되 다른 낱말이에요. 어느 결에서는 맑음을 가리키려고 비슷하게 쓰더라도, 빛깔을 가리킬 적에는 또렷하게 갈라서 쓸 '파랗다·푸르다'입니다.

'맑다'를 '티없다'로도 가리킵니다만, 두 낱말 '맑다·티없다'는 같은 낱말은 아닙니다. 비슷하게 가리키되 다른 낱말입니다. 물과 같은 결이기에 '맑다'이고, 티가 없기에 '티없다'입니다. 우리말 '맑다'는 "티가 없는 결"이 아닌 "물과 같은 결"을 가리킵니다. 그리고 "물과 같은 결 = 바다 같은 결 = 하늘 같은 결 = 바람 같은 결"로 잇습니다.

파리하다

새파랗게 질리다

서슬이 푸르다

'파랗다'에서 갈린 '파리하다'가 있습니다. "파랗게 질린다"고 말합니다. 몸이나 얼굴에서 핏물이 사라진다고 여길 적에 '파랗다'라 하고, 핏기운이 사라지면서 아파 보이기에 '파리하다'라 합니다.

'푸르다'는 "서슬이 푸르다" 꼴로 씁니다. 핏기운이 가실 적에는 '푸르다'를 안 씁니다. "서슬이 파랗다"처럼 쓰는 일도 없습니다. "새파랗게 어린 녀석"처럼 말합니다. "푸르게 어린 녀석"처럼 쓰는 일은 없습니다. '푸르다'는 "한창 푸른 나날을 보낸다"처럼 씁니다. 두 낱말 '파랗다·푸르다'는 맞물리는 자리도 있으나, 둘은 또렷하게 다른 낱말입니다.

[국립국어원 낱말책]
푸르다 : 1. 맑은 가을 하늘이나 깊은 바다, 풀의 빛깔과 같이 밝고 선명하다
파랗다 : 1. 맑은 가을 하늘이나 깊은 바다, 새싹과 같이 밝고 선명하게 푸르다

그러나 이 나라(국립국어원)에서 펴낸 낱말책은 두 낱말 '푸르다·파랗다'를 엉터리로 풀이합니다. '푸르다'에 "하늘빛·바다빛을 닮는다"로 풀이하거나 '파랗다'에 "선명하게 푸르다"라 풀이할 수 없습니다. 이처럼 틀린 말풀이는 얼른 바로 잡을 노릇이고, 반드시 뉘우칠 일입니다.

그렇다면 왜 국립국어원을 비롯한 적잖은 사람들이 우리말 '푸르다·파랗다'를 헷갈리거나 잘못 쓸까요? 까닭은 어렵지 않게 찾을 수 있어요. 우리말을 우리말답게 배운 일이 드

물거든요. 배움터에서는 '우리말'이 아닌 '국어'를 가르치고, 배움수렁으로 치르는 '국어 시험'은 우리말을 우리말답게 쓰거나 알거나 다루거나 익히거나 나누는 길을 짚지 않습니다. 온통 일본 한자말에 옮김말씨(번역어투)가 춤추는 '말비틀기'라고 할 만합니다. 더구나 낱말책(사전)조차 뜻풀이가 엉망입니다.

배움턱을 한 발짝조차 디딘 적이 없이 시골에서 흙을 짓고 살아가던 수수한 어버이가 아이를 낳아 가르치던 지난날에는 '푸르다·파랗다'를 잘못 쓰거나 헷갈린 사람은 없었다고 여길 만합니다. 이와 달리 갈수록 '푸르다·파랗다'를 옳게 짚거나 가리는 사람이 빠르게 사라집니다. 이제는 시골에서 살거나 숲에 깃드는 어른이 확 줄 뿐 아니라, 시골에서 놀거나 숲을 품는 아이도 죄다 사라진 판이에요.

들빛하고 하늘빛하고 바다빛을 늘 곁에 두면서 바라보지 않는 삶일 적에는 '푸르다·파랗다'라는 빛깔말을 삶으로 마주하거나 배우지 못 합니다. 모든 빛깔말은 들숲바다에서 태어났습니다. 그런데 들숲바다를 삶자리에 두지 않는다면, '푸르다·파랗다'뿐 아니라 '노랗다·빨갛다·하얗다·검다' 같은 밑말이 어떤 뿌리이며 어떻게 퍼졌는가를 어림하기 어려울 만합니다.

# '쉬운 말'이 있을까

숲에서 짓는 글살림

저는 아이들하고 '하루쓰기'를 합니다. 낱말책에는 '하루쓰기·하루글' 같은 낱말은 없습니다. 그런데 아이들이 하루를 돌아보면서 스스로 곰곰이 생각을 갈무리해서 남기는 글을 쓰도록 하자니, '일기'라는 한자말을 못 쓰겠더군요. 아이들은 "'일기'가 뭐야?" 하고 물어요. 자, 이때에 이웃님이라면 무어라 말씀하시겠어요?

처음에는 큰아이한테 "'일기'란 하루를 돌아보면서 쓰는 글이야." 하고 들려주고서 '일기'를 쓰자고 했습니다만, 큰아이가 혼잣말처럼 중얼거린 "하루를 돌아보면서 쓰는 글인데 왜 '일기'라고 해? '하루글'이잖아?" 하는 말에 깜짝 놀랐어요. 여태 이 대목은 생각조차 못 했거든요.

적잖은 어른들은 일본스러운 한자말 '일기'를 고쳐쓰려고 무던히 애썼고, '날적이' 같은 말도 지었습니다만, 일곱 살 아이가 문득 읊은 '하루글'이 더없이 어울리는구나 싶더군요. 이때가 2014년 무렵입니다.

그렇다고 저는 우리 아이들한테 어느 말을 어떻게 고쳐쓰라고 알려주지 않습니다. 아이들이 못 알아보겠다고 하는 낱말이나 말씨가 있으면 뜻풀이를 해주고서 왜 그러한 말을 쓰는가를 알려줄 뿐입니다. 이때에 아이들은 으레 "그런데 어른들은 왜 자꾸 그렇게 말을 해? 왜 어린이가 못 알아들을 말을 써?" 하고 되물어요.


## 풀빛

우리 집 두 아이는 2024년에 열일곱·열세 살에 이릅니다. 두 아이는 《전라도닷컴》이라는 달책에서 '닷컴'이 무엇인지 아직 모릅니다. 저는 능구렁이처럼 말을 않고 슬그머니 넘어갑니다. 시골에서 오래오래 살아가는 이 아이들은 둘레 어른이 일본 한자말 '녹색'이나 중국 한자말 '초록'이나 영어 '그린'을 쓸 적마다 툴툴거리면서 "왜 풀을 보면서 '풀빛'이라고 안해? 바보 같아." 하고 한소리를 합니다. 참말로 숱한 어른들은 가장 쉽고 부드러울 뿐 아니라 어린이 눈높이에 맞는 '풀빛'이란 낱말을 죽어도(?) 안 쓰려고 합니다. '녹색·초록·그린'에 스스로 가두는구나 싶습니다.

아이들을 달래면서 이야기합니다. "너희 말이 참으로 맞아. 그렇지만 잘 보렴. 그렇게 스스로 가두는 말을 쓰는 어른들은 시골에서 안 산단다. 집에 풀이 없단다. 풀잎도 나뭇잎도 볼 일이 없어서 풀빛을 몰라. 봄풀잎하고 여름풀잎이 다른 숨빛인지 모르고, 가을풀잎이 어떤 빛깔인지 몰라. 네 철 짙푸른 나무가 맺는 잎도 철에 따라 잎빛이 바뀌는 줄은 더더구나 모르지. 풀잎을 곁에 안 두기에 풀빛을 모르니, 숱한 어른들은 '풀빛'이란 말을 모를밖에 없단다." 이렇게 이야기를 들려준 어느 날 큰아이가 문득 "생각해 보니 이모도 할머니도 '별빛'이 뭔지 몰라요. 이모랑 할머니가 도시에서 살아 별을 못 보니 별빛을 말할 수 없겠네요."

나락이 자라는 하루를 늘 지켜보지 않는 서울내기로서는

나락꽃도 나락빛도 나락꽃빛도 나락잎빛도 말하기 어렵습니다. 돌봄물(약물)을 다루는 이는 으레 '약초'라 말하고, 요즈음 시골 어른들은 농협이 쓰는 그대로 '잡초'를 말하지만, 곰곰이 보면 '약초 = 잡초'요 '잡초 = 약초'이기 일쑤인데, 둘 모두 '풀'이에요.

몸을 돌볼 적에 곁에 두는 풀이라면 '살림풀' 같은 이름을 붙일 만합니다. 밭을 일구면서 성가시대서 뽑지만, 알고 보면 모두 살림풀로 쓰기에 '잡초' 같은 이름은 아예 쓰거나 붙일 까닭이 없습니다. 다만, 이런 얼거리는 스스로 시골에서 살며 풀내음을 듬뿍 누리는 하루를 보내면서 하루쓰기를 할 적에나 알겠지요.


## 쉬운 말은 사랑이며 꽃

'쉬운 말'이 있을까요? 글쎄, 있다면 있되 없다면 없겠지요. 저는 2011년에 어린이·푸름이하고 어깨동무할 생각으로 《10대와 통하는 우리말 바로쓰기》란 책을 썼고, 2021년에는 이 이야기를 보듬어서 《쉬운 말이 평화》를 썼습니다. '바로쓰기'를 '평화'로 바꾼 셈인데, 우리말을 알맞게 살펴서 쓰는 길이란 '어깨동무(평화)'라고 느낍니다. '쉬운 말 = 어깨동무'요 '안 쉬운말 = 따돌림·괴롭힘·들볶음·닦달·억지·외우기·굴레·차꼬·수렁'이라고 느낍니다.

쉽거나 안 쉽다는 잣대는 언제나 어린이하고 할머니하고 시골사람입니다. 많이 배운 사람이나 나이 많은 사람이 아닌, 나이가 적거나 시골에서 흙을 만지는 사람 눈높이에서 말을 살필 노릇이라고 생각합니다. 벼슬아치나 나라지기나 글쟁이 눈높이가 아닌, 초롱초롱 빛내는 눈으로 삶을 바라보는 아이하고 어깨동무를 할 적에 비로소 쉬운 말일 뿐 아니라 삶 말로 나아간다고 느껴요. 서울사람한테 맞출 말이 아닌, 시골에서 흙을 지어 밥옷집을 손수 짓는 삶결에 맞출 적에 비로소 말다운 말이 된다고 생각합니다.

열린배움터를 마친 사람이 쓰는 말은 이만한 길턱을 넘어야 알아듣습니다. 시골에서 흙을 짓는 사람들이 쓰는 말은 누구나 알아듣습니다. 벼슬아치나 글쟁이가 알아듣는 말을 어린이가 알아들을까요? 어린이가 알아들을 말이라면 누구나 알아들어요. 어린이가 못 알아들을 말은 바로 굴레(문자권력)입니다.

## 어린이 눈높이로

일본 한자말이나 중국 한자말이나 영어를 "안 써야 한다"고 외칠 까닭은 처음부터 아예 없습니다. 어린이 눈높이로 말을 하면 됩니다. 시골 흙지기 삶자리에서 글을 쓰면 됩니다. 어른 사이에서는 아무렇지 않게 그냥그냥 쓰는 흔한 한자말이나 영어로 치지 않기를 바랍니다. 어른 사이에서 제법 오래 쓴 말이라 해도 '어린이가 못 알아듣겠다'고 하면 그자리에서 곧장 고치거나 손질하기를 바라요.

요새는 '드로잉'을 하는 사람도, '트레킹'을 하는 사람도, '라이팅'을 하는 사람도 많아요. 그런데 이런 자리에는 어린이가 없습니다. 우리나라는 푸른별에서 아이가 가장 적게 태어나고, 참말로 나라가 송두리째 사라질 판이라 하는데, 정작 어린이 눈높이나 삶자리를 헤아리는 길(정책)이나 말이나 살림이 너무 없구나 싶어요. 왜 '그림·걷기·글쓰기'라 하면 안될까요? 왜 어린이랑 나란히 앉아서 그리지 않고, 왜 어린이랑 나란히 못 걷고, 왜 어린이랑 나란히 못 쓸까요?

## 숲에서 짓는 글살림

지난 2016년에 《새로 쓰는 비슷한말 꾸러미 사전》을 엮은 뒤, 《새로 쓰는 겹말 꾸러미 사전》하고 《새로 쓰는 우리말 꾸러미 사전》을 엮었습니다. 이다음 낱말책을 한창 엮는데, 몇 해 뒤에 매듭지을 만한지는 아직 모릅니다. 이 세 가지 낱말책은 "우리가 어른이라면 스스로 어른스럽게 어린이하고 손잡는 즐거운 마음눈으로 말을 새롭게 배우고 누리자"는 줄거리로 낱말을 가다듬습니다. 어린이 곁에서 아무 말이나 늘어놓는 어른이 아닌, 어린이하고 무릎맞춤을 하면서 사랑어린 낱말을 찬찬히 가려서 즐겁게 펴는 철든 사람인 어른이 되자는 뜻을 담았어요.

우리는 시골에서 살든 서울에서 살든 "숲에서 짓는 글살림"이라는 마음을 품어야지 싶어요. 억지로 품을 몸짓이 아니라, 즐겁게 노래하는 놀이로 '숲글살림'을 헤아리기를 바라요. 숲이 있어 푸른별이 더없이 푸릅니다. 숲이 없으면 사람도 뭇짐승도 숨막혀 죽습니다. 숲이 있기에 밥옷집을 얻고, 숲이 있으니 갖가지 새살림(문명)을 가꿉니다. 숲을 밀어내기만 하면 사람도 말라죽고 말아요. 아직 우리나라는 숲이 서울(도시)보다 훨씬 넓기 때문에 살 만합니다.

## 돌림앓이

오늘날 돌림앓이란, 이제는 서울을 확 줄이고 숲을 넓히라는 목소리라고 여겨요. 온나라에 잿빛집이 높이 들어서지 않도록, 이제는 부릉이가 길을 까맣게 덮지 않도록, 이러면서 아이들이 홀가분하게 어디에서나 마음껏 뛰어놀도록 나라 앞길을 확 바꾸라는 뜻이라고 생각합니다.

골목이며 고샅에서 아이들이 뛰놀지 않으면서 마을이 죽을 뿐 아니라 나라가 죽어요. 아이들이 뛰놀지 못하니 말다운 말이 죽어요. 누구를 나라지기로 뽑아야 하느냐 하고 실랑이를 벌일 노릇이 아닌, 우리 곁에서 눈물지으며 숨막힌 채 못 뛰어노는 아이들을 바라볼 때입니다. 아이들 삶이며 눈길을 헤아리지 않는 모든 메마르고 차갑고 딱딱하고 어려운 말씨를 걷어낼 때입니다.

아이는 어른한테 사랑을 가르치려고 이 땅에 태어난다고 느낍니다. 어른이라면 모름지기 아이한테서 삶을 배우는 몸차림으로 살림을 슬기로이 가꾸는 길을 찾을 노릇이라고 느낍니다. 배움수렁에 쓸 말을 아이한테 집어넣는 짓은 멈추어야지 싶습니다. 아이하고 사랑으로 어깨동무할 쉬운 말을 삶자리에서 스스로 짓고 캐내어 홀가분히 날갯짓할 앞길을 열어야지 싶습니다. 쉬운 말이 있을는지 모르겠습니다만, "생각하는 어른"으로 이곳에 곱게 선다면, 스스로 사랑말을 짓겠지요.

# 우리말을 어떻게 배울까

뒤죽박죽 낱말풀이여도

'두껍다'하고 '두텁다'는 비슷한 듯하지만 다른 낱말입니다. 두께나 켜를 가리킬 적에는 '두껍다'를 쓰고, 마음이나 사랑이나 믿음을 가리킬 적에는 '두텁다'를 써요. 종이는 두껍고, 믿음은 두텁습니다. 책이 두껍고, 둘 사이가 두텁습니다. '두껍다'하고 비슷하게 '두툼하다·도톰하다'를 써요. '두텁다'가 큰말이라면 '도탑다'는 여린말이 될 테고요. '두껍다·두툼하다·도톰하다'는 눈으로 볼 수 있는 두께나 켜를 가리킬 적에 쓰고, '두텁다·도탑다'는 눈으로 볼 수 없는 마음이나 숨결이나 사랑이나 느낌을 나타낼 적에 써요.

어린이한테 이 낱말을 가르치기는 쉬울까요 어려울까요? 어쩌면 어려울 수 있어요. 어른 가운데 '두껍다·두텁다'를 헷갈리며 잘못 쓰는 분이 꽤 많거든요. 그러나 '두껍다·두텁다'를 잘 가누거나 살피는 어른도 많아요. 어릴 적부터 둘레 어른한테서 제대로 배워 슬기롭게 쓸 줄 안다면 잘못 쓰는 일이 없어요. '구제불능'이라는 한자말을 쓰는 어른이 있고, 이런 한자말은 낯설고 어려운 어린이가 있어요. '삼삼오오'쯤 되는 한자말은 어른한테 쉬울는지 모르나, 어른 가운데에서도 이 한자말이 어려울 수 있고 어린이한테는 매우 어려울 수 있어요.

## 눈높이에 따라

어떤 말을 쓰든 그 말에 우리 느낌이나 생각을 담아요. 그래서 '틀리게' 쓰는 말은 없어요. 눈높이를 안 헤아리면서 쓰는 말이 있을 뿐이에요. 글이나 책은 으레 어른이 쓰고, 어린이 책도 으레 어른이 써요. 어른으로서는 '구제불능·삼삼오오' 같은 말이 쉽거나 흔하다고 여길 수 있지만, 어린이로서는 이런 말이 너무 어렵거나 낯설 수 있어요.

가만히 생각해 보아야지요. "넌 구제불능이야"라 말하면 한결 나을까요, "넌 못 말려"라 말하면 한결 나을까요? "넌 도와줄 수 없네"나 "넌 어쩔 수 없구나"라 말해 보면 어떨까요? "삼삼오오 모였습니다"라 말하면 더 나을까요, "둘씩 셋씩 모였습니다"나 "여럿이 모였습니다"라 말하면 더 나을까요?


## 글을 짓고 일을 한다

'시'라는 글을 쓰는 어른 가운데 '작시(作詩)'라는 한자말을 쓰는 분이 있어요. 이분은 "작시를 한다"고 말합니다. 낱말책에서 '작시'를 찾아보면 "= 시작"으로 풀이해요. '시작(詩作)'은 "시를 지음"으로 풀이합니다. 곧 '작시 = 시작 = 시를 지음'이에요.

'작시한다'나 '시작한다'라 말하면 무엇을 하는 줄 알 만할까요? 이러한 말을 듣거나 이러한 글을 읽으면 무엇을 알기가 오히려 버겁습니다. 우리말로 "글을 짓는다"나 "시를 쓴다"라 하면, 우리가 서로 즐겁게 주고받은 말은 어떠한 모습이나 얼거리일 적에 아름답거나 사랑스러웁거나 즐거울까 하고 새로 살필 수 있어요.

한자말 '작업(作業)'은 "일을 함"을 뜻합니다. '일하기 = 작업'인 셈입니다. 낱말책에 '일하기'는 안 실립니다. '작업'만 나오지요. 낱말책에는 '일·일하다'는 실려요. '일하기'는 낱말책에 새 낱말로 실을 만할까요, 안 실어도 될 만할까요? 일을 할 적에 "일을 합니다"나 "일합니다"라 말하면 될까요, "작업을 합니다"라 말하면 될까요?

곁에 어린이가 있다고 생각해 보셔요. 어린이한테 어른으로서 "이 아저씨는 작업을 하지." 하고 말할 적하고 "이 아줌마는 일을 하지." 하고 말할 적을 헤아려 보셔요. 어느 말을 아이들이 잘 알아들을 만할까요? 어른으로서 아이한테 어떤 말을 들려줄 만할까요? 아이가 늘 듣고 배우면서 새롭게 가꿀 말은 어떻게 가다듬거나 이끌 적에 좋을까요?

불안하다(不安-) : 1. 마음이 편하지 아니하고 조마조마하다 2. 분위기 따위가 술렁거리어 뒤숭숭하다
초조하다(焦燥-) : 애가 타서 마음이 조마조마하다
조마조마하다 : 닥쳐올 일에 대하여 염려가 되어 마음이 초조하고 불안하다

낱말책은 '불안하다 = 조마조마하다'로 풀이합니다. '초조하다 = 조마조마하다'로 풀이하지요. '조마조마하다 = 초조하고 불안하다'로 풀이합니다. 이제 찬찬히 볼까요. '불안하다·초조하다·조마조마하다'는 어떤 뜻이나 느낌을 나타내는 낱말일까요? 우리는 어떤 낱말을 알맞게 쓰면서 우리 뜻이나 느낌을 나타낼 만할까요? 낱말책을 엮은 어른은 어떤 생각으

로 말풀이를 이처럼 붙였을까요?

제각기(-各其) : 1. 저마다 각기 2. 저마다 따로따로

각기(各其) : 저마다의 사람이나 사물 2. 각각 저마다

저마다 : 1. 각각의 사람이나 사물마다 2. 각각의 사람이나 사물

각각(各各) : 1. 사람이나 물건의 하나하나 2. 사람이나 물건의

하나하나마다. '따로따로'로 순화

따로따로 : 한데 섞이거나 함께 있지 않고 여럿이 다 각각 떨어져서

'제각기·각기·저마다·각각·따로따로'라는 다섯 낱말을 낱말책에서 찾아봅니다. 말풀이가 빙글빙글 돌아요. 이 낱말은 저 낱말로 풀이하고, 저 낱말은 이 낱말로 풀이합니다. 이러한 다섯 낱말하고 얽힌 실타래를 간추리자면, '제각기 = 저마다 각기 = 각각 저마다'입니다. '각기 = 저마다/각각 저마다 = 각각/각각 각각'입니다. '저마다 = 각각'이요, '각각 = 하나하나마다/따로따로'인데, '각각'은 '따로따로'로 고쳐써야 한다지요. 그런데요, '따로따로'로 고쳐써야 한다는 '각각'인데, 낱말책은 '따로따로 = 각각'으로 풀이합니다.

우리 어른은 어떤 낱말을 알맞게 가리거나 살펴서 쓰면 좋을까요? 우리 어른은 어린이한테 어떤 말을 가르치거나 물려주어야 즐거울까요? 우리 아이들은 이 나라에서 어떤 우리말을 듣거나 배울 만할까요?

**뒤죽박죽 낱말풀이**

우리나라에서 우리 어른은 우리말을 어려서부터 어떻게 배

우고 살았을는지 아리송합니다. 낱말책 뜻풀이가 이렇게 뒤죽박죽으로 얽히고 설키면서 돌림풀이에 겹말풀이인데, 우리말을 배울 적에 낱말책을 곁에 둘 수 있는지 알쏭달쏭합니다.

더 생각해 본다면, 이웃나라 사람이 우리말을 배우려 할 적에 낱말책을 곁에 두고서 배울 만한지 궁금합니다. 옆나라 사람이 낱말책을 들추면서 우리말을 배우려 하다가 그만 짜증나서 내동댕이치지는 않을까요. 이 나라 아이들이 낱말책을 펼치며 우리말을 제대로 배우려 하다가도 그만 골이 아프고 어지러워서 "난 우리말 안 배울래! 그냥 영어를 쓸래!" 하고 외치지는 않을까요. 아름다운 이웃나라 글을 우리말로 옮기려던 일꾼도 낱말책을 살피며 옮김말을 고르다가 "난 안 옮길래! 그냥 바깥말만 할래!" 하고 외치지는 않을는지요.

직접(直接) : [부사] 중간에 아무것도 개재시키지 아니하고 바로
손수 : 남의 힘을 빌리지 아니하고 제 손으로 직접
몸소 : 1. 직접 제 몸으로
바로 : 1. 비뚤어지거나 굽은 데가 없이 곧게 5. 시간적인 간격을 두지 아니하고 곧
곧 : 1. 때를 넘기지 아니하고 지체 없이 4. 다름 아닌 바로

'손수'하고 '몸소' 같은 우리말을 풀이할 적조차 '직접'이라는 한자말을 끼워넣는 우리나라 낱말책입니다. '직접'을 풀이할 적에는 '바로'를 쓰기는 하는데, '바로'를 풀이하면서 '곧'을 쓰고, '곧'을 풀이할 적에 '바로'를 쓰니 돌림풀이예요.

참으로 수수께끼입니다만, 이 수수께끼를 풀면서 처음부터 새롭게 우리말을 가르치고 배우는 길을 닦아야지 싶습니

245

다. 이 나라는 억지스레 배움책(교과서)을 쓴다며 큰돈을 퍼붓지 말고, 우리말부터 제대로 가르치고 배우는 틀과 터를 닦는 길에 제대로 마음을 쏟을 수 있기를 빌어요. 우리도 생각과 마음을 말 한 마디에 슬기롭게 담도록 스스로 새롭게 배워야 할 테고요.

## 나의 내 내자

나는 너는 우리는

---

우리말은 '나·너'입니다. '나·너'는 저마다 'ㅣ'가 붙어서 '내·너'로 씁니다. "나는 너를 봐"나 "내가 너를 봐"처럼 쓰고, "네 마음은 오늘 하늘빛이야"처럼 쓰지요. 그리고 '저·제'를 씁니다. "저로서는 어렵습니다"나 "제가 맡을게요"처럼 쓰지요.

### my 私の 나의

어느새 참으로 많은 분들이 '나의(나 + 의)' 같은 말씨를 뜬 금없이 씁니다. 이 말씨는 오롯이 '私の'라는 일본말을 옮겼다고 할 만합니다. 일본사람은 영어 'my'를 '私の'로 옮기더 군요.

우리나라는 스스로 영어를 받아들이지 않았습니다. 첫째로는 우리나라로 들어온 선교사가 영어를 알리고 가르쳤습니다. 이들 선교사는 '한영사전'까지 엮었지요. 이다음으로는 일본이 총칼로 쳐들어와서 억누르던 무렵 확 들어옵니다. 우리나라에서는 우리 손으로 엮은 책으로 영어를 가르치지 않았어요. 선교사가 가져온 책으로 배웠거나, '일본사람이 영어를 배우려고 일본사람 스스로 엮은 책'을 받아들여서 배웠습

247

니다.

일본사람은 웬만한 데마다 'の'를 붙여서 풀이했고, 일본 책으로 영어를 배운 우리나라 사람들은 일본말씨 'の'를 '-의' 로 적었어요. 일제강점기에 '-의' 말씨가 부쩍 퍼졌습니다. 일 본이 물러난 뒤에 비로소 우리 손으로 영어 배움책(교재)하 고 낱말책(사전)을 엮는데, 웬만한 책은 일본 배움책하고 낱 말책을 고스란히 옮겼어요. 겉으로는 한글이되 속으로는 일 본말씨가 '영어를 배우는 길'에 밀물처럼 쏟아졌다고 할 수 있습니다.

요즈음 우리나라에서 내는 영어 낱말책조차 아직 'my = 나의'로 풀이합니다. 우리말 '내'나 '제'로 못 적습니다. 우리 말로 '내·제'나 '우리'를 써야 할 곳에 '나의'를 적는 말씨가 몹 시 번졌어요. "나의 가족"이나 "나의 마을"이나 "나의 바람" 이나 "나의 살던 고향"이나 "나의 손"이나 "나의 엄마"나 "나의 여름"이나 "나의 작은 집"이나 "나의 투쟁"처럼 끝없 이 퍼집니다.

우리는 우리말씨를 차근차근 되찾을 수 있을까요. "우리 집"이나 "우리 마을"이나 "내 바람"이나 "내가 살던 마을" 같은 수수한 우리말씨를 찾아낼 수 있을는지요. "내 손·우리 손"이나 "우리 엄마"나 "여름·올여름·내가 보낸 여름"이나 "이 작은 집·작은 집·우리 작은 집"이나 "나는 싸운다·싸우 다·우리는 싸운다"처럼 우리답거나 나다운 말씨를 차근차근 돌아볼 수 있을는지요.

## 내 나라 내 집

'나의'가 아닌 '내'로 적어야 알맞은데, '내'를 쓸 적에 외려 안 어울리는 곳이 있습니다. "내 나라 내 겨레" 같은 자리입니다. "내 집"이라 할 적에는 제대로 갈라야 하지요.

> 다시 만난 내 나라 문화와 내 부모의 언어는 그 존재만으로도 큰 위로이자
> → 다시 만난 우리나라 삶과 우리 어버이 말은 그대로 반갑고
> → 다시 만난 이 나라 살림과 우리 어버이 말은 그저 다독여 주고

나라나 겨레나 어버이를 가리킬 적에는 '내'가 아닌 '우리'를 씁니다. "내 아버지"가 아닌 "우리 아버지·울 아버지"입니다. 또는 '우리'를 안 붙이고서 "아버지"라고만 단출히 씁니다. "우리나라"나 "우리 옛살림"이나 "우리 노래"로 써야 알맞을 텐데, "이 나라"처럼 '이'를 써도 어울립니다. 곧 "이 나라 이 겨레"라 할 수 있습니다. 집도 "이 집"이라 할 수 있고요.

스스로 장만해서 살아가는 집이라는 뜻으로 "내 집"이라 할 수 있습니다만, 이 집에 나 혼자 안 산다면 "우리 집"이라 해야 어울려요. 곁님하고 아이들하고 어버이가 함께 있으면 "내 집"이 아닌 "우리 집"입니다.

## 내자 안해 아내

국립국어원이 펴낸 《표준국어대사전》은 다음처럼 풀이합

니다.

내자(內子) : 1. 남 앞에서 자기의 아내를 이르는 말 2. 옛날
중국에서, 경대부의 정실(正室)을 이르던 말
아내 : 혼인하여 남자의 짝이 된 여자 ≒ 규실·내권·처·처실
처(妻) : 혼인하여 남자의 짝이 된 여자 = 아내

1920년에 조선총독부에서 펴낸 《朝鮮語辭典》은 다음처
럼 풀이하지요.

內子 : 自己の妻の稱.
안해 : 妻
妻 : つま

1940년에 문세영 님이 펴낸 《조선어사전》은 다음처럼 풀
이하더군요.

내자(內子) : 자기의 안해
안해 : 1. 남편이 있는 여자. 아낙. 妻 2. 남편이 자기의 처를 일컫는
말.
처(妻) : 안해

우리는 언제부터 '안해'라는 이름을 썼을까요? 일본은 일
찌감치 '內子'라는 한자말을 썼습니다. '처(妻)'는 그저 한자
말입니다. '아내·안해'는 "= 안사람"입니다. "안에 있는 사람"
이요, "집에 머물며 집일을 하는 사람"이란 뜻을 담는 얼개입
니다.

우리 발자취를 보면, 임금이나 벼슬아치가 아닌, 흙을 가꾸어 살림을 하면서 아이를 사랑으로 낳은 여느 사람들은 집일을 가시버시가 함께 맡았습니다. 가시(여성)만 집일을 하지 않아요. 버시(남성)도 집일을 함께하지요.

아기가 태어나면 세이레 동안 어머니가 어두운 바깥채에 가만히 누워서 몸을 추스르면서 아기를 돌보는데, 아기를 낳는 어머니는 집일을 마땅히 못 해요. 그러면 누가 아기 어머니를 먹이고 입힐까요? 바로 지아비이지요. 세이레 동안 누가 집일을 할까요? 바로 사내인 아버지입니다.

모든 살림집에 할머니가 함께 살았다고 여기지 않기를 바랍니다. 단출히 살아가는 조그마한 집을 헤아리면 쉽게 실마리를 얻을 만해요. 지난날 흙사람(농민)은 손수 밥옷집을 건사했습니다. 순이하고 돌이는 나란히 밥옷집 살림을 할 줄 알아야 했습니다. 한쪽은 바깥일을 하고 한쪽은 집일을 하는 얼개가 아닌, 함께 바깥일이며 집일을 하던 살림이었어요.

일본말 '내자'를 아직까지도 쓰는 낡은 분이 이따금 있어요. 1992년에 나온 《全斗煥 육성증언》(조선일보사)을 보면 "그래서 공식 행사에서 내자가 잘 따라나서지 않으려고 해요 (174쪽)" 같은 대목이 있더군요. 예전에 나라지기(대통령)를 맡은 적 있는 전두환 씨는 '내자'라 하더군요. 아마 이이뿐 아니라 나이든 적잖은 사내는 일본말 '내자'를 오래도록 그냥 썼으리라 봅니다.

## 여보 짝 곁님

조선 무렵에도 '안해'란 말을 썼다 하지만, 이 말을 오늘날 그대로 쓰기에는 걸맞지 않다고 느낍니다. '순이 = 안사람'이라는 틀이나 굴레는 옳지 않거든요. 가시버시를 이루는 짝을 가리키는 이름을 새롭게 헤아릴 노릇입니다.

먼저 오래도록 쓴 '여보'가 있습니다. '이녁'도 있어요. 가볍게 부르는 이름인데, 수수하게 '짝·짝꿍'이 있으며, '사랑'으로 가리킬 만합니다. 또는 '사랑꽃'으로 가리킬 수 있는데, '짝·짝꿍'이나 '사랑·사랑꽃'은 순이만 가리키지 않습니다. 돌이도 이 이름으로 가리킬 수 있습니다.

여기에 '곁님·곁씨' 같은 이름을 새로 지어서 쓸 만해요. 곁에 있으면서 함께 집안을 돌보고 살림을 일구는 사이라는 뜻을 '곁님·곁씨'에 담는 얼개입니다.

우리말은 순이돌이를 억지로 안 가릅니다. 우리말은 순이돌이를 아우릅니다. '나·너'도 '우리'도 순이돌이를 가르지 않아요. 일본말 '내자'뿐 아니라 '안사람·아내·안해' 같은 슬픈 말도 고요히 내려놓고서 새길로 나아가기를 바라는 마음입니다.

# '호스피스'와 '플리마켓'
끝돌봄과 꽃손길과

---

영어 'letter'는 우리말이 아닌 영어입니다. '便紙'처럼 적은 한자말도 우리말이 아닌 한자말입니다. 우리나라에서는 'love + letter' 얼개로 '러브레터'를 쓰기도 하고, '便紙'를 한글로 옮긴 '편지'를 쓰기도 합니다.

둘레에서 한글로 '러브레터'나 '편지'를 쓴다면, 그리고 이렇게 쓰는 영어나 한자말 가운데 낱말책에 실리는 말이 있다면, 이러한 말을 '우리말'로 여길 만할까요? 아니면, 우리가 즐겁게 널리 쓸 '우리말다운 우리말'을 찾거나 살피거나 생각하거나 헤아릴 적에 스스로 말살림을 빛낼 만할까요?


## 호스피스

한글로 '호스피스'라 적어도 알아차리는 사람이 있으나, 못 알아차리는 사람이 있습니다. 한글로 적은 '호스피스'를 알아차리기에 똑똑하거나 훌륭할까요? 아니면, 한글로 적을 적에 못 알아차리는 사람이 있을 만한 바깥말을 안 쓸 줄 아는 사람이 똑똑하거나 훌륭할까요?

2020년으로 접어들고서 몇 해 사이에 '코로나 펜데믹' 같은 말이 퍼졌습니다. '펜데믹'처럼 한글로 적으니 우리가 쓸 말일까요, 아니면 이 나라 어른들이 어린이하고 푸름이를 헤아리지 않고서 마구 쓴 말씨일까요?

이 대목에서 하나도 생각할 노릇입니다. 어린이하고 푸름이는 어른들 말씨를 그냥 외우거나 받아들여야 할는지요? 아니면, 어른이야말로 어른답게 말을 하고 글을 쓰는 살림살이를 다시 새기고 추스를 일일까요? '호스피스(hospice)'는 국립국어원 낱말책에도 나옵니다. 낱말뜻을 옮기겠습니다.

> 호스피스(hospice) : 1. [심리] 죽음이 가까운 환자를 입원시켜 위안과 안락을 얻을 수 있도록 하는 특수 병원. 말기 환자의 육체적 고통을 덜어 주기 위한 치료를 하며, 심리적·종교적으로 도움을 주어 인간적인 마지막 삶을 누릴 수 있도록 하는 시설이다 2. [사회 일반] 죽음을 앞둔 환자가 평안한 임종을 맞도록 위안과 안락을 베푸는 봉사 활동. 또는 그런 일을 하는 사람 ≒ 임종 간호

낱말책을 뒤적여서 뜻풀이를 읽고서 알아차릴 사람이 있습니다. 낱말책 뜻풀이를 읽고도 못 알아차릴 사람이 있습니다. 하나 더 생각해 본다면, "왜 '호스피스'를 우리 낱말책에 싣나요?" 하고 물어볼 수 있어요. "왜 우리말로 나타낼 낱말을 낱말책에 안 싣나요?" 하고도 물어볼 만합니다. "우리나라 낱말책이라면, 영어나 한자말을 한글로만 옮겨서 싣지 말고, 누구나 쉽게 바로바로 알아차릴 만하도록 우리말을 알맞게 찾거나 짓거나 엮거나 풀어서 실어야 맞지 않나요?" 하고도 물어볼 만하지요.

**끝돌봄·끝돌봄터**
**마감돌봄·마감돌봄터**

낱말풀이를 본다면, 영어 '호스피스'는 '끝돌봄'을 가리킨다
고 여길 만합니다. 삶이 끝나는 자리에서 돌본다는 일이에요.
삶을 마감하는 나날을 돌본다고 할 수 있습니다.

　예나 이제나 할머니 할아버지를 끝까지 돌보며 아끼는 사
람들이 있습니다. 지난날에는 수수하게 '돌보다·보살피다'라
고만 썼고, 이제는 '돌봄·보살핌'을 잘게 가르거나 쪼개어 나
타내려고 하면서 여러 가지 영어나 한자말을 끌어들입니다.

　그러면 더 생각해 볼 노릇이에요. 잘게 가르거나 쪼개어
새롭게 나타낼 말이 있어야 한다면, 우리는 우리말로 새롭게
나타낼 수 있지 않을까요? 굳이 영어나 한자말로만 나타내
어야 할까요? 왜 이렇게 물을 수 있느냐 하면, 우리한테는 우
리말이 있거든요. 우리말이 없다면 영어나 한자말뿐 아니라
프랑스말이나 네덜란드말이나 독일말을 받아들일 노릇이겠
지요.


**꽃돌봄·꽃돌봄터**
**꽃손길·꽃손길터**

뜻만 본다면 '끝돌봄'일 '호스피스'인데, 마음으로 더 들여다
보거나 헤아린다면 '꽃돌봄'처럼 새말을 여밀 만합니다. 그리
고 '꽃손길' 같은 낱말을 이 자리에 쓸 수 있어요. 먼 옛날부터
"할머니 손으로 낫는다(할머니 손은 약손)"고 이야기합니다.
무엇을 먹지 않더라도, 사랑을 담아 부드러이 어루만지거나

255

쓰다듬는 손길로 아픈 데를 다스린다고 했어요. 이 살림살이를 살핀다면, 삶 끝자락에 돌보는 손길을 '꽃손길'이란 이름으로 가리킬 만하고, "호스피스 병동"을 '꽃손길터'나 '꽃돌봄터'로 가리켜도 어울립니다.

그렇다면 왜 '꽃'을 붙이냐인데, '꽃'은 씨앗을 맺으려고 피어나는 부드럽고 고운 잎입니다. 푸르게 돋는 잎은 해바람비를 머금으면서 풀하고 나무를 살립니다. 부드럽게 돋으면서 암술·수술로 만나는 꽃은 풀하고 나무가 새해에 새롭게 자라나는 밑바탕인 씨앗을 맺는 끝길(마지막길·마감길)이에요.

꽃은 끝자락에서 핍니다. 그래서 '꽃·꼬마·꼬리·꼴찌'는 말밑이 같습니다. 씨앗을 맺으려고 열매를 달콤하게 품는 길로 나아가는 끝(마지막·마감)을 이루는 꽃입니다. 삶을 내려놓는 마지막에 이른 몸을 돌보는 길이란, 바로 '꽃이 지고 씨앗을 맺는 숨길'과 마찬가지로 여길 수 있기에, 영어 호스피스로 가리키는 일을 '꽃돌봄'으로 담아낼 만하고, 이처럼 담아낼 적에는 호스피스라는 일을 새롭게 바라볼 만할 뿐 아니라, 늙어서 몸을 내려놓고 숨을 마치는 죽음이라는 길을 사랑으로 마주하도록 이을 수 있습니다.


프리마켓 → 고루누리(고루마당·고루판·고루터),
너른누리(너른나라), 너른마당(너른뜰·너른뜨락·너른터·너른판),
너른마루, 너른저자(너른잔치), 누리마당, 누리터,
두루누리(두루마당·두루판·두루터), 뭇자리(뭇마당·뭇터),
열린마당(열린모임·열린누리·열린자리·열린판),
열린바다, 열린잔치(열린저자), 장사판(장사마당·장사밭),
저잣마당(저잣판·저잣터), 저잣잔치, 한나라(한누리)

우리나라에 '프리마켓·플리마켓'이라는 영어가 들어온 지 서른 해 남짓 됩니다. 지난날에는 이런 영어를 함부로 안 썼고, 쓸 일이 없었습니다. 지난날에는 수수하게 '저자·저잣거리'라 했습니다. 우리말 '저자'를 한자말로 옮기면 '市場'이고, 한글로는 '시장'으로 적습니다. 요새는 '재래시장'이란 한자말로 가리키기도 하고, 몇 겹으로 올린 커다란 가게는 '마트'라는 영어로 가리키는데, 저자이든 시장이든 마트이든, 우리말로 수수하게 바라보면 모두 '가게'입니다.

플리마켓 → 고루누리(고루마당·고루판·고루터),
너른누리(너른나라), 너른마당(너른뜰·너른뜨락·너른터·너른판),
너른마루, 너른저자(너른잔치), 누리마당,
누리터, 두루누리(두루마당·두루판·두루터),
못자리(못마당·못터), 벼룩마당, 벼룩판, 벼룩저자,
벼룩잔치, 열린마당(열린모임·열린누리·열린자리·열린판),
열린바다, 열린잔치(열린저자), 장사판(장사마당·장사밭),
저잣마당(저잣판·저잣터), 저잣잔치, 한나라(한누리)

영어 '프리마켓'은 'free market'이고, '플리마켓'은 'flea market'입니다. 영어 '프리·free'는 '가두지 않는·묶지 않는'을 뜻합니다. 우리말로는 '홀가분(홀로 가벼운)'이요, 한자말로는 '자유'입니다. 영어 '플리·flea'는 '벼룩'을 뜻합니다. 그래서 '벼룩시장'이라고도 하지요. 이 나라 어른들은 그냥 영어 '프리마켓·플리마켓'도 쓰고, 한자말로 '자유시장·중고시장'도 쓰는데, 우리말로 '열린마당·벼룩마당'이나 '너른마당·두루누리·고루누리·열린잔치'처럼 새롭게 바라보고 느낄 자리나 잔치로 나아가려는 마음을 담을 수 있습니다.

어느 이름을 골라서 쓰느냐에 따라, 이 이름을 혀에 얹어서 소리를 내고 귀로 듣는 우리 마음이 다르게 흐릅니다. 'letter'나 '레터'를 쓸 적에는 이런 영어에 길드는 마음으로 갑니다. '便紙'나 '편지'를 쓸 적에는 이런 한자말로 둘레를 바라보게 마련입니다. 우리말로 '글·글월·글자락'을 생각하고 마음에 담고 소리를 낸다면, 우리말로 이야기를 엮는 눈길을 틔우겠지요. 사랑을 담아서 주고받는 글이기에 '사랑글·사랑글월'입니다.

말 한 마디는 늘 꽃씨가 되어 우리 곁에서 자랍니다. 어떤 낱말로 어떤 꽃밭을 이룰 살림살이를 짓고 싶은가요? 스스로 살피고 스스로 가다듬고 스스로 눈망울을 빛내는 '말꽃씨'를 즐거이 품고서 아름다이 날개를 펼 수 있기를 바랍니다.

# 작은소리

지방방송은 없다

---

대단하거나 훌륭하다고 여길 말을 하거나 글을 써야 하지 않습니다. 엄청나거나 놀랍구나 싶은 일을 말이나 글로 옮길 때가 있습니다만, 모든 말글은 날마다 마주하는 흔하거나 너르거나 수수하거나 작은 삶을 그때그때 고스란히 담아내게 마련입니다.

작으니까 '작다'고 말합니다. 작은데 콩알만 하니 '콩알'이란 낱말을 빗대어 "콩알만 하다"고 합니다. 작기는 한데 콩알보다 더 작으니 깨알하고 비슷해서 '깨알'을 넣어 '깨알같다'고 해요. 둘레에 무엇이 있나 살피면서 '모래알·팥알·쌀알·좁쌀알'을 들 수 있습니다.

독서를 통해 살아가는 이유와 미래의 희망 등을 발견해내는 모습
→ 살아가는 뜻과 새로운 꿈을 책에서 찾아내는 모습
→ 살아가는 빛과 앞꿈을 책을 읽으며 알아내는 모습

보기글 하나를 들겠습니다. 우리는 "책을 읽"거나 "글을 읽"습니다. 그러나 아직 '책읽기·글읽기'는 국립국어원 낱말책에 올림말로 안 나옵니다. 한자말 '독서'만 올림말로 다뤄요. 그래서 국립국어원 맞춤길로는 '책 읽기·글 읽기'처럼 띄어야 맞다고 여기는데, 참말로 우리는 '책 읽기·글 읽기'처럼

띄어쓰기를 해야 할까요? 아니면 '책읽기·글읽기'처럼 붙여쓰기를 하면서 우리 나름대로 널리 쓸 수수한 새말을 여밀 만할까요?

책을 읽기에 "책을 읽는다"입니다만, 우리 스스로 자그마한 삶자리에서 조촐하게 삶말을 쓰려는 마음을 일으키지 않으면 "독서를 통해"처럼 말을 하거나 글을 쓰고 맙니다. 허울을 씌우는 셈입니다.

우리말 '꿈'은 앞으로 이루고픈 부푼 뜻입니다. 그래서 '꿈 = 앞날 뜻'이라서 한자말 '희망'뿐 아니라 "미래의 희망" 같은 일본말씨를 단출히 담아낼 수 있어요. 투박하게 '꿈'이라고 해도 넉넉하되, 굳이 '새꿈·앞꿈'이나 '새날꿈·앞날꿈'처럼 쓸 수 있습니다. 왜 그럴까요? 작고 수수하며 흔한 삶자락을 우리 나름대로 저마다 새롭게 바라보면서 조물조물 가꿀 만하거든요.

## 지방방송

어느 때부터인가 '지방방송'이라는 말씨가 번졌습니다. 말 그대로 서울이 아닌 '여러 고장(지방)'에 있는 방송국을 가리키는 '지방방송'이 있을 텐데, 이보다는 다른 뜻으로 으레 쓰는 듯싶습니다.

지방방송 끄고 모두 주목해라 → 잔말 말고 모두 들어라
지방방송은 자제해 주기를 부탁합니다 → 딴소리는 그쳐 주기를
바랍니다
그쪽 지방방송이 시끄럽구나 → 그쪽이 시끄럽구나

이런 보기글처럼 쓰는 '지방방송'은 낱말책 올림말로 찾아볼 수 있어요.

[국립국어원 낱말책]
지방방송(地方放送) : 주변에서 시끄럽게 떠드는 소리를 속되게
이르는 말
지역방송 : x

'지방방송' 뜻풀이를 보니, 시끄러운 소리를 얕잡는 낱말로 풀이합니다만, 이런 풀이만 실어도 알맞을까요? 아무래도 서울만 헤아리면서 쓰는 얄궂은 말씨로구나 싶은 '지방방송'입니다. 지역(지방)에 차린 방송국을 가리킬 적에 '지방방송·지역방송'이라고 할 텐데, 나라 곳곳 여러 고장에 있는 방송국 사람들은 '시끄럽게 떠드는 소리'를 펴는 셈일까 아리송합니다. 자칫 이웃을 따돌릴 수 있는 뜻풀이는 솎아내야지 싶습니다. 뜻풀이를 꼭 달아야 한다면, 이런 쓰임새는 따돌림말이기 일쑤이니 고쳐쓸 새말을 알려주어야겠지요.

시끄러운 소리는 '잔소리·잔말·잔얘기'나 '자잘소리·자잘말·자잘하다'로 고쳐쓰도록 이끌면 됩니다. '딴소리·딴말·딴얘기'나 '딴청·딴짓·딴전'이나 '시끄럽다·어수선하다·어지럽다·왁자하다'로 고쳐써도 어울립니다. 더 헤아려 보면, 지역방송이란 낱말을 손질할 수 있어요. '마을새뜸·마을소리·고을새뜸·고을소리'나 '작은새뜸·작은소리·작은목소리'처럼 새말을 여밀 수 있습니다.

시끄러! 지방방송 끄지 못해!
→ 시끄러! 입다물지 못해!

→ 시끄러! 조용히 못해!

→ 시끄러! 딴청 그만해!

→ 시끄러! 딴소리 그쳐!


서울에서는 '서울소리'를 내면 됩니다. 시골에서는 '시골소리'를 내면 되어요. 서울이기에 높지 않고, 시골이기에 낮지 않습니다. 방송국이나 신문사 스스로 '마을소리·고을소리'처럼 수수한 말씨를 받아들여서 쓸 수 있기를 바랍니다. '작은소리·시골소리'처럼 투박한 말씨를 즐거이 펼 수 있기를 바라요.


## 새뜸·소리

전라남도에 〈전남새뜸〉이 있습니다. 도청에서 내는 알림글에 '새뜸'이란 이름을 붙여요. 아직 다른 고장이나 일터에서는 '새뜸'이란 이름을 안 쓰는 듯싶으나, 우리말로 수수하게 이름을 붙인 지 꽤 됩니다. 한자말 '소식지·회지·회보'나 영어 '뉴스레터'를 안 쓰더라도 우리말로 붙일 만한 이름이 있습니다. 앞으로 '서울새뜸·부산새뜸·인천새뜸'처럼 '새뜸'을 살려쓴다면 멋스러우리라 생각합니다. 또는 수수하게 '대구소리·대전소리·광주소리'처럼 '소리'를 살려쓰는 길이 있습니다.

새로 뜨는 길인 '새뜸'이라면, 눈을 뜨는 길을 '눈뜸'이라는 말씨에 담을 만하지요. '강원눈뜸·목포눈뜸·밀양눈뜸'이라 할 만합니다. 꽃처럼 뜬다는 뜻으로 '제주꽃뜸·익산꽃뜸·고양꽃뜸'이라 해도 아름답습니다. 빛나면서 뜬다는 마음을 얹어 '춘천빛뜸·원주빛뜸·울산빛뜸'이라 해도 사랑스럽습니다.

이름은 하나여도 좋고, 여럿이어도 즐겁습니다. 하나를 누구나 써도 넉넉하고, 여럿을 골고루 써도 알뜰하지요. 그리고 자꾸자꾸 새말을 여미면서 나누고 지핀다면 골골샅샅 푸르게 일렁이는 마음과 말과 살림과 노래가 퍼질 만합니다.

## 눈뜸·꽃뜸·빛뜸

'해뜸'이라는 이름도 따사롭습니다. '별뜸'이라는 이름도 포근합니다. 가만 보면 오래오래 쓴 '으뜸'이라는 우리말이 있습니다. 스스로 낮추면서 이웃을 섬기는 마음을 담아 '밑뜸'이라 할 만합니다. 앞장서서 나아가면서 이끌겠노라 다짐하는 '앞뜸'에 설 만합니다. 풀꽃나무가 우거진 멧자락처럼 '멧뜸'을 할 수 있어요. 봄빛을 물씬 얹은 '봄뜸'으로 푸릇푸릇할 수 있을 테고요.

사근사근 사이좋게 어깨동무를 하는 '벗뜸'을 그려 봅니다. 오늘 하루를 새삼스레 걸어가는 '길뜸'을 헤아립니다. 높이높이 흐르는 구름을 담는 숨결로 '높뜸'을 바랍니다. 머잖아 환하게 피어날, 또는 곧게 피어날 '곧뜸'을 바라봅니다.

작게 내딛는 걸음걸이로 사뿐사뿐 떠오릅니다. 작게 주고받는 말 한 마디로 살몃살몃 떠오르고요. 손을 맞잡는 마음이라면 잔잔히 흐르는 이 바람에 자분자분 찬찬히 이야기뜸을 얹을 수 있어요.

# 한글·훈민정음·우리말

'훈민정음날'이 아닌 '한글날'인 까닭

어릴 적에는 그냥그냥 떠오르는 대로 말을 하고, 둘레 어른이나 언니한테서 들은 말을 외워 놓았다가 말을 했습니다. 이러다 보니 틀리거나 엉뚱하거나 잘못된 말을 꽤 자주 읊고 말아, 손가락질이나 놀림을 받았어요. "야, 그런 말이 어디 있니?"라든지 "내 말을 흉내내지 마!"라든지 "무슨 소리야? 다시 말해 봐." 같은 말을 숱하게 들었습니다.

어린이는 아직 '말(우리말)'하고 '글(한글)'을 또렷하게 가르지 못 합니다. 입으로 하니까 말이요, 손으로 적으니까 글이라고 알려준들, 적잖은 어린이가 '왼쪽·오른쪽'을 오래도록 헷갈려 하듯 '말·글'도 헷갈려 하지요. 어른 자리에 선 사람이라면, 아이가 '왼쪽·오른쪽'을 찬찬히 가릴 수 있을 때까지 상냥하고 부드러이 짚고 알려주고 보여줄 노릇입니다. '말·글'을 또렷하게 가르지 못하는 줄 상냥하고 부드러이 헤아리면서 느긋이 짚고 알려줄 줄 알아야 할 테고요.

그런데 우리 배움터를 보면, 예나 이제나 배움터 구실보다는 배움수렁 모습입니다. 배움수렁에서는 '왼쪽·오른쪽'이나 '말·글'이 헷갈리는, 또 '가르치다·가리키다'를 또렷이 갈라서 쓰지 못하는 어린이를 지켜보지 않아요. 셈겨룸(시험문제)을 한복판에 놓습니다.

이러다 보니 어린이일 때뿐 아니라 푸름이일 때에도, 또

스무 살을 넘기고 마흔 살을 지나더라도 '우리말·한글'을 옳게 가르지 못 하는 어른이 꽤 많아요. 10월 9일 '한글날'은 한글을 기리는 날입니다. 우리말을 기리는 날이 아니에요.

## 한글날

일본이 총칼을 앞세워 쳐들어오면서 우리나라 숨통을 죄고 짓밟을 무렵, 그들(일본 제국주의)은 '우리말(조선말)'을 없애려 했습니다. 그즈음 우리나라에서는 주시경 님이 '훈민정음'이라는 우리 옛글을 '한글'이란 이름으로 바꾸면서, "우리말을 우리글로 담는 얼거리"를 비로소 처음으로 제대로 새롭게 세웁니다.

진작부터 우리말을 버리고서 일본말을 쓰는 조선사람이 수두룩했지만, 우리가 쓰는 말(우리말)을 담는 글(우리글)을 새롭게 바라보면서 누구나 쉽게 익히고 삶으로 품으면, 우리나라는 일본 제국주의한테 안 잡아먹히리라 여긴 주시경 님입니다.

주시경 님이 '우리말 얼거리(국어문법)'를 비로소 세우면서 가다듬고 추슬러서 내놓을 적에는, 조선사람뿐 아니라 일본사람도 주시경 님이 들려주는 이야기를 들었고, 조선총독부조차 주시경 님이 들려주는 "우리말 이야기(강좌·강의)"를 귀담아들을 뿐, 함부로 막거나 쫓아내지 못했습니다. 그들(조선총독부)은 오히려 조선사람 스스로 아직 우리말꽃(국어사전)을 손수 엮어낼 엄두를 못 낼 1920년에 《朝鮮語辭典》을 떡하니 내놓았습니다.

깊이 본다면, 주시경 님은 '자주독립운동'이라는 큰뜻을 품고서 '훈민정음'을 '한글'로 바꾸어, 참말로 모든 한겨레가 말살림을 글살림으로 옮기면서 우리 넋과 얼을 지키는 데에 온마음하고 온힘을 바쳤습니다. 이런 엄청난 일을 꾀하고 벌일 적에 조선총독부가 왜 섣불리 주시경 님을 건드리지 못 했는가를 곰곰이 생각해 보면, 저들 조선총독부는 조선을 사로잡고 억누르고 '한겨레넋(조선사람다운 넋)'을 없애려면, 저들 일본사람과 앞잡이(친일부역자)부터 우리말(조선말)을 제대로 알고서 배운 다음에, '글을 모르고 말만 아는 조선사람'을 휘어잡는 길을 펴야 했더군요.

그러니까, 주시경 님은 일제강점기에 첫손으로 꼽을 만큼 검은이름(블랙리스트)에 들었으나, 오히려 '조선총독부로서도 배워야 할 사람'이었기에 함부로 건드리지 못했다고 하겠습니다. 조선총독부로서는 주시경 한 사람 목을 쳐서 없애기는 쉽지만, 이런 짓을 했다가는 '조선총독부로서도 조선말을 제대로 익혀서 앞잡이(친일부역자)를 부린다거나, 조선을 거머쥐는(식민 지배) 길'이 외려 어려울 만했습니다.


## 주시경

주시경 님이 남긴 글을 살피면, 주시경 님 스스로도 이 대목을 잘 알았다고 느낍니다. 그렇기에 더더욱 한겨레옷만 입으려 했고, '가방'이 아닌 '보따리'만 챙겼어요. 주시경 님을 가리키는 덧이름 하나는 '주보따리(주보퉁이)'입니다. 둘레에서는 차림옷(양복)에 구두에 한껏 멋을 부릴 뿐 아니라, 한겨레스러운 모습을 버리지만, 주시경 님은 끝까지 '한겨레로서 한겨레다운 살림'을 지키고 돌보았습니다.

저는 1982~87년 사이에 어린배움터(국민학교)를 다니면서 이런 이야기를 배움터에서 듣고 익혔어요. 그무렵에는 배움터에서 세종대왕보다도 주시경 이야기를 자주 들려주었고, 우리가 일제강점기에서 벗어난 크나큰 힘 가운데 하나는 '우리 말글'을 지킨 일이었고, 우리 말글은 바로 주시경 님이 '훈민정음'을 '한글'로 바꾼 때부터라고 가르쳐 주었어요.

요즈막 어린배움터나 푸름배움터에서는 주시경 이야기를 거의 안 짚거나 안 가르친다고 느낍니다. 요새는 세종대왕 이야기만 넘칩니다. 그런데 세종대왕은 '한글'이 아닌 '훈민정음'을 엮었고, 훈민정음이란 '소리(소릿값·바른소리)'를 담는 그릇입니다. '말뿐 아니라 소리'를 담는 그릇인 훈민정음은 조선 무렵에 '조선팔도 글바치가 저마다 팔도 사투리로 중국말을 하기' 때문에 '서울 및 임금터(궁궐)에서 이야기(의사소통)를 제대로 하려'면 '중국말을 읊는 소리(소릿값)부터 하나(통일)로 맞추어야 한다고 여기'면서 내놓았어요. '훈민정음 = 소리·말소리(소리를 담는 길·발음기호)'라고 하겠습니다. 더구나 훈민정음은, 조선사람 누구나 한문을 똑같이 읽도록 맞춘 소릿값(발음기호)이지요.

## 훈민정음

세종대왕이 편 훈민정음이란, 조선팔도 사람들이 마음껏 쓰던 '사투리'를 오직 '서울말'로만 맞추라고 하는 틀이기도 했습니다. 그래서 조선팔도 글바치(양반·사대부·지식인)는 세종대왕한테 맞서는 글(상소)을 끝없이 올렸어요. 이때에 세종대왕은 '훈민정음은 한문을 바르게 읽는 소릿값'이라는 뜻을 알렸으며, '훈민정음 = 자주독립'이 아닌 '훈민정음 = 중국 사대주의'라는 대목을 깨달은 글바치는 더는 세종대왕한테 안 맞섰습니다.

조선 무렵에 훈민정음이라는 소릿값이 태어나고서 나온 여러 책을 살피면 훈민정음은 '우리글'이 아니라 '한문을 읽는 소릿값(발음기호)'일 뿐인 줄 쉽게 알아차릴 수 있습니다. 다만, 세종대왕은 중국 사대주의를 더 깊이 다지고, 봉건주의를 한결 단단히 세우려는 틀로 훈민정음을 엮었지만, 사람들은 이 '소릿값(발음기호)'을 쉽게 다루면서 '우리 마음을 우리 글로 옮기는 실마리'로 삼았습니다. 아주 드문 몇몇 글바치는 훈민정음으로 책을 남겼거든요.

바야흐로 '소리'가 '글'이 되었달까요? '정음·훈민정음(바른소리)'은, 순이 품에서 '순이글'이란 이름으로 살아남은 오백 해 가까운 긴 나날을 거쳐, 주시경이라는 사람을 만나 '한글'이란 이름을 받고서 드디어 '우리글'이라는 새옷을 입었다고 할 수 있습니다.

낡은틀(남성 가부장 권력)이 드센 조선 오백 해에 걸쳐 몹시 억눌리고 짓밟힌 순이(여성)는 한문으로도 글을 남겼으나, 이 순이글(훈민정음)로도 글을 남겨 주었습니다. '순이글'이란 소리를 들은 훈민정음(바른소리)이었기에, 오히려 '순이가 살려주고 돌봐주는 사랑을 받아서 살아남은 우리 글씨인 훈민정음'이라고 하겠습니다. 돌이(남성)로서는 정철·김만중·홍대용 님도 '순이글'로 글을 남겨 놓았습니다.

## 우리글

오늘날 우리가 쓰는 '한글'은 주시경 님이 일제강점기에 새롭게 바꾸어 낸, 아니 처음으로 빛을 보도록 촛불을 켠 우리글이라고 하겠습니다. 그러니 "세종대왕은 훈민정음을 창제했다"고 해야 맞습니다. 훈민정음은 "모든 소리를 담은 그릇"이었어요. "주시경이 가다듬은 한글"은 "우리말을 담는 그릇"이라고 해야 올바릅니다.

주시경 님은 우리글을 새롭게 짓지는 않았어요. '바른소리(발음기호)였던 훈민정음'을 '누구나 말을 글로 옮기기 쉽도록 틀을 짜고 세우는 길을 처음으로 연' 주시경 님입니다.

한글날이란, 우리말을 우리글로 옮기는 첫발을 비로소 내딛은 새길을 기리는 하루입니다. 한글날은 '바른소리를 기리는 날'이 아닙니다. 한글날은 우리 스스로 우리 마음을 우리 나름대로 '글로 옮기는 길'을 처음으로 세운 그날(일제강점기에 자주독립으로 깨어나려던 땀방울)을 기리는 잔치입니다.

예전에는 "세종대왕이 훈민정음을 창제했다"고만 말했으나, 요새는 갈수록 "세종대왕이 한글을 만들었다"고 적는 글이나 책이 쏟아집니다. 세종대왕이 '글(소릿글)'을 지은 뜻은 틀림없이 훌륭하고 값집니다. 그러나 모든 사람이 고르게 글을 쓸 수 없던 지난날 얼거리를 읽어낼 노릇입니다. 지난날에는 '양반·사대부'가 아니면 어깨너머로라도 글(한문)을 구경하면 안 되었습니다. 높낮이(신분·계급·질서)가 무시무시하던 지난날에 바른소리가 태어났어도 누구나 바른소리를 익혀서 쓸 수는 없던 높다란 담벼락이 있었습니다.

우리는 우리말을 우리글로 담아낼 수 있던 '가시밭길(일제강점기) 한복판'에서 '한글'이란 이름을 지키고 돌보면서 오늘날로 이어온 사람들 땀방울을 곰곰이 생각해 보아야겠습니다. '우리말이 우리글로 피어난 길'을 차근차근 되새기면서, '한글이란 글씨에 우리말로 담는 삶과 살림과 사랑과 숲'을 돌아보아야지 싶습니다.

## 봉건사회

세종대왕은 '새로 선 나라'인 조선을 더욱 단단히 봉건사회로 다스리려는 뜻이었기에, '조선팔도 사투리로 읊던 중국말'을 '서울말로 중국말을 읊는 틀'로 고쳐서 가다듬으려고, '바른소리'를 세웠습니다. 조선 오백 해는 중국을 섬긴 나날입니다. 중국 사대주의이지요. 일제강점기는 일본을 우러른 나날입니다. 슬픈 제국주의입니다. 사대주의하고 제국주의가 서슬퍼렇던 때에는 어떤 사람도 마음껏 생각하지 못했고, 말도 글도 홀가분히 펴기 어려웠습니다. 이런 한복판이지만, 목숨을 바쳐 우리글을 갈고닦은 사람이 있어요. 일본 제국주의가 물러난 뒤에도 오래도록 군사독재가 있었는데, 이동안에도 우리말하고 우리글을 가다듬은 사람이 있습니다.

훈민정음은 세종대왕이 내놓았습니다. 한글은 주시경 님이 일구었습니다. 우리말은 다 다른 우리나라 사람들이 저마다 제 삶자리·보금자리에서 스스로 살림을 짓고 아이를 사랑으로 돌보면서 수수하게 지었습니다. '한글·훈민정음·우리말' 세 가지를 이제부터 우리 스스로 찬찬히 바라보고 아낄 수 있기를 바랍니다.

# 7.
# 지음꽃

힘을 내세우거나 싸우면 아름다운 빛이 사라진다.
가두거나 옭매면 굴레나 수렁이 되고 만다.
"말이 씨가 된다"는 오랜 이야기를 되새기면서,
이제부터 첫걸음을 뗄 말살림을 다독여 본다.

다른 다양성
전쟁용어 씨앗
탈가부장
밥꽃에 잘 먹이는
이해, 발달장애, 부모, 폭력
이루는 보람
첫밭 첫꽃 첫씨 첫발

# 다른 다양성

'다르다'가 무엇인지 읽기

겉으로 치레하는 사람을 보면 '겉치레'라고 얘기합니다. 멋을 부리려는 사람한테는 '멋부린다'고 들려줍니다. 겉치레나 멋부리기에 얽매이는 사람을 마주하면 '허울'을 붙잡는다고 짚습니다.

우리말 '허·하'는 말밑이 같습니다. 그러나 말밑은 같되 낱말이나 말결이나 말뜻은 다르지요. '허울·허전하다·허름하다·허접하다'하고 '허허바다'는 확 달라요. '하늘·함께·한바탕·함박웃음·함함하다·하나'는 더욱 다르고요.

겉모습을 매만지려 하기에 그만 '허울스럽다'고 한다면, 속빛을 가꾸려 하기에 저절로 '하늘같다'고 할 만합니다. 이처럼 '허울·하늘(한울)'이라는 수수하고 쉬우며 오랜 우리말을 나란히 놓고서 삶을 바라보는 눈썰미를 돌보기에 '생각'이 자라납니다. 굳이 일본스런 한자말을 따서 '철학'을 안 해도 되고 '전문용어'를 쓸 까닭이 없습니다.

'전문용어'를 쓸수록 생각이 솟지 않아요. '전문용어 = 굴레말·사슬말'입니다. 가두거나 좁히는 말씨입니다. 오늘날 숱한 '전문용어'는 거의 다 일본 한자말이거나 영어예요. 우리말로는 깊말(전문용어)을 짓거나 엮거나 펴려는 분이 뜻밖에 매우 드뭅니다.

'허울·하늘'을 왜 삶말이자 깊말로 다루지 않을까요? 곰곰이 보면 "다루지 않는다"가 아니라 "다룰 줄 모른다"입니다. 무늬는 한글인 우리말을 쓰지만, 정작 속으로 하늘빛을 품는 수수하고 쉬우며 오랜 우리말을 모르기에 못 써요. '허울'이 왜 '허울'이고, '하늘'이 왜 '하늘'이며, 두 낱말은 어떻게 비슷하면서 다르게 얽히고 같은 말밑인가를 찬찬히 짚어서 안다면, 이러한 '삶말'로 생각을 지피는 길을 갈 수 있습니다.

한자말이나 영어를 쓰기에 잘못이지 않고, 나쁘지 않습니다. 우리말을 쓰든 한자말이나 영어를 쓰든, 말뜻을 찬찬히 안 짚거나 못 가눌 적에 얄궂을 뿐입니다. 이를테면, 우리말 '다르다'를 한자말로는 '이상·수상·다양·차이·차별·특별·특수'로 옮겨서 쓰는 오늘날인데, 한자말 '이상·수상·다양'이 무엇을 가리키는지 제대로 짚는 분은 참으로 적습니다.

[국립국어원 낱말책]

이상(異狀) : 1. 평소와는 다른 상태 ≒ 별상 2. 서로 다른 모양

이상(異相) : 1. 보통과는 다른 인상이나 모양

이상(異常) : 1. 정상적인 상태와 다름 2. 지금까지의 경험이나 지식과는 달리 별나거나 색다름 3. 의심스럽거나 알 수 없는 데가 있음

수상(殊狀) : 1. 여느 것과 다른 모양 2. 기이한 형상

수상(殊常) : 보통과는 달리 이상하여 의심스러움

다양(多樣) : 여러 가지 모양이나 양식

차이(差異) : 서로 같지 아니하고 다름

차별(差別) : 둘 이상의 대상을 각각 등급이나 수준 따위의 차이를 두어서 구별함

특별(特別) : 보통과 구별되게 다름.≒특단

특수(特殊) : 1. 특별히 다름 2. 어떤 종류 전체에 걸치지 아니하고

우리말 '다르다'는 '닮다·담다·닿다'하고 비슷하되 다릅니다. '닮다 = 같지 않지만 같아 보인다'는 뜻입니다. "같아 보인다 = 다르다"는 이야기예요. '다르다'라 할 적에는 '너·나'로 가르거나 나눈다는 뜻이고, '닮다'라 할 적에는, 서로 가르거나 나누는 '너·나'이지만 자리에 따라 '나·너'요 숨결이 흐르는 사람이라는 대목에서는 같다는 뜻입니다. 또한 '담다'라 하면, 서로 비슷하거나 같다고 여길 만한 모습이나 결을 받아들인다는 뜻이지요.

그러나 닮거나 담는다고 해서 '같을' 수 없어요. 닮거나 담으면 '다를' 뿐입니다. 닮거나 담기에 '닿는다'고 여길 모습이나 길이 있습니다. 우리는 서로 다르기에 '닿으'려고 합니다. 서로 닿아서 '만남'을 이루니 '마음'이 자라서 '말'을 터뜨릴 수 있습니다. '닿다'는 '다다르다'하고 비슷하되 다릅니다. 재미난 말이지요. "다 닿았다"고 여길 수 있으면서 "다 다르다"로 바라볼 수 있습니다.

서로 다르게 있기에 '담'을 쌓아요. 우리로 아우르려 하기에 '울(울타리)'을 쌓지요. 달라서 가르려는 '담'이고, 안으면서 품는 '울'입니다. 그래서 '울 = 우리 = 너나하나'이기도 한데, '울·우리'를 사랑이 아닌 마음으로 쌓을 적에는 남남으로 갈려 서로 놈으로 손가락질하거나 등지기에 '가두리·짐승우리' 같은 결로 달려갑니다.

우리는 때와 곳에 따라 다를 뿐 아니라, 삶과 살림에 따라 다르고, 철과 눈빛에 따라 다른 말을 마음에 담아서 나누기에 생각이 자랍니다. 다른 줄 알아보기에 담아내려는 마음이 자라고, 담다 보니 닮기도 하지만, 서로 다다를 곳은 다릅니다.

어느 책을 읽다가 다음 같은 글자락을 보았습니다. 이 글
자락은 '다양'이라는 한자말을 제대로 못 가누었구나 싶습니
다. 보기글을 손질해 보겠습니다.

[보기글]
"왜 다양성 때문에 귀찮은 일이 생기는 거야?" "원래 다양성이
있으면 매사 번거롭고, 싸움이나 충돌이 끊이지 않는 법이야.
다양성이 없는 게 편하긴 하지." "편하지도 않은데 왜 다양성이
좋다고 하는 거야?" "편하려고만 하면, 무지한 사람이 되니까."

[숲노래 손질글]
"왜 다 다르면 귀찮은 일이 생겨?" "모든 사람은 달라. 그래서 다
다른 사람은 다 다르게 보고 느끼고 생각하고 말하고 움직이지.
너랑 내가 달라서 서로 다르게 움직일 적에 귀찮을 수 있을까?
나는 일찍 자서 일찍 일어나고 너는 늦게 자서 늦게 일어나면
귀찮을까? 아닐 테지? 우리는 다 달라서 서로 어떻게 얼마나
다른가를 가만히 보면서 우리 스스로 새롭게 돌아보면서 즐거울
수 있어. 다 다르지 않다면 생각이 사라지지. 생각이 사라지면 남이
시키는 대로만 따라가고, 이러면 우리 삶이 사라져."

낱말만 손질하지 않고 '뜻·줄거리'까지 손질했습니다. '다
다르지 않아야 수월하다'고 여길 수 없을 뿐 아니라, '수월하
게만 하면 어리석은 사람이 된다'고 여길 수 없기도 합니다.
너랑 나는 몸도 힘도 다른데 발걸음을 똑같이 하기는 어렵습
니다. 알아듣기 수월하게 말할 적에 어리석은 사람일 수 없습
니다. 일은 어려워야 하지 않습니다. 모든 일은 즐겁게 하면
서 함께 웃고 노래합니다. 다 다른 사람과 다 다른 발걸음과

다 다른 매무새랑 몸짓은 서로 다른 줄 느끼면서 새롭고 즐겁구나 하고 이 삶을 깨닫는 길입니다.

총칼로 사람들을 억누르던 지난날에는 중국집 같은 데에서 '주문 통일!'을 윽박지르곤 했습니다. 똑같은 밥을 시켜서 빨리 나오도록 하고, 빨리 먹고 나가자는 굴레이지요. 적잖은 배움터는 배움옷(교복)을 똑같이 입히고, 머리카락 길이까지 똑같이 자르려 합니다. 다 다른 아이들을 모두 똑같이 틀에 박아 놓는데, 이러다 보니 '다 다른 아이를 알아볼 길이 없'어서 '셈(숫자·번호)'을 붙여요. 다 다른 아이는 다 다른 이름이 있으나 '이름이 아닌 번호'로 부르는 끔찍한 사슬터(감옥)가 배움터였습니다. 사람이름이 아닌 '1번·2번·3번……'처럼 부르는 곳에는 어깨동무도 사랑도 없습니다.

다 다르게 쓰는 말이란, 다 다르게 보는 눈이고, 다 다르게 살아가는 길이며, 다 다르게 꿈꾸는 사랑이고, 다 다르게 짓는 오늘입니다. 고장마다 고장말이 다르니, 서로 이웃으로 사귀고 만납니다. 아이어른이 서로 다르니, 저마다 다른 힘에 맞추어 저마다 즐겁게 살림을 하고 보금자리를 일굽니다. 우리는 '다양성'으로 살지 않습니다. 다른 사람은 '이상'하지 않고 '수상'하지 않으며 '특수·특이·특별'하지 않습니다. 다른 사람은 그저 '다른' 사람입니다.

다른 사람 가운데에는 '유난하다' 싶은 사람이 있을 텐데, '유난'이라는 우리말은 '윤슬'하고 맞물립니다. '유들유들'이라고도 하고, '반짝이는 결'을 가리키는 '유'라는 말밑이에요. 반짝인다고 할 적에는 '돋보이다·도드라지다'이고, '돋다'처럼 새롭게 나오는 몸짓이라서 '유난'합니다. 이런 결을 담아 반짝이는 물살이라서 '윤슬'입니다. 윤슬도 이슬도 구슬도 '다른 빛'이기에 서로 다른 숨결을 담으면서 반짝이고 사랑스럽

277

습니다. 다르게 반짝이는 빛을 마음에 품으며 철이 드는 사람은 '슬기'로운 길을 갈 테고, 이때에는 '어른'으로 큽니다.

어른은, 나이만 많은 사람이 아니라, 윤슬처럼 반짝이고 다 다른 빛살을 어질게 품어서 스스로 철을 알아차린, 빛으로 깨달은 마음결로 살아갈 줄 아는 사람을 가리키는 이름입니다. 다 다른 줄 알기에 '어른'이자 '철듦'이요, '슬기'이자 '어짊'이니, 스스로 다르게 아우르면서 하늘빛을 품는 '우리'를 바라볼 수 있기를 바랍니다.

# 전쟁용어 씨앗

비를 읽고 씨앗을 품으며

---

예부터 어른들은 비를 '비'라고 하면서 '비'가 무엇인가 하고 생각하고 살피고 돌아보고 헤아리는 밑틀을 마련했습니다. 어린이 스스로 마음을 북돋우라는 뜻으로 삶·살림을 수수한 말씨로 담아서 살며시 들려주고 가만히 지켜보았어요.

비를 바라보면 '빛납'니다. 빗방울마다 빛이 나요. 막상 빗방울을 손바닥에 얹으면 그저 물방울이지만, 구름에서 땅으로 내려오려고 하늘을 가를 적에는 '반짝이는 빛줄기'를 그립니다.

## 바다랑 비

바다가 있기에 비가 있습니다. 바닷물이 아지랑이라는 몸을 거쳐서 구름을 이루다가 빗방울로 이 땅에 드리웁니다. 이쯤은 어린배움터에서조차 가르칩니다만, '바닷물 = 아지랑이 = 구름 = 물방울 = 빗물'이라는 대목을 찬찬히 짚어서 '말'을 '마음'에 담도록 알리지는 못 한다고 느껴요.

하늘에서 땅으로 드리울 적에 빛나는 빗방울을 받아 보면, '빈' 물방울이곤 합니다. 바다에서 하늘로 아지랑이가 될 적부터 바닷방울(바다 물방울)은 몸을 비워요. 몸을 비워야 바다를 떠나 하늘로 오릅니다. 하늘로 오른 바닷방울은 가볍게 바람을 타다가 모이니 구름을 이뤄요. '구름'은 하늘에서 바람을 구르듯 다닌다고 해서 붙은 이름입니다. '구름 = 하늘을 구르는 물방울'이란 속뜻입니다.

빛나고 빈 물방울인 '비·빗물·빗방울'인데, 이 비가 내리기에 들숲바다가 새롭게 푸르고 빛나요. 내릴 적에도 빛나고, 내려서도 빛내는 빗방울이에요. 촉촉히 적시는 구실을 하고, 뭍에 있는 모든 쓰레기를 쓸고 씻고 터는 구실까지 합니다.

비가 훑은 하늘은 새파랗습니다. 비가 안 오면 매캐합니다. 이 하늘비를 바라본 옛사람은 '비(빗자루)'를 삼았어요. 빗물을 머금고 자란 싸리나무나 갈대를 꺾어서 찬찬히 묶으니 비(빗자루)가 태어납니다. 우리 머리카락을 '빗질'을 하면 반드르르 빛납니다. 빗줄기가 하늘과 땅을 빗살로 쓸고 씻어서 반짝이는 새빛을 드리우듯, 머리빗으로 머리카락을 고르면, 머릿결이 빛나지요.


## 빗다

비·빗물·빗방울는 자잘한 것을 쓸고 치우면서 새터를 이룹니다. 이리하여 '비'를 바탕으로 '비 + 짓다(지음)'을 나타내는 '빗다'라는 낱말이 태어나요. '빗다'는 "물을 써서 반죽을 하여 꼴을 새로 이루다"를 나타낸다고 할 만합니다. '반죽'이란, 흙하고 물을 섞은 덩이에요. 물(빗물)이 있어야 새로 이뤄요.

수수하게 쓰는 낱말 '비'입니다만, '빛·비다·빗·빗자루·빗다'가 얽힌 실타래를 엿봅니다. 여기에 '빚'도 생각할 만해요. 아무것도 없다고 여기는 '빚'이 있고, 누가 크게 도와서 얻은

빛(보람)을 '빚'이라고도 합니다.

그렇지만 어느 때부터인가 '게릴라성 호우'라든지 '호우 주의보'라든지 '우천·우비·우산·우수'라든지 일본말씨나 온갖 한자말이 떠돌고, '물폭탄'처럼 '비'를 깎아내리는 말씨가 나타나더니, '극한호우'라고 하는 끔찍한 말씨까지 나옵니다. 이처럼 삶도 숲도 마음도 푸른별도 등지거나 갉아먹는 말씨로는 '비'가 왜 비요, 비가 맡은 길을 읽거나 생각할 틈이 모두 사라집니다.

우리는 굴레(일제강점기)를 보낸 적이 있습니다. 이웃나라가 놓은 굴레도 있지만, 한겨레 스스로 굴레(군사독재)로 가둔 적이 있어요. 이웃나라 굴레가 드리우기 앞서는 임금붙이(왕권)라는 굴레(조선 봉건사회)가 있었습니다. 이 모든 굴레를 들여다보면, 힘꾼(권력자)은 힘말(한자·한문·일본말)로 사람들을 억눌렀어요. 요새는 조금은 날개(자유)를 찾았습니다만, 날개를 펄럭일 틈이 없이 영어가 새롭게 힘말(권력언어)로 춤춥니다.

여러 굴레를 돌아보면, 모든 굴레마다 굴레말·사슬말이 함께 춤췄는데, 하나같이 싸움말(전쟁용어·군사용어)입니다. '게릴라성 호우'라는 말에 깃든 '게릴라'라든지, '물폭탄'이라는 말에 끼어든 '폭탄'을 봐요. 굴레말이자 싸움말입니다. 우리가 스스로 생각을 저버리거나 이웃을 멀리하거나 사랑을 잊어버리도록 내모는 사나운 말씨예요.

## 전쟁용어가 일상용어가 되면?

오늘날 둘레를 보면 "전쟁용어가 일상용어가 되었"습니다.

옷을 두툼하게 입는 몸짓을 '완전무장'이라 하더군요. 마음이 사르르 녹을 적에 '무장해제'라고 해요. 못생긴 사람을 '지뢰'라 일컫기에 소름이 돋아요. 사람을 얼굴로 갈라치는 말씨도 사납지만, '꽝(지뢰)'이 터질 적에 얼마나 끔찍한가를 우리 스스로 너무 모르거나 잊어버렸구나 싶더군요.

싸움말을 삶자리에서 마구 쓸 적에, 이 나라는 매우 반깁니다. 왜 그럴까요? 사람들이 싸움말을 삶말로 받아들이면, 사람들 스스로 "우리 넋과 마음을 '싸움팔이(정부 군수산업 육성)'를 뒷받침하고 넓히는 씨앗"을 심는 셈이거든요. 아무 말이나 쏘아댄다고 할 적에 '총질'이라고 말한다면, 또 '속으로 곪은 잘못'을 밝히는 사람더러 '내부 총질'이라며 손가락질을 한다면, 이런 말씨 하나가 '싸움팔이'를 키우는 끔찍한 씨앗으로 번집니다.

## 씨앗공·씨앗구슬

이웃나라 일본에서는 얼추 1970년 무렵부터, 또는 1960년 즈음부터, '씨앗공'이라고 해서, 흙을 동글게 빚고 속에 씨앗을 놓고서 모래벌(사막)에 뿌리는 흙살림길을 마련했습니다. 일본에서 왜 이런 흙살림길을 헤아렸는지는 어렵잖이 알아낼 수 있습니다. 일본은 스스로 저지른 싸움수렁에서 무너질 즈음 '벼락꽝(핵폭탄)'을 맞아서 그야말로 쑥대밭이 되었어요. 쑥대밭을 살리려고 참으로 숱한 사람들이 흙살림을 슬기롭게 여미려 했습니다. 이런 몸부림 가운데 하나가 '씨앗공'입니다.

메마른 벌판을 천천히 풀숲으로 바꾸는 일에 이바지하

는 씨앗공이에요. 이 씨앗공은 일본을 비롯해 다른 여러 나라에서도 널리 받아들였습니다. 씨앗을 '촉촉흙'에 감싸 놓기만 해도, 씨앗 스스로 기운을 내어 뿌리를 내리고 싹이 트거든요.

그런데 이 씨앗공으로 벌판(사막)을 북돋우려는 흙길을 우리나라에도 받아들이려는 분들이 그만 '씨앗폭탄'이란 말을 함부로 퍼뜨립니다. '씨앗폭탄'이란 말을 마구 쓰는 분들은 '게릴라 가드닝'까지 하더군요.

아주 끔찍합니다. 우리는 '폭탄'도 '게릴라'도 '전쟁'도 '독재'도 걷어내야 할 텐데요. 우리가 나아갈 곳은 숲일 테니 '숲말'을 생각하고 '살림말'을 나누면서 '사랑말'이 흐드러진 '사랑누리·숲누리·살림누리'를 이룰 일입니다.

끔찍하고 사나운 미움씨앗으로 나아가는 죽음말 가운데 하나인 '씨앗폭탄(seedbomb)'입니다. 이런 죽음말·싸움말·미움말을 어린이한테 써서도 안 되지만, 어른끼리도 안 쓸 노릇입니다. '씨앗폭탄·물폭탄'처럼 바보스런 말씨를 치워내는 철든 어른으로 일어설 노릇입니다. 씨앗공은 '씨앗구슬'이라 할 만합니다. 우리 스스로 눈을 뜨고 마음을 틔워 생각을 열 적에 비로소 온누리에 사랑이 싹틉니다.


**폭탄세일**

'물폭탄'이란 말씨는, 온누리를 씻어 주면서 들숲마을에 싱그러이 샘물을 대어 가뭄을 씻는 빗물을 나쁘게 바라보거나 멀리하도록 내몹니다. 이 죽음말은 어느새 곳곳에 번지니, '폭탄세일'이란 말씨로도 퍼집니다.

사람을 죽일 뿐 아니라 땅도 죽이고 푸른별도 죽이는 끔찍한 '꽝(폭탄)'을 마치 '죽임짓·죽임길'이 아닌 듯 덮어씌우는 노릇을 할 뿐 아니라, 사람들이 총칼(전쟁무기)을 여느 삶자리에서 아무렇지 않게 받아들이고 바라보도록 내몰아요. '폭탄세일' 같은 말씨를 우리가 스스럼없이 쓰고 듣고 입으로까지 말하면, 나라는 아무렇지 않게 '총칼 만들기(전쟁무기 개발)'에 어마어마한 돈을 쏟아붓습니다.

우크라이나로 쳐들어간 러시아입니다. 러시아에서 우크라이나에 쏘아대는 '꽝(폭탄·미사일)'은 하나에 1000억 원이 넘어가기도 하고, 웬만한 '꽝'은 아무리 값싸더라도 1~10억 원이나 하게 마련이고, 이 비싼 '꽝'을 만들거나 건사하거나 다루는 일꾼을 두느라 또 어마어마하게 돈을 쓰지요. 살림 아닌 죽임으로 치닫는 데에 끔찍하도록 목돈을 쏟아붓는데, '폭탄세일' 같은 말씨는 바로 이런 짓을 우리 스스로 무디게 바라보도록 길들이기도 합니다.

둘레에 널리 퍼뜨리려는 뜻이라면 '퍼뜨리다'라는 낱말을 쓸 일입니다. 확 퍼뜨리려는 뜻이라면 '확'이라는 낱말을 쓸 일입니다. 꿈씨앗을 심으려 한다면 '꿈씨앗'이라는 낱말을 쓸 일입니다. 다른 낱말로 어느 일을 빗대려 할 적에는 '빗댐말'에 얄궂은 결이 있는지 살펴야 하고, 살림 아닌 죽음을 감추거나 숨기지는 않나 돌아볼 일입니다. 어린이한테 '장난감 총칼'이나 '물총'을 사주는 일조차 '작은 싸움놀이(전쟁놀이) 씨앗'입니다. 총칼을 다루는 짓은 '놀이'일 수 없습니다. 총칼이란 죽임짓이니까요.

# 탈가부장

갇힌 말을 깨우다

---

조선이란 이름을 쓰던 나라는 500해에 걸쳐서 '중국 섬기기'를 했고, 이 나라 사람을 위아래로 갈랐습니다. 중국을 섬기던 조선 나리(양반)하고 벼슬꾼(권력계층)은 집안일을 순이한테 도맡기고, 나라일은 돌이만 도맡는 틀을 단단히 세웠지요. 곰팡틀(가부장제)을 일삼았습니다. 나리·벼슬꾼이 나아가는 곰팡틀은 한문만 글이었습니다. 세종 임금이 여민 '훈민정음'은 '중국말을 읽고 새기는 소릿값'으로 삼는 데에 그쳤고, 여느사람(백성·평민)은 글(한문)을 못 배우도록 틀어막았습니다.

조선이란 나라가 아닌, 고구려·백제·신라·발해·가야·부여에서도 나리하고 벼슬꾼은 집안일을 안 했을 테지만, 곰팡틀까지 일삼지는 않았어요. 이 곰팡틀은 이웃나라 일본이 총칼로 쳐들어오며 외려 더 단단하였고, 일본이 물러간 뒤에도 서슬퍼런 사슬나라(군사독재)가 잇는 바람에 곰팡틀을 걷어낼 틈이 없었습니다.

우리나라는 곰팡틀을 이제 겨우 걷어내는 판입니다. 지난날에는 나리·벼슬꾼 사이에서만 곰팡틀이 퍼졌다면, 일본이 총칼로 억누르던 무렵에는 모든 사람한테 곰팡틀이 퍼졌고, 사슬나라에서는 이 굴레가 깊디깊이 스몄습니다.

살림을 사랑스레 가꾸는 집안이라면 집안일을 순이돌이

(여남·남녀)가 함께합니다. 토막으로 갈라서 누구는 이만큼을 하고 누구는 저만큼을 하는 얼개가 아닙니다. 밥짓기든 옷짓기든 집짓기든 순이돌이가 나란히 할 줄 알아야 보금자리를 건사합니다.

순이가 아기를 낳아 돌볼 적에 누가 밥살림에 옷살림을 해야겠어요? 마땅히 돌이가 맡아야지요. 가시버시 가운데 한 사람이 다치면 집안일뿐 아니라 집밖일을 누가 맡겠습니까? 마땅히 둘 모두 집안팎일을 나란히 다스릴 줄 알아야 집안이 아늑하면서 즐거워요.

중국을 섬기던 나리·벼슬꾼이 쓴 글(한문)은 우리말이 아닌 중국말입니다. 나리·벼슬꾼이 쓰던 글은 오늘날 '중국 한자말'하고 '일본 한자말'이란 꼴로 남습니다. 지난날 글을 하나도 모르는 채 수수하게 살림하고 사랑으로 아이를 돌본 사람들이 쓰던 말은 '사투리·시골말'로 남았으며, 이 사투리는 차근차근 자라고 뻗으면서 '삶말·살림말·사랑말·숲말'로 새롭게 태어나려고 합니다.

곰곰이 본다면, 우리는 우리말을 쓴 지 아주 오래이지만, 우리말을 우리글로 제대로 담은 지는 얼마 안 되어요. 세종임금이 훈민정음을 여미던 때에는 "중국말을 훈민정음으로 담았"습니다. 주시경 님이 훈민정음이란 이름을 '한글'로 바꾸고서 '우리말길(국어문법)'을 처음으로 세우고 펴던 무렵부터 "우리말을 우리글로 담는 살림"을 비로소 누릴 수 있었고, 일제강점기·군사독재를 한참 지나 1990년쯤 이른 무렵부터 "근심걱정이 없이 우리말을 우리글로 담는 하루"를 제대로 누린다고 할 만합니다.

다만 1990년쯤 이르면, 그만 영어물결이 드높고 말아, "우리말을 우리글로 담는 하루"가 흔들리지요. 2000년을 넘고 2020년을 넘어도 영어물결은 안 낮습니다. 더구나 그동안 '중국 한자말'이 꽤 걷혔지만, 일제강점기부터 '일본 한자말'이 나라 곳곳에 퍼진 바람에, 아직까지 우리나라는 '중국 한자말·일본 한자말·영어' 등쌀에 눌리거나 밟히면서 "우리말을 우리글로 담는 하루"가 무엇인지 차근차근 짚거나 살피거나 배우거나 나누는 길하고는 퍽 멀어요.

우리는 왜 우리말을 우리말로 제대로 못 담을까요? 바로 '곰팡틀'이 여태껏 크게 춤추거든요. '곰팡틀 = 꾼'이기도 합니다. '꾼 = 전문가'입니다. '곰팡틀에 갇힌 말 = 꾼말'이요, 이는 '전문용어 = 가부장 권력에 찌든 말'인 얼개이니, 오늘날 이 나라에서 널리 쓰는 숱한 꾼말은 하나같이 '일본 한자말'이거나 영어입니다.

우리가 보금자리뿐 아니라 삶자리하고 마음자리에서 곰팡틀을 걷어낼 줄 알아야, 비로소 "우리말을 우리글로 담는 하루"를 이룹니다. 일본 앞잡이(친일부역자)를 걸러내기만 해서는 우리 삶을 되찾지 않아요. 일본 한자말이 '좋거나 나쁘다'고 가릴 일이 아닌, 곰팡틀에 갇힌 마음으로 함부로 퍼뜨리고 써온 말씨에 백 해 가까이 길들다 보면, 꾼이 아닌 여느 순이돌이조차 꾼말을 안 쓰면 마치 뒤처지거나 바보인 듯 스스로 깎아내리는 마음이 싹틉니다.

사투리하고 시골말을 가만히 헤아릴 노릇입니다. 글을 모르고 배움터를 다닌 적이 없고 책을 읽은 일조차 없던 수수한 순이돌이는 거의 다 흙사람(농사꾼)이었습니다. 지난날 거의 모든 수수한 순이돌이는 글은 한 줄조차 모르고 못 읽었으나, 늘 말로 이야기를 폈고 들려주었고 남겼습니다. 지난날 흙사람인 순이돌이는 제 보금자리에서만 지냈으니 먼 마을이나 이웃고장은 아예 모르며 살았는데, 다 다른 고장에서 살던

다 다른 순이돌이는 다 다르게 사투리를 스스로 지어서 썼습니다.

사투리는, 스스로 지은 말입니다. 사투리는, 삶·살림·사랑을 스스로 지은 사람들이 삶·살림·사랑을 고스란히 담아 스스로 지은 말입니다. 사투리는, 어버이가 아이한테 물려주는 삶·살림·사랑을 고스란히 담은 말입니다. 사투리는, 모든 삶·살림·사랑을 스스로 짓도록 북돋우는 마음이 빛나는 말입니다. 사투리는, 바로 우리말입니다. 시골사람이 지어서 쓰고 흙사람이 지어서 쓴 사투리는, 두고두고 삶·살림·사랑을 밝힐 '즐거우면서 아름답고 사랑스러운' 숲말입니다.

하나하나 생각할 수 있기를 바랍니다. 나리·벼슬꾼은 중국을 섬기면서 집일을 하나도 안 하고 아이도 안 돌보았어요. 이와 달리 흙사람인 순이돌이는 스스로 섬기면서 집을 함께하고 아이를 사랑으로 낳아 돌보았어요. 나리·벼슬꾼이 쓴 글은 임금이나 중국을 치켜세우는 뜬구름 같은 줄거리만 판칩니다. 글을 모르고 말로 삶·살림·사랑을 여민 수수한 순이돌이가 남긴 이야기는 매우 쉽고 상냥하게 아이어른 모두한테 슬기로운 길잡이였습니다.

김묵수(金默壽) : [인명] 조선 후기의 가객(? ~ ?)

김문(金汶) : [인명] 조선 전기의 문신(? ~ 1448)

김문근(金汶根) : [인명] 조선 후기의 문신(1801 ~ 1863)

김문기(金文起) : [인명] 조선 전기의 문신(1399 ~ 1456)

김문량(金文亮) : [인명] 통일 신라 성덕왕 때의 중시(? ~ 711)

김문왕(金文王/金文汪) : [인명] 통일 신라 초기의 대신(? ~ 665)

김민순(金敏淳) : [인명] 조선 후기의 가인(歌人)(? ~ ?)

김방경(金方慶) : [인명] 고려 시대의 명장(1212 ~ 1300)

김범(金範) : [인명] 조선 중기의 학자(1512~1566)

김범부(金凡父) : [인명] 동양 철학자·한학자(1897~1966)

김범우(金範禹) : [인명] 우리나라 최초의 가톨릭교

순교자(?~1786)

김법린(金法麟) : [인명] 독립운동가·학자(1899~1964)

김병교(金炳喬) : [인명] 조선 후기의 문신(1801~1876)

김병국(金炳國) : [인명] 조선 후기의 대신(1825~1905)

김자점(金自點) : [인명] 조선 중기의 문신(1588~1651)

김좌근(金左根) : [인명] 조선 후기의 문신(1797~1869)

김진섭(金晉燮) : [인명] 수필가·독문학자(1908~?)


　나리·벼슬꾼은 이름을 남겼을 테지요. 국립국어원이 낸 《표준국어대사전》을 보면 이처럼 나리·벼슬꾼 이름이 잔뜩 나옵니다. 우리 낱말책에 '우리말'이 아닌 '나리·벼슬꾼 이름'이 끔찍하도록 많이 실려요. 그런데 이들 '나리·벼슬꾼 이름'을 가만히 보면 죄다 사내입니다. 이른바 '곰팡틀 사내(가부장 권력 남성)' 이름을 《표준국어대사전》에 줄줄이 실어요.

　우리가 쓰는 말은, 우리가 쓸 말은, 우리가 아이들한테 물려줄 말은, 나리도 벼슬꾼도 아닌 수수한 순이돌이가 스스로 지어서 쓴 말입니다. 이름도 없고 글도 없이 조용하게 살면서 아이를 사랑으로 낳아 돌보았고 살림살이도 손수 가꾸고 짓던 흙사람이 지은 말이야말로 우리가 즐겁게 돌보고 아름다이 사랑할 말입니다.

　이 밑뿌리를 읽어낼 수 있다면 '중국 섬기기(사대주의)에 길든 곰팡틀'이란, 고작 '조선 500년 나리·벼슬꾼'에 '오늘날 벼슬꾼·글바치·전문가'일 뿐인 줄 알아챌 수 있습니다. 수수하게 보금자리를 보살피면서 하루를 사랑하는 여느사람은 언제나 집안일·집살림을 함께하고 어깨동무하는 마음으로 우리말을 우리글로 넉넉히 담아낼 만하다고도 깨달을 수 있습니다.

새롭게 서려는 자리에서 '탈 가부장' 같은 어려운 말을 써도 안 나쁩니다만, 굳이 어렵게 말해야 하지 않아요. 우리는 저마다 '살림돌이·살림순이'로 노래하면 즐겁습니다. '살림꾼·살림님'이란 이름을 스스로 붙이면 아름답습니다. 우리는 '가정주부·주부'가 아닌 '살림꽃'이 되기에 사랑스럽습니다.

말 한 마디부터 찬찬히 읽으면서 생각을 가꿀 적에 곰팡틀을 싹 털어낼 만합니다. 말 한 마디부터 사랑으로 다독여 즐겁게 꽃피울 적에 모든 꾼말을 말끔히 걷어내고서, 이 자리에 삶말·살림말·사랑말이 자라나서 푸르게 우거지는 숲으로 나아가도록 북돋울 만합니다.

# 밥꽃에 잘 먹이는

나누는 손길에 숨결

---

'이기적(利己的)'은 우리말이 아닙니다. 우리말로 하자면 "저만 아는·나만 아는"이요, '나먼저·나부터'이고, '제멋대로·멋대로'라 할 만합니다. 이런 우리말을 바탕으로 '속좁다·얌체'라든지 '좁다·얕다'로 나타낼 만하고, '눈멀다·덜먹다'나 '어리석다·철없다'로 나타내기도 합니다. 일본스런 한자말 '이기적'이나 '이기주의'가 이런 여러 우리말 뜻이나 결을 품는다는 얘기가 아닙니다. 온갖 우리말을 알맞게 쓰는 길을 우리가 스스로 잊으면서 잃었다는 얘기입니다.

처음부터 대뜸 "넌 어리석어!"나 "그대는 철이 없군요!"라 하면 얼핏 '이기·이기적·이기주의'하고 먼 듯 느낄 수 있습니다. 그러나 가장 쉽고 바탕이라 할 "저만 아는"부터 차근차근 뜻을 짚으면서 말결을 이어가노라면 '어리석다·철없다'뿐 아니라, '밉다·샘바르다'로도 나아가고, '괘씸하다·건방지다·고약하다'로도 흘러요. 때로는 '길미꾼·깍쟁이' 같은 말이 어울립니다.

어른이 어른스럽게 아이 곁에서 말을 들려주면서 북돋울 적에는 한꺼번에 다 알려주지 않습니다. 언제나 한 가지를 먼저 들려줍니다. 이다음에는 '이 한 가지 말'하고 비슷하지만 결이나 뜻이 살짝 다른 '두어 가지 말'을 들려주고, 차츰 가지를 뻗으면서 말나무를 살찌워요.

말은 외워서 못 씁니다. 말은 살아가면서 씁니다. 말을 억지로 집어넣을 수 없습니다. 말은 '학습도구'가 아닙니다. 말은 서로 생각을 나누는 길에 이바지하는 씨앗입니다. '생각씨앗'인 말이요, '생각나무'로 뻗는 말입니다.

## 영양만점·영양보충

국립국어원 낱말책에조차 안 실은 일본스런 한자말 '영양만점·영양보충'을 짚어 보겠습니다. 우리는 이런 말을 먼먼 옛날부터 아예 안 썼습니다. 이 말씨는 일본이 우리나라로 쳐들어와서 다스린 때부터 조금씩 쓰다가 어느새 확 퍼졌어요.

> 영양만점 샐러드를 준비했다 → 맛찬 풀무침을 차렸다
> 영양만점의 아침식사를 통해 → 맛진 아침을 먹으며
> 영양만점의 요리를 만들어 → 맛밥을 차려 / 멋밥을 지어
> 영양만점의 식단을 구성한다 → 맛깔진 밥차림을 한다

"영양(營養)이 만점(滿點)이다"라고 하는 말은 무슨 뜻일까요? 몸에 이바지를 한다는 뜻일 텐데, 예부터 쓴 우리말을 돌아본다면, 수수하게 '좋다·뛰어나다·빼어나다·훌륭하다'라고 하겠습니다. 앞말 '영양'은 군더더기입니다.

오늘날에는 더 잘게 나누어 나타낼 수 있고, 넓거나 깊게 파고들어 그릴 수 있습니다. 이럴 적에는 새말을 엮습니다. 이를테면 '맛꽃·맛밥·멋밥'처럼 엮을 수 있어요. 흔히 쓰는 '맛나다·맛있다·맛좋다'에 새뜻을 얹을 수 있고요. '맛깔나다·맛깔스럽다·맛깔지다'를 함께 쓸 만하지요. '맛지다·맛차다'를

나란히 써도 어울립니다. 새롭게 나타내고 싶기에 새말을 엮을 수 있고, 예부터 쓰던 말에 새뜻을 보탤 수 있습니다. 또는 이 둘을 다 해보아도 되어요.

아무래도 영양보충이 필요하다 → 아무래도 잘 먹여야 한다
청소년기에는 영양보충이 필요하니까 → 푸른철에는 살찌워야
하니까

우리는 예부터 "영양(營養)을 보충(補充)하다"가 아닌, "잘 먹다"나 "잘 먹이다"라 말했습니다. 흔히 쓰는 말을 널리 쓰면 어울립니다. 잘 먹거나 잘 먹인다고 할 적에는 '살린다' 는 얘기이기에 '살리다·살찌우다·기름지다'를 쓸 만합니다. 몸에 힘이 나도록 잘 먹이려는 길이니 '챙기다·챙겨먹다'나 '추스르다·높이다·올리다·끌어올리다' 같은 낱말로 나타내어 도 어울립니다.

내가 너한테 영양만점 메뚜기 수프를 끓여 줄게
→ 내가 너한테 메뚜기국을 맛나게 끓여 줄게
→ 내가 너한테 메뚜기국을 맛깔스레 끓여 줄게

어떤 밥이든 맛나게 차리면 됩니다. 어떤 국이든 맛깔스 레 끓일 만합니다. 우리 스스로 우리말을 잊으면 밥을 먹으면 서 정작 '밥'이라는 낱말을 잊더군요.

한 끼 식사로 손색이 없는 영양만점의 음식이다
→ 한 끼로 훌륭하다
→ 끼니로 좋다

293

→ 맛찬 밥이다

아침이나 낮이나 저녁에 맞추어 먹는 밥을 '끼·끼니'라는 낱말로 가리킵니다. '밥'을 한자말로 '식사·음식'으로 나타내는 분이 있는데, 보기글처럼 "한 끼 식사"처럼 쓰거나 글자락 끝에 '음식'을 보태면 얄궂습니다. 겹말조차 아닌 겹겹말입니다. 한자말을 쓰더라도 '식사·음식'이 겹치고, "손색이 없는·영양만점의"가 겹칩니다. 단출히 "한 끼로 훌륭하다"나 "한 끼니로 알차다"라 하면 됩니다. "맛찬 밥이다"나 "맛깔진 밥이다"라 해도 되어요.

글을 곱게 여미어 나누기에 '글꽃'입니다. '문학'이란 글꽃입니다. 말을 찬찬히 여미어 담기에 '말꽃'입니다. '사전'이란 말꽃입니다. 밥을 알차게 지어 누리기에 '밥꽃'입니다. '요리·식사'뿐 아니라 '영양·풍미'나 '레시피·조리법'이나 '미감·구미·식감' 같은 일본스런 한자말을 우리말 '밥꽃'으로 품어낼 만합니다. 어버이로서 아이를 잘 먹이고 싶은 마음이라면, 어른으로서 어린이가 잘 살려서 쓸 말을 가다듬고 추스르고 갈무리하고 북돋우기를 바랍니다.

언제나 흔하고 쉬운 말씨 하나부터입니다. 놀랍거나 대단한 말씨가 아닌, 누구나 여느삶에서 단출하게 쓰고 듣고 나누는 말씨에 마음씨를 담아서 꽃씨처럼 고이 심을 수 있기를 바라요. 씨앗일 말 한 마디입니다. 말재주나 글재주를 부리지 않더라도, 차근차근 가꾸고 돌보는 손길을 빛내면, 시나브로 '솜씨'를 이룹니다.

## 밥나눔터

둘레를 보면 '무료급식소·무상급식소'처럼 한자로 엮어서 이름을 붙이기 일쑤입니다. 누구나 기꺼이 맞아들여서 밥 한 그릇을 나누는 곳이라면, 이러한 뜻이며 결을 그대로 살려서 '밥 + 나누다 + 터' 얼개로 새말을 지을 수 있습니다.

어린이하고 푸름이가 다니는 배움터에서는 "밥을 누리는 터"라는 뜻을 담아서 '밥누리터'처럼 살짝 다르게 새말을 지을 만합니다. 많이 먹으려고 하거나, 맛난 밥을 찾는다면 '밥샘'처럼 새말을 엮을 수 있습니다. 밥을 먹으려고 찾아온 사람은 '밥손'이라 하면 됩니다. 밥을 먹고 옷을 입으며 집을 누리는 길은 '의식주'보다는 '밥옷집·옷밥집·집밥옷'처럼 수수하고 쉽게 여밀 만합니다. 밥을 먹고 남은 것이라면 '음식물쓰레기'보다는 '밥쓰레기·밥찌꺼기·밥찌끼'라 하면 한결 나아요.

# 이해, 발달장애, 부모, 폭력

느림꽃을 못 읽는 고약말

요즈음 푸름이가 '저미다'라는 낱말을 모른다고 어느 이웃님이 푸념을 하시기에, '슬라이스'라는 영어가 퍼졌기 때문이 아니라 푸름이 스스로 부엌살림을 안 하기에 모를 수밖에 없다고 얘기했습니다. 부엌일을 하고 부엌살림을 익히면서 손수 밥살림을 헤아리는 나날이라면 '저미다'뿐 아니라 '다지다·빻다'가 어느 자리에서 쓰는 낱말인지 알게 마련이고, "가루가 곱다"처럼 쓰는 줄 알 만하고, "가늘게 썰다"처럼 써야 알맞은 줄 알 테지요.

말은 늘 살림살이에서 비롯합니다. 살림살이란, 삶을 누리거나 가꾸려고 펴는 손길이 깃든 길입니다. 스스로 하루를 지으면서 누리거나 다루거나 펴는 살림·살림살이인 터라, 어린이하고 푸름이는 어버이나 어른 곁에서 함께 살림을 맡거나 소꿉놀이를 해보면서 말길을 열어요. 살림이 없이는 말이 없습니다. 살림을 짓고 나누고 익히고 펴는 사이에 저절로 말길을 뻗습니다.

'고약하다'라는 오랜 낱말이 있습니다. 이 낱말은 으레 어른이 씁니다. 어린이나 푸름이가 쓸 일은 드뭅니다. 아직 철들지 않은 어린 사람을 가볍게 나무랄 적에 '고약하다'라는 낱말을 써요. "네가 떼를 쓰는 짓이 고약하단다"처럼 쓰는 말입니다. "철없이 함부로 꽃을 꺾거나 잠자리랑 나비를 괴롭히니까 고약하지"처럼 써요. 또래나 동무나 동생을 들볶거나 때리거나 놀리는 짓도 '고약'합니다. 그래서 어린이하고 푸름이는 '철든 어버이'나 '어진 어른'이 이따금 나무라면서 가볍게 들려주는 말씨인 '고약하다'를 들으면서 매무새를 다스려요.

## 고약하다 곱다

고약하지 않은 매무새란, 고운 매무새입니다. 곱지 않은 매무새란, 고약한 매무새예요. 찬찬히 철이 드는 길에 곱게 피어납니다. 철딱서니가 없이 굴기에 아직 고약합니다. 고약한 채 뒹굴면 그만 '고얀놈' 소리를 듣는데, '고얀놈'이란 '고린(고리다·구리다)' 틀에 사로잡힌 몸짓입니다. 고약한 버릇이 고이기에 고립니다(구립니다). 고이지 않고 고르게 흐를 줄 알아야 '곱'지요.

그렇다고 '고분고분' 따라야 하지 않아요. 스스로 철을 가릴 줄 알 적에 비로소 곱게 눈뜨면서 고요히 마음을 다스릴 수 있어요. 곱게 고요히 피어나는 숨결이기에 철이 드는 어른으로 서고, 철을 제대로 살피거나 가누거나 다스리면서 사랑으로 살림을 짓는 오늘 하루를 누리고 나눕니다.

## 느리다 느림보 느림꽃

늦게 피는 꽃이 있습니다. 일찍 피는 꽃이 있어요. 곰곰이 보면 '늦꽃·이른꽃'이라기보다 '다 다른 꽃'입니다. 꽃은 그저 꽃이에요. 저마다 알맞게 피어날 철을 헤아려서 즐겁게 눈을 뜰 뿐입니다.

둘레에서는 으레 '발달장애' 같은 일본스런 한자말을 쓰더군요. 왜 어린이한테 '발달장애(또는 발달지연)'란 이름을 씌워야 할까요? 왜 어린이를 이런 눈으로 가두려 하나요? 다른 아이는 다 다르게 자랍니다. 아홉 살까지 엄마젖을 먹을 수 있습니다. 열 살까지 이불에 오줌을 쌀 수 있습니다. 그저 그럴 뿐입니다.

그렇지만, 아이가 동무나 동생을 때린다면, 자꾸 바보스러운 짓을 저지른다면, 이런 철없는 버릇을 따끔하게 나무라거나 부드러이 타이를 줄 알아야 어버이라고 하겠습니다. 아이들은 '안 본 짓'을 할 수 없습니다. 아이들은 '본 짓'을 따라합니다. 아이들이 갑자기 동무나 동생을 때리지 않아요. '때리는 몸짓이나 손짓'을 어디에선가 봤으니 따라합니다.

아이들이 스스로 막말(욕)을 생각해 내어 쓰지 않습니다. 둘레에서 막말을 일삼으니까 잘 듣고서 따라할 뿐입니다. 그러니까, 아이들이 '철없이 따라하거나 흉내내는 짓'을 본다면, 어버이나 어른으로서 곧바로 다잡아야지요. 똑같은 말을 숱하게 되풀이하면서 차근차근 알려줄 노릇입니다. 무엇보다도 '잘못을 잘못이라고 알려주는 일' 못지않게 '참하고 곱고 착한 몸짓하고 매무새'란 무엇인가를 어버이하고 어른이 먼저 보여줄 노릇입니다.

아이들이 막말을 따라한다고 나무랄 수 있되, 우리 스스로 먼저 아무렇게나 아무 데서나 막말을 불쑥 내뱉지 않았는지 뉘우칠 노릇입니다. 또한 아이들한테 보여준 그림(영상과 영화)에 주먹질(폭력)하고 막말이 쉽게 흐르는데 그냥그냥 지나치지는 않았는가 하고 뉘우쳐야지요.

언뜻 보자면 '발달장애 = 느리다(느림보)'일 텐데, 이제는 눈길을 바꿀 만합니다. 우리는 아이들을 '느림꽃'으로 마주할 수 있어요. 어느 아이는 삼월꽃처럼 일찍 피어나고, 어느 아이는 칠월꽃처럼 느긋이 피어납니다. 모든 꽃이 굳이 삼월에 피어야 하지 않습니다. 칠월뿐 아니라 팔월에 피어도 되어요.

우리가 먹는 쌀밥은 벼가 맺은 열매인 낟알입니다. 낟알을 얻으려면 나락꽃(벼꽃)이 펴야 하는데, 나락꽃은 팔월 한복판에 이르러야 맺습니다. 가만 보면 나락꽃은 '느림꽃(늦꽃)'일 테지만, 그저 '나락꽃'이라고만 이름을 붙여요.


## 생각꽃 마음꽃

아이를 낳았기에 '어버이'라 하지 않습니다. 아이들이 지켜보고 바라보고 살펴보면서 즐겁고 착하고 참하면서 아름답게 물려받을 매무새에 살림을 가꾸는 사람일 때라야 비로소 '어버이'입니다. 밥을 차려 주기에 어버이일 수 없어요. 옷을 갈아입히거나 일하여 돈을 벌기에 어버이라 하지 않습니다. '어른'도 매한가지예요. 나이만 먹고 몸집이 크기에 어른일 수 없습니다. '어진' 사람이기에 어버이에 어른입니다. 어진 사람으로서 사랑을 아름답게 펴기에 어른이요, 이런 어른이 아이를 낳아 돌보면서 보금자리를 푸르게 가꾸면서 풀꽃나무를 고르게 품을 줄 알아서 어버이라고 여깁니다.

아이들이 철마다 다르고 새롭게 피어나는 꽃이라면, 어른들은 철을 익히고 읽으면서 스스로 피어나는 꽃입니다. 어른이나 어버이란 이름이 어울리려면 '생각꽃'을 피워서 '생각씨앗'을 아이들한테 보여주고 물려줄 노릇입니다. 아이들은 어른하고 어버이 곁에서 '생각씨앗'을 물려받아서 새삼스레 가꾸고 돌보아 마음밭을 일구고 마음씨를 다스리기에 마음꽃을 피울 수 있습니다.

'마음씨 = 마음씨앗'입니다. '솜씨(손씨) = 손으로 짓는 씨앗'입니다. '말씨 = 말로 나누고 짓고 펴는 씨앗'입니다. 잘 헤아릴 노릇입니다. 어른이란, 먼저 핀 꽃입니다. 어린이란, 나중 피는 꽃입니다. 어버이란, 앞장서서 피는 봄꽃입니다. 아이들이란, 느긋하게 함께 걸어가면서 노래하고 춤추고 놀이하면서 즐거운 여름꽃에 가을꽃입니다.

## 알다 읽다

'이해(理解)'를 하려고 애쓰지 않기를 바랍니다. 한자말이기 때문에 안 쓸 '이해'가 아닙니다. 우리말 '알다'하고 '읽다'를 헤아리면서 스스로 철이 들고 어른스러울 줄 알 노릇이라고 봅니다. '알'에서 깨어나듯 눈뜨는 길이 '알다'입니다. 알차게 나아가려는 '알다'입니다. 물결이 일듯 온누리 '일'을 '익히'면서 차곡차곡 받아들이려고 하는 '읽다'입니다. 눈으로 슥 훑는대서 '읽다'이지 않아요. "일을 익히려는 길"인 '읽다'입니다.

자, 다시 생각해 봅시다. 우리는 어른입니까? 우리는 어진 넋입니까? 우리는 어버이입니까? 우리는 아이를 사랑으로 돌보면서 숲을 품는 보금자리에서 살림을 지을 줄 아는 얼입니까? 우리는 말 한 마디에 마음마다 피어날 꽃씨를 심으면서 생각을 반짝반짝 일으킬 줄 압니까?

아이가 둘레를 슬기로우면서 즐겁게 읽고서 스스로 꽃으

로 피어나는 길을 앞장서서 보여줄 적에 어른이요 어버이입
니다. 아이가 물려받거나 배울 만한 삶이나 살림이 없다면 어
른도 어버이도 아닌, 그저 주먹질(폭력·아동학대)입니다. 주
먹질이란, 주먹으로 때리는 짓이기도 하지만, 삶·살림·사랑을
못 보여주거나 안 가르치는 바보짓도 가리킵니다. 어린이한
테 숲빛으로 사랑을 물려주지 않는 굴레살이도 '주먹질(아동
학대·폭력)인 줄 깨달을 수 있으면, 우리나라는 아름답게 거
듭날 만하리라 봅니다.

## 이루는 보람

'성공'이란 무엇일까

---

한자말 '성공(成功)'은 "목적하는 바를 이룸"을 가리킨다고 합니다. 우리말로는 '이루다'라 하는데, '이루다'하고 비슷하면서 다른 '이룩하다'가 있습니다. 우리는 우리말 '이루다·이룩하다'를 얼마나 알까요? 비슷하면서 다른 결을 알맞게 갈라서 쓰는 길을 익히거나 배우거나 들은 적은 있을까요?

바라거나 뜻하는 대로 되는 길이 '이루다'인데, '이룩하다'는 한결 크거나 훌륭히 되는 길을 나타냅니다. 모이거나 더하거나 어우러지는 길도 '이루다'로 나타내요. "냇물이 모여 가람을 이루고, 가람이 모여 바다를 이룬다"라든지 "사람들이 모여 마을을 이룬다"처럼 써요.

나라를 이룩하다 / 우리가 이룩한 아름다운 터전

꿈을 이루다 / 뜻을 이루다

국립국어원 낱말책을 펴서 '성공'이란 한자말이 깃든 여러 보기글을 살펴봅니다. 몇 가지 글자락은 다음처럼 손볼 수 있습니다.

성공 사례 → 열매 / 보람 / 빛꽃 / 구슬땀

성공을 빌다 → 잘되길 빌다

실패는 성공의 어머니이다 → 쓴맛은 꽃길로 가는 어머니이다

성공의 비결을 가지고 있다 → 꿈을 이룰 길을 안다

정상 정복에 성공하다 → 꼭대기에 다 오르다

사업에 성공해서 → 일이 잘되어


뜻을 이루거나 꿈대로 해내는 길을 하나씩 헤아려 봅니다. 뜻대로 '들어맞'기도 하고, 생각한 대로 '먹히'거나 '풀'기도 합니다. 쉽지 않았으나 '따낼' 때가 있고, 따냈으니 '자랑'이에요. 자랑을 새삼스레 '자랑꽃·자랑빛'으로 나타낼 만해요. 자랑스러우니 '좋다'고 할 텐데, 우리가 스스로 '한(하다)' 일이란, '해놓'거나 '해낸' 일이란, 우리가 손수 '세우'거나 '쌓'거나 '올린' 일입니다. 이리하여 '빛나'지요. 고스란히 '빛'이자 '빛꽃·빛살'이면서 '눈부십'니다.

무엇을 이루려는 길이니 '디딤꿈'이고, 찬찬히 이루니 '열매'로 맺고, 둘레서 '사랑'을 하지요. 여태 안 되다가 해내거나 되기에 '살았구나' 하고 숨을 돌립니다. 얼핏 본다면 그냥그냥 한자말 하나인 '성공'이지만, 때하고 곳을 살펴 온갖 우리말로 다 다르게 나타낼 만합니다. 때로는 '보람·보람있다·보람되다·보람차다'로 나타낼 수 있고, '물오르다·어깨펴다·잘나가다·잘되다'로 나타낼 만하지요. 잘나간다거나 어깨를 편다면 '오뚝서다·우뚝서다' 같은 모습이요 '훌륭하다'고 여길 만합니다.

자랑스럽거나 빛나니 '꽃가마'를 타는 셈이고, '꽃길'을 걷거나 '꽃피'는구나 싶으며 '무지개길'을 간다고 여길 만해요. "꿈을 이루"었으니 '꽃마무리·꽃매듭'이고, '꽃맺음'이나 '꽃잔치'를 펴요. "뜻을 이루"니 '빛길'이자 '신바람길'에 '산들바람'이 불어요.

하나하나 이루려고 흘린 '피땀'이고 '구슬땀'입니다. '땀'을 흘려서 이룹니다. '땀방울' 하나하나가 보람이자 열매예요. 오늘은 아직 이루지 않았어도 앞으로 이룰 뜻이니 '꿈날개·꿈나래'를 펴고, '꿈풀이'를 하려고, '뜻풀이'를 하려고 힘씁니다.

꿈이며 뜻을 풀어내었다면 '아름꽃'이에요. '아름빛'입니다. 이날은 '아름날'이고 '아름철'입니다. 꽃매듭이면서 '아름매듭'이요, 꽃맺음이면서 '아름맺음'이요, 꽃잔치 곁에 '아름잔치'입니다. 아름답게 피어나는 열매요 보람이니, '고운꽃'이면서 '고운빛'입니다. 신바람으로 이룬 빛나는 길은 '북새통'을 이루고, '북적이'면서 '우글우글' 기쁘게 나눕니다.

후유, 성공이야, 성공
→ 후유, 됐어, 됐다
→ 후유, 됐다, 됐어
→ 후유, 해냈다, 해냈어


한자말을 우리말로 풀어내겠다는 생각보다는, 어린이가 곧바로 알아들을 수 있는 말씨를 생각해 보기를 바랍니다. 터전(사회)을 이룬 어른 눈높이가 아닌, 이제 막 말글을 배우는 아이들이 속뜻을 헤아리기 수월하도록 하나하나 짚기를 바라요.


지금의 사회 구조에서는 '성공신화'를 쓰는 것이 원천적으로 불가능하다는 것을
→ 오늘날 삶터에서는 '꽃길'을 도무지 쓸 수 없다고
→ 요즈음 터전에서는 '꽃잔치'를 아예 못 쓴다고

'되다'나 '이루다'로 나타낼 수 있고, '꽃길·빛길·아름길'처럼 빗댈 수 있습니다. "신 이야기"를 가리키는 한자말 '신화'를 붙여 '성공신화'처럼 쓰기도 하는데, '꽃 + 잔치'나 '아름 + 잔치'처럼 우리말로 새롭게 빗대는 길을 찾아보아도 어울립니다.

만일 직업의 성공이 제1 목표라면
→ 그저 일이 잘되기를 바란다면
→ 오직 일이 잘되기를 빈다면
→ 다만 일이 잘되기를 노린다면

'잘'을 넣은 '잘되다'를 넣어도 되어요. '되다 = 성공'이면서 '잘되다 = 성공'인 얼거리입니다. 가지를 뻗어 '잘나가다·잘나다·잘하다'를 써 보아도 어울립니다.

인간의 성공은 독서량에 정비례한다
→ 우리는 읽은 만큼 뜻을 이룬다
→ 사람들은 읽은 대로 꿈을 이룬다
→ 누구나 읽은 대로 빛난다

가만히 보면, '성공' 한 마디는 다른 한자말이나 일본말씨를 끌어들입니다. '성공 + -의'나 '-의 + 성공' 같은 말씨를 굳이 써야 할는지 살필 수 있기를 바랍니다. "인간의 성공은"을 임자말로 삼아도 될는지 생각해 봐요. 우리는 이룹니다. 사람들은 합니다. 누구나 빛나요.

실패는 성공의 어머니라고

→ 쓴맛은 열매네 어머니라고

→ 넘어지기에 일어선다고

→ 자빠지기에 되살아난다고

쓴맛을 보기에 열매를 얻어요. 넘어지기에 일어서지요. 자빠진 사람은 되살아나고, 쓰러져 본 터라 다시 쌓거나 세우거나 올리려고 힘을 냅니다. 기운을 차려서 새길로 가려 하지요.

프린느의 작전은 대성공이었어요

→ 프린느 꾀는 잘 먹혔어요

→ 프린느 꾀는 제대로 먹혔어요

→ 프린느 생각은 잘 들어맞았어요

처음부터 잘 먹히지는 않아요. 처음에는 으레 막힐 만합니다. 막히더라도 땀을 흘리면서 해보기에 어느 때부터인가 들어맞아요. 여태 안 맞다가 이제부터 맞습니다.

지금의 프로젝트도 반드시 성공시킬 테니까

→ 이 일도 반드시 해낼 테니까

하려는 꿈을 그리면서 날개를 펴기에 해냅니다. 하겠다는 마음으로 하루하루 살아가기에 어깨를 펴요.

나도 이번 판은 성공했어

→ 나도 이 판은 살았어

→ 나도 이 판은 해냈어

→ 나도 이 판은 풀었어

이제까지 못 풀었으나 이제는 풀어냅니다. 어제까지는 못했는데, 오늘은 해냅니다. 놀이를 하며 내내 죽었지만, 드디어 한 판 살았습니다.

나의 아버지는 자수성가한 사람치곤 꽤 성공한 축에 속했지만
→ 우리 아버지는 홀로서기한 사람치곤 꽤 잘나간 축이지만
→ 우리 아버지는 맨손으로 선 사람치곤 꽤 잘된 축에 들지만

홀로서기란, 스스로 이룬 길입니다. 맨손으로 서기까지 숱한 가싯길을 지났습니다. 꽤 잘나간다고 우쭐대다가 고꾸라질 수 있으니, 우뚝선 자리에서 너무 자랑하지 않을 노릇이지 싶습니다.

넌 성공하지 못 했지만
→ 넌 사랑받지 못 했지만
→ 넌 못 따냈지만
→ 넌 못 쌓았지만
→ 넌 자랑스럽지 않지만

해내면서 여러 사람이 눈여겨봅니다. 사랑받지요. 둘레에서 자랑스레 여깁니다. 스스로 보람으로 누립니다. 따낼 때가 있다면 잃을 때가 있어요. 쌓아서 품기도 하지만, 흩어지며 잃기도 합니다.

아버지가 이룬 성공을 보면

→ 아버지 땀방울을 보면

→ 아버지 구슬땀을 보면

→ 아버지 피땀을 보면

→ 아버지가 이룬 빛을 보면

→ 아버지가 쌓은 열매를 보면


국립국어원 낱말책에는 다른 한자말 '성공'을 넷 더 싣습니다. 이 네 가지 '성공'을 굳이 우리 낱말책에 실어야 할는지 곰곰이 따져 볼 노릇입니다. 쓸 일이 없는 낡은 한자말을 낱말책에 너무 많이 실었습니다. 생각을 북돋아서 살릴 우리말을 싣는 길로 거듭나야겠어요. 말넋을 살찌우고 키울 우리말을 새록새록 담는 길로 바뀌기를 바랍니다.


성공(性空) : [불교] 모든 사물은 인연의 화합에 의한 것이어서 그 본성은 실재하지 않고 공허하다는 말

성공(星空) : 별이 있는 하늘

성공(聖功) : 거룩한 공적

성공(聖供) : [불교] 삼보(三寶)의 공양물


그저 별하늘을 봐요. 고요히 거룩빛을 품어요. 가만히 어우러지는 마음을 느끼고, 서로서로 베풀고 나누고 누리는 오늘을 살아요. 말은 마음을 담아내는 노래입니다. 글은 마음을 읽는 눈입니다. 이야기는 마음을 펴는 길입니다. 우리는 함께 빛씨앗이자 빛줄기요 빛나는 말 한 마디를 짓는 사람입니다.

# 첫밭 첫꽃 첫씨 첫발

싹트는 말씨앗 한 톨

---

글을 쓰는 모든 사람은 우리글·한글을 찬찬히 익힐 노릇입니다. 우리글·한글을 찬찬히 익히지 않는다면 글쓰기를 하더라도 '글'이라 할 만한 글을 못 여미게 마련입니다. 말을 하는 모든 사람은 우리말·한말을 천천히 배울 노릇입니다. 우리말·한말을 천천히 배우지 않는다면 제 뜻이며 생각이며 마음을 알맞게 펴는 길하고 동떨어지게 마련입니다.

우리글·한글은 모든 소리를 담습니다. 소릿값으로 삼아도 넉넉할 만큼 훌륭한 글입니다. 그런데 이웃글(이웃나라 글)도 그 나라 사람들 나름대로 온갖 소리를 담아요. 모든 글은 그 글을 쓰는 사람들 나름대로 그들이 듣고 받아들이는 소릿결을 담아내는 그릇입니다.

## 커버
**カバ-**

영어 'cover'를 '커버'로 적으면 '한글'로 적는 셈이지만, '한말·우리말'은 아닙니다. 이웃나라가 'カバ-'로 적는다고 하더라도 'カバ-'가 '일본말'일 수는 없습니다. 우리나라도 일본도 그저 영어 'cover'를 소리나는 대로 적은 글일 뿐입니다.

겉·껍데기
마개·덮개·뚜껑·가리개·씌우개
막다·덮다·가리다·씌우다

소리가 나는 대로 적을 적에는 '소릿글'일 뿐, 아직 우리글도
한글도 아니라고 여길 노릇입니다. 뜻이며 쓰임새를 아이부
터 한어버이까지 누구나 쉽게 알아차리면서 새길 수 있도록
풀어내거나 옮겨야 비로소 '우리글·한글'일 뿐 아니라 '우리
말·한말'입니다.

시조(市朝) : 시정(市井)과 조정(朝廷)을 아울러 이르는 말

시조(始祖) : 1. 한 겨레나 가계의 맨 처음이 되는 조상 ≒ 비조 2.
어떤 학문이나 기술 따위를 처음으로 연 사람 3. 나중 것의 바탕이
된 맨 처음의 것

시조(始釣) : 얼음이 녹은 뒤에 처음으로 하는 낚시질

시조(施助) : [불교] 자비심으로 조건 없이 절이나 승려에게 물건을
베풀어 주는 일. 또는 그런 일을 하는 사람 = 시주

시조(時鳥) : 1. [동물] 철에 따라서 우는 새 ≒ 시금 2. [동물]
두견과의 새 = 두견 3. [동물] 올빼밋과의 여름새 = 소쩍새

시조(時潮) : 시대적인 사조나 조류

시조(時調) : 1. [문학] 고려 말기부터 발달하여 온 우리나라 고유의
정형시 2. [음악] 조선 시대에 확립된 3장 형식의 정형시에 반주
없이 일정한 가락을 붙여 부르는 노래 = 시절가

시조(翅鳥) : 하늘을 날아다니는 새

시조(視朝) : 조정에 나아가 정사를 봄

국립국어원 낱말책을 뒤적이면 '시조'를 모두 아홉 가지

신습니다. '시조' 갈래에는 없으나 '시조새(始祖-)'도 있습니다. 한자로 적는 열 가지 낱말인 '시조'일 텐데, 한자를 소릿값으로 적은 '시조' 열 가지는 우리말·한말일까요? 우리말·한말로 삼아도 될까요?

곰곰이 보면, '市朝·始釣·施助·時鳥·時潮·翅鳥·視朝' 일곱 가지는 우리나라에서 쓸 일이 없고, 쓸 까닭이 없습니다. 쓰는 사람조차 없습니다. 이런 낡은 '중국글'을 누가 쓸까요? 예전에 중국을 섬기던 임금·벼슬아치·글바치는 이런 고리타분한 중국글을 썼을 테지만, 오늘날에는 쓸 일도 쓸 까닭도 없을 뿐 아니라, 낱말책에서 털어낼 노릇입니다. 우리말·한말이 아닌데 왜 올림말로 실을까요?

지난날 중국글인 한자로 글을 짓던 이들은 '時調'를 읊었습니다. 요새도 '시조'를 읊거나 짓는 분이 드문드문 있으나 거의 자취를 감춥니다. 예스러운 글이라서 사라진다기보다는, 우리 삶으로 녹여내거나 풀어내는 길을 헤아리지 않기 때문이라고 여겨야지 싶습니다.


**노래·노랫가락·노래꽃**
**글·글월·글자락**
**글가락·가락글**


우리나라는 아직 '시(詩)'라는 중국글을 그냥 쓰고, '시가(詩歌)·시문(詩文)·시구(詩句)'에 '시조(時調)'에다가, '운문(韻文)'까지 씁니다만, 우리말·한말로 바라보자면 '노래'이거나 '글'입니다. 처음은 노래하고 글로 바라보고 풀어낼 노릇입니다. 이다음에는 '노랫가락'이나 '노래꽃'처럼 새롭게 살펴볼 수 있고, '글월·글자락'처럼 살을 보탤 만합니다. 그리고 '글가락'이나 '가락글'처럼 헤아려도 어울립니다.

중국글을 옮기는 소릿값으로만 적는다면 우리글·한글은 부질없거나 덧없습니다. 삶과 살림과 사랑을 담는 이야기로 여기면서 우리말·한말로 피어나자면, 우리 삶과 살림과 사랑을 돌아보면서 새말로 여밀 줄 알 노릇입니다.

## 옛새·옛날새
## 오래새·오랜새

'시조새(始祖-)'는 오늘날 하늘을 날아다니는 새가 아닌, 먼 옛날 하늘을 날아다니던 새입니다. 그러니 '옛새'나 '옛날새'라 하면 되어요. 요새는 '오래가게'나 '오래마을'처럼 우리말 '오래-'를 곳곳에서 잘 살려서 쓰는 만큼, '오래새·오랜새'처럼 이름을 새롭게 붙여 보아도 어울립니다.

## 한아비

한자말 '시조(始祖)'는 어떻게 풀어낼 만할까요? 소릿값인 한글로 적는 '시조'로는 알아볼 수 없기도 하고, 헷갈릴 수밖에 없습니다. 먼저 오랜 어버이라는 뜻으로 '한아비'라 할 만합니다. 이윽고 '뿌리·바탕·밑·밑동'이나 '밑뿌리·밑싹·밑자락·밑판·밑틀'처럼 짚어 볼 수 있습니다.

수수하게 바라본다면 '앞사람·앞님·앞분'이나 '앞지기·앞내기·앞어른'이라 할 만하지요. '어제사람·옛사람·옛분·옛어른'이나 '예·예전·옛날·옛길'처럼 나타내어도 되고, '옛빛·오 래빛·오랜빛'으로 그리거나 '어른·어르신'처럼 수수하게 바라 보아도 되어요.


**처음·처음길·처음빛**
**첫길·첫빛·첫밭·첫걸음·첫사람**
**첫꽃·첫별·첫물·첫싹·첫씨**


처음을 이루는 어버이를 가리키려는 마음을 새롭게 바라본 다면, '처음'이라는 우리말로 옮길 만합니다. '처음길'이며 '처 음빛'처럼 조금씩 살을 붙일 만합니다. 조금 짧게 '첫길'에 '첫 빛'으로 담을 만하고, '첫밭'으로 나타내어도 어울려요.

　이렇게 짚노라면, '시조'뿐 아니라 '조상·선대·선현·선조' 같은 비슷하면서 다른 한자말도 이런 여러 우리말·한말로 옮 길 만하다고 느낄 수 있어요. '시작(始作/시작점)·시발(始發/ 시발점)·시초·시점(始點)·원점(原點)·기점' 같은 한자말도 이 런 여러 우리말·한말로 풀어낼 만하다고 깨달을 수 있습니다. '효시·원류(源流)·원조(元祖)·원형(原形)·원형(原型)' 같은 한 자말로 골머리를 앓기보다는, 이런 여러 우리말·한말을 알맞 게 가려서 쉽게 쓰면서 이야기꽃을 펴는 길을 열 만합니다.


**비롯하다·태어나다·나다·나오다**
**씨알·씨앗·씨**
**움·움트다·싹·싹트다**

첫발을 내딛기에 한 걸음씩 나아가면서 거듭납니다. 첫씨를 심기에 오늘부터 새롭게 짓는 말살림·글살림을 이룹니다. 첫 물을 내놓습니다. 첫별이 뜹니다. 첫꽃이 핍니다. 먼 옛날에 첫사람이 있었다면, 바로 오늘 이곳에는 우리말·우리글을 비로소 슬기롭게 가다듬으면서 배우고 익히고 나누고 누리고 즐기면서 가꾸는 첫사람이 있습니다. 몽글몽글 움틉니다. 새록새록 싹틉니다. 처음에는 늘 조그마한 씨앗 한 톨이게 마련입니다. 아주 작은 곳에서 비롯합니다. 아기가 태어나듯 말이 태어나고, 마음이 나오고, 생각이 납니다.

그냥그냥 중국글 '시조'를 '時調'나 '始祖'라는 한자에 가두면, 우리글·한글은 그저 소릿값으로 그치고 맙니다. 중국바라기(중국 사대주의)라는 굴레를 이제부터 벗어버릴 수 있기를 바랍니다. 일본바라기도 미국바라기도 아닌, '우리바라기(우리 스스로 우리 삶·살림·사랑 바라보기)'를 하면 됩니다.

저마다 첫별입니다. 누구나 첫꽃입니다. 도란도란 첫씨에요. 어깨동무를 하는 첫발입니다.

8.

# 덧꽃

더 살피고 생각하고 짚고 헤아려 본다면,
더 살리고 싱그럽고 깊고 하늘처럼 빛난다.
'한글날' 곁에 '한말날'을 둘 수 있으면,
글눈 말눈 삶눈 사랑눈 마음눈을 틔울 만하다.


못 알아듣겠소만
말은 마음을 가꾸고
쉬운 말로 푸르게
지지배배 한글날 보금숲
'문해력'이 뭐예요?

# 못 알아듣겠소만

저작권침해와 '품의'

---

ㅇㅇ이라는 새뜸(매체)에서 제 빛그림(사진)을 몰래 가져다가 쓰면서 마치 ㅇㅇ이라는 곳에서 찍어서 실은 듯이, 저희(ㅇ) 것인 듯 다룬 적 있습니다. 자, 저는 두 가지 말을 썼어요. ㅇㅇ이라는 곳에서 "몰래 가져다가 썼다"는 말이랑 "저희 것인 듯이 다뤘다"고 했습니다. 이를 나라에서는 "저작권 침해" 또는 "무단 도용"이라 하고, "성명표시권 위반"이라 합니다. 앞엣말은 우리 집 아이들한테도 들려줄 수 있으나, 뒤엣말은 아이들이 못 알아들어요. 더구나 뒤엣말은 곁님도 못 알아듣습니다.

## 잘못했습니다

제 빛그림을 몰래쓴 곳은 저한테 "잘못했습니다" 하고 밝히지 않았습니다. 이른바 '사과'를 하지 않았어요. 이때에도 두 갈래 말이 있어요. 아이들은 '사과'라는 한자말을 못 알아듣게 마련입니다. 어른들이 으레 쓰니 그냥 따라서 쓸는지 몰라도 말뜻은 제대로 모르지요. 생각해 봐요. 아이들한테 '사과'란 '능금'이란 열매입니다. '능금'을 가리키는 '사과'도 한자말이지만, 먹는 열매인 '사과'는 누구나 알아들어요.

317

아무튼 ㅇ하고 전화로 얘기를 할 적에 물어봤지요. "잘 못을 한 줄은 아십니까?" 하고요. 이때에 그곳 일꾼(기자)은 "좋은 뜻으로 썼는데……." 하고 대꾸합니다. 이런 대꾸를 들 으며 어이없기도 하고 바보스럽기도 하구나 싶었습니다. 좋 은 뜻이라면 거꾸로 그곳에서 쓴 글이나 찍은 빛그림을 제가 마음대로 가져다가 몰래써도 되려나요? 설마 그러지는 않겠 지요. 그곳에 깃들어 일한다는 변호사 한 사람이 저한테 누리 글월을 띄웠는데, 이 누리글월은 꼭 한 줄짜리입니다.

**회사 내부 품의로 인해 금액 지급까지 다소 시간이 걸릴 수 있습니다. 양해 부탁드립니다.**

변호사는 이런 말을 쓰는구나 하고 새삼스레 생각했습니 다. 이러니 여느 사람들이 법하고 얽힌 일이 생기면 매우 힘 들어하는구나 싶더군요. 왜 이 나라 법마을은 잔뜩 부풀리는 한자말을 즐겨쓸까요? 더구나 '품의'란 뭘까요? 이 변호사한 테 맞글월을 띄워 '품의'가 무슨 뜻인지 물었으나 다시 대꾸 를 하지 않습니다. 하는 수 없이(?) 저 스스로 낱말책을 뒤적 이기로 합니다.

[품의(稟議)] 웃어른이나 상사에게 말이나 글로 여쭈어 의논함

'품의'란 한자말을 처음 들었습니다. 이런 말을 쓰는 사람 이 있는 줄 처음 보았습니다. 그러나 이런 한자말을 쓰는 사 람이 있으니 그 변호사는 저한테 이런 한자말을 끼워넣은 누 리글월을 띄웠을 테지요.

자, 곰곰이 생각해 봐요. 웃사람한테 어느 일을 어떻게 해

야 좋겠느냐 하고 말을 걸 적에 가리키는 높임말이 있습니다. 바로 '여쭈다·여쭙다'입니다. '품의' 뜻풀이에도 '여쭈어'라는 대목이 나와요.

## 여쭈다 묻다

예부터 윗사람한테는 '여쭌다'고 하고, 또래나 손아랫사람한테는 '묻는다'고 합니다. 법마을에서도 '여쭈다·여쭙다'를 쓰면 될 노릇이라고 여깁니다. 누구나 알아들을 수 있는 말을 쓸 적에 아름다이 어깨동무를 하는 터전을 이루리라 봅니다. '여쭈다·여쭙다'가 아닌 '품의'를 써야 높임말이 되지 않습니다. '품의'를 써야 법마을다운 말씨가 되지 않습니다.

얼마 앞서 《타인을 안다는 착각》이란 책을 읽었습니다. 책이름은 영 엉성하구나 싶습니다. 이렇게밖에 설익은 이름을 붙이나 싶어 아쉽습니다. 이러면서 생각했어요. 저라면 책이름을 어떻게 붙일까 하고요.

남을 안다는 설눈
이웃을 안다며 설치기
너를 안다며 설치다

내가 아닌 사람은 '남'입니다. 나랑 맞댄다면 '너'입니다. 가깝게 여기고 싶으면 '이웃'입니다. 구태여 '타인' 같은 한자말은 안 써도 됩니다.

다음으로 '설-'이란 말씨를 떠올립니다. '설익다'나 '설미지근하다'나 '설되다'나 '설자다'란 말이 있어요. '설다'에서 앞머리를 뗀 말씨예요. 제대로 되거나 있거나 하지 못하거나 않을 적에 '설··설다'를 써요. 제대로 생각하지 않거나 바라보지 않는다면 '설생각·설살피다'나 '설눈·설짓'이라 할 만합니다. 그래서 설눈으로 본다거나 설짓을 일삼을 적에 '설치다'라 해요.

'설-'을 붙이는 말씨를 새롭게 생각하노라니, '살-'을 붙이는 말씨는 어떤가 하는 생각이 잇따릅니다. '살-'을 붙인 낱말로 '살얼음·살얼음판'이 떠오릅니다. '살얼다'라 쓰는 분이 드문드문 있으나, 낱말책에는 이 낱말이 올림말로는 없습니다. "살짝 얼다"는 뜻으로 '살얼다'를 다룰 만합니다.


## 살읽다 설읽다

이 얼거리를 바탕으로 "살짝 보다"를 '살보다'라 하거나, "살짝 읽다"를 '살읽다'라 할 만해요. 맛보기를 하듯 살짝 먹을 적에는 '살먹다'라 할 수 있어요. 낱낱이 듣지는 않지만 가볍게 듣거나 살짝 들으니 '살듣다'라 할 수 있고요.

살짝 읽으니 '살읽다'라면, 어설피 읽으니 '설읽다'입니다. 살짝 들으니 '살듣다'라면, 어설피 들으니 '설듣다'예요. 아 다르고 어 다른 말씨라 하듯, '살··설-'을 사이에 두고 요모조모 쓰임새에 맞도록 여러 말을 즐겁게 지을 수 있어요. 밑글을 가볍게 쓸 적에는 '살쓰다'요, 글을 썼다지만 영 어설프다면 '설쓰다'입니다. 가볍게 맛을 본 '살먹다'라면, 어설프게 먹어 맛도 모르겠고 배도 고프다는 '설먹다'가 되어요. 가볍게 '살웃음·살웃다'라면, 웃는지 우는지 영 아리송한 '설웃음·설웃다'가 되어요.

## 내부고발 공익제보

ㄷ이란 일터에서 '내부고발'을 했다는 분이 여러 해째 모질게 시달린다는 이야기를 들었습니다. 잘못이 바로잡히기를 바라면서 속얘기를 밝혔다는 그분은 끔찍하도록 들볶인다고 해요. 나라를 다스리는 꼭두머리를 갈아치워도 이런 일은 끊이지 않는다니 안타깝습니다. 이 이야기를 들은 어떤 이웃님은 '내부고발'이 아닌 '공익제보'를 했다고 말해야 올바르지 않겠느냐고 합니다. 그렇지요. '공익'을 바라는 목소리를 냈다고 여겨야 알맞겠지요.

한 가지 일을 놓고서 바라보는 눈이 달라요. 이러면서 우리가 쓰는 말도 다릅니다. 꾸밈없이 밝히거나 보여주는 말이 있다면, 뭔가 가리거나 꿍꿍이를 담은 말이 있습니다. '내부고발'하고 '공익제보'는 저마다 어떤 목소리일까요?

그런데 있지요, 두 가지 말 모두 아이들한테는 어렵습니다. '공익제보'로 쓰면 한결 낫기는 할 테지만, 아이들 자리에서 보면 이 말이나 저 말이나 무엇을 나타내는지 헤아리기가 만만하지 않아요.


**참소리·참말**
**바른소리·바른말**
**속소리·옳은소리**


바깥으로 드러나는 모습이 참되지 않다면, 이는 거짓모습입니다. 여느 사람들은 참모습을 모르는 채 거짓모습을, 이른바 허울이나 껍데기만 본다고 할 만합니다. 그곳에서 일하는 사람은 참모습을 늘 지켜보거나 알 테지요. 그곳에서 일하는 사람이 아는 참모습을 밝히는 목소리라면 '참소리'라 할 수 있어요. 바깥으로 알려지지 않은 모습을 환히 드러내려는 목소리를 '참소리'라 하면 어떠할까요? '내부고발'이나 '공익제보'를 이런 말씨로 담아내면 어울릴까요?

　아이들하고 함께 나눌 말씨를 헤아리니, 저라면 '참소리·참말'이나 '바른소리·바른말'이란 낱말을 쓰겠습니다. 때로는 '참외침·참뜻·참을 외치다'나 '속소리·옳은소리'라 할 수 있어요. 어른끼리만 나눌 말이 아닌, 어린이하고 어깨동무할 말을 쓰고 싶습니다. 못 알아듣겠는 어른 무리 말씨라든지, 슬픈 떼거리 얄궂은 말씨는 땅에 파묻어 거름이 되도록 하고 싶습니다.

# 말은 마음을 가꾸고

말·마음, 글·그림, 사람·사랑

---

열 살 어린이들한테 우리말 이야기를 들려주는 자리에 간 어느 날 아침에, 이웃일꾼(이주노동자)한테 막말을 퍼부으면서 으르렁대는 사람을 보았습니다. 이웃일꾼은 "주기로 한 돈을 왜 안 주느냐?" 하고 나즈막이 물어보았고, 막말로 으르렁대는 사람은 요모조모 딴청을 하더니 "너희 인적사항을 내가 다 갖고 있어. 너희가 뭐라고 해도 너희가 내 말을 안 들으면 너희는 일자리를 얻을 수 없어!" 하는 큰소리를 냈습니다.

이날 아침에 깜짝 놀랐습니다. 새뜸에서만 듣거나 보던 이야기를 눈앞에서 마주했으니까요. 어린이들을 만나러 가던 길이라 어찌저찌 말을 걸거나 하지는 못 하고 어린배움터로 갔습니다. 문득 궁금했습니다. 초등학교 3학년인 열 살 어린이는 '이웃'이라는 낱말을 얼마나 알려나 싶어, "여러분, 다른나라에서 우리나라로 들어와서 일을 하며 돈을 버는 사람들이 있어요. 이렇게 일하는 사람을 뭐라고 할까요?" 하고 물어보았어요. 이때 어린이들 입에서 대뜸 나온 말은 "노숙자요!"입니다. "네? 노숙자라고요? 여러분은 '노숙자'가 무엇을 뜻하는 말인 줄 아나요?" 하고 되물었어요. 여러 어린이는 서로 먼저 말하고 싶으며 왁자지껄했는데, 적잖은 어린이는 "엄마아빠가 그랬어요. 우리나라에 돈 벌러 오는 사람은 '노숙자'라고 했어요!" 하고 외쳤습니다.

노숙자(露宿者) : 길이나 공원 등지에서 한뎃잠을 자는 사람 =
노숙인

노숙인(露宿人) : 길이나 공원 등지에서 한뎃잠을 자는 사람 ≒
노숙자

글판에 '노·숙·자'를 적고서, '길·잠·자다'를 뜻하는 한자라
고 짚어 주었습니다. "여러분, '노숙자'라는 한자말은 우리나
라에 들어와서 일하는 사람을 뜻하거나 가리키는 말이 아닙
니다. '노숙자'라는 한자말은 '길 + 잠 + 사람'이란 뜻이고, '길
에서 자는 사람'을 가리켜요. 우리말로는 '한뎃잠이'나 '떨꺼
둥이'란 낱말이 따로 있고, 때로는 '떠돌이'나 '나그네'이기도
해요. 떠돌거나 나그네로 지내는 사람은 따로 집을 두지 않
고서 길에서 하루를 묵거든요." 하고 조금 길게 풀이를 했습
니다.

그렇지만 열 살 어린이들은 와글와글하면서 "아닌데, 선
생님! 엄마아빠가 그랬단 말예요!" 하면서 '노숙자'라는 낱말
은 '길잠이'가 아닌 '이웃일꾼'을 가리키는 이름이라고 우기
더군요.


**외국인노동자**
**이주노동자**

국립국어원 낱말책에는 '외국인노동자·외국인근로자'나 '이
주노동자·이주근로자' 모두 아직 올림말이 아닙니다. 이웃나
라에서 우리나라로 들어와서 일하는 사람은 꽤 예전부터 있
었습니다만, 좀처럼 이러한 삶을 못 들여다본다고 여길 만합

니다. 더욱이 우리 스스로 먼먼 나라로 찾아가서 돈을 벌었어요. 이웃나라에서 우리나라로 찾아와서 일자리를 찾기 앞서, 우리나라에서 먼저 이웃나라로 찾아가서 일자리를 찾으려고 했습니다.

외국인노동자 = 외국인 + 노동자

이주노동자 = 이주 + 노동자

요새는 '외국인노동자'를 줄인 '외노자'란 말을 쓰는 분이 꽤 많고, 이 '외노자'는 이웃나라 일꾼을 썩 안 좋게 보는 눈길이나 마음이 배었습니다. 그러면 거꾸로 헤아려 볼 노릇입니다. 우리나라로 들어온 이웃나라 사람을 우리가 깔보거나 얕보거나 낮본다면, 우리가 이웃나라로 찾아가서 일자리를 찾으려 할 적에도 똑같이 깔봄질이나 얕봄질이나 낮봄질을 받아도 즐거울까요?

미국에 가서 공을 던지거나 쳐도, 영국에 가서 공을 차도, 이들은 그 나라 사람이 아닌 우리나라 사람이고, 미국이나 영국에서 보면, 미국 메이저리그나 영국 프리미어리그에서 뛰는 운동선수도 '외국인노동자'입니다. 그런데 미국이나 영국에서는 곧잘 '겨레깎기(인종차별)'가 불거져요. 이와 마찬가지로, 우리나라에서도 이웃나라 일꾼을 겨레깎기를 합니다.

## 이웃·이웃나라·이웃일꾼

국립국어원 낱말책은 '이웃'이라는 우리말을 "1. 나란히 또는 가까이 있어서 경계가 서로 붙어 있음 2. 나란히 또는 가까이 있어서 경계가 서로 붙어 있음"으로 풀이하는데, 여러모로 어설프고 모자랍니다. 아무래도 말밑(어원)을 파고들지 않은 뜻풀이라 할 테고, 말밑을 모를 뿐 아니라 우리 곁에 있는 다른 사람을 마주하는 마음이 깃들지 않은 뜻풀이라고 하겠습니다.

이웃 = 잇다 + 우리

말밑으로 보자면, '이웃'은 '잇다 + 우리'입니다. '내'가 아니고, 아직 '우리'로 삼을 만하지 않은 '남'이지만, 여기에 있는 '나랑 우리'하고 가깝게 이으려고 하는 '새롭거나 또다른 우리'이기에 '이웃'이라고 여깁니다. 이으며 어울리거나 어우르는 사이인 '이웃'입니다. 이어가는 삶과 살림으로 만나는 '이웃'이에요. 그래서, 굳이 한자로 '외국인노동자·이주노동자'처럼 적기보다는, 우리말로 쉽고 부드럽고 수수하게 '이웃일꾼'으로 가리킬 만합니다.

우리가 먼먼 나라로 찾아가서 일자리를 얻을 적에는, 우리가 '이웃일꾼'입니다. 우리가 사는 터전이나 마을로 찾아온 이웃사람도 '이웃일꾼'입니다. 우리가 스스로 짊어지거나 맡지 못 하는 일을 기꺼이 맡아 주기에 고마우면서 반가운 이웃이요 일꾼이라는 뜻을 담습니다.

## 이웃말

우리가 쓰는 말인 '우리말'입니다. '우리말·우리나라'는 붙여쓰기를 합니다. 우리는 처음에는 '한겨레'로 이룬 나라로 여깁니다. '한'은 '하늘·하나·해·1·하얗다·크다' 들을 나타내는 오랜 우리말입니다. '한겨레 = 하늘겨레 = 큰겨레 흰겨레'인 얼거리라서, 이를 한자로 '백의민족'이라고도 가리킵니다. '한'은 '하얗다·희다'를 뜻하기 때문에 붙이는 이름입니다.

여러모로 보면, 우리가 쓰는 글에 주시경 님이 '한글'이란 이름을 새로 붙여 주면서 홀로서기(독립운동)에 나섰듯, 우리가 쓰는 우리말은 '한말'일 테고, '한겨레·한나라'로 뻗을 이름이고, '우리옷·한옷'이나 '우리집·한옷'이나 '우리밥·한밥'처럼 새롭게 이름을 붙일 만합니다. 한자로 '한옥(韓屋)·한복(韓服)·한식(韓食)'이라 할 까닭이 없습니다.

이 얼거리를 이으면, 이웃나라 사람이 쓰는 말은 '이웃말'입니다. '외국'이 아닌 '이웃나라'요, '외국어'가 아닌 '이웃말'인 셈입니다.


## 말·마음 글·그림 사람·사랑

마음을 담은 말입니다. 마음을 소리로 나타내기에 말입니다. 마음은 가없이 깊고 맑아요. 그래서 말도 가없이 깊고 맑을 만합니다. 말을 눈으로 보고 남기려고 그려낸 글입니다. 글이란, 말과 소리를 담아낸 그림입니다. 글을 쓸 적에는, 글로 나타나는 삶을 마음이며 머리로 그려 볼 수 있어요.

우리가 사람인 뜻을 헤아려 볼 수 있기를 바랍니다. 우리는 사랑을 하면서 서로 사이를 두기에 사람입니다. '사람'이란 낱말은 '살·암'이란 밑동이요, '암'은 '마음·가슴'을 가리키는 옛말하고도 맞물리는데, '알·앗·씨알·씨앗'을 가리켜요. 살아가는 씨알인 사람이란, 살아가며 새롭게 싹틔우며 빛나는 씨앗처럼 사랑하는 사이로 서로 만나고 어우러진다는 뜻입니다.

우리가 쓰는 말이란, 우리 마음을 나타내는 소리입니다. 우리가 마음을 착하고 참하고 아름답게 쓰면, 우리가 쓰는 말도 착하고 참하고 아름답겠지요. 그리고 우리말씨를 착하고 참하고 아름답게 다스리고 돌보고 가다듬고 북돋우면, 우리 마음도 새삼스레 착하고 참하고 아름답게 피어날 만합니다.

아무 말이나 쓰지 않는 사람이기에 사랑스럽습니다. 아무 글이나 읽지 않는 사람이기에 서로 사이좋게 어울립니다. 처음에는 모두 남이지만, 만나고 마주하고 말을 섞기에 어느새 마음이 흘러서 사근사근 사귑니다. 말하고 글이란, 아직 낯선 남남인 사람들이 서로 이웃으로 가까이 사귀다가 어느덧 동무로 어우르고 한마을과 한고을과 한나라로 덩실덩실 춤사위를 일렁이는 길로 나아가는 밑동인 씨앗이라고 할 수 있습니다.

말은 마음을 가꾸고, 마음은 말을 가꿉니다. 말은 글을 북돋우고, 글은 말을 살찌웁니다. 사람은 이 푸른별에서 사람뿐 아니라 모든 풀꽃나무하고 새하고 짐승하고 헤엄이라고 사근사근 새롭게 사귀는 사이로 지내려고 태어난 숨결이자 씨앗이라고 생각합니다.

# 쉬운 말로 푸르게

숨을 쉬듯 숲으로

---

'수풀'을 줄여서 '숲'이라 합니다. 그러면 '수풀'은 무엇일까요? '숲'이라는 곳에는 나무가 한두 그루만 있지 않고, 풀이 몇 포기만 있지 않습니다. 풀도 나무도 우거진 곳이 숲입니다. 풀하고 꽃하고 나무가 가득 있기에 숲입니다. 사람이 가득한 곳을 이따금 '사람물결'이나 '사람바다'처럼 빗대곤 하는데, '사람숲'이라 일컫기도 합니다.

그릇에 밥을 많이 떠서 놓을 적에 '수북하다'고 합니다. 불룩하게 나오듯이, 위로 둥그스름하게 나오도록 많을 적에 '수북하다'고 하지요. 털이 수북하다고 얘기하고, 풀이 수북하다고 얘기합니다. 많기도 하고 흔하기도 할 적에는 '수두룩하다'고 하지요. 어디에서나 어렵지 않게 볼 수 있을 만하다고 여기기에 '수수하다'고 합니다.

'우산'은 한자말이고, 우리 옛말은 '슈룹'입니다. 빨간 속살이 수북한 열매는 '수박'인데, 옛말은 '슈박'이에요. 언뜻 '수박'은 "물이 많은 박"으로 여기곤 하지만, 모든 열매는 '물살(물로 이룬 살)'입니다. 수박뿐 아니라 배도 복숭아도 포도도 살구도 '물살'입니다. '슈룹·슈박'처럼, 또 '수북하다·수수하다·수두룩하다'처럼, '슈·수'를 붙인 낱말은 "둥글둥글 아주 넉넉하다"를 나타냅니다.

## 숨

우리는 '숨'을 '쉽'니다. 우리는 누구나 '목숨'이 있어요. 숨을 쉬기에 살아갈 수 있는데, 우리가 마시는 숨은 '숲'에서 옵니다. 숲에 우거진 풀꽃나무가 내놓는 푸른 숨결을 기쁘게 들이쉬기에 숨빛을 이어요.

힘을 들이지 않아도 해낼 수 있기에 '수월하다'고 합니다. 일이나 말이 흔히 볼 만하다고 여길 적에도 '수월하다'고 합니다. 어렵거나 힘들지 않아서 '수월하다'일 텐데, 아주 닮은 '쉽다'라는 낱말도 있어요.

마치 숨을 쉬듯이 할 만한 일인 '쉽다'입니다. 온누리를 푸르게 덮는 숲처럼 맑고 밝게 숨결을 살리기에 '수월하다·쉽다'입니다. 수수할 만큼 수북하게 풀꽃나무가 우거진 숲을 담듯, 일이며 말을 즐겁게 하기에 '수월하다·쉽다'라고도 가리킬 만합니다.

우리는 서로 어떻게 말을 하거나 섞는가요? 어렵구나 싶은 말을 내세우는가요? 서로 숲빛으로 만날 쉬운 말을 쓰는가요? 수수하게 펴는 이야기를 '수다'로 누리는가요? 말이 많대서 '수다'라고도 하지만, 수월하게 마음을 틔우는 말도 '수다'입니다. 쉬운 말로 푸르게 수런수런 서로를 품습니다.


## 수다

책 하나를 여럿이 둘러앉아서 나누는 자리라면 '책수다'입니다. 책수다를 영어로 옮기면 '북토크·북콘서트'쯤입니다. 이 얼거리를 헤아린다면, '노래수다'라든지 '마음수다·생각수다'

를 펼 수 있습니다. '시골수다·서울수다·마을수다·나라수다'처럼 써도 어울립니다. 꼭 어렵게 '토론회·반성회·연구회·연수회'를 벌여야 하지 않습니다. '배움수다'에 '익힘수다'를 열 수 있습니다.

어디를 다녀올 적에는 '나들이'를 한다고 말합니다. 옆집을 다녀오건, 이웃나라를 구경하건 '나들이'인데, "나가다 + 들어오다"입니다. "나갔다가 들어오는 일"이라서 '나들이'에요. 한자말로는 '외출'입니다.

빠른길(고속도로)에는 '나들목'이 있습니다. "나가고 들어오는 길목"이라는 뜻입니다. 빠른길에는 다르게 잇는 길목이 있으니, 이런 곳은 '이음목'이라 할 만합니다. 'IC'는 '나들목'이요, 'JC'는 '이음목'이에요. 큰고장에서는 전철을 갈아타는 곳이 있어요. 갈아타는 곳도 '이음목'입니다.

여러모로 헤아린다면, 나들이나 마실을 다녀온 이야기를 펼 적에 '나들수다·마실수다'를 열 만합니다. 제비가 노래하듯 수다를 펴는 마당입니다. 크고작은 뭇새가 노래를 베풀듯 우리 마음하고 생각을 넉넉히 주고받는 자리예요.


## 씨

심는 씨앗입니다. 심는 일이란 땅에 '심(힘)'을 놓아서 북돋우는 길입니다. '심'은 속에서 끌어올립니다. '심다'라는 몸짓은 속으로 나아가도록 힘을 들이는 길입니다. 이러한 '심'은 '붓심(연필심)' 같은 데에서도 씁니다. '심'은 두고두고 길게 이으려는 몸짓인 터라, '실'이라는 낱말하고도 잇닿아요. 우리말로 바라볼 줄 안다면, '심·실'을 알 수 있고, 한 걸음 나아가서 '신다·심부름'이 어떤 결이며 뜻인지 환하게 알아차릴 만합니다.

심는 씨인데, 마음에도 생각을 심으니 '마음씨'입니다. 어떻게 보이는지 매무새를 살피듯, 마음도 '마음새'를 살핍니다. 우리가 마시는 숨(바람)을 헤아리는 '숨결'처럼, 마음도 '마음결'을 헤아립니다. 이리하여, 말하고 글에서도 '말씨'랑 '글씨'가 있어요. 말이 어떻게 묻어나는지 살필 뿐 아니라, 말이 나아가는 곳을 헤아리는 '말씨'예요. 글로 남기는 '글씨'를 돌아보면서 이 글 한 자락이 어떻게 스미고 퍼지는가를 읽을 만합니다.


## 누구한테서

'-한테(-에게)'하고 '-한테서(-에게서)'를 가려쓰지 못 하는 어른이 많더군요. 어린이는 더더구나 헷갈리겠지요.

> 누구한테서 받은 ↔ 누구한테 준
> 어머니한테서 배운 ↔ 어머니한테 준
> 동생한테서 들은 ↔ 동생한테 준
> 너한테서 온 ↔ 너한테 준

바다에서 옵니다. 바다로 갑니다. 바다에서 오듯, 바다한테서 얻거나 받습니다. 하늘에서 옵니다. 하늘로 갑니다. 하늘에서 오는 비처럼, 하늘한테서 빛을 얻거나 받습니다. 우리는 어디에서 살아갈까요? 우리는 어디에 갈까요? '-서'를 언제 붙이는지 스스로 생각해 봐요. "집에서 쉰다"고 합니다. "집에 간다"고 합니다. 비롯하거나 태어나거나 일어나는 자리를 헤아리면서 '-서'를 붙여요.

우리말이 어렵다면 우리말을 생각하지 않았다는 뜻이요, 우리말을 사랑하지 않는다는 마음이요, 우리말을 살피지 않는다는 매무새입니다. 길을 슬기롭게 잡는다면 모두 수월하게 풀려요. 틀을 어질게 세운다면 언제나 든든하고 아늑해요. 삶을 사랑으로 다스린다면 누구나 즐겁고 포근하게 달랩니다.

## 우리말씨

'우리말씨'란, 우리가 먼먼 옛날부터 우리 삶터에서 서로 사랑으로 보금자리를 일구어 아이들을 낳고 돌보는 동안 스스로 지은 말씨입니다. 이웃말씨란, 이웃나라 사람들이 먼먼 옛적부터 이웃 삶터에서 이웃 나름대로 사랑을 짓고 보금터를 가꾸어 아이들을 낳고 보살피는 사이에 이웃 나름대로 지은 말씨예요.

우리는 우리말에 우리말씨를 쓰기에 아름답고 넉넉합니다. 이웃은 이웃말에 이웃말씨를 쓰기에 반갑고 푸짐합니다. 일본말씨는 일본사람이 쓸 일입니다. 이웃말을 우리말로 옮길 적에는 옮김말씨가 아닌 우리말씨를 살펴서 살릴 노릇입니다.

사랑으로 살림하면서 품은 우리말씨를 물려주기를 바라요. 사랑으로 살아가면서 짓고 여민 살림살이를 아이들이 물려받기를 바라요. 들숲바다를 푸르게 보듬고서 이어주기에 어진 사람인 어른입니다. 풀꽃나무를 곱게 토닥이고서 이어받기에 착하고 참다이 빛나는 사람인 어린이입니다.

## 지지배배 한글날 보금숲

어진내와 주시경

---

해마다 10월 9일은 '한글날'입니다. 한글을 기리고 돌아보면서 우리 말글살림을 헤아리는 하루입니다. 흔히 세종 임금님이 한글을 지었다고 여깁니다만, '한글'이란 이름은 일제강점기에 주시경 님이 처음으로 붙였습니다. 세종 임금님은 '훈민정음(訓民正音)'이라는 이름을 붙였어요. 뜻은 '훈민'을 하는 '정음'이요, '사람들을 가르치'는 '바른소리'를 나타냅니다.

### 바른소리

우리가 오늘날 쓰는 글은 처음에는 '소리(바른소리)'였습니다. 우리글은 말소리를 비롯해 물소리에 바람소리에 새소리를 고루 담는 얼거리일 뿐 아니라, 웃음짓과 몸짓과 빛결을 두루 담는 얼개입니다. '말을 담는 그릇'을 넘어 '소리를 옮기는 그릇'인 '바른소리(정음)'예요. '말'이란, '마음'을 귀로 알아듣도록 담아낸 소리입니다. '글'이란, '말'을 눈으로 알아보도록 옮긴 그림입니다.

마음을 담고 소리를 옮길 수 있는 놀라운 글(바른소리)인 훈민정음인데, 조선 오백 해 내내 '암글'이나 '아해글(아이나 쓰는 글)'이었고, 한문은 '수글'이었어요. 임금님도 벼슬아치도 글바치도 모두 사내(수)였고, 가시내(암)는 집에서 조용히 집안일을 맡는 몫으로 억눌렸어요. 애써 지은 우리글을 스스로 '큰글'이자 '한겨레 글씨'로 여겼다면 처음부터 빛났으리라 생각해요. 곰곰이 보면, 암글이란 이름으로 가시내하고 어린이만 쓰는 글로 억눌린 긴 나날이란, "우리글을 지키고 돌보고 가꾼 사람은 바로 가시내(여성)하고 어린이"라는 뜻이기도 합니다.


## 한힌샘

일본이 이 나라를 집어삼키던 무렵, 주시경 님은 《독립신문》을 여미는 일을 맡았어요. 펴낸이는 서재필이요, 엮은이는 주시경입니다. 인천 제물포에 있던 '이운학교'를 다닌(1895~1896) 주시경 님은 스스로 말글빛을 깨우치면서 '우리말틀(국어문법)'을 처음으로 세웁니다. 우리말과 우리글을 가르치는 첫 길잡이로 바쁘게 살았습니다. 이런 땀방울이 시나브로 모여, '국문·언문'처럼 가리키던 우리글을 '한글'로 일컫자고 밝혔고, 스스로 '한힌샘'이란 이름을 지었어요. '한힌샘'은 "한글을 널리 알리는 맑은(하얀) 샘"이란 뜻입니다.

우리 겨레는 '한겨레'입니다. 서울 한복판을 가르는 냇물은 '한가람(한강)'입니다. 한자로는 '한국(韓國)'이되, 우리말로는 '한나라'입니다. '한글'에 붙인 '한-'은 '하늘(한울)'을 가리키고, '크다'와 '하나'를 가리키며, '해'와 '하얗다'를 가리킵니다. 10월 9일 한글날이란, 누구나 마음을 밝히고 생각을 가꾸는 밑씨앗을 말 한 마디와 글 한 줄로 담아서 널리 배우고 나누자는 뜻을 펴자는 꿈을 담은 하루예요.

## 어진내

'인천'이라는 이름을 곧잘 '어진내'로 풀곤 합니다. '어질다'란 '어른다운' 매무새와 마음결을 가리켜요. '내(냇물)'란 늘 맑고 밝게 뭇목숨을 살리고 살찌우며 사랑하는 가없는 빛살을 가리킵니다. '어진내'란, "스스로 깨닫고 먼저 앞장서는 이슬받이처럼 참하고 아름답게 눈빛을 틔워 이 삶터에 사랑을 펴는 사람들이 모여서 이룬 고을"을 밑뜻으로 품습니다.

새길(신학문)을 배우려고 인천으로 걸음을 뗀 주시경 님이 지어서 편 '한글'이라는 이름처럼, '어진내' 고을에서 오늘을 살아가는 우리는 참하면서 착하고 아름답게 말길을 열고 글길을 틔울 만합니다. 하늘빛으로 함께 하나되면서 해맑게 노래하는 마음으로 한글·한말을 돌아볼 수 있다면, 한마음·한뜻·한넋·한사랑으로 피어나는 한마을을 일굴 만합니다.

## 보금말

봄에 찾아온 제비가 가을 첫머리에 하늘을 까맣게 덮으면서 빙그르르 돌다가 어느새 한덩이를 이루더니 훅 날아갑니다. 예전에는 인천에도 봄제비가 많이 찾아왔지만 이제는 봄을 맞이하는 제비에, 가을에 떠나는 제비를 찾기가 수월하지 않습니다. 시골에서도 제비는 퍽 줄었습니다. 그러나 아직 적잖은 제비가 골골샅샅 찾아와서 처마밑에 깃들며 사랑스레 노래해요. 뭇새가 알을 낳아 새끼를 돌보려고 둥그렇게 지어서 보듬는 자리를 '둥지'나 '보금자리'라 합니다. 마을에 찾아와 노래하는 새를 지켜본 사람들은 '집살림'이 포근하거나 아늑할 적에 '둥지'나 '보금자리'란 이름을 붙입니다. 보금자리처럼 보금마을과 보금숲을 이루고, 보금말을 쓰는 넉넉한 가을이기를 바랍니다.

집안을 보듬고 보살피듯, 말결을 돌보고 토닥일 수 있기를 바라요. 어른스럽게 살림을 지어 어린이 곁에서 사랑을 물려주듯, 서로서로 따사로이 마주하고 즐겁게 어우러지는 마음을 우리말과 우리글에 어질고 슬기로이 담아내기를 바랍니다. 우리가 쓰고 나눌 말이란 "보금자리를 가꾸는 말"인 '보금말'입니다. 스스로 마음을 돌보고, 이웃이랑 동무하고 어깨를 걸고 나아갈 줄 아는 보금말입니다. 풀꽃나무를 돌아보면서 들숲바다를 품을 줄 아는 보금말입니다.


## 지지배배

제비나 참새가 잇달아 노래하는 소리를 '지지배배'로 담습니다. 말이 많은 사람이나 수다를 떠는 사람한테 으레 '지지배배·지지배' 같은 또이름을 붙이곤 하는데, "새처럼 노래하듯 말을 한다"는 뜻입니다. '지지배배·지지배'는 '계집·계집아이·계집애'로 가리키는 말씨하고 어울리기도 합니다. '지지배'하고 '계집'은 말밑이 다르지만, '글이 아닌 말로 살림을 짓던 지난날'을 헤아려 봅니다. 집에서 순이가 아이를 낳아 돌보면서 삶을 가르치고 살림을 물려줄 적에 늘 끊임없이 '말을 펴야 하던' 매무새를 고스란히 담은 자취를 보여주거든요.

오늘날이야 책을 손쉽게 장만하거나 빌릴 수 있고, 글을 매우 쉽게 만납니다. 꼭 책이 아니어도 손전화로 글을 잔뜩 읽어요. 다시 말하자면, 오늘날은 '누구나 글살림'인데, 지난날은 '누구나 말살림'이었어요. 지난날에는 보금자리에서 집

y
337

밥옷이라는 세 가지 살림살이를 돌이보다는 순이가 떠맡았다고 여길 만하고, 살림살이를 돌보면서 '글 아닌 말'만 썼으니, '지지배배' 노래하듯 자꾸자꾸 말로 타이르고 알려주고 가르치고 보여주었지요.

## 굴레

훈민정음이 1443년에 태어났어도 돌이는 수글인 한문만 썼습니다. 훈민정음은 조선 오백 해 내내 '우리글' 아닌 '순이글·암글·아해글'이었습니다. 이 굴레를 비로소 떨치려고 움직이는 사람이 나타난 때는 총칼굴레였으니, 곱으로 굴레였던 터전을 그야말로 새롭게 일으키려는 마음이 말글을 바탕으로 샘솟거나 터져나왔다고 여길 만합니다.

누구나 들숲바다를 누릴 적에 누구나 튼튼합니다. 누구나 넉넉하게 살림을 펼 적에 누구나 즐겁습니다. 몇몇 사람만 푸른들과 파란하늘을 누려야 하지 않아요. 누구나 풀빛과 하늘빛을 즐겁게 머금으면서 살아갈 수 있어야 아름나라입니다. 이처럼 누구나 스스로 뜻한 바나 꿈이나 길을 말글에 넉넉히 실어서 나눌 수 있어야 열린터예요.

억누르거나 가두는 굴레로는 생각에 날개를 못 답니다. 어깨동무하고 춤추고 노래하는 홀가분한 터전일 적에 생각날개를 펴면서 꿈을 이루는 길에 나설 만해요. 말 한 마디는 작고, 글 한 줄은 조그맣지요. 그런에 이 작은 말씨하고 글씨는 풀꽃씨나 나무씨처럼, 앞으로 숲을 푸르게 이룰 바탕이에요. 말씨 하나를 가다듬고, 글씨 하나를 추스르면서 함께 빛나는 한글날로 삼아 봐요.

# '문해력'이 뭐예요?

말과 마음과 삶을 읽는 눈

---

'문해력' 같은 일본스런 한자말을 듣거나 읽을 적마다 곰곰이 생각해 보곤 합니다. 어린이를 낳아 돌보는 사람이 어른이라면, 어른스럽게 어질면서 슬기롭게 말과 글을 다룰 노릇일 텐데, 아직 우리는 어른스러운 어른하고는 퍽 멀구나 싶어요. 그도 그럴 까닭이, 어진 마음이라면 어린이가 쉽게 알아들을 말을 가려서 쓰게 마련입니다. 슬기로운 눈망울과 손길이라면 어린이가 쉽게 알아볼 글을 살펴서 쓰게 마련일 테고요.

> 문해력(文解力) : 글을 읽고 이해하는 능력

국립국어원 낱말책은 '문해력'을 올림말로 다룹니다. 글을 읽고 '이해'하는 '능력'으로 풀이를 합니다. 우리말로 '알다'나 '알아보다·알아듣다'로 풀이말을 적는다면 한결 쉽게 받아들일 만하지만, '이해'라는 한자말과 '능력'이라는 한자말을 더 찾아보아야 합니다.

> 이해(理解) : 1. 사리를 분별하여 해석함 2. 깨달아 앎. 또는 잘 알아서 받아들임 3. 남의 사정을 잘 헤아려 너그러이 받아들임 = 양해
> 능력(能力) : 일을 감당해 낼 수 있는 힘 ≒ 역능

그런데 '이해'라는 한자말을 '분별'하고 '해석'이라는 한자말로 또 풀이를 하는 바람에, 우리는 다시 '분별·해석'이라는 한자말까지 찾아보아야 합니다. 다만, '이해' 뜻풀이를 더 보면 "깨달아 앎"이나 "헤아려 받아들임" 같은 낱말이 나와요. '문해력'은 "글을 읽고서 알거나 헤아리는 힘"을 가리킨다고 할 만합니다. 글을 알아보는 힘이나, 글을 헤아리는 힘을 가리킨다고도 하겠습니다.

분별(分別) : 1. 서로 다른 일이나 사물을 구별하여 가름 2. 세상 물정에 대한 바른 생각이나 판단 3. 어떤 일에 대하여 배려하여 마련함

해석(解釋) : 1. 문장이나 사물 따위로 표현된 내용을 이해하고 설명함. 또는 그 내용 2. 사물이나 행위 따위의 내용을 판단하고 이해하는 일. 또는 그 내용

글을 읽어서 알려면, 스스로 낱말책을 뒤적이면서 뜻풀이를 살필 적에 차근차근 읽어서 알 수 있어야겠지요. 어른 눈높이에 맞춘 낱말책이건, 어린이 눈썰미에 맞춘 낱말책이건, 어린이나 어른 스스로 말뜻을 새기고 말풀이를 알아볼 수 있어야 합니다. 글을 읽는 힘이라면, 단출하게 '글힘'이라 여길 만합니다. 그런데 '글힘'은 "글을 읽는 힘"에다가 "글을 쓰는 힘"까지 아우릅니다.

글힘 = 글앎 = 글을 읽는 힘 + 글을 쓰는 힘 ← 문해력

우리가 "말을 안다"고 밝히려면, 누가 소리를 내어 들려주는 말이 어떤 뜻인지 헤아리거나 새기거나 받아들일 수 있

을 뿐 아니라, 우리가 누구한테 소리를 내어 말을 들려주어서 둘레에서 '우리가 하는 말'을 헤아리거나 새기거나 받아들일 수 있어야겠지요. '말앎·말힘'이란, 말을 알아들을 수 있으면서, 말로 들려줄 수 있는 힘입니다. '글앎·글힘'이란, 글을 알아볼 수 있으면서, 글로 쓸 수 있는 힘입니다. 글로 적어 놓은 줄거리나 이야기를 알아보려면, 우리도 스스로 글을 써서 우리 마음이나 뜻이나 생각을 둘레에서 잘 알도록 풀어낼 수 있어야 하는 셈입니다.

글앎·글힘 = 글을 읽는 눈 + 글을 푸는 길 ← 문해력

말앎·말힘 = 말을 헤아리는 귀 + 말을 푸는 길 ← 어휘력

글로 적을 적에는 '문해력'이고, 말로 소리를 낼 적에는 '어휘력'입니다. 문해력하고 어휘력은 나란히 있습니다. 낱말을 알아야 말로 소리를 내고 글로 적을 수 있습니다. 낱말을 알기에 귀로 헤아리고 눈으로 읽어내게 마련입니다.

글은 눈으로 읽습니다. 말은 귀로 듣습니다. 글을 잘 읽거나 새기려면, 눈에 보이는 글씨만 읽는다는 뜻이 아닌, '글에 깃든 속마음과 이야기'가 어떠한 삶과 살림인가를 넓고 깊게 들여다본다는 뜻입니다. 말을 잘 듣거나 헤아리려면, 귀로 듣는 소리만 알아차린다는 뜻이 아닌, '말에 담긴 속마음과 이야기'가 어떠한 삶과 살림인가를 골고루 생각한다는 뜻입니다.

삶과 마음을 담은 소리인 말 → 말을 담은 그림인 글

우리가 주고받는 말은 우리 마음이자 우리 삶입니다. 둘

레에 알리거나 드러내고픈 마음을 소리로 들려주면서 알아 듣도록 할 적에 '말'이라 합니다. 발을 바닥에 굴리거나 무엇이 부딪히면서 나는 '소리'에는 따로 마음이 흐른다고 여기지 않습니다. 나누고 싶은 마음이 있기에, 이 마음을 소리에 옮겨서 '말'을 이뤄요.

그런데 말은 입으로 소리를 내면 어느새 사라집니다. 그래서 말이 사라지지 않도록 오래오래 남기려고, 말을 그려서 담는 사이에 '글'이 태어나요. 말이 있기에 글이 있고, 마음이 있기에 말이 있고, 삶이 있기에 마음이 있어요.

글읽기 ← 말읽기 ← 마음읽기 ← 삶읽기

종이나 책에 적힌 글씨만 훑는다고 할 적에는 '읽기'라고 여기지 않습니다. '글씨 훑기'나 '글씨 들여다보기'를 넘어서야 하지요. '글에 담은 말'을 알아보려고 할 적에 '읽기'이고, '글에 담은 말에 담은 마음'을 헤아리려고 할 적에 깊고 넓게 '읽기'를 하는 셈이고, '글에 담은 말에 담은 마음에 담은 삶'을 하나하나 느끼고 받아들이고 배운다고 할 적에 바야흐로 '글읽기(문해력 증진·어휘력 증진)'를 해낸다고 여깁니다.

## 타다
## 키
## 눈

글씨로 '타다·키·눈'을 훑을 수 있더라도, 어떤 '타다·키·눈'을 나타내는지 아직 모릅니다. 바람을 타는지, 버스를 타는지,

목이 타는지, 간지럼을 타는지, 불에 타는지, 물에 타는지, 때가 타는지, 틈을 타는지 짚어낼 때라야 비로소 글읽기입니다.

영어로 열쇠를 가리키는 '키'인지, 배를 몰며 길을 잡는 '키'인지, 몸이 위로 얼마나 긴지 살피는 '키'인지, 낟알을 바람에 날려서 먼지를 떨구는 살림살이인 '키'인지 가릴 때라야 글읽기예요.

둘레를 보는 '눈'인지, 겨울에 하늘에서 펄펄 날리는 '눈'인지, 봄에 나무에 맺는 잎눈인지 꽃눈인지, 높낮이나 크기나 부피가 얼마인지 적는 금인 '눈·눈금'인지 헤아릴 줄 알 때라야 글읽기입니다.

글읽눈 = 글을 읽는 눈
글풀길 = 글을 푸는 길


겉으로 적힌 글씨를 넘어서, 속에 흐르는 마음과 삶을 읽기에 "글을 읽는 눈"이고, '글읽눈'이라고 하겠습니다. 한글로 적힌 글씨만 보는 틀을 넘어서, 글씨로 담은 마음과 삶을 헤아리고 풀어내기에 "글을 푸는 길"이며, '글풀길'이라고 하겠습니다.

마음을 나누려고 말을 하고 듣습니다. 마음을 두고두고 남기면서 주고받으려고 글을 쓰고 읽습니다. 말과 글에 흐르는 마음과 줄거리를 읽고 느끼고 받아들이는 사이에, 우리는 함께 '이야기'를 짓고 삶을 차근차근 알아갑니다.

# 닫는꽃

'-의' 안 쓰려 애쓰다 보면

어쩐지 갈수록 '나의'를 책이름에 넣는 분이 늘어납니다. 이
원수 님이 쓴 노래꽃(동시) 가운데 〈고향의 봄〉은 첫머리를
"나의 살던 고향은"으로 엽니다. 이원수 님하고 오랜 글벗인
이오덕 님은 "내가 살던 고향은"으로 바꾸어야 한다고 짚었
고, 이원수 님도 바꾸어야 맞다고 여기면서도 "사람들이 다
그렇게 익숙하게 쓰는데 어쩌지요?" 할 뿐, 스스로 바꾸지 못
하였습니다.

잘 쓰든 잘못 쓰든, 입에 붙고 손에 붙은 말씨를 털기는
만만하지 않을 만합니다. 그런데 "익숙하니 못 바꾸겠다"고
여기면 앞으로도 잘못을 고스란히 퍼뜨리겠다는 뜻입니다.
총칼을 앞세워 우리나라로 쳐들어온 일본은 우리말·우리글
을 짓밟으면서 일본말·일본글만 쓰도록 억눌렀어요. 때로 치
면 1910~1945년이라지만, 일본 총칼무리는 더 일찍 이 나라
에 스며들었기에 마흔~쉰 해에 걸쳐 일본말·일본글에 길들고
익숙했다고 여길 만합니다.

이 때문에 1945년 8월 15일 뒤에도 일본말·일본글을 그
대로 쓰는 사람이 수두룩했습니다. 우리로서는 1945년 8월
15일이 '풀려남(해방)'이지 않아요. 하루아침에 뚝딱 씻거나
털었을까요? 아닙니다. 글바치는 1946년에도 1948년에도
"그동안 익숙하게 쓴 일본말·일본 한자말을 왜 나쁘다고 여

기느냐?"고 따졌어요. 1953년에도 1960년에도 1975년에도 1985년에도 1990년에도 1994년에도 "일본 한자말을 굳이 털어내야 하지는 않잖은가?" 하고 되레 따졌지요. 2000년으로 넘어선 오늘날에는 일본말씨인지 일본 한자말인지 아예 모르는 사람이 수두룩합니다.

그림 속 나의 마을 → 그림으로 남은 마을 . 우리 마을을 그리다 . 우리 마을 그림

나의 외국어, 당신의 모국어 → 나는 바깥말, 그대는 겨레말 . 나는 이웃말, 너는 우리말

나의 두 사람 → 나와 두 사람 . 내 사랑 두 사람

나의 문화유산답사기 → 내가 디딘 문화유산 . 내가 본 문화유산 . 내가 찾은 문화유산 . 내가 만난 문화유산

책이름에 스민 '나의'는 어떻게 손질하면 어울릴까요? 일본 글바치는 영어 'my'를 '私の'로 옮겼습니다. 일본이 총칼로 쳐들어온 뒤로 우리나라 글바치는 '私の'를 '나의'로 옮겨서 퍼뜨렸습니다.

아이는 넘어지면서 걸음마를 익힙니다. 아이로서는 '넘어지기가 익숙하'니까 늘 넘어져야 할까요? 넘어지던 몸짓을 털어내고서 신나게 뛰고 달리고 걷는 새길로 나아가야 할까요?

일본말씨나 일본 한자말을 그냥 쓰는 말버릇은 '나쁘'지도 '좋지'도 않습니다. 그저 우리말을 등지는 버릇입니다. 우리는 우리말씨하고 우리 낱말이 있으니, 우리말씨를 살피고 우리 낱말을 헤아릴 노릇일 뿐입니다. 우리한테 우리말이 없으면 일본말이건 영어이건 받아들일 만합니다. 그리고 우리

한테 아직 없는 말이 있으면, 우리 나름대로 생각을 기울여 처음으로 새로 지을 만합니다.

모든 말은 마음을 담습니다. 마음이 맞는 사이라면 말이 없어도 서로 알아볼 뿐 아니라 즐겁습니다. 마음이 맞든 안 맞든, 무엇을 생각하는지 또렷하게 알 수 있도록 '마음을 소리에 얹어 나누면서 태어나는 말'입니다.

글이란, '마음을 소리에 얹어 나누면서 태어난 말을 눈으로도 볼 수 있도록 담은 그림'입니다. 어떻게 말하고 어떻게 글쓰느냐란, 어떻게 마음을 기울이고 어떻게 생각하느냐를 고스란히 드러냅니다.

나의 종이들 → 나와 종이 . 나랑 종이 . 내 곁에 종이 . 나를 스친
종이 . 내가 만진 종이 . 나한테 온 종이 . 내가 읽은 종이
나의 투쟁 → 나는 싸운다 . 나는 싸웠다 . 싸운 길 . 싸우다 . 우리
싸움 . 우리는 싸운다

아무렇게나 말을 하거나 글을 쓰지 말아야겠다고 여기는 분은 "되도록 '-의'를 안 쓰려고 애쓰"십니다. 애쓰기란 안 나쁩니다. 다만, 안 쓰려고 애쓰면 오히려 자꾸자꾸 '안 쓸 말씨'나 '안 쓰고 싶은 말씨'를 마음에 둔다는 뜻입니다. 이런 말씨를 안 쓰겠다고 마음에 두기보다는, 스스로 새롭게 살려내면서 즐겁게 쓸 말씨에 마음을 기울이는 길이 그야말로 우리말·우리글을 북돋우리라 봅니다.

글을 쓰면서 "'-의'를 안 넣으려 노력하면" 오히려 자꾸 '-의'를 생각하느라 어느새 '-의'를 쓰고 맙니다. 그러니 굳이 애쓰지(노력하지) 않으시기를 바라요. 글자락에 '-의'가 있느냐 없느냐를 쳐다보느라 정작 글을 글답게 여미지 못 할 수 있습

니다.

어느 자리에서 어느 글을 쓰든 '다섯 살 어린이하고 도란
도란 이야기하는 마음이자 눈빛'으로 서 보기를 바랍니다. 일
터에서 글(보고서)을 내든, 글꽃(문학)을 여미려고 하든, 언
제나 '다섯 살 어린이하고 도란도란 이야기하는 마음이자 눈
빛'일 적에 그야말로 글결이 살아나면서 빛납니다.

나의 자전거 → 내 자전거 . 자전거 . 우리 자전거 . 짝꿍 자전거

나의 작은 집 → 이 작은 집 . 우리 작은 집 . 작은 집

나의 작은 헌책방 → 작은 헌책집 . 이 작은 헌책집 . 나와 작은
헌책집

나의 작은 화판 → 내 작은 그림판 . 작은 그림판 . 이 작은 그림판


다섯 살 어린이하고 이야기하려는 마음이라면, 허튼 생각
이나 어설픈 길이나 엉성한 마음을 글로 옮기지 않아요. 다섯
살 어린이한테 들려줄 이야기라면, 일부러 어렵게 써야 할 까
닭이 없을 뿐 아니라, 글자랑을 부리지 않고, 글멋을 내지도
않습니다.

생각해 볼 노릇입니다. 우리가 글을 어렵거나 딱딱하게
쓴다면, 자꾸 '의·적·화' 같은 일본말씨에 젖어들거나 물들거
나 길든다면, 바로 '누가 읽을 글'인지 생각하지 않았다는 뜻
입니다. 다섯 살 어린이한테 들려주는 말을 고스란히 글로 옮
기려는 마음이라면, 아마 어느 누구도 일본말씨를 함부로 안
쓰겠지요. 더구나 어쭙잖게 치레하지 않을 뿐 아니라, 말장난
도 안 할 테고요.

글을 쓰지만 막상 '글'이 아닌 '보고서·리포트·논문·서류·
양식·질의응답서·회신·PPT·자료……'처럼 자꾸 뭔가 이름을

따로 붙이면서 스스로 '높은 글'을 써야 한다고 여기기에 일본말씨나 옮김말씨가 불거집니다. 보고서나 리포트나 논문을 쓸 적에도 다섯 살 어린이가 알아들을 수 있도록 마음을 기울인다면, 이 나라 배움길은 알뜰살뜰 빛나리라 봅니다.

나의 바람 → 나는 바란다 . 내가 바라는 . 내 꿈 . 바란다 . 꿈
나의 사과나무 → 내 능금나무 . 우리 능금나무 . 능금나무
나의 여름 → 여름 . 내가 누린 여름 . 여름을 살다 . 여름에 . 여름날
. 여름 이야기
나의 원피스 → 내 치마 . 내 한벌옷 . 내 꽃치마 . 내가 지은 옷 .
치마

우리가 쓰는 글에서 '의·적·화'만 글에서 털어낸대서 끝나지 않습니다. 숱한 일본 한자말하고 중국 한자말이 넘실거리고, 얄궂게 끌어들인 영어가 너울거립니다. 그러니 '다섯 살 어린이가 나한테서 말을 배우는구나' 하고 생각하면서 말결을 추스르듯 글결을 다독이면, '-의'도 '-적'도 '-화'도 처음부터 아예 쓸 일이나 까닭이 없습니다.

'의·적·화'를 안 쓰려고 애쓸수록 오히려 '의·적·화'를 더 생각하는 얼거리입니다. '의·적·화'에 마음을 기울이지 말고, '우리가 아이들한테 물려주면서 나눌 즐거운 살림빛'에 온마음을 쏟을 수 있기를 바랍니다. 이러면 넉넉하고, 이렇게 하면 말빛이 아름다이 피어납니다.

우리 여름입니다. 우리 옷입니다. 우리 꿈입니다. 나와 두 사람입니다. 나랑 두 사람입니다. 나하고 두 사람입니다. 내가 지은 옷입니다. 내가 입는 옷입니다. 내가 좋아하는 옷입니다. 우리는 '우리'를 찾으면 됩니다. 나는 '나'를 바라보면

됩니다. 서로 사랑이라는 마음으로 마주하면서 즐겁게 나아
갈 생각을 스스로 짓고 나누기를 바랍니다. 바라기에 바람을
이루고, 가을바람처럼 봄바람처럼 싱그러이 어루만지는 숨
결로 피어납니다.

　덧붙여 '바라다·바람'을 '바래다·바램'으로 틀리게 쓰는 분
이 꽤 있더군요. 꿈을 그리듯 '바라다·바람'을 말로 풀어내지
않을 적에는 그만 '빛바래다·빛바램'으로 기울고 말아요. 빛
바래는 마음이나 말이나 글이 아닌, 빛나는 바람을 담은 말이
며 글을 누구나 살려쓰면서 활짝 웃고 노래하기를 바라요.

## 군꽃

우리말이 뭘까요? '우리나라 사람'이라면 날마다 누구나 쓸 텐데 우리말이란 뭘까요? 우리나라에서 태어나서 자랐으니 누구나 우리말을 잘 할까요? 우리말은 굳이 따로 더 배우지 않아도 이럭저럭 할 만할까요? 말을 옮겨서 글이고, 글쓰기란 말하기를 고스란히 옮기는 일일 텐데, 우리말이 무엇인지 차근차근 먼저 익히지 않고서 글쓰기부터 할 수 있을까요?

저는 2001년 1월 1일부터 《보리 국어사전》 편집장으로 일했습니다. 스물여섯 살이었을 텐데, 둘레에서는 "어떻게 저렇게 어린 놈이, 대학교도 안 마친 녀석이, 어린이 국어사전 편집장을 하는가? 게다가 자료조사부장까지 함께 맡는다고?" 하면서 못 미덥게 보더군요. 그러거나 말거나 저는 제가 맡은 일인 우리말을 우리말답게 추슬러서 어린이부터 우리말을 사랑으로 맞아들이는 실마리를 풀어내어 낱말이랑 보기글로 노래처럼 들려주는 살림을 지으려고 했습니다.

　나이가 많아야 우리말을 잘 알지 않습니다. 대학교를 마쳐야 편집장을 할 만하지 않습니다. 학회나 연구소에 몸을 담아야 말을 말답게 추스르는 길을 알지는 않습니다. 어린이 국어사전 편집장·자료조사부장 노릇은 2003년 8월 31일로 끝냈습니다. 그만둔다(퇴직서)는 종이를 내고서 물러났습니다.

그런데 《보리 국어사전》 편집장을 그만둔 이듬달에 얼결에 '돌아가신 이오덕 어른'이 남긴 글하고 책을 갈무리하는 일을 맡았어요. 2003년 9월부터 2007년 4월까지 이 일을 했습니다.

이때에도 저는 아무런 줄(학맥)도 끈(인맥)도 돈(재산)도 없이 일을 맡았습니다. 저한테는 줄이나 끈이나 돈은 없되, 넋 하나는 있어요. 겉모습이나 이름값이나 배움끈(학력·학맥·인맥)이 아닌, 마음속을 바라보려는 넋 하나로 살았기에, 이런저런 일을 맡을 수 있었고, 우리말을 우리말스럽게 추스르면서 사랑하는 수수께끼를 차근차근 풀었구나 싶어요.

우리말이란 뭘까요? 우리말 이야기를 펴고 살아오면서 저 스스로 이 '우리말'을 어떻게 배우고 익혀서 삶으로 녹여내었는지 곰곰이 생각해 봅니다. 저는 말더듬이에 코머거리란 몸으로 태어났습니다. 일곱 살까지는 말더듬이에 코머거리가 무엇인지 못 느끼고서 잘 뛰놀았습니다. 여덟 살인 1982년에 어린배움터(국민학교)에 들어갔는데, 이때부터 말더듬이는 날마다 시달립니다. 어른(교사)이 보기에 멀쩡하고 쉬운 낱말을 제대로 못 읽거든요. '-의'가 붙는 말씨라든지 '-리'로 끝나는 말씨라든지 '늠름' 같은 한자말은 죽음수렁입니다. 하나가 걸리니 모든 낱말이 걸렸고, 늘 엉거주춤 더듬더듬 읽다가 소리가 새거나 겹치면, 누구보다 어른(교사)이란 사람이 깔깔깔 웃다가 출석부로 머리통을 내려치고, 이러면 동무들이 와하하 하고 나란히 웃고 놀립니다.

이제 와 돌아보면, 날마다 '읽기'를 시킬 적에 늘 얻어맞고 놀림을 받으면서도 용케 스스로 안 죽고 잘 버티었구나 싶더군요. 그때에 놀림질에 따돌림질을 견디어 낸 힘이란 오직 하나, 놀이입니다. 예전 어린이는 쪽틈을 내어 온갖 놀이를 했습니다. 놀이를 썩 잘 하지는 않았으나, 온갖 놀이를 하다 보면 활짝 웃고 땀을 흘리면서 조금 앞서 얻어맞거나 놀림받은 일을 말끔히 잊습니다.

그리고 배움터하고 집 사이를 늘 걸었어요. 혼자서 한참 걸어다니면서 마음에 맺히려는 앙금이나 응어리를 천천히 풀었습니다. 때로는 기찻길을 밟으며 한나절을 거닐면서 눈물을 흘리거나 삼켰습니다. 이제는 수인선 전철로 바뀐 기찻길인데, 예전에는 이 기찻길을 오가는 기차가 드문드문 있던 터라, 기차가 안 다닐 적에 그저 이 좁다란 쇠길을 밟으면서 하늘바라기를 하고 들꽃바라기를 했습니다.

열 살 무렵에, 마을 할아버지 한 분이 마을 개구쟁이를 경로당에 모아 놓고서 천자문을 가르쳤습니다. 여덟 살부터 열아홉 살까지 마을 어린이·푸름이를 몽땅 경로당에 몰아놓고서 "너희들은 효를 너무 모르니, 효를 배우도록 천자문을 가르치겠다"고 하더군요. 그러나 개구쟁이들은 할아버지가 천자문을 가르치거나 말거나 떠들면서 놉니다. 이레였나 보름쯤 지난 어느 날, 마을 할아버지는 경로당에서 '한자 쪽지시험'을 보자고 했고, 우리가 틀린 만큼 할아버지 종아리를 힘껏 때리라고 했습니다.

마을 할아버지는 모든 개구쟁이가 회초리로 할아버지 종아리에 피멍이 맺히도록 때리고서야 끝을 냈고, 저는 이날 뒤로 딴짓을 안 하고 천자문을 샅샅이 파서 낱낱이 익혔습니다. 다만 마을 할아버지는 1000글씨를 다 가르치지 못하고 돌아가셨습니다. 할아버지가 미처 못 가르친 나머지 한자는 혼자서 익혔습니다. 열 살 무렵에 천자문을 떼고 보니, 그동안 배

움터에서 못 읽고 더듬더듬하던 낱말이 몽땅 한자말인 줄 깨
달았습니다. 아주 큰 수수께끼를 풀었지요.

어른들은 왜 배움책(교과서)에 어려운 낱말을 잔뜩 실으
려 할까요? 둘레(사회)에서 쓰니까 외워야 한다고 닦달해야
할까요? 누구나 읽기 쉽고 알기 수월한 낱말로만 배움책을
엮어야 하지 않을까요?

열 살까지 말더듬이로 괴롭던 어린이는 옥편하고 사전을
꼼꼼하게 뒤져서 '소리내기 어려운 한자말'을 '소리내기 쉬운
우리말'로 어떻게 말하면 되는가를 알아냈습니다. 이렇게 하
고서 어린배움터를 마칠 때까지 '읽기'를 시키면, 책에 적힌
대로 안 읽고, 제가 소리를 내기 쉬운 우리말로 바꾸어서 읽
었습니다. 말더듬이 어린이가 소리를 내기 쉬운 우리말로 바
꾸어서 읽더라도 어른은 출석부로 머리통을 내리쳤습니다.
"녀석아! 장난치지 말고 똑바로 읽어!" 그러나 저는 "헤헤!"
하고 웃었습니다. 얻어맞아도 적힌 대로 안 읽었어요. 적힌
대로 읽자면 또 더듬거나 소리가 새거든요.


1975년에 태어난 또래는 학력고사가 사라지고 수학능력시
험을 처음으로 치릅니다. 1993년 가을에는 수능시험을 두 판
치러야 했습니다. 저는 본고사하고 제2외국어 논술시험하고
면접까지 챙겨야 했습니다. 고작 세 해 만에 네 가지를 다 챙
겨야 하니 미칠 노릇이었지만, 달게 받아들이기로 했습니다.
'배우는 셈'치기로 했어요. 이때에 영어하고 독일말을 배울
때처럼, '언어 영역 시험'을 맞이하려고 '영어사전·독일말사
전 읽기'처럼 '국어사전 읽기'를 했습니다. 고등학교 2학년 무
렵에 이르러 국어사전을 두 벌 통째로 읽었습니다.

'민중서관 이희승 콘사이스 국어사전'이었는데, 두 벌을

다 읽고 난 1992년 어느 여름날, "어떻게 우리나라 국어사전인데 일본말하고 중국말하고 일본사람 이름하고 영어하고 쓸데없는 낱말이 이렇게 잔뜩 실렸을까? 어떻게 이런 사전을 국어사전이라고 하지? 나더러 국어사전을 엮으라고 해도 이보다 잘 엮겠다! 차라리 내가 엮고 말지!" 하고 혼잣말을 터뜨렸습니다. 이때 터뜨린 혼잣말처럼, 참말로 우리 낱말책을 스스로 새롭게 쓰는 길을 갈 줄은, 1992년 여름날 자율학습이 한창이던 밤 열 시에는 미처 몰랐습니다.

1994년 2월, 아직 대학교 첫 수업을 받지 않은 어느 날, 제가 들어가기로 한 네덜란드말 학과 윗내기(선배)가 부릅니다. 새내기 대학생이 미리 알거나 들을 이야기가 있으리라 여겨 부리나케 서울로 갔지요. 그런데 같은 학과 2학년 윗내기는 우리(스물여덟 사람, 학과 정원은 30이지만 2사람은 입학포기)가 들어앉은 곳을 밖에서 잠그더니 소주를 한 짝 들여놓습니다. 자리에는 스텐 그릇 하나를 올려놓더군요. 뭘 하려나 하고 지켜보았더니, 스텐 그릇 하나에 소주를 한 병 다 붓고는, 스물여덟 사람이 한 병씩 다 비워야 하고, 다 비우지 않으면 이곳에서 나갈 수 없다고 해요. 속으로 생각했지요. '나는 대학교에 배우러 들어갈 마음인데, 이 무슨 미친짓인가. 저놈이 윗내기라고? 저놈은 윗내기가 아니라 그냥 미친놈일 뿐이야.'

1994년 3월, 드디어 첫 수업에 들어갑니다. 그런데 사전이 없습니다. '네덜란드말 사전'이 없어요. 교수님한테 여쭈었지요. "교수님, 사전도 없이 어떻게 배웁니까?" "응, 한창 원고 입력을 하는 중이야. 자네도 자원봉사를 하겠나?" 어이없는 대꾸였으나, 새내기인 1학년이지만, 자원봉사를 하기로 했습니다. 없는 사전은 제가 이곳을 마칠 때까지 안 나올

듯하지만, 자원봉사로 원고 입력이라도 해야 배움길(공부)이 되리라 여겼습니다. 한 해쯤 자원봉사로 원고 입력을 하다가, 또 사전도 없이, 제대로 가르치는 책(교재)도 없는 곳에서 속으로 부글부글 끓다가, 서울 헌책집을 돌아다녔습니다. 네덜란드말 사전을 꼭 찾아내야겠다고 생각한 지 이레 만에 '네덜란드-영어 사전'하고 '네덜란드-네덜란드 사전'하고 '네덜란드-라틴 사전' 세 가지를 찾아냈어요. 교수님한테도 없는 네덜란드말 사전을 챙겨서 수업을 듣자니, 참 얄딱구리한 노릇인데, 교수님조차 저한테서 네덜란드말 사전을 빌려서 쓰셨습니다.

무슨 짓일까요? 이리하여 1995년 봄날, 통·번역을 하겠다는 꿈은 접기로 했습니다. 학과 수업은 더는 듣지 않기로 하고, 대학도서관하고 대학구내서점에서 곁일(알바)을 하면서 혼자 '우리나라 국어국문학과 책'을 하나하나 챙겨서 읽었습니다. 대학도서관에는 책이 너무 없기에, 서울 곳곳에 있는 헌책집을 두루 돌면서 우리나라 모든 대학교 모든 국어국문학 책을 다 찾아내어 읽었습니다. 오래 안 걸렸어요. 1995년 11월 6일에 싸움터(군대)로 들어가기 앞서까지 우리나라 국어국문학과 책을 다 찾아내어 읽을 수 있더군요. 이래저래, 저는 싸움터를 다녀와서 대학교를 그만두기로 마음먹었습니다.

다만 우리 어머니는 저더러 "애야, 바로 그만두지 말고 한 해를 더 다니며 생각하면 어떻겠니?" 하고 다독였습니다. 어머니 말씀을 곱씹었습니다. 이 대학교를 그만둘 적에는 앞으로 아무 아쉬운 마음이 없어야 할 테니, 그야말로 더는 대학교를 떠올릴 일이 없도록 1998년 한 해 동안 '듣고 싶은 강의'를 다 찾아서 듣기로 했습니다. 두 학기에 걸쳐 신문방송학과

네 해치 강의를 욱여넣어 다 듣고 논문까지 마쳤습니다. 그런데 두 학기 동안 네 해치 강의를 채우더라도 닷새 가운데 비는 틈이 꽤 있더군요. 비는 틈은 교양 과목을 채워서 닷새 내내 1교시~8교시를 꾹꾹 눌러담듯 듣고 배웠습니다.

사람을 어떻게 하면 더 빨리 많이 죽이는가 하는 길을 몸에 길들이는 곳인 싸움터에서 스물여섯 달을 살면서, 이런 곳에 앳된 젊은이를 붙잡아 두는 나라에서는 참다운 어깨동무를 이룰 수 없다고 느꼈습니다. 요새는 어떠할는지 모르나, 1995~97년 무렵 싸움터에서는 위(상급부대)에서 알아서 '포르노 비슷한 영화'를 주말마다 틀어 주었습니다. 싸움터가 둘레에 있는 면소재지·읍내에 있는 '다방·이발소·여관'은 노리개질(여성을 돈으로 사는 바보짓)을 하는 곳이더군요. 이런 민낯을 들여다보았기에, 싸움터에서 지내는 스물여섯 달 동안 외출도 외박도 안 나갔습니다. 똑같이 뒹굴기 싫었어요.

싸움터로 끌려간 사내 가운데 저처럼 외박·외출을 안 하고, 다방·이발소·여관을 안 가는 사내가 드문드문 있습니다. 그러나 참으로 숱한 사내들은 그런 곳에 흔히 드나들어요. 싸움터는 말 그대로 죽음수렁이라서 맨넋으로는 버티기 힘들다고 여길 만하거든요. 요즘은 많이 나아진 싸움터인데, 1995~1997년 무렵까지만 해도 싸움터에서 멀쩡히 죽는 일이 흔했습니다. 저는 싸움터에서 '의문사'란 이름을 들은 적이 없고, 싸움터를 마치고 나서야 '군의문사'란 이름을 들었는데요, 제가 몸담던 싸움터에서 몇몇 사람들이 죽은 일이 바로 의문사였겠더군요.

이를테면, '개미한테 물려서 죽었다'는 사람이 있습니다. '트럭 엔진이 과열로 터져서 죽었다'는 사람이 있습니다. '철책 근무를 서다가 지뢰를 밟고서 죽었다'는 사람이 있습니다. '휴전선 너머로 월북을 했기에 총을 쏴서 죽였다'는 사람이 있습니다. 그런데 저는 트럭 엔진이 터지는 소리도, 지뢰가 터지는 소리도, 월북한 병사가 있었다는 날 총을 쏘는 소리도 못 들었습니다. 예전에는 위(상급부대)에서 그렇게 말하니까 그러려니 여겼지만, 이제 와 돌아보면 다 뻥(거짓말)이었어요. 모조리 군의문사요, '군대폭력'으로 가엾게 목숨을 잃은 안타까운 일입니다. 이런 미친 불구덩이를 우리나라는 언제쯤 싹 쓸어내어, 아름답게 어깨동무를 하는 참사랑길을 열 수 있을까요?

이런 불구덩이 한복판에서 허덕이던 어느 날, 이제 상병 윗자리에 선 무렵, 밑내기(후임병)가 저랑 똑같은 수렁에 잠기지 않도록 뭔가 조금이라도 해야겠다고 생각했습니다. 그동안 윗내기들은 저를 허벌나게 두들겨패고 막말을 일삼고 노리개짓(성폭행)을 일삼았는데, 밑내기한테 이 바보짓을 물려주고 싶지 않았습니다. 또래(동기)들은 저한테 "야, 넌 여태까지 맞은 것 억울하지 않아?" 하고 물어요. "여태까지 얻어맞아서 억울하다고 동생들을 때려도 되니?" 하고 되물었습니다. "그건 그렇지만, 어떻게 안 때리고서 말을 듣게 하니?" "안 때려서 말을 안 듣는다면, 이 죽음판이 잘못이지, 우리가 잘못이겠니?"

안 때리고 막말 안 하기만으로는 아무것도 바꿀 수 없나 하고 생각하다가, 어느 날 문득, 새내기(신병)가 자주 얻어맞는 까닭 가운데 하나를 느꼈습니다. 새내기는 싸움터에서 쓰는 말, 이른바 '군대용어'를 하나도 모르는데, 우리나라 군대용어는 모조리 일본말이나 일본 한자말입니다. 다른 것은 몰라도, 싸움터에 끌려온 가녀린 동생들이 말(군대용어)을 몰라서 얻어맞고 막말을 듣는 슬픈 수렁을 치워 주고 싶었어요. 그래서 '총기 수입'은 '총기 손질'로 고쳐쓰자고 하고, '일조점호·일석점호'는 '아침점호·저녁점호'로 고쳐쓰자고 하고, '새벽구보'는 '새벽달리기'로 고쳐쓰고, '조식·중식·석식'은 '아침·점심·저녁'으로 고쳐쓰자고 하사관하고 소대장하고 중대장한테 여쭈었습니다.

그들(간부)은 제가 여쭌 말이 참 쓸데없다고 여기면서도 아주 나쁘지는 않다고, 이런 말을 써 보자고 받아들여 주었고, 나중에는 대대하고 연대에서도 받아들여 주었습니다. 이제는 이런 말씨가 꽤 널리 퍼진 듯합니다. 싸움터를 떠나기(전역) 앞서는 연대장이나 연대 간부 가운데 몇몇 사람이 일부러 전화를 걸어서 "이런 말(군대용어)은 어떻게 고치면 좋겠나?" 하고 묻기도 했습니다.

이런저런 길은 가시밭길일 수 있습니다만, 어떤 가시밭길도 그냥 가시만 있지 않습니다. 멧딸기밭을 보셨나요? 딸기넝쿨에는 가시가 많습니다. '장미'는 찔레를 손질해서 꽃송이만 키워서 얻었습니다. 찔레나무도 그렇게 가시가 많고 굵어요. 꽃이 곱거나 열매가 달콤할수록 가시가 따끔합니다. 곧, 가시밭길이란 멧딸기밭길이나 들찔레길 같아요. "가싯길 = 꽃길·열매길"이기도 하다고 생각합니다.

2008년에 큰아이를 낳고, 2011년에 작은아이를 낳았는데, 둘 모두 천기저귀만 댔고, 모두 제가 손빨래를 했습니다. 빨래틀(세탁기)을 집에 안 두고 손으로 다 했습니다. 두 아이를 돌보고 함께 지내면서 늘 노래를 들려주고 말을 섞는데, 무럭무럭 자라나는 아이들을 바라보자니, 우리가 쓰는 가장 수수하고 쉬운 말부터 슬기롭고 참하면서 사랑스레 쓸 노릇이라고 새록새록 느낍니다. 이리하여 '국어사전'을 다시 쓰기로 하자고 생각했습니다. 2013년부터 갈무리한 꾸러미를 2016년에 《새로 쓰는 비슷한말 꾸러미 사전》으로 내놓고, 이듬해에 《새로 쓰는 겹말 꾸러미 사전》을 내놓고, 잇달아 《새로 쓰는 우리말 꾸러미 사전》을 내놓았어요.

어린이한테는 낱말책이 아주 달라야 한다고 여기기에, 우리 집 아이뿐 아니라 이웃 아이들을 헤아려 2014년에 《숲에서 살려낸 우리말》을, 2017년에 《마을에서 살려낸 우리말》을, 2019년에 《우리말 동시 사전》을, 2020년에 《우리말 수수께끼 동시》를 내놓았습니다. 누구나 낱말책을 쓸 수 있다는 뜻으로 《우리말 글쓰기 사전》을 내놓기도 했습니다.

낱말책은 하루아침에 태어나지 않습니다. 아무리 짧아도 대여섯 해를 들여야 하고, 웬만하면 열 해를 들입니다. 스무 해쯤 품을 들인 낱말책이라면 제법 들여다볼 만한데, 뒷사람한테 제대로 물려줄 만한 낱말책을 엮자면 쉰 해는 품을 바쳐야 합니다. 우리는 아직 낱말책다운 낱말책이 없이 그냥그냥 우리말을 한다고 할 만합니다. 그렇지만, 아직 낱말책다운 낱말책이 없으니 새로 엮으면 돼요.

이러구러, 우리말입니다. 고작 백 해쯤 앞서 살던 옛사람은 글을 몰라도 다 말을 할 줄 알았고, 책을 몰라도 집밥옷을 손수 지으며 살았습니다. 참으로 백 해쯤 앞선 옛사람은 쓰레기 하나 없이 모두 손수짓기(자급자족)로 살림을 가꾸었습니다. 글도 책도 모르지만, 집짓기에 옷짓기에 밥짓기를 할 줄 알고, 아이들한테 말을 물려줄 수 있고, 풀이름에 꽃이름에 벌레이름에 모든 이름을 두루 꿰던 옛사람입니다.

그래서 우리말 이야기를 좀 풀어내고 싶습니다. 대단한 우리말이 아닌, 그냥그냥 우리말을 수수하고 수월하게 생각하고 나누어 보자는 이야기를, "우리말이랑 놀면서 노래하면서 사랑하면서 살아온 시골사람 눈길로 슬슬" 풀어내려고 합니다.

다만, '우리말꽃'이라는 이 수수한 이름은 '국어학'을 뜻합니다. 배움터에서만 가르치거나 배울 길이 아니라, 누구나 이 책 하나로 말길을 열고 말씨를 심고 말꽃을 피우고 말빛을 품고 말사랑으로 마주할 수 있기를 바라요.


전남 고흥, '말꽃 짓는 책숲'에서
글쓴이 적음

# 낱말꽃

ㄱ

가두街頭 → 큰길, 한길

가부장 권력 남성 → 곰팡틀,
　　구리다, 낡은틀

가사·가사노동 → 집일,
　　집안일, 살림

가정 → 집, 집안, 보금자리, 둥지

감사感謝 → 고맙다, 기쁘다,
　　반갑다

감옥 → 사슬, 사슬터, 굴레, 고삐,
　　수렁, 고랑

강좌·강의 → 이야기, 수다

개선·개혁 → 바꾸다, 고치다,
　　손질, 새길

거리距離 → 틈, 사이, 멀다,
　　떨어지다, 길이

경기장 → 놀이뜰, 들, 마당, 마루

계급 → 높낮이, 틀, 굴레, 고삐,
　　위아래

고립 → 떨어지다, 동떨어지다,
　　외롭다, 홀로

고속도로 → 빠른길

고찰 → 생각, 곰곰, 깊이

공간 → 곳, 데, 자리, 틈, 비다,
　　터, 마당

공공 → 열린, 너른, 두루, 고루,
　　두레, 마을

공공기관 → 벼슬터, 나라, 열린터

공공장소 → 열린터, 마당, 마루

공기 → 바람, 숨, 하늘

공무원 → 벼슬아치, 벼슬꾼,
　　벼슬자리

공부 → 배움길, 배우다, 익히다

공원 → 쉼터, 쉼뜰, 쉼뜨락

공장 → 뚝딱터, 만듦터

과거 → 옛날, 예전, 에, 옛,
　　지난날, 어제

과자 → 군것, 주전부리, 곁밥

관련 → 얽히다, 만나다, 물리다,
　　고리, 때문

관리·관리자 → 벼슬아치, 벼슬꾼

관리하다 → 다루다, 다스리다,
　　돌보다

관청 → 나라, 나라일터

광활 → 넓다

교과서 → 배움책

교복 → 배움옷

교사 → 길잡이, 가르치다, 어른

교환 → 나누다, 주고받다, 오가다

구별없다 → 스스럼없다

구속 → 매다, 얽다, 동이다, 묶다,
　　가두다

국가 → 나라

국어 → 우리말

국어문법 → 우리말틀, 우리말길

국어사전 → 우리말꽃, 낱말책

국어순화 → 글손질

국어학자 → 말글지기

군대 → 싸움터

군사독재 → 굴레, 수렁,
　　총칼나라, 사슬

군사용어 → 싸움말

군인 → 싸울아비, 싸움이

권력언어 → 힘말

권력자·권력계층 → 벼슬꾼, 힘꾼

권위·권력 → 힘, 높이

근간·근본 → 밑, 밑동, 뿌리, 바탕,
　　씨앗, 알

기본어휘·기초어휘 → 밑말,
　　바탕말, 뿌리말

기억 → 떠오르다, 떠올리다,
　　되새기다, 생각

긴장 → 떨다, 덜덜, 조마조마,
　　두근, 굳다


ㄴ

난류 → 더운무대

날조 → 꾸미다, 거짓, 뻥, 비틀다,
　　뒤틀다

남녀 → 순이돌이

남성·남자 → 돌이, 버시, 사내

내부고발 → 참소리, 참말,
　　바른소리, 바른말

냉면 → 찬국수

냉정冷情 → 차다, 모질다, 맵다,
　　매섭다, 끔찍

냉정冷靜 → 가만히, 고요, 차분,
　　넌지시, 느긋

노숙인 → 길잠이, 한뎃잠이,
　　떨거둥이

노인 → 늙은이, 어르신

농사·농업 → 짓기, 흙짓기,
　　논밭짓기, 들짓기

농사꾼·농민·농부·농업인 →
　　흙지기, 들지기

농약 → 죽임물, 풀죽임물

농협 → 흙두레

뉘앙스 → 말맛, 말결, 말빛


ㄷ

다수자 → 큰이, 크다

단장丹粧 → 꾸미다, 가꾸다,
　　만지다, 다듬다

단장團長 → 이끌다, 꾸리다,
　　길잡이, 다스리다

단정端整·단아 → 깔끔하다,
　　정갈하다, 곱다

답·대답 → 풀이, 길, 열쇠, 말, 얘기

대강·대충 → 가볍다, 얼추, 그냥,
　　거의, 막

대기大氣 → 바람, 숨, 하늘

대기待機 → 기다리다, 구경하다,
　　머물다

대로大路 → 큰길, 한길

대통령 → 나라지기, 꼭두,
　　우두머리

대학교 → 열린배움터

도서관 → 책숲

도시 → 서울, 큰고장, 고장, 고을
도시 문명 → 서울살림,
　　큰고장 살림
독립 → 홀로서기, 날개, 나래
독립생활 → 혼살이, 혼살림
독립운동 → 홀로서기, 들너울
독점 → 거머쥐다, 움켜쥐다,
　　차지, 잡다
동기同期 → 또래
동네 → 마을, 골목, 녘, 가깝다,
　　밭, 둘레
동시童詩 → 노래꽃
동의어 → 같은말

ㅁ

마우스 → 다람쥐·다람이
맞춤법 → 맞춤길
매일 → 나날이, 날마다, 늘,
　　언제나, 내내
매체 → 새뜸
매표소 → 파는곳
무명초·무명화 → 들꽃, 들풀,
　　꽃, 풀
무수 → 숱하다, 많다, 잔뜩, 가득
무한 → 가없다, 끝없다, 무척,
　　대단하다
문단권력 → 글힘, 글담
문명 → 살림, 새살림, 새길
문방구 → 글붓집
문제 → 일, 묻다, 말썽, 잘못, 티
문학 → 글꽃
문해력 → 글힘, 글앎
문화 → 살림, 살림멋, 살다
문화권 → 살림터

문화생활 → 살림멋
물잔-盞 → 물그릇
민주 → 어깨동무, 나란히, 고요,
　　꽃, 포근
민중·백성 → 들꽃, 들풀, 풀꽃,
　　여느사람, 사람
민폐 → 고약하다, 귀찮다,
　　번거롭다

ㅂ

반항기 → 꽃샘철, 잎샘철
발생 → 나다, 나오다, 생기다,
　　솟다, 일어나다
발음기호 → 소릿값, 소리,
　　바른소리
방문 → 찾다, 찾아오다, 찾아가다,
　　가다, 오다
방송 → 풀그림, 새뜸
방언 → 시골말, 삶말, 사투리
방해 → 막다, 귀찮다, 번거롭다,
　　걸리다, 성가시다
방향타 → 키, 손잡이
배려 → 살피다, 헤아리다, 마음,
　　돕다, 돌아보다
백百(100) → 온
번역어 → 옮김말
번역체 → 옮김말씨
번호 → 셈, 값, 금, 길, 눈금
변화 → 바꾸다, 달라지다,
　　고치다, 새길
별채別- → 밭채, 바깥채, 딴채
보고서 → 글, 글월, 글자락
볼펜 → 글붓, 붓
봉건사회 → 사슬, 굴레, 고삐,

수렁, 고랑

부모 → 어버이, 엄마아빠

블랙리스트 → 검은이름, 미운털

빈번·빈발 → 자주, 으레, 흔히,
　　곧잘, 또

ㅅ

사고事故 → 일, 말썽, 골치,
　　벼락, 탓

사고思考 → 생각, 눈, 그리다,
　　고루, 머리

사대부 → 글바치, 나리, 벼슬꾼

사대주의 → 섬기다, 모시다,
　　올리다

사막 → 모래벌, 모래밭

사멸·소멸 → 사라지다, 스러지다,
　　없다, 가다

사소 → 작다, 조그맣다, 수수하다

사진 → 빛꽃, 빛그림, 찰칵, 담다

사진기 → 빛꽃틀, 찰칵이

사차선 → 네길

사춘기 → 꽃샘나이, 봄샘나이

사회 → 둘레, 바깥, 터, 터전, 삶터

산중 → 멧골

삼차선 → 세길

상소 → 글

상이 → 다르다, 벌어지다

색 → 빛, 빛깔, 빛살, 물, 물감

색깔 → 빛깔

색채 → 빛깔, 빛결, 빛물

색채어 → 빛깔말

생명 → 숨, 숨결, 목숨, 빛, 넋

생활 → 삶, 살림, 살림멋, 살다

생활문화 → 살림멋

생활어 → 삶말, 살림말, 사투리

서양 → 하늬녘

서점 → 책집

석탄 → 돌기름

선명 → 또렷, 맑다, 밝다,
　　환하다, 산뜻

선배 → 윗내기, 앞사람

선풍기 → 바람이, 바람개비

성장 → 자라다, 크다,
　　나고자라다, 살다

성평등 → 어깨동무, 사랑, 살림빛

성폭행 → 노리개짓

세계 → 온누리, 온나라, 모두

세탁기 → 빨래틀

소수자 → 작은이, 작다, 꼬마

수없다 → 가없다, 숱하다, 많다,
　　잔뜩, 가득

속담 → 옛말, 삶말

수확 → 거두다, 얻다, 잡다,
　　갈무리, 열매

순례 → 다니다, 오가다, 마실,
　　나들이

순화어 → 손질말

순환정의 → 돌림풀이

술잔-盞 → 술그릇

숫자 → 셈, 값, 금, 길, 눈금

스모그 → 먼지하늘, 먼지떼

시간 → 때, 철, 말미, 짬, 틈, 사이

시멘트 → 잿빛, 잿빛덩이

시민 → 들꽃, 들풀, 풀꽃,
　　여느사람, 사람

시험문제 → 셈겨룸

식문화·식생활 → 밥살림

식물 → 풀, 풀꽃, 푸나무

식물도감 → 풀꽃나무책
식물학자 → 풀지기, 풀꽃지기
식사 → 밥, 먹다, 밥먹다, 들다
신문 → 새뜸
신분 → 높낮이, 틀, 굴레, 고삐,
    위아래
신선 → 새롭다, 싱싱,
    싱그럽다, 산뜻
신어·신조어 → 새말
신학문 → 새길
심야 → 밤, 한밤, 깊다

ㅇ
아내 → 곁님, 곁씨
아동학대 → 주먹, 주먹질,
    괴롭히다, 때리다
알바 → 곁일, 틈일, 짬일
야간 → 밤, 한밤
야채 → 푸성귀, 푸새, 남새, 나물
약·약물藥- → 돌봄물, 살림물
양반 → 글바치, 나리
어감 → 말맛, 말결, 말빛
어원 → 말밑, 말뿌리, 밑, 밑동
어휘력 → 말앎, 말힘
언로·언론 → 말길, 새뜸, 길
여가·여유 → 말미, 짬, 틈, 사이,
    쉬다, 느긋, 넉넉
여남 → 순이돌이
여성·여자 → 순이, 가시, 가시내
역할 → 몫, 구실, 자리, 맡다,
    노릇, 일
연관 → 얽히다, 만나다, 물리다,
    고리, 때문
연대·연합 → 손잡도, 어깨동무,

같이, 함께, 나란
연세·연식 → 나이, 해
연속 → 잇다, 거듭, 거푸, 내내, 늘,
    밤낮, 자꾸
연필 → 붓, 글붓
연필심 → 붓심
완곡 → 돌다, 에두르다, 부드럽다
왕권 → 임금붙이
외국 → 옆나라, 옆, 이웃나라,
    이웃, 바깥
외국어 → 이웃말, 바깥말
외세·왜래문화·외국문화 →
    바깥물결, 바깥바람
욕·욕설 → 막말, 깎다, 찧다
우회 → 돌다, 에두르다
월간지·월간잡지 → 달책
위협 → 으르렁, 닦달, 몰다, 빨다
유사類似·유의 → 비슷하다, 닮다
유의어 → 비슷한말
육아휴직 → 엄마쉼, 아빠쉼
은하수 → 미리내, 별내, 별도랑
의도 → 뜻, 마음, 생각, 길
의사소통 → 이야기, 나눔
의식주 → 옷밥집, 밥옷집,
    집밥옷, 살림
이메일·인터넷편지 → 누리글월
이사·이전·이주·이직 → 옮기다,
    가다, 떠나다
이주노동자·외국인근로자 →
    이웃일꾼
이차선 → 두길
인근 → 곁, 옆, 둘레, 가까이
인맥 → 끈
인명人名 → 사람, 사람이름, 이름

인명人命 → 목숨, 숨, 숨결, 사람

인용 → 따다, 따오다, 옮기다

인종차별 → 겨레깎기

인터넷 → 누리집, 누리판,
　　　　누리그물

일일이 → 낱낱이, 샅샅이,
　　　　하나하나, 모두, 다

일제강점기 → 가시밭길, 굴레,
　　　　고삐, 수렁, 총칼나라

일체 → 하나, 한동아리,
　　　　함께, 한몸

입시지옥 → 배움수렁


ㅈ

자급자족 → 손수짓기

자동차·차 → 부릉이, 씽씽이,
　　　　쇳덩이

자애 → 사랑, 품다, 포근, 너르다

자연 → 숲, 푸르다, 들숲,
　　　　들숲바다

자연인 → 숲사람, 들사람

자연히 → 저절로, 으레, 가만히,
　　　　어느새

자원 → 밑감, 밑동

자유 → 날개, 가볍다, 홀가분,
　　　　마음껏

자전거 → 두바퀴

자판 → 글판

작가 → 글바치, 글꾼, 지음이,
　　　　짓는이

작성 → 쓰다, 적다, 꾸리다,
　　　　담다, 넣다

장기간·장시간 → 오래, 두고두고,
　　　　길다, 한참

장수長壽 → 오래살다

재산 → 돈

적당·적절 → 맞다, 걸맞다,
　　　　알맞다, 좋다

적재적소 → 제자리, 알맞다,
　　　　걸맞다

전국 → 온나라, 곳곳,
　　　　여기저기, 고루

전문가 → 꾼, 잘하다

전문용어 → 꾼말

전부·전체·전全 → 온, 모두,
　　　　갖은, 다

전쟁 → 싸우다, 겨루다, 다투다,
　　　　티격태격

전쟁놀이 → 싸움놀이

전쟁무기 → 총칼

전쟁용어 → 싸움말

점점·점차 → 조금씩, 차츰,
　　　　시나브로, 자꾸

정리 → 갈무리, 추스르다, 돌보다,
　　　　치우다

정부 → 나라

정음 → 바른소리, 소리

정책 → 길, 생각, 줄기, 줄거리

정치인 → 벼슬아치, 벼슬꾼,
　　　　벼슬자리

정확 → 옳다, 올바르다,
　　　　바르다, 꼭

제목 → 이름

조수潮水·조수간만 → 밀물썰물,
　　　　미세기

조어造語 → 말짓기, 낱말짓기

조화調和 → 어울리다, 나란히,
　　　　같이, 함께

존경·존대·존칭 → 높이다, 섬기다,
　　모시다, 올리다
종자 → 씨앗, 씨, 씨알
주장 → 외치다, 소리치다, 말,
　　소리, 목소리, 뜻
중中 → -에서, 가운데
중복표현 → 겹말풀이
중요 → 대수롭다, 대단하다, 크다,
　　알맹이, 복판
즉 → 곧, 그러니까, 바로, 그래,
　　그래서
즉시 → 이내, 곧, 곧장, 바로, 얼른
지구 → 푸른별, 우리별, 별, 한별
지도자 → 이끌다, 길잡이,
　　우두머리
지뢰 → 꽝, 펑, 터지다
지방·지역 → 곳, 고을, 고장,
　　마을, 시골
지배 → 다스리다, 누르다,
　　거느리다, 잡다, 쥐다
지속 → 잇다, 거듭, 거푸, 내내, 늘,
　　밤낮, 자꾸
지식인 → 글바치, 먹물, 나리
지역방송 → 마을새뜸, 고을새뜸
지점 → 곳, 데, 자리, 대목
지칭 → 가리키다, 나타내다,
　　말하다
지하 → 밑, 밑자락, 밑길
지혜 → 슬기, 어질다, 밝다
직시 → 마주하다, 마주보다,
　　맞이하다
직장 → 일터
직접 → 몸소, 스스로, 손수,
　　다리품

진리 → 값, 길, 바르다, 곧다
진실 → 거짓없다, 곱다, 참, 밝다
질서 → 높낮이, 틀, 굴레, 고삐,
　　위아래

## ㅊ

차단 → 막다, 닫다, 끊다, 누르다
차이 → 다르다, 벌어지다,
　　틈, 사이
차차 → 조금씩, 차츰,
　　시나브로, 자꾸
창조 → 짓다, 태어나다,
　　잣다, 열다
채소 → 푸성귀, 푸새, 남새, 나물
책방 → 책집
책방순례 → 책집마실, 책숲마실
천성 → 타고나다, 밑, 내림, 바탕,
　　버릇, 뿌리
철로·철길 → 쇠길
철부지 → 철모르쇠, 철모름쟁이,
　　철바보
첨가 → 넣다, 더하다, 보태다,
　　얹다, 붙이다
청소년 → 푸름이
초기 → 처음, 첫, 새
초등학교 → 어린배움터,
　　씨앗배움터
최근 → 요새, 요즘, 오늘,
　　이즈음, 이제
추가 → 더하다, 보태다, 얹다,
　　붙이다, 달다
추석 → 한가위
추억 → 떠오르다, 떠올리다,
　　되새기다, 생각

추측 → 어림, 얼추, 헤아리다,
　여기다, 미루다
출입 → 다니다, 드나들다, 오가다,
　나들이
출판사 → 펴냄터
친구·친분 → 가깝다, 동무,
　이웃, 곁
친숙 → 익히, 익숙하다
친일부역자 → 앞잡이, 허수아비,
　끄나풀

ㅋ

카테고리 → 갈래, 가지,
　고리, 꼭지
컴퓨터 → 셈틀

ㅌ

타작 → 바심, 배메기
토착어·토박이말 → 시골말, 삶말,
　사투리
통일 → 하나

ㅍ

판이 → 다르다, 벌어지다
팜플렛 → 알림종이, 꽃종이
페미니즘 → 어깨동무, 사랑,
　살림빛
편집 → 엮다, 여미다, 묶다,
　추스르다, 꾸리다
편하다 → 쉽다, 가볍다,
　좋다, 낫다
평민 → 들꽃, 들풀, 풀꽃,
　여느사람, 사람
평등·평화 → 어깨동무, 나란히,

고요, 꽃, 포근
평범 → 수수하다, 여느, 널리,
　흔하다
포ㅣㅇ·포대包袋 → 자루, 베자루,
　천자루
포털사이트 → 누리판, 누리그물
폭력 → 주먹, 주먹질, 괴롭히다,
　때리다
폭탄 → 꽝, 펑, 터지다
표 → 종이, 금, 줄, 물결
표음문자 → 소리글
표의표음문자 → 뜻소리글
표제어 → 올림말
표준어 → 서울말
품사 → 씨

ㅎ

학교 → 배움터
학대 → 주먹질, 괴롭히다, 때리다,
　따돌리다
학력·학맥·인맥 → 배움끈
학맥 → 줄
학문 → 배움길
한강 → 한가람
한류寒流 → 찬무대
한민족 → 한겨레, 배달겨레
항상 → 늘, 노상, 언제나,
　한결같이, 내내
해방 → 풀려나다, 가슴펴다,
　벗어나다
해석 → 읽다, 풀다, 밝히다
해양용어 → 바닷말
핸드폰 → 손전화
핸드폰 문자 → 쪽글

행복 → 기쁘다, 즐겁다, 흐뭇,
　　사랑, 꽃, 반갑다
현대문명 → 오늘살림
혈혈단신 → 홀몸
협박 → 으르렁, 닦달, 몰다, 빨다
협소 → 좁다, 비좁다, 작다
호스피스 → 끝돌봄, 꽃돌봄,
　　꽃손길
혼란 → 어수선, 어지럽다, 엉망,
　　북새통
혼인 → 맺다, 짝맺음, 꽃맺음
혼탁 → 어지럽다, 더럽다,
　　지저분하다
혼혈 → 함둥이, 함께둥이,
　　나란둥이
홈페이지 → 누리집
홍보지·홍보물 → 알림종이,
　　꽃종이
화려 → 눈부시다, 빛나다,
　　아름답다, 곱다
화학비료 → 죽음거름
회사 → 일터
훈민정음 → 한겨레글,
　　한겨레 글씨
훼방 → 막다, 귀찮다, 번거롭다,
　　걸리다, 성가시다
휴식·휴가 → 말미, 짬, 틈,
　　사이, 쉬다
희귀·희박·희소 → 드물다, 적다,
　　뜸하다
희망 → 꿈, 바라다, 그리다, 망울,
　　빛, 빌다

# 우리말꽃

말글마음을 돌보며 온누리를 품다

초판 1쇄    2024년 1월 31일
지은이    최종규
편집    김대성
기획    숲노래
디자인    최진규
인쇄    예림인쇄

펴낸이    김대성
펴낸곳    곳간
출판등록    2021년 10월 25일 제2021-000015호
주소    부산시 사하구 다대로 277번길 85 107동 808호
전자우편    goatganbooks@gmail.com
팩스    0504-333-1624
인스타그램    goatganbooks
페이스북    goatganbooks

ISBN  979-11-978685-1-1  03800
값  19,000원

이 도서는 한국출판문화산업진흥원의
'2023년 중소출판사 출판 콘텐츠 창작 지원 사업'의 일환으로
국민체육진흥기금을 지원받아 제작되었습니다.